Johannes Beurle

Sturm zur Freiheit

Historischer Roman

Abbildungsnachweis:

Grafik „Krone“: istock 643355228 von Hein Nouwens
Grafik „Ähren“: istock 1290461092 von VectorGoods
Grafik „Münzen“: istock 1307064690 von Stocknick
Grafik „Werkzeug“: istock 1409572000 von Bitter

Cover:

France national day, 14 july french revolution as a abstract watercolor painting, shutterstock ID 2189978207 von Sternfahrer

Bibliografische Information der Deutschen Nationalbibliothek:
Die Deutsche Nationalbibliothek verzeichnet diese Publikation in der Deutschen Nationalbibliografie; detaillierte bibliografische Daten sind im Internet über http://dnb.dnb.de abrufbar.

3., leicht bearbeitete Auflage

Lektorat: Christina Auerswald, Leipzig
Covergestaltung: Nasta Reiss, Köln
Druck: BoD – Books on Demand, Norderstedt
Gesamtherstellung: Oeverbos Verlag, Leipzig

ISBN print: 978-3-947141-67-8
ISBN ebook: 978-3-947141-66-5

TEIL I (APRIL - JULI 1775)

Kapitel 1

Grafschaft Dunois, April 1775

Pierre war sieben Jahre alt und Bauer. Genaugenommen war sein Vater Bauer, aber die Zeiten waren hart und er war alt genug, um mitzuarbeiten. Kein Bauer kann sich bezahlte Knechte leisten. Und da er aß wie ein Großer, musste er arbeiten wie ein Großer, das war eben so. Dass er manchmal die schweren Kornsäcke nicht tragen konnte, lag allein daran, dass sein Hunger immer größer war als das Stück Brot mit Suppe. Pierre liebte seinen Bruder Jean, er war der stärkste Junge im ganzen Tal. Obwohl er erst neun war, konnte er mehr schleppen als Marc, und der war schon dreizehn.

Nichts liebte Pierre so wie die Ausflüge mit seinem Bruder. Das Leben fühlte sich leicht an. Vergessen waren die sorgenvollen Augen der Mutter und die väterliche Strenge. Für einige Stunden roch er die Freiheit. Natürlich waren diese Ausflüge auch Arbeit, sie fühlten sich aber nicht so an. Regelmäßig mussten die Felder kontrolliert werden. Auch die Tiere hatten nicht üppig zu fressen, jedenfalls ließen sie sich gerne den jungen Weizen schmecken. Rehe und Hasen durften die Bauern nicht jagen, denn das Jagdrecht lag allein beim Herzog. Sie mussten eben versuchen, die Tiere so sanft zu vertreiben, dass es niemand merkte. Wenn sie den Weizen fraßen, war der Herzog zornig, es war ja sein Getreide.

„Lauf!"

Der gellende Schrei seines Bruders zerriss die Stille. Kalte Panik gefror die Zeit. Pierre rannte los. Er stürzte, rappelte sich auf und jagte in wildem Lauf auf den nahegelegenen Wald zu. Sein Verstand begann erst wieder zu arbeiten, als er den Waldrand erreicht hatte. Was war passiert? Wo steckte sein Bruder?

Pierre ließ sich auf den Boden fallen und spähte auf das Feld. Er konnte nichts erkennen, was auf Gefahr hindeutete. Die Sonne stand hoch am Himmel. Eine zarte Brise strich über den jungen Weizen. Wo war Jean? Was hatte ihn so in Angst versetzt? Seine Sinne betasteten jedes Detail der Umgebung – da – ein Knacken, brechendes, peitschendes Geäst, Hufgetrappel, ein Schrei, lautes Fluchen. Zitternd duckte er sich tief hinter den hohen Farn.

Wie ein Hase brach Jean aus den Büschen, die Jäger dicht hinter ihm. Ein, zwei, drei, fünf Reiter. Jean stürzte, die Reiter rissen ihre Pferde zurück. Pierre konnte nicht verstehen, was die Jagdgesellschaft sprach, dafür brannten sich die Bilder der auf seinen Bruder niedersausenden Peitsche tief in seine Seele ein. Jeden Schlag fühlte er mit, er zitterte, Tränen liefen ihm die Wangen hinunter.

Nach einer gefühlten Ewigkeit gaben die Höllenreiter ihren Pferden die Sporen und jagten lachend über das Feld, dass die jungen Weizenpflanzen nur so durch die Luft flogen.

Jean lag reglos da. Die Angst um den Bruder hielt Pierre nur wenige Augenblicke hinter dem Farn, ehe er, das sichere Versteck verlassend, in großen Sprüngen auf das Feld hastete.

Endlich erreichte er die Stelle, wo Jean lag, das Gesicht in den aufgewühlten Boden gedrückt. Angst schnürte Piere die Kehle zu. Vorsichtig griff er seinem Bruder unter die Schultern und drehte ihn langsam auf den Rücken. Verzweifelt sah er in das blutüberströmte Gesicht. Offensichtlich war Jean nicht nur Opfer der Peitsche des herzoglichen Verwalters geworden, sondern auch unter die Hufe seines Pferdes geraten.

Vergeblich versuchte Pierre das Schluchzen zu unterdrücken, das ihm die Kehle hinaufkroch. Er weinte um seinen Bruder. Ja, sie hatten gegen die Anweisung des Herzogs verstoßen, als sie die Hasen vom Feld jagten, die die Saat vernichteten. Aber Pierre wusste nur zu gut, dass der herzogliche Verwalter seinen Vater anklagen würde, wenn er nicht genug Getreide ablieferte. Ein gewaltiger Zorn erfasste ihn und er schrie diese Ungerechtigkeit laut hinaus. Jeder sollte es hören, der Herzog, der gottverdammte Hase und Gott selbst.

Er würde nie sicher wissen, ob sein Schrei bis zu Gott gedrungen war, doch er wurde das beklemmende Gefühl nie ganz los, Gott in diesem Moment zu einem Wunder gezwungen zu haben.

Kaum war sein Anklageschrei im Wald verklungen, schlug Jean seine Augen auf und wischte sich mit dem Ärmel das Blut aus dem Gesicht.

„Schrei doch nicht so, sie können noch in der Nähe sein!"

Pierre traute seinen Augen nicht, sein Bruder war nicht tot. Er dankte Gott für seine Gnade und verzieh ihm insgeheim all die anderen Ungerechtigkeiten.

„Schau nicht so, es geht schon", presste Jean hervor. „Das wird einige blaue Flecken geben. – Gehen wir nach Hause."

Pierre half seinem Bruder auf die Beine. Sie sahen sich an.

„Und was ist mit dir passiert?"

Pierre folgte Jeans Blick auf seine Beine. Er erschrak. Die Dornen im Wald hatten tiefe Furchen in die Haut gerissen, aus denen hellrotes Blut sickerte. Erst jetzt spürte er den Schmerz.

Humpelnd setzten sich beide in Bewegung. Die Bauern durften das Wild nicht anrühren, ganz gleich, ob sie es nur von den Feldern treiben wollten. Das würde dem Vater nicht gefallen. Sie waren dumm genug gewesen, sich erwischen zu lassen. So wenig er die Gesetze des Herzogs befürwortete, duldete er doch keine Dummheit, die den Herrscher provozierte.

Sie erreichten den heimatlichen Hof nach einer halben Stunde Fußmarsch. Das strohgedeckte Lehmhaus lag an einem Bach, eingebettet in Wiesen, Felder und Wälder. Angebaut befanden sich die Stallungen, notdürftig zusammengezimmerte Holzverschläge.

Die Tür stand offen.

Jean entdeckte zuerst die beiden fremden Pferde, die unruhig auf dem Hof warteten. Der Traum nach einer friedlichen Heimkehr, einem Ende des bestandenen Abenteuers platzte, als aus der offenen Tür ein lautes Schluchzen zu ihnen drang.

Pierre blickte Jean angstvoll an. Der Ältere, gewohnt, dem Jüngeren Befehle zu erteilen, deutete mit dem Kinn auf eine Baumgruppe, deren Wurzeln von dichtem Gestrüpp eingefasst waren, duckte sich und humpelte los. Pierre verstand sofort und lief dem Bruder nach, darauf bedacht, so wenige Geräusche wie möglich zu verursachen. Vorsichtig tauchten sie in die schützende Umarmung der Büsche.

„Sind sie wegen uns da?“, presste Pierre zwischen den verkrampften Lippen hervor.

Als Antwort bekam er den spitzen Ellbogen Jeans in die Rippen. Er verstummte. Was sollten sie tun?

„Du schleichst dich unter das Fenster und horchst, was drinnen gesprochen wird“ entschied Jean.

„Warum ich?“

„Weil ich mich kaum bewegen kann, du Dummkopf“, entgegnete Jean und unterstrich mit einem Wink die Endgültigkeit seiner Entscheidung.

Pierre hatte jegliche Lust auf Abenteuer eingebüßt.

„Jetzt geh schon“, raunte ihm Jean zu.

Vor Angst zitternd begann sich Pierre aus dem Gebüsch zu kämpfen. Bis zum Haus waren es etwa zwanzig Schritte. Deckung spendete nur ein hölzernes Wasserfass, das sieben Schritte vom Haus entfernt stand. Er würde also die meiste Zeit vom Fenster aus gesehen werden können.

Er ließ sich auf alle viere nieder und begann wie eine Katze vorwärts zu schleichen. Plötzlich wieder Geräusche. Unaufhaltsam trieb ihn der Wille des Bruders gegen die Wand aus Angst voran.

Nur noch ein paar Schritte bis zum Holzfass, wieder Stimmen, fremde Männerstimmen, das Schluchzen der Mutter.

Noch wenige Fuß.

Stille – Schritte.

Pierre starrte auf das Fenster. Was, wenn ihn jetzt jemand entdeckte? Die Schritte wurden lauter.

Irgendetwas stimmte nicht. Eine laute Stimme tönte aus dem Fenster, aber die Schritte? Ungläubig drehte er langsam den Kopf nach rechts, so dass die Tür ins Blickfeld rückte.

Der Mann hatte ihn gesehen und kam auf ihn zu. Schreckensstarr blickte Pierre in eine leere Augenhöhle, das andere Auge funkelte ihn böse an. Wie ein Geschoss schnellte er auf, dem Riesen entgegen. Leben oder Tod, dieser Augenblick musste es entscheiden. Er spürte keinen Schmerz, als ihn der Degen des Gegners niederstreckte.

KAPITEL 2
Versailles

Die Herzogin von Blois hatte ein Problem. Sie war soeben von ihrer ersten Kammerzofe in Kenntnis gesetzt worden, dass Monsieur Hivère, der Friseur ihrer Wahl, schwer erkrankt sei. Ausgerechnet heute erlaubte sich dieser Taugenichts eine solche Schwäche. Wie sollte sich eine Dame ihres Standes am Hofe zeigen, wenn ihr nutzloser Friseur wegen jeder Kleinigkeit meinte, das Bett hüten zu müssen? Vermutlich machte sich dieser Kerl nicht einmal annähernd eine Vorstellung davon, was es für eine Frau von ihrem Blut bedeutete, am Hof ohne Haarpracht zu erscheinen, die der aktuellen Mode entsprach. Sie würde sich zum Gespött machen.

„Sage dieser rücksichtslosen Person, er soll sich auf der Stelle hierherbemühen, sonst werde ich dafür sorgen, dass er Versailles nie wieder betreten wird!"

„Sehr wohl, Hoheit."

„Wo bleiben die Mädchen mit den Kleidern? Muss man denn hier an alles selbst denken?"

„Ich sehe sofort nach ihnen, Hoheit."

Wie sollte sie mit solch unfähigem Personal ihren Krieg gewinnen? Es ging um Ehre, Macht und Geld. Schließlich war ihre Feindin nicht irgendein Bauernmädchen, sondern die mächtigste Frau Frankreichs, die Königin selbst.

Dieses arrogante junge Ding besaß die Frechheit, sie und ihre Familie, seit Jahrhunderten eine der mächtigsten Familien Frankreichs, zu ignorieren und so vor der gesamten Welt bloßzustellen. Der König, der Schwächling, besaß nicht den Mut, seine Frau auf den richtigen Weg zu bringen. Sogar ein eigenes Lustschloss hatte er ihr überlassen, wo sie nur liederliches Volk empfing, den alteingesessenen Adel ließ sie in Versailles verschimmeln. Dafür sollte sie bluten.

Ein vorsichtiges Klopfen an der Tür riss sie aus ihren Gedanken. Unterwürfig drückte sich ihre Zofe durch den Türspalt herein.

„Der Bote lässt ausrichten, dass Monsieur Hivère sehr ernsthaft erkrankt sei und diese Woche nicht mehr zu Diensten sein könne."

Das noch ungepuderte Gesicht der Herzogin färbte sich purpurrot. Die etwas zu nahe beieinander liegenden Augen schienen Feuer zu speien.

„Dann rufe den Friseur der Polignac und biete ihm das Doppelte. Und lass Monsieur Hivère ausrichten, er sollte lieber sterben, als sich in diesen Räumen nochmals blicken zu lassen!"

„Sehr wohl, Hoheit."

Vier Stunden später rauschte die Herzogin den langen Flur entlang, vorbei an golden eingerahmten Gemälden und großen, von schweren Samtvorhängen flankierten Fenstern. Sie hatte sich für ein mintgrünes Kleid mit weißen Rüschen entschieden, das sich unterhalb der Wespentaille ausladend bis zum Boden ergoss und von einem gewaltigen Reif in Form gehalten wurde. Ihr gepudertes Dekolleté zierte ein mintgrüner Turmalin, eingefasst in glänzendes Weißgold. Selbst die dicke Puderschicht konnte nicht verbergen, dass die zarte, mintgrüne Komposition nicht ihrem Wesen entsprach. Ein kräftiges Bordeaux hätte das leicht überkochende Temperament besser zum Ausdruck gebracht. Die schwere Parfümwolke vermochte nicht die schlechte Laune zu überdecken, die sie ausstrahlte. Das Auffälligste an ihr aber war die hoch aufgetürmte Haarpracht. Mintgrüne Bänder zogen sich durch das weiß gepuderte Haar. Etwa zwei Fuß über der Stirn gipfelte die Frisur in einem Gesteck von mintgrün gefärbten Straußenfedern, die bei ihren raschen Schritten flatterten.

Wenig später trat sie in den Salon von Madame Adélaïde, Tante des Königs.

Madame Adélaïde war vor zwanzig Jahren eine Schönheit gewesen. Prinzen aus ganz Europa hatten sie umworben, doch sie war zu stolz gewesen, einen davon anzuhören. Mit 43 Jahren war sie eine alte Jungfer, die verbittert und gelangweilt am Hofe die Zeit damit verbrachte, Ränke gegen Rivalinnen zu schmieden. Ihre beiden Schwestern, ebenfalls unverheiratet, unterstützten sie nach Kräften. Sie standen schon immer im Schatten der älteren Schwester, die sie an Schönheit und Witz weit überragte. Doch Langeweile und Verbitterung der beiden waren der der großen Schwester ebenbürtig.

Die drei Schwestern saßen an einem vergoldeten Tisch und nippten aus kleinen, golden verzierten Porzellantassen, als die Herzogin von Blois eintrat.

Voller Neid bemerkte sie, dass jedes einzelne Kleid mehr gekostet haben musste, als ihre Landgüter im Jahr einbrachten. Auch die Haartrachten stachen ins Auge. Madame Adélaïdes Friseur hatte ihr Haar kunstvoll zu einem Vogelnest geformt. Zwei ausgestopfte leuchtend gelbe Kanarienvögel saßen am Rand und bewachten kleine gelbe Eier. Natürlich war auch ihr Kleid in leuchtendem Gelb gehalten.

Die Herzogin von Blois bemerkte aber vor allem die hochgezogene Augenbraue, mit der sie begrüßt wurde. An ihrem Äußeren konnte es heute nicht liegen, alles saß perfekt. Sie war zu spät. Die heiße Schokolade war bereits serviert worden. Dieser nutzlose Bauernfriseur hatte sie derart hängen lassen, dass sie nun diese Geste der Missbilligung über sich ergehen lassen musste. Unter dem Puder rot vor Zorn, nickte sie den drei Damen zu und setzte sich zu ihnen.

Während dieser Treffen tauschten sie die wichtigsten Neuigkeiten vom Hof aus. Mit wem hat die Königin gesprochen? Welche Frisuren, welche Kleider hat sie getragen? Wen hat sie durch Nichtbeachtung gedemütigt? Welche jungen Edelleute waren in ihrer Begleitung gesehen worden?

Ja, alles drehte sich um die Königin. Sie war es, die Madame Adélaïde den ersten Rang am Hofe genommen hatte. Sie war es, die den alten Adel ignorierte. Sie war es, die den schwachen König lenken konnte, wie sie wollte, so dass die einträglichen Hofämter nur an ihre Günstlinge vergeben wurden.

„Sie hat gestern erneut verhindert, dass Philippe Kriegsminister wird", gackerte die Herzogin. Philippe Herzog von Blois, Graf von Dunois war ihr Ehemann und seit Jahren stellvertretender Kriegsminister. Darunter litt die Herzogin unsäglich. Ihr Hass richtete sich nicht nur auf die Königin, die seine Ernennung bis jetzt verhindert hatte, sondern auch auf den Herzog selbst. Er war ein Schwächling, der sich nicht gegen den Willen dieser Österreicherin durchsetzen konnte.

„Und das Theaterstück, das sie in Petit Trianon aufführen lässt: Unerhört ...", ergänzte Madame Adélaïde. „Prostituierte und Aufrührer ...".

„Der König sollte diesem Treiben endlich ein Ende bereiten", warf Madame Sophie zum wiederholten Mal ein.

„Diese österreichische Dirne...", zischte die Herzogin gerade, als die Tür aufging und ein livrierter Diener meldete: „Die Königin!"

Kapitel 3

Nantes, 21. April 1775

Der Frühling hatte Nantes in diesem Jahr vergessen. Ein kühler Wind peitschte seit Tagen unerbittlich kalten Regen auf die Dächer. Granitgraue Wolken schoben sich vom Atlantik her über die Stadt.

Ungeduldig legte Julien Maxime Pinot die Zeitung beiseite. Die Gazette de France berichtete von weiter steigenden Getreidepreisen. Seit der Generaldirektor der Finanzen, Anne Robert Jacques Turgot, im September letzten Jahres den Getreidehandel liberalisiert hatte, kletterten die Preise stetig in die Höhe. Dazu kam die schlechte Ernte im vergangenen Sommer. Momentan kostete ein Sack Mehl 24 Livres, das entsprach dem Gegenwert von drei Schafen oder dem Monatslohn eines Arbeiters. Die Gazette geißelte das Edikt Turgots. Julien konnte sich dem Urteil der Zeitung nicht anschließen. Er war Händler. Endlich hatten die strengen staatlichen Regulierungen, von denen nur der Adel profitiert hatte, ein Ende. Jetzt konnte ein geschickter Kaufmann große Gewinne machen, wenn er es nur schlau anstellte. Es waren aber nicht die hohen Getreidepreise, die ihm die Sorgenfalten auf die Stirn trieben, seine Gedanken kreisten immerwährend um seine „Marie Hélène". Sollte sie nicht ankommen, stand ihm das Wasser bis zum Hals. Ja, er hatte es zu einem beträchtlichen Vermögen gebracht. Doch nun hatte er seine gesamte Habe in dieses Schiff investiert, das bereits vor einer Woche im Hafen hätte einlaufen sollen.

Schon Juliens Vater und Großvater waren Händler gewesen. Mit eigenen Schiffen würde er den Gewinn deutlich steigern können. Bald würde er nicht nur das Geld haben, das undichte

Dach zu reparieren, sondern eine neue Villa kaufen. Nicht, dass ihm sein jetziges Haus nicht gefiel, es war eines der vornehmsten der Stadt. Es gab genug Händler in Frankreich, die reicher waren als er und deren Häuser an Schlösser erinnerten. Sein Vater hatte es versäumt, gleich zu Beginn in den Afrikahandel einzusteigen. Er selbst hatte nun diesen Fehler korrigiert und dabei alles auf eine Karte gesetzt.

Die „Marie-Hélène“ war ein elegantes Schiff. Und das Wichtigste: Sobald das Werkzeug und die Musketen, der Schnaps und die Stoffe in Afrika ausgeladen wurden, fasste sie über dreihundert Neger. Mit dem Gewinn würde er eine weitere Schiffsladung Luxusgüter in Amerika laden können – und dazu zählte in diesem Jahr auch Getreide. Sein Kapitän sollte die dreihundert Sklaven gegen Weizen, Kaffee und Kakao eingetauscht haben. Diese Waren erzielten in Frankreich hohe Gewinne. Aber was, wenn sein prächtiges Schiff im Atlantik verschollen wäre? Es würde das Ende bedeuten. Er war erst vierzig. Angst stieg in ihm auf.

Ein Klopfen an der Türe seines Arbeitszimmers riss ihn aus seinen Gedanken.

„Ja?“, brummte er unfreundlich.

Langsam öffnete sich die Tür und vorsichtig schob sich ein siebenjähriges Mädchen herein, das kastanienbraune Haar zu Zöpfen geflochten, die kunstvoll den kleinen Kopf wie eine Krone umwanden.

„Gehen wir heute wieder zum Hafen, Papa?“

Augenblicklich besserte sich seine Laune. Er liebte Hélène wie keinen anderen Menschen. Außerdem kam ihm diese Abwechslung wie gerufen.

„Jetzt“, antwortete er, erhob sich von seinem Schreibtisch, um sich für den Spaziergang zum Hafen vorzubereiten.

Julien war groß gewachsen, die meisten Männer reichten ihm nur bis zur Nase. Sein ausgeprägter Unterkiefer verriet starke Willenskraft. Im Kontrast dazu strahlten seine dunklen Augen Milde und Gutmütigkeit aus. Vielleicht war es diese Verbindung aus Kraft und Güte, die schon viele Frauenherzen hatte höherschlagen lassen.

Obwohl der Hafen nahe genug für einen Fußmarsch lag, ließ Julien die Kutsche vorfahren. Clément, seit einer Ewigkeit Kutscher der Familie, saß stoisch auf dem Kutschbock, der Regen lief in Strömen von seinem Schlapphut. Schnell hastete Julien mit Hélène in den Wagen.

Maximilien war dreizehn und schon fast so groß wie sein Vater. Er saß bereits im Wagen, als Julien und seine Schwester einstiegen. Er half Clément, wann immer er konnte, mit den Pferden, und einen Ausflug zum Hafen wollte er sich auf keinen Fall entgehen lassen.

Nach zehn Minuten bog die Kutsche auf den Quai de la Fosse ein, jenen Teil des Hafens, wo die großen Handelsschiffe festmachten. Maximilien sah schon aus dem Fenster die ersten Masten, die im bewegten Wasser der Loire hin und her schaukelten. Eines Tages würde er an Bord eines solchen Schiffes in die Neue Welt segeln und dort Abenteuer bestehen, wie er sie oft von den Seeleuten hörte.

Mit einem Ruck kam die Kutsche zum Stehen. Julien drückte sich den schwarzen Dreispitz auf seinen großen Kopf, schob ihn tief in die Stirn. Er schlang den Mantel eng um sich, stellte den Kragen auf und griff nach der Tür.

Julien kniff die Augen zusammen, um trotz des Regens, den der Sturm ihm ins Gesicht blies, den Hafen überblicken zu können. Majestätisch lagen einige Handelsschiffe am Kai, schwankten, obwohl sie fest vertäut waren, in der Dünung heftig hin und her. Die „Marie Hélène" war nicht zu sehen. Julien hätte sie sofort erkannt. Sie war schlanker als die meisten Handelsschiffe und bot mit ihren drei Masten genug Segelfläche, um die meisten Schiffe hinter sich zu lassen. Am auffälligsten war die geschnitzte Meerjungfrau am Bug, deren entblößter Oberkörper die Blicke der Seeleute auf sich zog.

„Papa, da kommt ein Schiff!", hörte Julien seinen Sohn rufen. Julien blickte in den dichten Regenschleier hinaus – nun sah er es, immer deutlicher zeichneten sich die Umrisse eines Schiffes ab. Juliens Nerven vibrierten. Ungeduldig tastete sein Blick die Gestalt des Seglers nach bekannten Merkmalen ab. Jetzt konnte er den Bug erkennen – es war nicht die „Marie Hélène". Es war nicht einmal ein Handelsschiff, sondern ein Kriegsschiff, eine Fregatte der königlichen Marine. Maximilien und Hélène winkten begeistert, Julien wandte sich enttäuscht ab. Wenig später hatte die Fregatte am Kai festgemacht und die ersten Offiziere balancierten, ungeachtet des Sturms, der wütend an ihren Mänteln riss, über den Landesteg. Julien ging auf die Männer zu und rief einen Leutnant an:

„Willkommen in Nantes! Haben Sie ein Handelsschiff, die ‚Marie Hélène' gesehen? Eine Meerjungfrau am Bug? Sie muss vor vierzig Tagen in Guadeloupe in See gestochen sein."

„Es gab mehrere Unwetter und Piratenüberfälle in der Karibik. Aber ich weiß nicht, welche Schiffe betroffen sind, es tut mir leid", antwortete der Leutnant und schickte sich an, weiterzugehen.

„Es gibt doch Aufzeichnungen bei der Marine, könnten Sie für mich nachsehen?", fragte Julien flehend und drückte dem Offizier eine Münze in die Hand. „Schicken Sie mir Nachricht an diese Adresse." Julien steckte dem Leutnant eine Visitenkarte zu.

„Ich versuche, etwas herauszufinden, und schicke einen Matrosen", versprach der Offizier und eilte seinen Kollegen nach.

Wenig später saß die Familie im Salon und nahm eine leichte Zwischenmahlzeit ein. Eine Dienstmagd servierte heiße Suppe, Gänsebraten und Brot. Während Maximilien und Hélène darüber diskutierten, wie viele Kanonen sie bei der Fregatte gezählt hatten und überlegten, auf welchen Feind sie wohl die letzten Schüsse abgegeben haben mochte, saß Julien in Gedanken versunken da und starrte in sein Glas Rotwein.

„Wird uns die Versicherung das Schiff und die Ladung erstatten, falls die Marie-Hélène verschollen ist?", fragte Christine, Juliens Ehefrau.

Sie mochte es nicht, wenn Julien so niedergeschlagen war. Also versuchte sie, ihn aufzuheitern.

„Das weiß man nie", knurrte Julien.

Christine war dagegen gewesen, sich so hoch zu verschulden, um das Schiff zu kaufen. Gegen das Versprechen, die ersten Fahrten gut zu versichern, hatte sie zugestimmt.

„Wie viel verlieren wir dann, wenn sie gesunken ist?", fragte Christine weiter.

„Genug", zischte Julien und trank seinen Rotwein aus. Ja, er hatte Christine versprochen, das Schiff zu versichern. Er hatte sogar eine Bank aufgesucht. Doch als er den Preis erfahren hatte, war er wieder gegangen. Jetzt hatte er ein zusätzliches Problem. Wie sollte er seiner Frau erklären, dass er keine Versicherung abgeschlossen hatte?

„Hast du mit dem Kapitän der Fregatte gesprochen, ob er etwas gesehen hat?", fragte Christine weiter.

Julien lachte verächtlich. „Ein Leutnant prüft, ob in den Unterlagen der Marine etwas zur ‚Marie Hélène' vermerkt ist", knurrte er. „Wir werden benachrichtigt."

„Papa, heute spielen wir aber wieder Schach, du hast es mir versprochen", sagte Maximilien bestimmt. Seit Julien ihm von einer Reise ein Schachspiel mitgebracht hatte, war er ganz versessen darauf, immer besser zu werden.

„Nicht jetzt", knurrte Julien.

Er griff gerade erneut nach der Weinflasche, als es laut an die Tür klopfte. Julien erstarrte in der Bewegung. Welche Nachricht mochte der Matrose bringen?

Kapitel 4
Grafschaft Dunois

Pierre öffnete vorsichtig die Augen. Ein stechender Schmerz über dem rechten Ohr bohrte sich in sein Bewusstsein. Langsam ertastete er die schmerzende Stelle und er spürte eine feuchte Wunde. Jetzt hörte er Stimmen und versuchte, sich zu orientieren. Neben ihm stand eine Schüssel mit Wasser und einem fleckigen Tuch. Hatte jemand damit seine Wunde gereinigt? Mühsam tastete er mit seinem Blick die Umgebung ab und stellte überrascht fest, dass er zuhause war. Er erkannte den grob gezimmerten Esstisch in der Mitte des Raumes, die Bänke aus Eichenbrettern. In dem gusseisernen Ofen neben dem Fenster prasselte ein Feuer. Die Stimmen wurden lauter, dann öffnete sich die Tür und Vater kam herein. Ihm folgten einige Männer, Bauern aus der Umgebung. Sie standen um den Tisch und unterhielten sich aufgeregt. Was war geschehen?

Als er das nächste Mal erwachte, kniete Mutter neben ihm und tupfte seine Stirn mit dem feuchten Lappen. Pierre sah, dass sie geweint hatte. Die Männer waren verschwunden. Am Tisch saß Jean und schälte Kartoffeln.

„Hätte er nicht mit der flachen Seite des Degens zugeschlagen, wärst du mausetot“, erklärte sein Bruder. „Du warst zu langsam.“

Pierre wusste, dass Jean Recht hatte.

„Wer waren die Männer?“, fragte er.

„Der Verwalter des Herzogs war hier“, antwortete die Mutter und wischte sich eine Träne weg.

„Wir sollen höhere Abgaben bezahlen“, erklärte Jean die Katastrophe. „Olivier und Antoine sind abgehauen, jetzt muss der Rest ihren Anteil übernehmen.“

Pierre wusste, dass immer wieder Bauern flohen, weil sie wegen der hohen Abgaben an die Grundherren und an die Kirche vom Ertrag ihrer Arbeit nicht mehr leben konnten. Durch die schlechte Ernte im letzten Jahr war die Lage noch verschärft worden.

„Der Herzog ist nicht bereit, auf die Ernte und die Abgaben von den Flüchtigen zu verzichten. Jetzt muss jeder von uns mehr geben", ergänzte die Mutter.

„Das ist doch ungerecht!", entfuhr es Pierre. Seine Mutter stöhnte nur resigniert.

„Und was werden wir tun?", fragte Pierre.

„Keiner kann mehr bezahlen, wir haben ja kaum genug, um zu überleben. Wir werden eine Abordnung zum Verwalter schicken und mit ihm reden. Vielleicht wird er unsere Situation verstehen", sagte Mutter.

Pierre sah an der Träne, die Mamas Wange hinunterlief, dass sie selbst nicht daran glaubte. Jetzt verstand er, warum die Nachbarn hier gewesen waren. Sie hatten beraten, was zu tun war.

„Sie werden den Überbringer der Botschaft gleich verhaften", sagte er.

Seine Mutter nickte stumm. Weitere Tränen liefen ihr die Wangen hinunter.

„Wer wird die Forderung überbringen?"

„Dein Vater", schluchzte sie.

KAPITEL 5

Nantes, 21. April 1775

Mit einem Ruck brachte Clément die Kutsche zum Stehen. Julien riss die Tür auf und sprang hinaus. Bevor er den Fuß auf dem Boden setzte, sah er sie. Majestätisch schob sich die „Marie-Hélène" aus den Regenschwaden auf den Kai zu. Vergessen waren alle Ängste und Selbstzweifel. Kaum war das Schiff fest vertäut, hievten die Matrosen eine schmale Landebrücke über Bord. Sofort sprang ein kleiner, stämmiger Mann auf die Brücke, in einer Hand den Dreispitz, in der anderen den Kragen des verblichenen Wollmantels. Kapitän Villeneuve.

Julien begann zu winken und lief auf den Kapitän zu. Dieser streckte seinem Schiffseigner die Hand entgegen. Julien ergriff sie, umarmte den verblüfften Seebären, der angesichts solch einer überschwänglichen Begrüßung das Gesicht verzog.

„Ich dachte schon, Sie wären gekapert worden oder gesunken", konfrontierte Julien seinen Kapitän mit der Verspätung. Doch seine Erleichterung war so groß, dass dem Vorwurf jede Schärfe fehlte.

„Erst hatten wir Flaute, dann einen ordentlichen Sturm. Mussten vor dem Hafen abwettern, eine Einfahrt bei zu viel Wind ist zu riskant", brummte Villeneuve. „Außerdem mussten wir das Schiff tagelang reinigen, bevor wir die Baumwolle und den Tabak an Bord nehmen konnten – den Gestank der Neger wird man kaum los."

„Haben Sie alle Geschäfte wie geplant für mich abgeschlossen?"

„Ja, das Schiff ist bis oben voll. Ich habe außerdem noch zwei Amerikaner an Bord, die unbedingt mit Ihnen sprechen wollen."

Überrascht wendete Julien den Blick auf das Schiff und sah zwei Fremde über die Reling klettern. Was sollte das bedeuten?

Wenig später saß Julien mit den beiden Amerikanern im Salon seines Stadthauses, während die Ladung in Juliens Lagerhäuser am Hafen verfrachtet wurde. Christine hatte in Windeseile ein leichtes Essen herrichten lassen.

Andrew Smith stellte sich als amerikanischer Händler vor. Er war etwa in Juliens Alter, und trug seine blonden Haare zu einem lockeren Zopf gebunden. Seine Kleidung war aus feinem Stoff, entbehrte aber jeglicher Form von Prunk. War diese Schlichtheit Zeichen für einen niederen Stand? Oder war es einfach amerikanisch? Julien erkannte in ihm einen Menschen, der wusste, was er wollte und durchaus in der Lage war, dies zu erreichen. John Whittacker, der zweite Gast, war etwas älter, seine dunklen Haare nach britischer Mode eng zusammengebunden. Die Schläfen waren bereits silbergrau. Er war ein Advokat, Anwalt in Diensten von Mr. Smith.

Julien prüfte das Etikett des Rotweins, eines 1772er vom Weingut seines Onkels. Er nickte zufrieden. Soweit er wusste, gab es in Amerika keinen guten Wein. Es konnte nicht schaden, diese beiden Amerikaner zu beeindrucken. Offensichtlich wollten sie etwas von ihm. Dafür hatte Julien einen Riecher. Und wo jemand etwas von ihm wollte, konnte er viel Geld verdienen. Jetzt galt es nur noch herauszufinden, worum es ging.

Mit großem Interesse folgte er Mr. Smiths Erzählungen von der politischen Lage in Amerika. Natürlich hatte es Gerüchte gegeben, dass es zu einem Krieg zwischen England und den amerikanischen Patrioten kommen könnte, Julien hatte ihnen aber bisher keine große Aufmerksamkeit geschenkt. Nun erzählte dieser blonde Amerikaner, dass der Krieg schon begonnen hatte und es vor seiner Abreise nach Frankreich erste Zusammenstöße zwischen britischen Soldaten und Kolonialmilizen gegeben hatte, mit zahlreichen Toten.

„Dieser Krieg wird lange dauern und blutiger werden als alles, was die Welt bisher erlebt hat“, endete Mr. Smith bedeutungsschwer in seinem guten Französisch mit englischem Akzent. Tief blickte er Julien in die Augen, um die Wirkung seiner Worte zu unterstreichen.

Julien wusste, welche Auswirkungen ein solcher Krieg auf seine Geschäfte haben würde. Die Nachfrage nach Sklaven würde drastisch zurückgehen. Wenn die Männer sich gegenseitig töteten, Plantagen verwüstet wurden, stagnierte die Wirtschaft, Luxusgüter waren kaum mehr zu bekommen. Ohnmächtige Wut stieg in ihm auf. Sollte er alles, was er bisher erreicht hatte, schon wieder verlieren? War dieser freche Amerikaner wochenlang über das Meer gesegelt, nur um ihm zu verkünden, dass sein Geschäft vor dem Ende stand?

Nach einer unangenehm langen Pause ergriff Mr. Smith erneut das Wort. „Sklaven und Luxusgüter werden in Zukunft kaum noch gebraucht, somit ist Ihr Unternehmen bald Geschichte. Auch Baumwolle wird nicht geliefert werden können, wenn die Briten die Plantagen niederbrennen.“ Abermals ließ er seine Worte wirken, was Julien ärgerte. Er wusste, verdammt nochmal, welche Folgen das hatte! Er hatte auf ein lukratives Geschäft gehofft, und dass dieser Niemand hier aufkreuzte, um ihm seinen Untergang zu prophezeien, machte ihn wütend. Gerade, als er ansetzen wollte, um seinem Unmut Luft zu verschaffen, sprach der Fremde weiter:

„England hat die beste Armee der Welt. Um England zu schlagen, braucht man eine größere Armee. Amerika wird eine Armee aufstellen, die die Welt noch nicht gesehen hat. Diese Armee braucht vor allem eines: Waffen! Musketen, Kanonen, alles, womit man auf Engländer schießen kann.“

Endlich wusste Julien, worauf seine Besucher hinauswollten. Waffen für Amerika.

„Wo wollen Sie all diese Waffen hernehmen?“, fragte Julien.

„Von meinen langjährigen französischen Geschäftspartnern. - Oder von Ihnen.“

Julien stutzte. Sein erster Schock wich einer wilden Begeisterung, die im nächsten Moment schon wieder verpuffte.

„Wo soll ich diese Waffen hernehmen?"

Soweit er wusste, gab es nur drei große Waffenmanufakturen in Frankreich, Charleville-Mézières, Maubeuge und St. Étienne. Sie produzierten ausschließlich für die königliche Armee. Die zahlreichen kleinen Waffenschmieden kämen für einen Auftrag solchen Ausmaßes kaum in Betracht. Schon bereute er, was er eben gesagt hatte, offenbarte es doch eine Schwäche, die man in Verhandlungen niemals zeigen darf.

„Kein Problem, wir wollten nur Sie als ersten fragen, da ihr Kapitän so nett war, uns eine Überfahrt zu gewähren", winkte Mr. Smith ab und schickte sich an, das Thema zu wechseln.

Auch das ärgerte Julien, obwohl er anerkennen musste, wie geschickt sein Gegenüber taktierte. Er ahnte, dass all die Gelassenheit nur gespielt war, musste aber zugeben, dass diese Spielart funktionierte. Er hatte Blut geleckt. Er wollte dieses Geschäft - um jeden Preis.

„Ich werde viel Geld benötigen, um die Waffen zu bezahlen", warf er ein.

„An Bord Ihres Schiffes befinden sich Baumwolle und Tabak im Wert von etwa 180.000 Livres. Verkaufen Sie es und kaufen Getreide. Meine Informanten rechnen mit einem Preisanstieg von etwa 70% in den nächsten Monaten."

Der Anwalt zog einen Umschlag aus einem Lederetui. Julien bemerkte, mit welcher Gelassenheit der Advokat einen Vertrag für die Unterschrift zurechtlegte.

„Als erste Lieferung erwarten wir dreitausend Musketen, nach dem Standard der französischen Armee, mit Bajonetten", sprach Mr. Smith weiter. „Außerdem fünfzig Kanonen und dreihundert Blankwaffen für die Offiziere. Alles Weitere ist in diesem Vertrag ausgeführt."

Jetzt schob ihm der Anwalt das umfangreiche Vertragswerk zu.

„Keine Angst, Sie müssen das nicht alles lesen", sprach Mr. Smith weiter. „Das Wichtigste für uns: Sie liefern uns die Waffen zum genannten Termin. Das Wichtigste für Sie ..." Er deutete auf eine Stelle auf dem Papier. Julien bemerkte, dass der Vertrag auf Englisch verfasst war. Er konnte nicht alles verstehen. Aber die Zahl, auf die Mr. Smith deutete, und hinter der das Zeichen für „Livres" zu erkennen war, vermochte er sehr genau zu lesen. Er wäre mit einem Schlag reich.

„Unterschreiben Sie hier", knurrte der Anwalt und wendete das Papier.

„Bald werden Sie so viel verdienen, dass sie nicht mehr wissen wohin mit all dem Geld", ergänzte Mr. Smith.

Julien rang mit sich. Würde er jemals wieder eine solche Chance bekommen? Andererseits wusste er wirklich nicht, woher er so viele Waffen in so kurzer Zeit bekommen sollte. Er konnte doch nicht sofort wieder sein gesamtes Vermögen auf eine Karte setzen. Würden das seine Nerven mitmachen? Und seine Frau?

Die Feder kratzte vernehmlich, als er den Vertrag unterschrieb.

„Ich werde Ihnen die Waffen besorgen", hörte er sich sagen, obwohl er wusste, dass es fast unmöglich war.

Kapitel 6
St. Etienne

Julien wartete schon eine Viertelstunde. Immer wieder las er das Schild, das an der weißen Mauer neben dem gewaltigen Holztor angebracht war.

„Königliche Waffenmanufaktur, St. Etienne“.

Soweit er es einschätzen konnte, war das die einzige Adresse, wo er genug Waffen kaufen konnte. Er verfügte über ein beachtliches Vermögen, denn er hatte die Baumwolle zu einem guten Preis verkaufen können. Durch die Spekulation mit dem Getreide würde er genug Geld haben, um die Waffen zu bezahlen. Jüngst hatte der König den Getreidehandel liberalisiert und die Preise stiegen täglich. Das Hochgefühl war erst verflogen, als er eine französische Übersetzung des unterschriebenen Vertrags in den Händen hielt. Er hatte sich verpflichtet, zehntausend Musketen und einhundert Kanonen in drei Etappen zu liefern. Sollte ihm das nicht innerhalb der genannten Frist gelingen, musste er eine Vertragsstrafe bezahlen, deren Höhe ihm fast einen Herzanfall beschert hatte. Er war dazu verdammt, diese Waffen aufzutreiben.

Plötzlich öffnete sich das Tor und ein junger Bursche bat ihn herein. Sie überquerten den Hof und gingen auf das große Hauptgebäude zu. Bald standen sie im Obergeschoß vor einer gewaltigen Tür mit der Aufschrift „Direktor“. Der junge Mann klopfte an, öffnete die Tür und bat Julien einzutreten.

Hinter einem massiven Schreibtisch aus dunklem Holz saß der Mann, der Juliens Schicksal in Händen hielt: Monsieur Leclerque. Julien hatte nie einen so dicken Menschen gesehen.

Seine Perücke bedeckte den gewaltigen Schädel nur ungenügend. Zwei kleine Augen sahen ihn aus dem fleischigen Gesicht scharf an.

„Julien Pinot – Sie wollen Waffen kaufen?", fragte der Koloss mit einer unnatürlich hohen Stimme.

Julien wollte gerade antworten, als der Direktor fortfuhr: „Haben Sie eine Anweisung des Kriegsministeriums? Kommandieren Sie ein Regiment? Andernfalls verschwenden Sie unser beider Zeit."

Julien räusperte sich.

„Ich zahle gut", erwiderte er und versuchte, seine aufsteigende Verzweiflung niederzukämpfen.

Monsieur Leclerque lachte.

„Glauben Sie, ich kann zehntausend Musketen abzweigen, ohne dass es dem Kriegsminister auffällt? Wir sind die königliche Waffenmanufaktur, wir stellen Waffen für die französische Armee her. Der König hat so viele Musketen bestellt, dass der Kriegsminister schon persönlich hier war, um uns Beine zu machen. – Bringen Sie mir eine Anweisung des Kriegsministeriums und wir kommen ins Geschäft. Die wird es aber nicht geben, denn auf jede Muskete, die ich Ihnen gebe, muss der König verzichten."

Julien wollte etwas erwidern, doch es war deutlich, er war entlassen. Kleinlaut drehte er sich um und verließ das Arbeitszimmer des Direktors. Es war schlechter gelaufen, als er befürchtet hatte.

Julien befahl Clément, zurück nach Nantes zu fahren, direkt zu seinem Anwalt. Er würde überlegen müssen, wie er mit dem geringsten Schaden aus dem Vertrag herauskam. In Frankreich gab es nicht genug Musketen für die Amerikaner. Es gab nicht einmal genug für die Franzosen. Eigentlich war das eine gute Basis für ein gewinnbringendes Geschäft. Sollte er im Ausland versuchen, Waffen zu kaufen? Soweit er wusste, stand es dort noch schlimmer. Er musste lächeln, als er an seine Tochter dachte, die ihn vor seiner Abreise gefragt hatte, warum er die Musketen nicht selbst baute und das Geld behielt. Sie war ein aufgewecktes Mädchen. Doch sie hatte eben nie etwas von den Zunftgesetzen gehört, die es ihm unmöglich machten, selbst eine Produktion zu beginnen. Niemals würden ihm die Zunftmeister die Erlaubnis erteilen. Nur der König selbst könnte solch eine Ausnahme verfügen, was kaum geschehen würde. – Der König benötigte dringend Waffen und Geld. Wenn er ihm keine Waffen verkaufen wollte, vielleicht aber das Recht, Waffen zu produzieren? Julien musste lachen, als er sich vorstellte, er würde den König bestechen. Aber musste es der König selbst sein? Julien schlug sich mit der Faust auf den Oberschenkel – er hatte eine Idee.

Kapitel 7
Versailles

Alle Damen erhoben sich, als die Königin eintrat. Marie Antoinette war jung und schön, ein mit Diamanten verziertes Band umspielte den schlanken Hals, auch das Kleid, in leuchtendem Rosé gehalten, war mit kostbarsten Steinen besetzt. Die Herzogin bemerkte, dass allein in der hoch aufgetürmten Haarpracht mehr Edelsteine untergebracht waren, als sie überhaupt besaß.

Unterwürfig neigten die Damen ihre Haartürme. Einige Hofdamen begleiteten die Königin. Die Gesellschaft nahm am Tisch Platz. Die Diener beeilten sich, Getränke zu servieren und die Pharo-Karten herbeizuschaffen, nach denen die Königin verlangt hatte.

Bald wurde gespielt. Die Herzogin wusste nicht, wie die Tanten des Königs es geschafft hatten, dass die Königin ihren Salon wieder aufsuchte. Lange hatte Marie Antoinette sie durch ihre Abwesenheit gedemütigt. Allerdings ließ sie sich diese Ehre teuer bezahlen. Die Herzogin hatte eine heftige Abneigung gegen jede Art von Spiel, das Verspielte entsprach nicht ihrem Wesen. Natürlich durfte man die Königin nicht zurückweisen, auch wenn die Geldbeträge, die sie verlor, ihre Familie in ernste Schwierigkeiten brachten.

Das Arbeitszimmer des stellvertretenden Kriegsministers war im südlichen Ministerflügel direkt vor dem Ehrentor des Schlosses untergebracht. Es war ein mittelgroßer Raum mit hohen Fenstern, umrahmt von schweren grünen Brokatvorhängen. Auch die Wände waren mit grünem Brokat bespannt.

Der Herzog von Blois saß an seinem kunstvoll geschnitzten Schreibtisch und las die Post. Er mochte keine Kaufleute. Und doch las er diesen Brief zum zweiten Mal. Natürlich empfand er es als unter seiner Würde, diesen Händler ernst zu nehmen, sein Angebot kam jedoch wie gerufen. Denn wie sollte er sich erfolgreich um die Geschicke Frankreichs und um seine Karriere kümmern, wenn sein privates Vermögen immer mehr dahinschmolz? Er verfügte über große Ländereien; die schlechte Ernte im letzten Jahr hatte zwar die Getreidepreise in die Höhe getrieben, aber die Bauern lieferten zu geringe Mengen. Außerdem verlor seine Frau jede Woche mehr Geld beim Kartenspiel, als die Bauern im Jahr erwirtschaften konnten.

Dieser Kaufmann aus Nantes bot ihm an, die gesamte Getreideernte zu übernehmen, zu einem Preis, der deutlich höher lag als der gegenwärtige Marktpreis. Außerdem plane er die Eröffnung einer Waffenmanufaktur. Er bot dem Minister eine Beteiligung von 20 Prozent an jeder vom Staat gekauften Muskete an. Als Gegenleistung verlangte er nur die Genehmigung zur Errichtung dieser Manufaktur. Es war eine Überlegung wert.

Der nächste Brief erfreute ihn weniger. Der Verwalter seiner Güter in der Grafschaft Dunois schrieb ihm, dass erneut Bauern geflüchtet seien und so nicht die volle Höhe der Abgaben eingetrieben werden könne. Außerdem seien dann geringere Ernten unumgänglich.

Diese Bauern hatten Nerven, gerade jetzt die Ernte zu dezimieren. Er musste sofort handeln. Da ihn seine Regierungsgeschäfte in Versailles unabkömmlich machten, würde seine Frau nach Dunois reisen müssen. Sein Sohn Louis Philippe würde sie begleiten. Es war an der Zeit, dass er mit seinen elf Jahren langsam an die Verwaltung der Güter herangeführt wurde. Dem Herzog war zu Ohren gekommen, dass in Beaumont-sur-Oise ein Markt geplündert worden war, aus Protest gegen die steigenden Brotpreise. Und dass sich diese Unruhen nun immer weiter ausbreiteten. Er hatte keine Wahl, er musste hart durchgreifen, um Aufstände im Keim zu ersticken. Auch deshalb schickte er seine Frau.

KAPITEL 8
Dunois, Juni 1775

Nach einem kühlen Mai erhitzte die Frühlingssonne die Luft und die Gemüter. Pierres Vater war mit einer Bittschrift, die die Bauern dem Pfarrer diktiert hatten, zum Haus des herzoglichen Verwalters gezogen. Unfreundlich hatte man ihn zurück an die Arbeit geschickt, ohne ihn auch nur anzuhören. Diese Nachricht hatte die Bauern zornig gemacht. An diesem Junimorgen zogen sie aus, um ihrem Ärger Luft zu verschaffen. Bewaffnet mit Mistgabeln, Dreschflegeln und Knüppeln machten sie sich auf den Weg, verzweifelt genug, alles zu riskieren. Etwa zwanzig Männer waren dem Ruf gefolgt, dazu ein paar Frauen und Kinder. Auch Jean und Pierre schlossen sich der Gruppe an. Schließlich arbeiteten sie schon, dann konnten sie auch kämpfen. Und Vater hatte es nicht verboten. Vielleicht war er zu zornig.

Am späten Vormittag erreichten sie das Landhaus des Herzogs. Das herrschaftliche Haupthaus ragte hoch über die Mauern empor, die es umgaben. Auch die Dächer einiger Nebengebäude waren dahinter sichtbar, Stallungen, Dienstbotenunterkünfte und Lagerhallen. Hell strahlten die weiß getünchten Wände in der Sonne. Hoch aufragende Palmen und andere exotische Bäume ließen einen schön angelegten Park hinter den Mauern vermuten.

Pierre sah, wie zwei Männer hastig das Tor schlossen. Als sie am Tor angekommen waren, schleuderten einige Bauern wüste Beschimpfungen über die Mauer.

„Wir wollen mit dem Verwalter sprechen!", schrie Bernard.

„Und zwar sofort!", brüllte Simon, ein blonder Hüne vom Nachbarhof.

Auch Jean brüllte mit, der Zorn der Menge ließ ihn seine Scheu gegenüber dem Adel vergessen. Er hob sogar einen Stein auf und warf ihn über die Mauer. Pierre tat es ihm nach, wenngleich sein Stein an der Mauer abprallte. Dennoch hatte er das Gefühl, damit den blutsaugenden Adel verletzt zu haben.

Plötzlich tauchte über der Brüstung ein Kopf auf. Pierre erschrak, als er den Einäugigen übellaunig herunterstarren sah. Unversehens schmerzte ihn seine verkrustete Wunde über der Schläfe. Angst packte ihn. Doch Jean und die anderen Männer brüllten weiter und schwangen ihre Waffen drohend in Richtung des Verwalters.

„Was soll dieser Lärm? Habt ihr nicht genug Arbeit, dass ihr Zeit findet, euch hier herumzutreiben?", rief der Einäugige den Bauern entgegen.

Pierres Vater trat vor. Mit einer Geste brachte er die anderen Bauern zum Schweigen.

„Ihr wisst genau, dass wir niemals die neuen Abgaben bezahlen können. Wir fordern nur, dass ihr die letzte Erhöhung zurücknehmt!", rief er mit fester Stimme. Pierre war stolz auf seinen mutigen Vater, der diesem Tyrannen entgegentrat.

„Dann hättet ihr eure Freunde davon abhalten sollen, davonzulaufen. Außerdem kommt der Befehl vom Herzog."

„Dann wollen wir den Herzog sprechen! Wir haben kaum genug zu essen, arbeiten Tag und Nacht, auch unsere Kinder arbeiten. Die Ernte war schlecht ..."

„Das ist nicht mein Problem", fiel ihm der Einäugige ins Wort. „Geht wieder an die Arbeit!", sagte er noch und verschwand hinter der Mauer.

„Nein, das tun wir nicht!", schrie Bernard ihm hinterher. Wie zur Bestätigung brüllten die Bauern wüste Beschimpfungen.

„Könnten wir von unserer Arbeit leben, würden wir alle auf dem Feld stehen", murmelte Bernard.

Pierre hob einen Stein auf und wollte ihn gerade gegen die Mauer schleudern, als erneut Köpfe über der Mauer auftauchten. Diesmal war es nicht der Einäugige, sondern die Köpfe trugen

Dreispitze. Auch die leuchtend weißen Uniformjacken wurden sichtbar. Es waren Soldaten. Pierre bekam erneut Angst. Aber die anderen Bauern wichen keinen Schritt zurück, reckten die Fäuste gegen die Mauer.

„Wenn ihr uns erschießt, bekommt ihr gar kein Getreide", rief einer der Bauern.

Die Soldaten legten ihre Musketen auf die Brüstung der Mauer und warteten offensichtlich auf weitere Befehle. Verunsichert suchte Pierre die Nähe seines Vaters. Dessen Ruhe übertrug sich auf ihn. Kinder zu schlagen war eine Sache, aber der Einäugige würde niemals auf seine Bauern schießen lassen.

Kapitel 9
Dunois, Juni 1775

Louis Philippe de Blois liebte die Ausflüge aufs Land. Der Alltag in Versailles war langweilig, geprägt von Unterricht, Picknicks und zeremoniellen Anlässen. Auf den Landgütern war er der Aufsicht seines Lehrers entzogen und konnte tun, was ein elfjähriger Junge gerne tut: ausreiten, jagen, fechten. Als Erbe des Herzogtums Blois und der Grafschaft Dunois wurde ihm hier jeder Wunsch erfüllt. Er hatte laut gejubelt, als sein Vater ihm eröffnete, dass er nach Dunois reisen solle. Leider würde seine Mutter ihn begleiten. Im Gegensatz zu ihm hasste die Herzogin die Reisen aufs Land und war entsprechend übel gelaunt. Wenn er Glück hatte, würde sie sich um sich selbst kümmern und ihn in Ruhe lassen.

Sie waren am Vorabend in Dunois eingetroffen und im Haupthaus in den herzoglichen Gemächern einquartiert worden. Louis Philippe war schon früh aufgestanden und hatte begonnen, die Ställe zu erkunden. Er hatte gerade den Stallmeister darum gebeten, ihm ein Pferd für einen Ausritt zur Verfügung zu stellen, als es plötzlich im Hof unruhig wurde. Als Louis Philippe aus dem Stall trat, sah er, wie hastig das Tor zugezogen wurde und er hörte wütende Rufe von außerhalb der Mauern. Sofort lief er zum Tor, um zu sehen, was dort vor sich ging. Antoine, der von seinem Vater eingesetzte Verwalter, stieg gerade auf den Wehrgang der Mauer und sprach mit den aufgebrachten Menschen vor dem Tor.

„Was ist los?", fragte Louis Philippe einen vorbeieilenden Diener.

„Die Bauern machen Ärger", erwiderte dieser und lief weiter.

Antoine kam die Treppe vom Wehrgang herunter und schaute noch grimmiger drein als sonst. Louis Philippe mochte den einäugigen Verwalter nicht. Der Mann behandelte ihn zwar immer höflich, doch fürchtete Louis Philippe sich vor dessen ungezügeltem Hang zur Gewalt.

„Was wollen die Bauern?", fragte er.

„Faulenzen, wie immer", schnaubte der Einäugige und rauschte an ihm vorbei.

„Wie langweilig ...", dachte Louis Philippe. Er sehnte sich nach Abenteuern, Faulenzen kannte er nur zu gut von Versailles. Abenteuer schien er zu bekommen. Er sah den Einäugigen einige Soldaten in Richtung Tor hetzen. Sie besetzten den Wehrgang und brachten die Musketen in Anschlag.

Louis Philippe lief ihnen nach, erklomm die Treppe und spähte über die Brüstung hinunter. Er sah eine Gruppe von Bauern, aber auch Frauen und Kinder. Die Bauern waren bewaffnet, insofern man Heugabeln und Knüppel so nennen konnte. Musketen konnte er keine ausmachen. Wollten sie ihre Mistgabeln gegen die Mauern schleudern? Die Truppe schien ihm harmlos. Dennoch verfolgte er gebannt das Geschehen.

Die Bauern riefen aufgebracht Beschimpfungen gegen die Mauer. Er bemerkte auch zwei Jungen unter ihnen. Einer mochte in etwa sein Alter haben, der andere sah jünger aus. Wütend warfen sie Steine in seine Richtung. Plötzlich hörte er die Stimme seiner Mutter hinter sich. Sie hatte sich tatsächlich aus ihren Gemächern bemüht und schien in eine lebhafte Diskussion mit dem einäugigen Verwalter verwickelt zu sein. Louis Philippe spitzte die Ohren.

„Wir können nicht unsere Bauern erschießen, wer erntet dann das Getreide?", hörte er die Stimme von Antoine, der sichtlich bemüht war, die Herzogin zu beschwichtigen.

„Wir müssen sie nicht alle erschießen, zwei sollten genügen, um sie wieder zur Arbeit zu bringen. Besser noch: Erschießt die Frauen, dann verlieren wir keine Feldarbeiter."

Louis Philippe leuchtete die Idee seiner Mutter ein, andererseits war er nicht sicher, ob es die beste Art war, Bauern zum Arbeiten zu motivieren, indem man die Bäuerinnen erschießen ließ.

Die beiden Jungen schleuderten immer noch Steine gegen die Mauer. Er fragte sich, ob sie wohl auch so viel Zeit mit langweiligem Unterricht verbringen mussten wie er oder ob sie öfter solche Abenteuer erlebten.

Das Krachen der Musketen hätte ihn beinahe vom Wehrgang gefegt. Ungläubig starrte er zu den Soldaten hinüber, vor denen sich eine Rauchwolke bildete. Als er den Blick wieder zu den Bauern richtete, sah er in die leuchtend blauen Augen des kleineren Jungen. Das abgrundtiefe Entsetzen, in das er sah, jagte ihm eine Gänsehaut über den Rücken. Dann wandte der Junge den Blick ab und rannte zu dem Toten.

KAPITEL 10
Grafschaft Dunois

Pierre hatte sich gerade nach einem neuen Wurfgeschoss umgesehen, als plötzlich das Krachen der Musketen seine Welt zerriss. Ungläubig nahm er wahr, dass er keinen Schmerz fühlte. Schnell blickte er sich um und sah die Soldaten auf der Mauer in einer Rauchwolke verschwinden. Sein Blick blieb an einem Jungen hängen, der neben den Soldaten stand und von der Mauer herabschaute. Die Zeit schien stillzustehen, die Wirklichkeit in weite Ferne gerückt.

Pierre nahm im Augenwinkel eine Bewegung wahr. Er blickte sich um. Die Rufe der Bauern waren verstummt. Jetzt stürzten sie nach vorn und knieten sich über jemanden. Pierre wusste mit einem Schlag, dass sein Vater tot war. Er spürte, wie seine Knie nachgaben. Panische Angst nahm ihm den Atem und pressten Hals und Brust zusammen. Allein der Schmerz hielt ihn aufrecht. Wie betäubt ging er die wenigen Schritte. Stumm fiel er neben dem Toten auf die Knie und benetzte des Vaters Hand mit seinen Tränen.

Die Salve hatte zwei Opfer gefordert. Bernard, Pierres Vater, hatten zwei Kugeln in die Brust getroffen. Louise, die junge Frau eines benachbarten Bauern, hatte ein Loch in der Stirn. Beide waren sofort tot.

Die Soldaten hatten stumm ihre Musketen nachgeladen und warteten auf neue Befehle. Die Schar der Bauern zog sich geschlagen zurück.

KAPITEL 11
Nantes

Julien hatte eine Flasche seines besten Cognacs entkorkt. Er stand am Fenster seines Arbeitszimmers und dachte voller Hoffnung über seine Zukunft nach. Seine Lagerhäuser waren voll mit amerikanischem Getreide. Das Volk hungerte. Natürlich könnte er es jederzeit zu einem guten Preis verkaufen. Doch wenn er es noch eine Weile zurückhielt, bis kurz vor der neuen Ernte, würde sich der Preis nochmals deutlich erhöhen. Er würde warten. Genüsslich nippte er an seinem Cognac und genoss das Brennen, das der edle Trunk in seiner Kehle verursachte.

Sein Anwalt hatte herausgefunden, dass der stellvertretende Kriegsminister wie viele Adelige unter Geldsorgen litt. Also hatte er ihm ein Geschäft vorgeschlagen, das dieser kaum ablehnen konnte, da er durch das Erteilen der Erlaubnis zur Produktion von Musketen keinen Nachteil, sondern ausschließlich Vorteile haben würde. Sobald die Genehmigung erteilt war, würde er das Getreide verkaufen und von dem Erlös die eigene Manufaktur bauen.

Ein lautes Hämmern an die Eingangstür ließ ihn aufhorchen. Er erwartete keinen Besuch. Er hörte die Schritte von Clément zur Tür schlürfen. Einem kurzen Wortwechsel folgte der Lärm schwerer Stiefel, die die Holztreppe hinaufhasteten. Julien wandte sich zur Tür seines Arbeitszimmers, als diese bereits aufflog. Missbilligend blickte er auf einen Jungen von etwa siebzehn Jahren in der Kleidung eines Hafenarbeiters. Noch bevor er den Grund des überhasteten Eindringens erfragen konnte, stieß dieser einen Schwall Worte hervor, die jedoch aufgrund des fehlenden Atems zu einem unverständlichen Kauderwelsch verschwammen.

„Langsam!“, verlangte Julien.

„Es ist ein Aufstand ausgebrochen ...“, stieß der immer noch um Atem ringende Junge hervor.

Julien suchte in Gedanken fieberhaft nach einem Grund, warum der Junge mit dieser Information zu ihm gekommen war. Er setzte gerade zu einer entsprechenden Frage an, als der Junge endlich weitersprach.

„Jetzt sind sie am Hafen ... Sie stürmen Ihre Lagerhallen ...“

Manchmal genügt ein Augenblick, um einem Triumph in einen Albtraum zu verwandeln. Julien eilte zu seinem Schreibtisch, ergriff hastig seine geladene Pistole aus der Schublade und rannte los. An der Treppe begegnete er seiner Frau, die ihn fragend anblickte.

„Lauf zur Polizei und schicke sie zum Hafen, ich versuche unser Getreide zu retten“, rief er und lief an ihr vorbei.

Als Julien auf den Quai de la Fosse einbog, sah er, dass er zu spät kam. Ein wütender Mob zerlumpter Gestalten drängte sich vor den Lagerhäusern. Das Schlimmste aber war, dass die Tore offenstanden. Offensichtlich waren sie bereits aufgebrochen worden. Julien hielt kurz inne, versuchte wieder zu Atem zu kommen und einen Plan zu fassen, er war jedoch zu aufgewühlt, um klar denken zu können. Da er aber nicht zusehen konnte, wie die hungrige Meute sein Getreide wegtrug, rannte er weiter. Bald kamen ihm erste Plünderer entgegen, die Taschen, Mützen und Hände voll Getreide. Julien lief weiter, bis das Gedränge immer dichter wurde. In wilder Verzweiflung setzte er seine Ellbogen ein, um voranzukommen. Bald krallten sich mehrere Hände in seinem vornehmen Rock fest. Ohne Zweifel hielten ihn die Plünderer für einen der ihren, der sich vordrängeln wollte. Julien setzte sein ganzes Gewicht ein, um sich loszureißen. Bald waren von seinem Rock nur Fetzen übrig. Seine kräftige Statur, seine Körpergröße und sein brennender Wille trieben ihn durch das

Gedränge dem Tor zu. Wie sollte er sie aufhalten? Noch wenige Schritte.

Julien sah den Schlag nicht kommen. Der Schmerz in seinem Schädel explodierte. Instinktiv zog er den Kopf ein. Er taumelte, drohte zu stürzen, rappelte sich aber wieder auf und strebte weiter dem Tor zu, ohne nach dem Mann zu sehen, der ihm den heftigen Schlag verpasst hatte. Am Tor angekommen, sah er, dass die Lagerhalle voller Menschen war, die sich sein Getreide in die Taschen stopften. Durch das Gedränge behinderten sie sich selbst. Er würde sie nicht aufhalten können.

Erschöpft wischte er sich den Schweiß von der Stirn und bemerkte das Blut an seiner Hand. Immer mehr Menschen drängten in Richtung Tor, aus Angst, am Ende leer auszugehen. Julien wurde in der Masse langsam nach links gedrängt. Ohne Idee, wie er diese Katastrophe beenden könne, schwamm er in der Menge, um nicht von ihr verschlungen zu werden. Plötzlich wurde er gegen etwas Hartes gedrückt. Er erinnerte sich an das Holzfass, das hier stand, gefüllt mit Sand, um im Winter die vereisten Straßen gangbar zu machen. Jetzt bohrte sich der eisenbeschlagene Rand schmerzhaft in seine Rippen. Aus einem unbewussten Impuls heraus begann er auf das Holzfass zu klettern. Schwer stützte er sich dabei auf Schultern und Köpfe der umstehenden Menschen, die ihn wütend zur Seite schoben. Er kam auf dem Fass zu stehen, richtete sich auf und blickte sich um. Blut und Schweiß waren ihm in die Augen gelaufen, so dass er kaum etwas sehen konnte. Er musste Zeit gewinnen, die Polizei war hoffentlich bereits unterwegs. Der Lärm war ohrenbetäubend, wie konnte er allein diese Menge aufhalten?

Unbewusst griff er in seinen Mantel, wo sich beim Erklimmen des Fasses etwas schmerzhaft in seine Seite gebohrt hatte – die Pistole. Er zog sie heraus, hob sie in die Höhe und feuerte.

Augenblicklich verstummte die Menge und blickte zu Julien auf. Er hatte keinen Plan, aber er hatte jetzt die Aufmerksamkeit der Meute. Er musste diesen Augenblick nutzen. Irgendwie. „Wir haben alle Hunger", begann er. „Und das muss sich ändern! Wenn wir all das Getreide hier gegessen haben, sind wir bis morgen satt. Das ist gut. Aber das genügt nicht."

Vereinzeltes zustimmendes Gemurmel ertönte unter ihm. Julien wusste, dass sein Leben davon abhing, ob er nun die richtigen Worte fand. Er musste die Menge so lange aufhalten, bis die Polizei eintraf.

„Wenn wir nur die kleinen Händler hier ausrauben, nehmen wir ihnen ihr Getreide weg. Dadurch ändern wir aber nichts und morgen werden wir wieder hungern."

Das Gemurmel wurde lauter, erste Rufe ertönten, Julien spürte, wie sich die Stimmung gegen ihn wendete.

„Deshalb dürfen wir hier nicht stehen bleiben, wir müssen die angreifen, die für unseren Hunger verantwortlich sind. Und das sind nicht die Händler, das sind die Herrscher."

Er bemerkte, dass er die Aufmerksamkeit der Menge wieder gewonnen hatte und fuhr fort. „Wenn wir hier fertig sind, werden wir nicht wieder nach Hause gehen, sondern die Mächtigen dafür bestrafen, dass sie uns hungern lassen, wir werden uns von ihnen holen, was uns zusteht."

Jetzt hörte Julien sogar Rufe der Zustimmung. Er wollte gerade weitersprechen, als er einen Trupp Polizisten auf den Kai einbiegen sah. Er klappte seinen Mund wieder zu. Er war gerettet. Als der Kommandant die Meute erblickte, rief er einen Befehl, und die Uniformierten rannten los. Jetzt hatte auch die Menge die Gefahr entdeckt. Laute Rufe ertönten und das Gedränge geriet in Bewegung. In wilder Panik versuchten alle gleichzeitig zu entfliehen und trampelten sich gegenseitig nieder. Bald hatten die Polizisten das Lagerhaus erreicht und begannen mit Knüppeln auf jeden einzuschlagen, der nicht schnell genug weg war. Julien beobachtete von seinem Fass aus, wie die Menge auseinandergeprügelt wurde. Er fühlte tiefe Erleichterung. Er machte sich gerade daran von seinem Fass herunterzusteigen, um dem Kommandanten zu danken. Er wandte sich dem nächsten Polizisten zu und starrte ungläubig auf den Knüppel, der auf seinen Kopf hinuntersauste. Die Welt versank in tiefem Schwarz.

Kapitel 12
Grafschaft Dunois

Louis Philippe sah den Bauern nach. Zwei dunkle Flecken am Boden zeigten, wo das Blut der beiden Opfer in die Erde gesickert war. Der Aufstand war niedergeschlagen, seine Mutter hatte sich durchgesetzt und sie hatte Recht behalten. Und doch spürte er Übelkeit in sich aufsteigen, begleitet von einem Gefühl der Abscheu. Er hatte in die Augen des dunkelhaarigen Jungen geschaut, und dessen Verzweiflung über den Tod des Vaters hatte sich tief in seine Seele eingebrannt. War es nötig gewesen, diesem Jungen den Vater zu nehmen? Stumm stieg er die Leiter des Wehrgangs hinab.

Emsige Geschäftigkeit vertrieb seine Gedanken. Die Herzogin hatte den Befehl gegeben, sofort alles für die Rückreise bereitzumachen. Keine Minute länger wollte sie auf dem verhassten Landgut zubringen. Jetzt, da die Bauern wieder in die Schranken gewiesen worden waren, konnte sie endlich zurück nach Versailles, wo sie nicht von solch primitivem Volk umgeben war.

Hastig wurde die Kutsche angespannt und die Diener schleppten die große Gepäcktruhe heran. Die Herzogin stand bereits im Hof und trieb das Personal an. Sie trug ein in Rosa gehaltenes Reisekleid, das versuchte, ihre Figur ähnlich in Szene zu setzen wie die Hofgarderobe das tat, verzichtete dabei aber auf den großen Reif am unteren Ende, da sonst der Einstieg in die Kutsche unmöglich geworden wäre. Auch ihre Frisur war einfacher gesteckt.

Louis Philippe hatte sich von den Stalldienern verabschiedet. Er bedauerte die schnelle Rückkehr an den Hof. Die Aussicht auf eine lange Kutschfahrt mit der mürrischen Mutter, an deren Ende höfische Langeweile winkte, war wenig verlockend.

Bald ratterte die Kutsche aus dem Tor. Der einäugige Verwalter hatte darauf bestanden, ihnen eine bewaffnete Eskorte zuzuteilen, wenn er auch nur wenige Männer entbehren mochte, da er sich nicht sicher zu sein schien, ob die jüngsten Maßnahmen dauerhaften Frieden gestiftet hatten.

Louis Philippe saß neben seiner Mutter auf der gepolsterten Bank. Gegenüber, entgegen der Fahrtrichtung, hatten auf einer etwas härteren Bank zwei Kammerzofen Platz genommen. Die eine mochte er, sie war eine junge, blonde Schönheit, deren Augen eine freundliche Wärme ausstrahlten, Mademoiselle Justine. Sollte er eines Tages heiraten müssen, würde er jemanden wie sie auswählen. Madame Bonnet war aus anderem Holz geschnitzt. Sie glich auf erschreckende Art und Weise seiner Mutter: mürrisch, immer darauf bedacht, das höfische Protokoll bis ins letzte Jota zu erfüllen. Wie oft hatte sie ihn getadelt und mit festem Griff auf den Weg der Tugend zurückgeführt! Sie war füllig genug, dass er ihr meist ohne Schwierigkeiten hatte entwischen können. Ihr speckiges Gesicht drückte ständig Empörung aus. Sie fand immer einen Grund, empört zu sein. Jetzt mochte es der Umstand sein, dass sie und ihre Herrin fernab des Hofes in einer Kutsche sitzen mussten.

Nach etwa einer Stunde Fahrt begann Louis Philippe sich zu langweilen, als die Kutsche abrupt stehen blieb. Schwungvoll prallte er gegen Mademoiselle Justine, die empört aufschrie. Der zarte Schrei ging in dem Lärm unter, den die benachbarte Kollision verursachte. Die Herzogin war mit ihrem vollen Gewicht auf Madame Empörung gefallen und verdeckte diese fast ganz. Beide stießen abwechselnd spitze Schreie aus. Im selben Augenblick krachten draußen Schüsse. Was war geschehen? Louis Philippe rappelte sich auf, nicht ohne sich kurz des wohligen Gefühls bewusst zu werden, das die körperliche Nähe zu Mademoiselle Justine verursacht hatte. Aber es war keine Zeit für Sentimentalitäten, er war der einzige Mann im Wagen. Er hörte die Rufe der Soldaten und erneut Schüsse, diesmal aus größerer Entfernung.

Louis Philippe lugte aus der Tür. Er sah einen Soldaten, der hinter seinem Pferd in Deckung gegangen war und angestrengt in den Wald spähte. Er folgte dem Blick, und wie aus dem Nichts tauchten fünf Männer auf, die ihre Musketen anlegten. Noch bevor er den Knall hörte, sah er das Mündungsfeuer, warf sich instinktiv zurück in die Kutsche. Unerwartet traf ihn der Körper von Mademoiselle Justine, die auf ihn gefallen war. Wieder spürte er das angenehme Gefühl ihrer Nähe. Sie blieb länger auf ihm liegen, als es die guten Sitten erlaubten. Um den tadelnden Worten von Madame Empörung zuvorzukommen, versuchte er sich aus der Umarmung zu befreien. Da bemerkte er das Blut auf seinem weißen Hemd. Im selben Augenblick fiel der Kopf von Mademoiselle Justine zurück, und Louis Philippe starrte in ein murmelgroßes Loch, wo eben noch ihr rechtes Auge gewesen war. Blut und eine dunkle Masse quollen daraus hervor. Mademoiselle Justine war tot. Diese Erkenntnis traf ihn wie ein Hammerschlag. Gelähmt vor Angst nahm er wahr, wie die Tür aufgerissen wurde. So fühlt es sich also an, wenn man sterben muss, dachte er und drehte langsam den Kopf.

Er starrte in ein pulvergeschwärztes Gesicht. Wild standen die schweißnassen, rabenschwarzen Haare nach allen Seiten. Schnell zog der Fremde eine Pistole und ... Louis Philippe schloss die Augen und erwartete den Tod.

„Könnt Ihr damit umgehen?", brüllte der Mann, bemüht, den Kampflärm zu übertönen.

Ungläubig öffnete Louis Philippe die Augen und sah die Pistole ihm entgegengestreckt. Jetzt erst bemerkte er die blaue Uniformjacke. Sein Tschako hatte der Soldat wohl irgendwo da draußen verloren.

„Können Sie damit umgehen?", bellte er nun deutlich ungeduldig.

Louis Philippe nickte – immer noch wie in einer Welt ohne Zeit gefangen.

„Bleibt in der Kutsche, und wenn jemand die Tür öffnet, ohne zu klopfen, erschießen Sie ihn", befahl der Soldat grimmig und war auch schon wieder verschwunden.

Louis Philippe sah sich in der Kutsche um. Seine Mutter war in sich zusammengesunken und bewegte sich nicht. Madame Empörung zitterte am ganzen Leib, rührte sich aber sonst nicht.

„Ist sie tot?", fragte Louis Philippe. Madame Empörung zitterte etwas heftiger. Louis Philippe zwang sich, seine Mutter hochzuheben. Er erwartete schon einen ähnlichen Schock wie bei Mademoiselle Justine. Die Herzogin schien jedoch unverletzt und atmete flach. Der Schreck hatte ihr die Besinnung geraubt. Nachdem dies geklärt war, konzentrierte er sich auf seine Aufgabe. Die Pistole im Anschlag, jede Faser seines Körpers angespannt, saß er da und wartete.

Der Kampf schien sich verlagert zu haben, es waren kaum Geräusche von draußen zu hören. Waren die Angreifer besiegt? Oder waren alle Soldaten tot und innerhalb der nächsten Sekunden würden beide Türen von wilden Kerlen aufgerissen werden, die ihn ermorden wollten?

Nach einer gefühlten Ewigkeit klopfte es an die Tür. Louis Philipp riss seinen Kopf herum und hätte beinahe abgedrückt. Erschrocken zuckte der Soldat zurück, der in der Türöffnung erschienen war.

„Wir haben sie in die Flucht geschlagen", sagte dieser. „Es hat uns vier Männer gekostet. Auch den Kutscher hat's erwischt. – Wir wenden den Wagen, fahren ein Stück zurück und suchen einen anderen Weg, da dieser blockiert ist", fügte er hinzu. Dann fiel sein Blick auf das Blut an Louis Philippes Hemd.

„Sind Sie verletzt?", fragte er erschrocken, wohl wissend, was ihm blühte, wenn er nicht alle Adeligen lebendig nach Versailles brachte.

„Nein", entgegnete Louis Philippe und deutete auf Mademoiselle Justine, deren Körper unnatürlich verrenkt auf den Kutschenboden gesunken war. Der Soldat nickte kurz und schlug die Tür zu.

Bald ruckte die Kutsche und Louis Philippe bemerkte, wie sie langsam gedreht wurde. Nachdem die Pferde wieder angespannt waren, fuhren sie los.

Madame Empörung saß immer noch, in die Ecke gepresst, da und zitterte. Obwohl sie nun jeden Grund gehabt hätte, sich zu empören, war dieser Ausdruck einem fahlen Grau gewichen, das jeder Färbung entbehrte. Von ihr war keine Hilfe zu erwarten. Widerstrebend beugte er sich über seine Mutter und begann sie sanft zu schütteln. Tatsächlich schlug sie die Augen auf und stieß einen heftigen Schrei aus. In Vorbereitung einer Schimpftirade blies sie sich auf wie ein Ballon, doch die Worte blieben ihr im Hals stecken, als sie das entstellte Gesicht von Mademoiselle Justine erblickte. Mit einem seltsamen Blasegeräusch wich die Luft ganz ohne Schelte aus ihren Lungen, als sie erneut bewusstlos in sich zusammensank. Madame Empörung zitterte noch immer.

Als sie endlich Versailles erreichten, war Louis Philippe ein anderer geworden. Zum ersten Mal freute er sich, die vertraute Umgebung des Schlosses zu sehen, und der übliche Unterricht und Drill halfen ihm, das Erlebte zu verdrängen. Und doch war ihm bewusst, dass er auf seiner Reise etwas verloren hatte – seine Kindheit.

Der Herzog von Blois, Louis Philippes Vater, hatte getobt, als er von dem Überfall erfahren hatte. Im ganzen Land war es wegen der hohen Getreidepreise zu Unruhen und Plünderungen gekommen.

Bereits am nächsten Tag hatte er alle nötigen Befugnisse erwirkt, dieser Gesetzlosigkeit ein Ende zu bereiten. Überall wurden Truppen zusammengezogen. Auf keinen Fall durften diese Aufstände sein Einkommen aus den Landgütern weiter schmälern. Außerdem war es eine gute Gelegenheit zu beweisen, dass er der geeignetere Kriegsminister war, wenn er diesen Aufstand in aller Härte niederschlagen würde.

Kapitel 13
Grafschaft Dunois

Pierre zuckte zusammen, als ihn der Ellbogen seines Bruders in die Rippen stieß.

„Hör auf zu flennen", flüsterte dieser.

Pierre wischte sich die Tränen aus den Augen und blickte in das Grab hinab. Krachend landete die erste Schaufel dunkler, trockener Erde auf dem einfachen Brettersarg.

„Ich bin die Auferstehung und das Leben ...", tönte Abbé Francois´ Bass vom Kopfende des Grabes herüber. „Wer sich glaubend mit meiner Kraft erfüllt, wird leben, auch wenn er stirbt ..."

Wieder musste Pierre schluchzen, was ihm erneut einen Stoß in die Rippen einbrachte. Mit aller Kraft versuchte er sich zu beherrschen.

„Vater unser ...", fuhr der Abbé fort.

Pierre zwang sich, den Blick von den Holzplanken des Sarges zu lösen, und blickte um sich. Etwa dreißig Menschen hatten sich versammelt, um seinen Vater und Louise zu beerdigen.

„... dein Reich komme, wie im Himmel, so auf Erden ..."

Alle hatten den Blick gesenkt und folgten dem Gebet des Abbés. Nur Mathilde sah Pierre unverwandt an. Sie musste etwa vier Jahre alt sein. Blondes, wild zerzaustes Haar umspielte ihr rundes Gesicht. Die vom Weinen geröteten Augen hielten seinen Blick fest.

„... wie wir vergeben unseren Schuldigern ..."

Mathilde hatte ihre Mutter verloren. Aus unerfindlichen Gründen spendete ihm ihre Trauer Trost. Er war nicht allein.

Als er neben sich ein Schluchzen vernahm, bemerkte er, dass er die Hand seiner Mutter umklammert hielt. Plötzlich schämte er sich für diese Anhänglichkeit, wagte aber nicht, die Hand wegzuziehen.

„... denn dein ist das Reich und die Kraft und die Herrlichkeit, in Ewigkeit. Amen."

Jetzt griffen die Männer wieder zu ihren Schaufeln, und das Prasseln der Erde auf den Sarg schmerzte Pierre in der Seele.

Jean hatte sich, scheinbar unbeteiligt, abgewandt und schlenderte mit den anderen Trauergästen zum Ausgang des kleinen Friedhofs. Mathilde war stehengeblieben, bis ihr Vater sie an der Schulter gepackt und mitgezogen hatte. Bedrückt machten sich die Menschen auf den Heimweg.

Pierre stand immer noch am Grab, das schon fast ganz mit Erde gefüllt war. Er begann sich unwohl zu fühlen, doch wollte er seine Mutter nicht allein lassen. Stumm liefen ihr Tränen über die Wangen.

„Sophie", hörte Pierre die tiefe Stimme des Abbés, der sich unbemerkt genähert hatte, seine Mutter ansprechen. „Sophie. Tapferes Mädchen. Komm mit", sagte er, nahm Sophie am Arm und zog sie sanft in Richtung Ausgang. Alle Menschen waren schon verschwunden, nur Jean und Mathilde standen noch an der alten Friedhofsmauer, die sich an die kleine Steinkirche anschloss. Simon, Mathildes Vater, ging mürrisch auf und ab. Offensichtlich hatte er auf den Abbé gewartet. Er war ein Riese. Seit Pierre das erste Mal die Geschichte von David und Goliath gehört hatte, sah Goliath in seiner Vorstellung aus wie Simon. Riesig, gewaltige Pranken, ein grobes Gesicht mit unfreundlichen Augen. Nur, dass Simon strohblond war und Goliath in Pierres Gedanken immer struppige, schwarze Haare hatte.

„Simon!", winkte der Abbé den Riesen heran.

„Euch alle hat das Schicksal hart getroffen", fuhr er fort. „Zwei Familien wurden zerstört. Leider können wir es nicht ungeschehen machen. Aber ich mache mir Sorgen um eure Zukunft. Sophie, du kannst den Hof nicht allein führen, deine Söhne sind noch zu jung, um den Vater zu ersetzen."

Pierre spürte, wie seine Mutter plötzlich in sich zusammensackte, so dass der Abbé sie halten musste. Leise schluchzte sie.

„Simon", fuhr der Abbé seine Rede fort. „Simon, wer wird sich um Mathilde kümmern?"

Der blonde Goliath blieb stumm.

„Ihr habt nur eine Chance. Ihr müsst euch zusammentun. So könnt ihr wenigstens einen Hof retten, zumindest bis die Kinder groß sind."

Aus zwei Familien würde eine werden.

KAPITEL 14
Nantes

Julien erwachte, geplagt von starken Kopfschmerzen. Er öffnete die Augen. Fieberhaft begann er nach Orientierung zu suchen. Wo war er? Was war geschehen? Er war nicht zuhause, und offensichtlich hatte er ein Problem. Er lag auf einer Handvoll Stroh in der Ecke einer kleinen Kammer. Der Gestank von Schweiß und Urin nahm ihm fast die Besinnung. Ein winziges, vergittertes Fenster unter der Decke ließ gerade so viel Licht ein, dass er sich mit Mühe orientieren konnte. Die Kammer war mit einer eisenbeschlagenen Holztür verschlossen. Mühsam versuchte Julien, sich aufzurichten. Eine Wunde am Kopf begann grausam zu pochen. Undeutlich erinnerte er sich an einen Schlag auf den Kopf, dann an den Polizisten mit den Knüppel. Offensichtlich war er nicht im Hospital. War er im Gefängnis?

Endlich gelang es ihm, sich aufzusetzen, und er musterte seine Umgebung etwas genauer. Er war nicht allein. Mindestens fünf andere Gestalten lagen am Boden oder saßen zusammengekauert in einer Ecke. War er mit den gemeinen Lumpen eingelocht worden, die ihm sein Getreide stehlen wollten? Ein gewaltiger Zorn stieg in ihm auf und entfachte brüllende Kopfschmerzen. Vergeblich versuchte er, sich zu beruhigen.

„He, Mann", versuchte er die Aufmerksamkeit der ihm am nächsten liegenden Gestalt auf sich zu ziehen. Eine Reaktion zeigte der aber erst, als er den Kerl an der Schulter rüttelte.

„Was willst du?", kam es unfreundlich zurück.

„Wo sind wir hier?", fragte Julien.

„Was denkst du, wo wir sind? In Versailles?", fauchte ihn dieser an. Mühsam richtete sich die Gestalt auf. Offensichtlich hatte auch er einige Stockhiebe einstecken müssen, sein Haaransatz war blutverkrustet.

„Wir sind im Stadtgefängnis", fügte er nun etwas freundlicher hinzu.

„Warum?", fragte Julien.

„Warum?", wiederholte sein Mithäftling verächtlich. „Ich bin hier, weil ich Getreide gestohlen habe. Du bist hier, weil du zum Aufstand gegen die Herrschenden aufgerufen hast."

Julien war entsetzt.

„Aber du hast Recht", sprach sein Gegenüber weiter. „Wenn wir uns Getreide holen, ist das nicht genug. Sobald wir unsere Strafe abgesessen haben, geht's den Herrschenden an den Kragen."

Julien versuchte, trotz seiner tobenden Kopfschmerzen, das Gehörte zu verstehen. Offensichtlich war er verhaftet worden, weil man ihn für einen der Aufständischen, wenn nicht gar für ihren Anführer gehalten hatte. Ein Missverständnis, das sich leicht aufklären lassen sollte.

„Wache!", rief er. „Wache hierher!"

Erschrocken sah ihn sein Mithäftling an, stürzte sich auf ihn und hielt ihm den Mund zu. „Halt den Mund!", zischte er panisch. „Willst du uns umbringen?"

Es war zu spät. Klappernd wurde ein Schlüssel ins Schloss gesteckt und mit einem Krachen der Riegel zur Seite gestoßen. Die Tür flog auf.

„Was ist hier los?", schrie ein kleiner, muskulöser Soldat mit einem Gesicht, das an ein dickes Hausschwein mit Schnauzer erinnerte.

„Hier gibt es ein Missverständnis", begann Julien den Irrtum aufzuklären. „Ich sollte eigentlich nicht hier sein."

Das Schweinegesicht brach in ein lautes Gelächter aus. Ehe Julien damit rechnen konnte, spürte er die Faust des Soldaten gegen seinen Kiefer prallen. Der Schlag kam so unerwartet, dass sein Kopf krachend gegen die Wand schlug. Ein stechender

Schmerz vernebelte ihm die Sinne. Er schmeckte Blut und sank auf den Boden.

„Lass mich raten: Du solltest eigentlich nicht hier sein", fuhr der Wärter fort, während er sich seine Faust rieb. Offensichtlich hatte er sich bei dem Schlag die Hand verletzt. „Das sagen hier alle", grunzte er weiter und lachte röchelnd. Aber der Schmerz an seiner Hand machte ihn zornig, so dass er nun mit seinen schweren Stiefeln nach Julien trat. Verzweifelt versuchte Julien mit seinen Händen den Kopf zu schützen. Auch sein Nachbar bekam einige Tritte ab.

„Lasst mich mit solch einem billigen Mist in Ruhe!", schrie er, bevor er wieder zur Tür hinausstapfte und sie krachend ins Schloss warf.

„Dummkopf!", fauchte die Gestalt am Boden.

Julien wischte sich das Blut von der Lippe. In ihm stieg eine dumpfe Angst auf. Wie lange würde es dauern, bis er dieses Loch verlassen konnte? Kaum merklich schlichen die Stunden dahin. Das ohnehin spärliche Licht schwand. Es war Abend. Julien begann zu begreifen, dass er die Nacht über hierbleiben musste.

Als erneut Lärm vor der Tür begann, legte er sich wie die anderen Häftlinge auf den Boden, um keinesfalls die Aufmerksamkeit des Wärters auf sich zu ziehen. Krachend flog die Tür auf. Unter seiner Armbeuge hindurch sah er, wie der schweinegesichtige Soldat einen Eimer mit Wasser und eine Schale alten Brotes in die Zelle schob, streitlustig in die Runde blickte, dann aber wieder abzog und die Tür hinter sich abschloss. Langsam kam Bewegung in die Gefangenen. Julien zählte sechs abgerissene Gestalten, die sich nun um das Abendessen scharten. Er kaute lustlos auf dem nach Schimmel schmeckenden Brotkanten herum und trank gierig einige Handvoll Wasser. Keiner der Anwesenden sprach ein Wort. Julien tastete immer wieder nach der Platzwunde, die der Schlag des Wärters hinterlassen hatte.

Bald war das letzte Tageslicht verschwunden und tiefe Finsternis umfing sie. Julien stieg der unverwechselbare Geruch von menschlichen Exkrementen in die Nase. Offensichtlich hatte sich einer der Gefangenen erleichtern müssen. Das Schlimmste aber waren die Ratten, die Julien immer wieder über die Füße huschten. Qualvoll hielt er sich wach, aus Angst, sie würden ihn anfressen, wenn er einschlief. Es musste weit nach Mitternacht sein, als er aufschreckte. Was war das? Er hörte ein würgendes Geräusch. Getuschel. Und der bestialische Gestank von Erbrochenem. Beinahe hätte er erneut nach dem Wärter gerufen, überlegte es sich jedoch schnell anders. Als er das nächste Mal aufschreckte, drang bereits das erste Morgenlicht in die Zelle. Sein ganzer Körper schmerzte, besonders aber sein Unterkiefer.

Das Frühstück bestand ebenso wie das Abendessen aus schimmligem Brot und kaltem Wasser. Liebend gern hätte Julien sich den gröbsten Dreck vom Körper gewaschen, doch genügte der Eimer Wasser kaum zum Trinken. Stumm teilten sie das Frühstück und würgten es hinunter. Ein kleiner Mann in der Ecke blieb einfach liegen. Niemand schien auch nur daran zu denken, ihm etwas aufzuheben oder etwas zu bringen. Julien nahm ein Stück Brot, durchquerte die Zelle und kniete sich neben dem Mann nieder. Eine Lache von Erbrochenem umgab seinen Kopf und hatte sich mit seinen langen Haaren vermischt. Julien überwand seinen Ekel und berührte den reglosen Körper mit der Hand. Er schüttelte ihn sanft. Der Leib war seltsam schwer und steif. Die Erkenntnis traf ihn vollkommen unvorbereitet. Der Mann war tot. Hilfesuchend sah er sich um. Man musste doch etwas unternehmen. Die anderen sahen teilnahmslos zur Seite. Niemand wollte den schweinegesichtigen Schläger rufen, also blieb der Tote einfach liegen. Julien wusste, dass viele Häftlinge ihre Hinrichtung nicht erlebten, da das Gefängnis sie vorher umbrachte. Würde er auch hier unten zwischen denen verwesen, die sein Getreide stehlen wollten? Er versank in tiefer Verzweiflung.

Die Hölle dauerte vier Tage, bis er in Ketten vor einen Richter geführt wurde. Endlich würde er Gelegenheit bekommen, sich zu erklären. Für Wutausbrüche fehlte ihm die Kraft, aber irgendjemand musste für diesen Irrtum zur Rechenschaft gezogen werden. Müde sah er den Richter an, ein kleinköpfiger Mann, dessen zu große Perücke schief auf dem Kopf saß. Er setze an, um seine Geschichte zu erzählen, als ihm der Richter mit einem ungeduldigen Wink zum Schweigen brachte.

„Monsieur Julien Maxime Pinot?", fragte der Richter. Julien nickte und wollte weitersprechen, doch abermals bedeutete ihm der Richter, zu schweigen. Julien fühlte Verzweiflung in sich aufsteigen. Er wollte gerade protestieren, als der Richter dem Schweinegesicht zunickte. Grunzend kam der fette Soldat auf ihn zu. Da Julien die letzte Begegnung noch nicht vergessen hatte, zog er unwillkürlich den Kopf ein und hob abwehrend die Hände vor sein Gesicht.

Aber diesmal schlug er nicht zu, packte ihn nur an der Kette, die seine Hände umschloss und zog ihn grob mit sich, dem Ausgang zu.

„Herr Richter", rief Julien nun doch und wandte sich flehentlich dem Richter zu, der aber schon in weitere Akten vertieft schien.

Kaum hatten Sie den Raum verlassen, nestelte das Schweinegesicht an seinem Gürtel die Schlüssel hervor und schloss seine Ketten auf. Julien wusste nicht, was er davon halten sollte. Ungläubig musterte er den Soldaten, als dieser sich umdrehte und ohne Kommentar davonging. Julien verstand nicht, was das zu bedeuten hatte, aber er begriff sofort, dass er sich jetzt auf den Weg machen musste. So schnell er konnte, wankte er in die entgegengesetzte Richtung, weg vom Gerichtssaal. Er wollte jede weitere Begegnung mit Schweinegesicht vermeiden. Bald gelangte er an eine Tür. Als er sie vorsichtig öffnete, nahm er wahr, dass der Flur in eine Halle mündete. Auf der anderen Seite konnte er große Tore erkennen, die offensichtlich ins Freie führten. Auch entdeckte er einige Männer, die in der Halle herumstanden. Julien wollte sich gerade wieder zurückziehen, als einer der Männer auf ihn zukam. Plötzlich erkannte er seinen Anwalt. Er begann zu ahnen, dass er tatsächlich ein freier Mann war.

Erfreut wollte Julien seinem Anwalt um den Hals fallen, doch dieser, gekleidet in edle, schwarze Stoffe, trat einen Schritt zurück.

„Verzeihung, Sie riechen etwas streng“, sagte er entschuldigend. Julien ahnte, dass er stark untertrieb.

„Wie viel Getreide ist noch übrig?“, wollte Julien begierig wissen.

„Etwa zwei Drittel konnte die Polizei retten“, sagte der Anwalt. Erleichtert atmete Julien aus.

„Ein weiteres Drittel hat der Richter genommen, dafür, dass er Sie freigab“, fuhr der Anwalt fort.

Juliens Miene verdunkelte sich.

„Aber ich bin unschuldig“, protestierte er.

„Wenn Sie den Prozess abwarten wollen, können Sie gerne zurück in Ihre Zelle gehen. Spätestens in sechs Monaten wird Sie ein Richter anhören“, erwiderte der Anwalt. Julien wollte gerade über das Justizsystem, die Korruption und Willkür wettern, als sein Anwalt ein Lächeln aufsetzte.

„Sie haben Post aus dem Kriegsministerium erhalten“, sagte er.

„Und?“, fragte Julien ungeduldig.

„Der Herzog von Blois konnte eine Sondergenehmigung erwirken. Sie können Ihre eigene Musketen-Manufaktur bauen, auch ohne die Zünfte.“

Julien vergaß auf der Stelle, was er eben noch über Korruption sagen wollte. Er hatte es geschafft. Er war der Hölle entkommen und würde sehr reich werden.

Kapitel 15

Dunois, Juni 1775

Pierre fiel es nicht leicht, sich an das neue Zuhause zu gewöhnen. Natürlich hatte Simon entschieden, dass sie in seinem Haus leben würden. Das Gebäude bestand aus einem einzigen Raum, ein Balkengerüst, dessen Zwischenräume mit Lehm ausgefüllt waren. Das Dach war mit Stroh gedeckt. Die Möblierung umfasste einen gusseisernen Herd, Töpfe und Küchengeräte, einen Tisch mit vier Stühlen und einige Strohsäcken als Nachtlager. Durch zwei kleine Fenster drang etwas Licht ins Innere. Etwa zwanzig Fuß vom Wohnhaus entfernt stand ein aus alten Brettern gezimmerter Stall. Der Geruch verriet sofort die Bewohner – Schweine.

Die Tage waren halbwegs erträglich. Die harte Arbeit hielt den Schmerz fern, den der Verlust des Vaters verursachte. In den kurzen Pausen zogen sich die beiden Brüder zurück und schmiedeten Pläne, wie sie den Tod des Vaters rächen könnten. Eines Tages, so hatte Jean feierlich geschworen, würde er den Einäugigen töten. Pierre tat es ihm gleich.

Pierre mochte seinen Stiefvater nicht. Simon hatte am ersten Tag klar gemacht, dass er Gehorsam erwartete. Es galt, ihre Schuld abzuarbeiten. Ging es nach Simon, war alles die Schuld von Pierres Vater, da dieser die Idee gehabt hatte, den herzoglichen Verwalter aufzusuchen. Seither empfanden die Brüder ihren Stiefvater als Feind, dem sie sich beugen mussten. Irgendwann würde die Zeit kommen, da sie stark genug waren, sich von ihm zu befreien.

Sophie fügte sich in ihr Schicksal. Sie verrichtete die Hausarbeit, kümmerte sich liebevoll um Mathilde. Doch sie war noch stiller geworden, als sie es ohnehin schon immer gewesen war.

Vor den Nächten fürchtete sich Pierre. Abends wollte der Schlaf nicht kommen. Er drehte sich zur Wand, dass niemand seine lautlosen Tränen bemerkte. Wenn dann der Schlaf endlich kam, begegnete er dem sterbenden Vater im Traum.

Der zweifelhafte Frieden hielt nur kurz. In der Nacht vor dem Pfingstsonntag änderte sich alles.

Mürrisch und gnadenlos hatte Simon die beiden Brüder angetrieben, um alle anstehenden Arbeiten vor dem Pfingstfest zu erledigen. Erschöpft und gereizt hatte sich die kaum drei Wochen alte Familie zu Bett begeben. Nur Simon war verschwunden.

Mitten in der Nacht erwachte Pierre, als die Tür geöffnet wurde. Simon schwankte herein. Offensichtlich hatte er viel getrunken. Anstatt wie gewohnt auf sein Lager neben der Tür zu sinken, durchquerte er den Raum und kam auf sie zu.

„Weib, komm zu mir“, lallte er. Sophie, die zwischen ihren Söhnen gelegen hatte, richtete sich erschrocken auf.

„Geh schlafen, Simon, es ist spät“, entgegnete sie.

„Du lebst in meinem Haus, also bist du meine Frau“, stieß er undeutlich hervor, sichtlich bemüht seine, vom Wein gelähmte Zunge zum Sprechen zu zwingen.

Sophie hatte sich bereits wieder hingelegt. Wenn sie gehofft hatte, dadurch die Situation zu entschärfen, ging ihre Hoffnung nicht auf. Simon packte Sophie mit beiden Händen und riss sie über Jean hinweg zu sich. Sophie wehrte sich, wollte sich aus seinem Griff befreien. Doch Simon war stärker. Plötzlich schlug er ihr hart ins Gesicht. Ihr Widerstand erschlaffte. Pierre schrie auf. Blut sickerte aus der geplatzten Lippe der Mutter. Simon zerrte sie zu seinem Lager und warf sich auf sie. Ungeduldig fummelte er an seiner Hose herum. Sophie wimmerte. Mathilde war aufgesprungen und starrte auf die Szene. Auch Pierre und Jean waren hochgefahren und folgten entsetzt den Ereignissen.

Simon hielt mit einer Pranke Sophies Hände fest, schob ihr Nachthemd nach oben und stöhnte tierisch. Pierre fühlte Panik in sich aufsteigen. Wie gelähmt stand er da. Jean reagierte als erster. Ein paar Sprünge, und er war neben Simon, schlug ihm mit aller Kraft ins Gesicht. In wildem Zorn ließ Simon von Sophie ab und schmetterte Jean seine Faust ins Gesicht, dass krachend dessen Nase brach. Pierre spürte die Angst bis in die Ohren steigen, sein linkes Augenlid begann unkontrolliert zu zucken, sein Blick trübte sich und er fühlte, wie etwas in ihm zerriss. Er nahm kaum mehr wahr, wie er auf Simon zustürmte und so wild auf ihn einschlug, dass der Goliath Mühe hatte, sich des Angriffs zu erwehren. Schließlich bekam dieser den tobenden Jungen zu fassen und schleuderte ihn mit einem heiseren Schrei quer durch den Raum, dass Pierre krachend gegen den Tisch prallte. Mathilde hatte mittlerweile zu brüllen angefangen und lief zu Pierre hinüber. Jean war wieder zu sich gekommen und hinkte ebenfalls zu seinem Bruder.

Simon verfolgte sie nicht. Er hatte sich Sophie zugewandt, lag auf ihr und bewegte sich immer schneller vor und zurück. Speichel und Blut tropfte aus seinem Mund.

Jean zog Pierre auf die Beine und zerrte ihn zur Tür. Pierre wollte erneut auf Simon losgehen, doch der Ältere hielt ihn zurück.

„Es bringt nichts, wir holen Hilfe", zischte er. Pierre wandte sich zu Mathilde um. Die vor Schrecken geweiteten Augen schienen zu sagen: Bitte geht nicht.

Jean zog Pierre nach draußen. In dunkler Nacht hasteten sie den Weg entlang, so schnell es ihre Verletzungen erlaubten.

Die kühle Nachtluft tat Pierre gut. Langsam kam er zu sich. Jetzt erst spürte er die Schmerzen am ganzen Körper.

Nach einer gefühlten Ewigkeit erblickten sie die schwarzen Umrisse der Kirche. Jean hämmerte an die Tür des Pfarrhauses.

Es dauerte eine Weile, bis sie innen schlürfende Schritte hörten und der Riegel zur Seite geschoben wurde. Der Schein einer Kerze erhellte ihre Gesichter, als der Abbé die Tür öffnete.

Kapitel 16
Paris, Juni 1775

Jean erblickte Paris als erster. Der Anblick überwältigte ihn. Niemals zuvor hatte er etwas so Großes gesehen. Unzählige Häuser drängten sich hinter gewaltigen Mauern zusammen. Kirchtürme schossen überall in die Höhe wie die keimende Saat im Frühling. Durch die Tore atmete diese Stadt Unmengen von Menschen ein und aus. Hier würde er leben!

Er drehte sich um und winkte ungeduldig seinem Bruder und dem Abbé, die gerade um die letzte Biegung auftauchten, das Maultier samt Karren zwischen sich.

Pierre zeigte ein Lächeln und lief los.

Die Reise hatte ihnen gutgetan. Langsam war die stumme Verzweiflung über das Erlebte und die Trauer über den Abschied von zuhause ihrer Entdeckerfreude gewichen. Sie fühlten nicht nur den Schmerz, ihr altes Leben zu verlassen, sondern auch Hoffnung auf eine neue Zukunft. Zuhause gab es keinen Platz mehr für sie. Der Abbé hatte Verständnis dafür gezeigt, dass sie ihre Mutter hatten retten wollen, nicht so die anderen Menschen des Dorfes. Simon hatte sich bei Sophie entschuldigt, das Verhalten der Söhne hingegen war als unentschuldbar angesehen worden. Anstatt sich dankbar in die neue Familie zu fügen, hatten sie ihren Stiefvater geschlagen. Dass ihre Mutter nicht die Kraft fand, sie zu verteidigen, schmerzte. Schließlich hatte sie zugestimmt, dass der Abbé die beiden Jungen mit nach Paris nahm und versuchte, sie bei einem Kollegen unterzubringen. Dort würden sie hoffentlich Arbeit finden und überleben können. So hatten sie nicht nur ihren Vater, sondern auch die Mutter und die Heimat verloren. Aber nun klopfte das neue Leben an, eine aufregende Zukunft stand ihnen vor Augen.

Als sie sich durch das Tor drängten, steigerten sich Lärm und Gestank ins Unerträgliche. Ein niemals enden wollender Menschenstrom schob sich an ihnen vorbei. Sie sahen die fremdartigsten Kleider, große Kutschen, kleine Wagen, Menschen zu Fuß und zu Pferd. Fuhrleute fluchten, trieben die Zugtiere an oder schlugen nach denen, die ihnen den Weg versperrten. Zerlumpte Gestalten waren ebenso zu sehen wie edle Herrschaften in Seidenstrümpfen. Immer wieder musste der Abbé sie wachrütteln und zum Weitergehen ermahnen, so gefesselt waren sie von der Lebendigkeit dieser stinkenden, lärmenden Hauptstadt.

Irgendwann verließen sie die Hauptstraße und durchschritten enge Gassen. Auf beiden Seiten ragten mehrgeschossige Fachwerkhäuser auf. Ständig mussten sie über verdreckte Bettler hinwegsteigen, die am Straßenrand kauerten und lautstark um eine Gabe baten.

Schließlich erreichten sie eine große Kirche. Der Abbé ließ sie warten und trat ein. Jean musterte seinen Bruder. Während der Reise war er schweigsam gewesen. Jean hatte begonnen, sich Sorgen zu machen. Doch nun schien auch den Jüngeren der Zauber dieser Stadt erfasst zu haben.

Bald tauchte der Abbé wieder auf, begleitet von einem älteren Mann in einfacher Kleidung. Dieser übernahm das Maultier, und der Abbé winkte den Brüdern, ihm zu folgen.

Jean stockte fast der Atem, als sie die Kirche betraten. Nie hatte er für möglich gehalten, dass es solch große Räume geben könne. Die Decke erhob sich bis in den Himmel. Licht flutete durch die großen Fenster auf beiden Seiten. Hinter dem Altar aus Granit prangte ein lebensgroßes Gemälde des auferstandenen Christus. Der vertraute Geruch nach Weihrauch vermittelte erstmals ein Gefühl von Heimat.

„Willkommen in Paris“, hörte Jean eine freundliche Stimme sagen. „Willkommen in eurem neuen Leben.“

TEIL II (APRIL - JUNI 1788)

Kapitel 17

Paris, April 1788

Jean schlug die Augen auf. Es war bereits hell. Er stand auf und rüttelte Pierre an der Schulter. Sie durften nicht zu spät kommen.

Nachdem sie einige Jahre Abbé Christophe zur Hand gegangen waren, hatten sie sich als Tagelöhner durchschlagen müssen. Seit zwei Jahren hatten sie nun eine richtige Arbeit in einer Waffenmanufaktur.

„Pierre, wir müssen los!", rief Jean, während er sich das Gesicht mit kaltem Wasser bespritzte, das in einem Holzeimer in der Zimmerecke stand. Seit letztem Herbst konnten sie sich dieses Zimmer leisten. Es war nicht groß, zwei Nachtlager und ein Tisch mit zwei Stühlen füllten es fast aus. Aber es war ihr erstes eigenes Zuhause.

Nun hatte sich auch Pierre aus dem Bett gequält und wusch sich in der Ecke.

Nachdem sie sich ihre Arbeiterhemden übergeworfen hatten, verließen sie gemeinsam ihr Zimmer. Sie gingen eine schmale Treppe zwei Stockwerke hinab, bis sie auf die Straße gelangten. Im Erdgeschoss war eine kleine Bäckerei untergebracht.

„Guten Morgen, Didier", rief Jean dem Bäckermeister zu, der schon seit Stunden in der Backstube stand. Wie immer kaufte er für fünf Sous Brot, das sollte sie bis zum Abend satt machen.

Jean genoss den allmorgendlichen Gang zur Arbeit. Sie wohnten in einer kleinen Gasse im Osten von Paris, die Manufaktur befand sich in der Faubourg St. Antoine vor den Toren der Stadt. Jeden Tag passierten sie die mächtige Bastille, die als Gefängnis genutzt wurde. Nach einer halben Stunde Fußmarsch sahen sie bereits das Tor mit der Aufschrift „Waffenmanufaktur Pinot, Paris“.

Von allen Seiten strömten die Arbeiter und einige Arbeiterinnen durch das Tor ins Innere. Mehrere große Räume beherbergten all die komplizierten Maschinen und Öfen.

Dem Inhaber der Manufaktur waren die beiden Brüder bald als ausgezeichnete Handwerker mit schneller Auffassungsgabe aufgefallen. Jean war vor drei Monaten zum Vorarbeiter aufgestiegen, er verdiente nun dreißig Sous am Tag statt der üblichen zwanzig.

Pierre verschwand in Richtung Gießerei. Jean überwachte die Endfertigung, den Zusammenbau der Musketen aus den verschiedenen Einzelteilen. Es war eine ganz neue Methode, Musketen zu fertigen, die Honoré Blanc, königlicher Direktor der Waffenmanufakturen, entwickelt hatte. Von nun an wurden nicht mehr lauter Einzelstücke produziert, sondern beliebig austauschbare Einzelteile, die erst am Ende zusammengesetzt wurden.

Jean hatte sehr schnell den Vorteil dieser Methode erkannt. Die Arbeiter konnten sich auf einzelne Teile spezialisieren, es war einfacher, die Qualität zu kontrollieren, und bei einem Defekt konnte jedes Teil schnell ausgetauscht werden. Das war auf einem Feldzug von großer Bedeutung.

„Guten Morgen“, grüßte Jean in die Runde, als er die Montagewerkstatt erreicht hatte. Mächtige Regale säumten die weiß getünchten Wände mit unendlich vielen Kisten, wo die verschiedenen Einzelteile aufbewahrt wurden und darauf warteten, zusammengesetzt zu werden: gegossene Läufe, Hähne, Pulverpfannen, Steinschlösser, Abzüge, verschiedene Beschläge, die hölzernen Schäfte und abertausende Schrauben.

Etwa zwanzig Arbeiter begannen an zwei großen Tischen sofort damit, aus diesen Einzelteilen Musketen herzustellen. Mittagessen war erst erlaubt, wenn die vorgegebene Anzahl fertig montiert war.

Jean liebte seine Arbeit. Er freute sich daran, Verantwortung zu tragen, anerkannt zu werden, und er konnte jeden Tag mit Fabienne zusammen sein.

Mit geübtem Griff hatte er eben einen Lauf am Schaft befestigt, als er den Kopf hob. Fabiennes Blick traf ihn bis ins Herz, beschleunigte seinen Puls. Fabienne war die schönste Arbeiterin bei Pinot. Er liebte sie. Und er war sich fast sicher, dass sie ihn auch liebte. Seit er Vorarbeiter war, sah sie ihn ständig an, und er war der Magie ihres Blickes erlegen. Vielleicht hätte er sich längst überwunden, sie anzusprechen, wäre sie nicht mit Thomas zusammen gewesen. Thomas war Vorarbeiter der Gießerei, ein übellauniger, hinterlistiger Muskelprotz, vor dem er sich ebenso fürchtete, wie er Fabienne verehrte. Er wusste, dass sich Mädchen manchmal von ihm angezogen fühlten, obwohl er nicht das feingliedrige Gesicht seines Bruders hatte. Außerdem stand seine Nase schief, seit sein Stiefvater sie ihm gebrochen hatte. Insgeheim träumte er davon, sich irgendwann eine kleine Wohnung kaufen zu können, vielleicht auch ein Häuschen auf dem Land, und mit Fabienne eine Familie zu gründen. Jetzt, wo beide Brüder Geld verdienten, konnte er sogar regelmäßig etwas zurücklegen. All das war für sein Leben mit Fabienne bestimmt. Nicht, dass er mit ihr darüber gesprochen hätte, doch hatte er ihre Bemerkung, dass Thomas ihr nicht einmal ein eigenes Haus bieten könne, obwohl er Vorarbeiter sei, wohl verstanden. Außerdem schlug Thomas sie. Neulich war sie mit einem dunklen Bluterguss unter dem Auge zur Arbeit erschienen, was ihm fast das Herz gebrochen hätte. Wie konnte man seine Faust in solch ein zauberhaftes Gesicht schmettern? Aber Thomas quälte jeden, der schwächer war als er. Da er Vorarbeiter war und breit wie ein Schrank, traf das auf jeden zu. Wahrscheinlich war jeder hier in Fabienne verliebt. Doch als Vorarbeiter hatte Jean entscheidende Vorteile. Er konnte hin und wieder zu ihr gehen, nach ihrer Arbeit sehen. Dann roch er ihren Duft, berührte sie wie absichtslos und genoss es, wenn sie ihm flüchtig über die Hand strich oder kurz ihren Kopf an seine Schulter lehnte.

Plötzlich hörte Jean laute Rufe, ein Tumult war irgendwo inmitten der Manufaktur ausgebrochen. Alle im Raum sahen sich fragend an.

„Wir arbeiten weiter", bestimmte Jean. Er würde sich dafür rechtfertigen müssen, wenn er seinen Leuten erlaubte, neugierig durch die Hallen zu spazieren.

Plötzlich stürmte Antoine in die Werkstatt, ein Arbeiter aus der Gießerei, den Jean gut kannte.

„Jean, komm schnell", rief Antoine, ganz außer Atem.

„Was ist denn los?"

„Pierre", keuchte Antoine, „es hat ihn erwischt!"

Jean packte die Angst. Krachend warf er die Muskete, die er gerade bearbeitet hatte, zur Seite, sprang auf und folgte Antoine.

Kapitel 18
Versailles

Louis Philippe, Sohn des Herzogs von Blois und Grafen von Dunois, war bester Laune. Er betrachtete sich im Spiegel. Seine nagelneue Leutnantsuniform stand ihm ausgezeichnet. Seit ihm sein Vater eine Offiziersstelle im Garderegiment des Königs vermittelt hatte, war er Soldat. Natürlich hatte er bereits genügend Uniformen, doch während seines Urlaubs galt es nicht, einen Feind zu schlagen, sondern Herzen zu erobern. Dazu hatte er sich diese neue Uniform schneidern lassen. Er mochte das Leben als Soldat, zumal er als Offizier in Friedenszeiten keine großen Härten ertragen musste. Seine Männer respektierten ihn. Doch quälte ihn immer wieder die Langeweile. Nicht nur, dass es mangels Krieg keine Schlachten zu schlagen gab, er entbehrte auch der höfischen Vergnügungen. Als er vor vier Jahren Versailles verlassen hatte, jagte ein Maskenball den nächsten. Durch einen Freund hatte er zum großen Verdruss seiner Eltern Zugang zu den privaten Festen der Königin in ihrem kleinen Schlösschen Trianon erhalten. Niemand übertraf ihre Majestät, die Königin, in der Kunst der Unterhaltung.

Er schnallte sich seinen breiten Ledergürtel um, an dem ein kunstvoll gearbeiteter Säbel hing.

Seitdem hatte sich Versailles jedoch verändert. Angeblich hatte die Königin ein Diamanten-Halsband für 1,6 Millionen Livres bestellt, obwohl der Staat hoch verschuldet war. Der Hof hatte beweisen können, dass man ihr eine Falle gestellt hatte. Marie Antoinette war offensichtlich unschuldig, und doch schien sie von ganz Frankreich gehasst zu werden. Selbst in der Armee war ihm das Gerede über „Madame Defizit“, wie man die Königin seitdem verächtlich nannte, zu Ohren gekommen. Auf einmal hatten die rauschenden Feste aufgehört. Die Königin gab plötzlich viel auf das Geschrei des Pöbels – zu viel, wie er fand.

„Louis Philippe", hörte er die Stimme seiner Mutter, die ihn an die eines Sergeants auf dem Exerzierplatz erinnerte.

„Ja?"

„Dein Vater wünscht, dass du heute mit uns speist und von deinen Erfahrungen bei deinem Regiment berichtest. Wir erwarten Gäste."

Sie war unnötigerweise in sein Ankleidezimmer gekommen, hatte er sie doch schon klar und deutlich verstehen können, als sie noch im Salon war.

„Ich werde aber nicht lange bleiben, ich treffe mich noch mit Victor und Alexandre."

„Du gehst aber nicht zu dem Ball, das ist unserer Familie unwürdig!"

„Bestimmt nicht, Victor und Alexandre haben eine Überraschung vorbereitet", antwortete er.

Natürlich würde er auf den Ball in Petit Trianon gehen. Auch, wenn sich die Zeiten in Versailles geändert hatten. Ab und zu wurde noch ein Ball veranstaltet, sehr klein und sittsam, wie er gehört hatte, dennoch wollte er ihn sich unter keinen Umständen entgehen lassen. Victor und Alexandre, beide ebenfalls Erben von Herzogstiteln, waren seine Jugendfreunde, die er aber wegen ihrer unterschiedlichen Einsatzorte in der Armee nur selten sah. Heute Abend würden sie ihn abholen und es würde einen Ball geben.

Einige Stunden später spazierten die drei jungen Männer lachend durch die Gärten von Versailles, vorbei am Schloss Grand Trianon, wo sich einst Ludwig XV. mit seinen Mätressen vergnügte. Louis Philippe hatte sofort neidisch bemerkt, wie ausgezeichnet Victor in seiner Kavallerieuniform aussah. Die Zeiten änderten sich, Schlachten wurden heute durch die Infanterie gewonnen. Alexandre diente wie Louis Philippe in einem Infanterieregiment.

Er war froh, dass ihn seine Freunde von dem langweiligen Abendessen mit seinen Eltern und einigen anderen Höflingen gerettet hatten. Eine Stunde lang hatte er von seinen militärischen Erfahrungen erzählen müssen, die sich im Wesentlichen auf Exerzieren und das Niederschlagen winziger Aufstände beschränkten. Anschließend hatte sich eine lange Diskussion über Kriegstaktik entfaltet.

Nun erzählten sich die jungen Offiziere von ihren Eroberungen. Während der Krieg ruhte, wurden heftige Angriffe an der Front der Liebe geführt.

Schon ragte vor ihnen das Schlösschen der Königin auf: Petit Trianon. Von außen unscheinbar, offenbarte der Privatpalast Marie Antoinettes beim Betreten eine Welt des erlesenen Geschmacks. Die Ausstattung musste ein Vermögen gekostet haben. Jeder Raum war in einem anderen Stil mit dem größten erdenklichen Luxus ausgestattet. Das handverlesene Personal blieb diskret.

Die drei Freunde passierten die Gardesoldaten, die Marie Antoinette vor Gefahren und ungebetenen Gästen des Hofes beschützten, und betraten das Schloss. Eine Marmortreppe führte nach oben in die Gemächer der Königin. Ein livrierter Diener führte sie durch den Empfangssaal in den ersten Salon.

Louis Philippe ließ seinen Blick durch den Raum schweifen. Die Königin war noch nicht anwesend, aber einige Feierwillige hatten sich schon eingefunden. Neben einer Handvoll junger Offiziere aus Schweden, Russland und Österreich zierten etwa ein Dutzend junger Damen mit geschminkten Gesichtern und bunten Ballkleidern den Raum.

„Champagner, Hoheit?“

Louis Philippe blickte sich um und nahm ein Glas von einem Tablett, das ihm ein Diener mit weiß gepuderter Perücke darreichte.

In der linken Ecke spielte ein Streichquartett. Große Gemälde zierten die Wände, auf denen lebensgroße Szenen freizügig gekleideter Festgesellschaften in der Natur abgebildet waren, eingefasst in schwere goldene Rahmen. Es herrschte eine ausgelassene Stimmung.

Victor wurde sogleich von einer jungen Hofdame in einem feuerroten Kleid begrüßt. Er nahm sie an den Arm, lächelte den beiden Freunden entschuldigend zu und führte sie auf die kleine Tanzfläche.

Auch Louis Philippe und Alexandre waren bald in Gespräche mit attraktiven jungen Hofdamen verwickelt. Es versprach ein unterhaltsamer Abend zu werden.

Etwa eine Stunde später, Louis Philippe erzählte gerade einer Gruppe von Hofdamen, wie er seinen kommandierenden General in dessen Arbeitszimmer nackt mit einer Köchin überrascht hatte, entstand Unruhe am Eingang des Salons. In Begleitung einiger Hofdamen betrat die Königin den Raum. Entgegen der strengen Etikette im Palast herrschte im Petit Trianon eine Ungezwungenheit und Vertraulichkeit, die von Teilen des Palastes, auch von Louis Philippes Eltern, als unaristokratisch, unwürdig und pöbelhaft bezeichnet wurde. Dennoch erstarben die Gespräche für einen Moment. Das Streichquartett stimmte ein schnelles Allegro an, und Louis Philippe wollte gerade seine weibliche Begleitung mit einer weiteren Anekdote zum Lachen bringen, als ihm seine Worte im Hals stecken blieben und er wie gebannt in Richtung Tür starrte.

Kapitel 19
Philadelphia, USA

„Monsieur Pinot!“

Der Schiffsjunge klopfte an die Kajütentür.

„Was ist denn?“, antwortete Maximilien Pinot verschlafen.

„Land in Sicht. Sie baten darum, geweckt zu werden, sobald wir Land sehen.“

„Ich komme sofort“, entgegnete Maximilien. Er sprang aus seiner Koje und musste dabei aufpassen, dass er nicht irgendwo schmerzhaft anstieß, was nicht einfach war, da seine Kammer lediglich etwa die Größe des heimatlichen Esstisches hatte.

Wenige Minuten später stolperte er ans Oberdeck der „Marie Hélène“.

„Monsieur Pinot! Amerika!“, hörte er die raue Stimme des Kapitäns brüllen. Nun sah er deutlich am Horizont einen Streifen Land. Die Neue Welt. Amerika! Schon als Kind hatte er davon geträumt, eines Tages selbst über den Atlantik zu segeln. Nun stand er an Bord des Flaggschiffs der familieneigenen Handelsflotte und würde bald das erste Mal den Fuß auf dieses Land setzen.

„Wie lange noch?“, fragte er den Kapitän.

„Bis wir an Land gehen? Das dauert noch einige Zeit. Philadelphia liegt 103 britische Seemeilen flussaufwärts. Wir fahren jetzt in den Delaware ein und folgen ihm, bis wir Philadelphia erreichen.“

Maximilien konnte kaum erwarten, mehr von diesem sagenumwobenen Land der Freiheit zu sehen. Außerdem war er der See nach den letzten Wochen überdrüssig geworden. So eine

Überfahrt war gewiss ein Abenteuer, aber die Tage und Wochen zogen sich unendlich lange hin. Es gab kaum Abwechslung vom eintönigen Schiffsalltag.

Von nun an war das Ufer immer in Sicht und langsam verengte sich der Delaware Bay zu einem breiten Flussbett. Neugierig sog Maximilien den Anblick der grünen Wälder und Wiesen in sich auf. Einige Farmhäuser hatte er bereits ausmachen können. Schließlich näherten sie sich dem Zielhafen. Philadelphia war mit etwa 26.000 Einwohnern, verglichen mit Paris, eine kleine Stadt, jedoch eine der größten Städte Amerikas. Viel mehr als die Größe verzauberte ihn der historische Glanz, der diese Stadt umgab. Hier wurde vor zwölf Jahren die Unabhängigkeitserklärung verfasst und vor acht Monaten die Verfassung der Vereinigten Staaten verabschiedet, eine Verfassung, die alle Macht dem Volk verlieh, dem Menschen naturgegebene Rechte zusprach. Maximilien brannte darauf, die Luft der Freiheit in dieser Stadt zu atmen.

Wenige Stunden später hielt die Kutsche, die Maximilien am Hafen abgeholt hatte, vor einer luxuriösen Stadtvilla. Der Kutscher öffnete ihm die Tür. Maximilien stieg aus, nickte dem Kutscher zu und schritt die breite Marmortreppe zum Eingangsportal empor. Mächtige Säulen stützen ein Vordach, das den Besucher vor Regen und Sonne schützte. Maximilien musste an das Bild eines griechischen Tempels denken, das er einmal gesehen hatte. Über dem Portal war ein gusseisernes Schild angebracht, worauf man lesen konnte, welchem Gott dieser Tempel geweiht war: Smith.

Ein Portier öffnete ihm das schwere Portal und bat ihn herein. Kaum hatte Maximilien die große Eingangshalle betreten, sah er Andrew Smith auf sich zukommen.

„Mein lieber Maximilien, wie schön, Sie zu sehen, ich hoffe die Überfahrt war nach Ihrem Geschmack", begrüßte er Maximilien und streckte ihm die Hand entgegen. Maximilien konnte sich noch gut erinnern, wie er Mr. Smith vor dreizehn Jahren zum ersten Mal gesehen hatte. Smith war überraschend in Nantes aufgetaucht und hatte ein Waffengeschäft vorgeschlagen. Seit Vater war verrückt genug gewesen, darauf einzugehen. Seitdem waren die Smiths die wichtigsten Geschäftspartner der Familie in Amerika. Gemeinsam hatten sie die Rebellenarmee mit Waffen versorgt. Maximiliens Vater hatte dabei sehr gut verdient, da es ihm gelungen war, trotz der engen Zunftgesetze eine eigene Waffenmanufaktur zu gründen. Familie Smith war offensichtlich mindestens ebenso reich geworden, davon zeugte dieses gewaltige Haus, wenn auch die Kleidung von Andrew Smith schlicht war wie damals.

„Rebecca wird Sie in Ihre Räume bringen, in einer Stunde wird das Dinner serviert", fuhr Mr. Smith fort und winkte einem dunkelhäutigen jungen Mädchen zu, das fast unsichtbar im Hintergrund gewartet hatte.

Als Maximilien eine Stunde später den Essraum betrat, stockte ihm der Atem. Am Tisch saß eine junge Frau, deren Erscheinung ihn völlig aus dem Konzept brachte. Himmelblaue Augen sahen ihn wach und neugierig an. Ihr schmales Gesicht zierte eine kleine spitze Nase. Ihre blonde Mähne wurde von einigen Bändern in Form gehalten und die Locken ergossen sich bis über die Schultern. Ihr himmelblaues Kleid passte exakt zu ihren Augen.

Ein lautes Lachen riss ihn aus seinem Bann.

„Das ist meine Tochter Mary", dröhnte Mr. Smith. „Und das ist mein Sohn Anthony."

Maximilien zwang sich, seinen Blick von Mary zu lösen und bemerkte, dass sie nicht allein im Zimmer waren. Da saßen Anthony, Marys Bruder, Andrew Smith und seine Frau Laura. Höflich begrüßte er alle Anwesenden.

Das Essen, das von sehr dunkelhäutigen Männern aufgetragen wurde, schmeckte vorzüglich. Maximilien bemühte sich, der Konversation zu folgen, wenn auch seine Englischkenntnisse noch nicht jede Nuance des amerikanischen Humors ausloten konnten. Besonders genoss er es, als Mary von einem Ausritt erzählte, bei dem zwei Begleiter vom Pferd gestürzt waren. Wenn sie sprach, konnte er sie unverwandt anschauen und ihren Anblick in sich aufsaugen. Sonst wagte er nur, ihr verstohlene Blicke zuzuwerfen.

Nach dem Essen zogen sich die Herren ins Billardzimmer zurück. Mr. Smith bot Maximilien eine dicke Zigarre an.

„Tabak aus Virginia", fügte er hinzu. „Beste Qualität. Natürlich habe ich schon eine Schiffsladung für meine französischen Freunde reserviert."

„Sehr zuvorkommend", antwortete Maximilien und machte sich daran, seine Zigarre anzuzünden. „Wir benötigen auch Baumwolle", fügte er hinzu.

Mr. Smith verzog das Gesicht. „Baumwolle ist gerade knapp, da in Pennsylvania das Halten von Sklaven verboten wurde. Aber Tabak und Kaffee haben wir bereits vorbereitet."

„Und Baumwolle", ergänzte Maximilien bestimmt und blies den Rauch seiner Zigarre in die Luft.

„Wir versuchen, etwas zu bekommen", sagte Mr. Smith vage. „Ich musste alle meine Sklaven freilassen. Die meisten wollten bleiben, da ich sie nun aber bezahlen muss, habe ich nur die Haussklaven behalten. Meine Baumwollplantage liegt brach. Aber machen Sie sich keine Sorgen, ich besorge Ihnen genügend Baumwolle aus Virginia."

„Was bedeutet das für unser Geschäft mit den Sklaven?", fragte Maximilien alarmiert. Der Sklavenhandel war die größte Einnahmequelle der Familie Pinot.

„Machen Sie sich keine Sorgen, in Virginia steigt der Bedarf stetig. Wie sollten sonst die Baumwolle und der Tabak angebaut werden?"

„Gehen nicht die hier entlassenen Sklaven alle nach Virginia?"

„Wo denken Sie hin? Nein, sie lungern lieber arbeitslos hier herum, als dass sie sich wieder versklaven lassen. Die Farmer in Virginia wären auch dumm, wenn sie Arbeiter einstellen würden, die sie bezahlen müssen. Alles, was wir tun müssen, ist den Ort des Geschäftes zu verlegen. Künftig laden Sie die Sklaven in Williamsburg, Virginia ab und könnt direkt dort Baumwolle und Tabak beladen. Ich habe dort bereits eine Niederlassung eröffnet. Es bleibt also fast alles beim Alten."

„Wie konnte das Halten von Sklaven hier verboten werden? Ich dachte, Amerika ist das Land der Freiheit?"

„Es ist auch das Land der Freiheit. Wir haben keine Adeligen, die das Geld einstecken, das wir verdienen. Wir sind der Adel. Wir verdienen Geld und dadurch haben wir Macht."

„Und doch verbietet euch jemand die Haltung von Sklaven", warf Maximilien ein.

„Das ist ein Sonderfall. Der Antrag kam von Mr. Franklin. Er ist alt, aber seine Verdienste sind unumstritten. Auf seine alten Tage beginnt er plötzlich gegen die Sklaverei zu kämpfen. Die Abgeordneten haben zugestimmt, seiner Verdienste um die Unabhängigkeit willen."

Natürlich kannte Maximilien Benjamin Franklin. Er war lange der amerikanische Gesandte in Paris gewesen und erfreute sich in Frankreich höchster Beliebtheit.

„Hier würden wir auch bald zum Adel gehören", brummte Maximilien versonnen.

„Gewiss", nickte Mr. Smith. „Hier machen wir selbst unsere Gesetze und müssen keinen horrend teuren Königshof unterhalten."

In den folgenden Tagen lernte Maximilien dieses Land der unbegrenzten Möglichkeiten immer besser kennen. Er war tief beeindruckt von der freiheitlichen Gesinnung. Alles schien möglich. Am meisten beeindruckte ihn jedoch Mary. Nie zuvor hatte er ein schöneres, intelligenteres, liebreizenderes Mädchen getroffen. Er genoss jeden Moment ihrer Anwesenheit. Auch sie schien sich für ihn zu interessieren. Immer wieder fand sie Gelegenheiten, mit ihm ins Gespräch zu kommen. Er begann sich vor seiner Abreise in wenigen Tagen zu fürchten. Wie konnte er nach Frankreich zurücksegeln und diese Frau, die mit ihrer heiteren Art sein Herz im Sturm erobert hatte, hier zurücklassen? Er musste etwas unternehmen. Aber was? Zumindest galt es herauszufinden, ob sie ihn ebenfalls liebte. Also war er überglücklich, als ihn Mary am folgenden Morgen fragte, ob er gern mit ihr ausreiten wollte. Natürlich waren sie nicht allein, Anthony, ihr Bruder fungierte als Anstandsdame. Kaum hatten sie die Grenzen der Stadt hinter sich gelassen, galoppierte Mary los. Maximilien gab seinem Pferd die Sporen, um mit ihr Schritt zu halten. Sein Herz pochte. Er musste irgendetwas unternehmen. Aber was?

„Ich habe gehört, du magst Benjamin Franklin“, sagte Mary, als er sie eingeholt hatte.

„Oh ja, jeder in Frankreich verehrt ihn.“

„Magst du ihn kennenlernen?“

Maximilien fehlten die Worte. Er stammelte etwas, das man als Zustimmung verstehen konnte. Mary lachte.

„Dann kannst du ihn am Donnerstag sehen, du musst nur deine Abreise um zwei Tage verschieben.“

„Natürlich, das ist kein Problem!“, erwiderte Maximilien überglücklich. Er würde einen Helden treffen. Das Beste daran war, dass ihn Mary eben darum gebeten hatte, seine Abreise zu verschieben. Jetzt musste er nachlegen.

„Werden wir ihn besuchen?“, frage er.

„Nein, er kommt zu meiner Hochzeit. Du bist natürlich auch eingeladen.“

Maximilien starrte Mary an, als hätte sie ihm gerade einen Dolch ins Herz gerammt.

KAPITEL 20
Paris

Kaum hatte Jean die Gießerei erreicht, sah er seinen Bruder. Pierre lag am Boden. Blut lief ihm aus der Nase und aus einer Platzwunde über dem rechten Auge. Zwei Arbeiter knieten über ihm. Offensichtlich war er bewusstlos gewesen, begann aber gerade wieder, sich zu regen. Jean war mit wenigen Sätzen bei ihm.

„Was ist geschehen?“, stieß er hervor, von seinem Spurt noch ganz außer Atem.

„Er wird Ärger bekommen“, antwortete der Arbeiter, der neben ihm kniete und wies mit dem Kinn nach rechts. Jean sah in die angezeigte Richtung und wusste mit einem Schlag, dass seine Zukunftspläne dahin waren. Angelehnt an eine der Maschinen saß Thomas, das Hemd voller Blut, das offensichtlich von seiner gebrochenen Nase stammte. Wieder war Pierre in eine Schlägerei geraten, doch diesmal hatte er den Vorarbeiter ernsthaft verletzt, und das konnte nur eines bedeuten: die sofortige Entlassung.

„Er hat Pierre provoziert“, flüsterte Antoine Jean zu. „Ich hätte am liebsten auch zugeschlagen.“

„Aber du hattest genug Verstand, es nicht zu tun“, murmelte Jean. Er konnte sich gut vorstellen, wie Thomas seinen Bruder dazu gebracht hatte, die Beherrschung zu verlieren. Jeder wusste, dass Pierre, so nett er auch war, gewalttätig wurde, wenn er sich in die Enge getrieben fühlte. Immer wieder war es dadurch zu Schwierigkeiten gekommen. Jean tupfte Pierre das Blut aus dem Gesicht.

Plötzlich kam Bewegung in die Gruppe und die Arbeiter hasteten zurück an ihre Posten.

„Was ist hier los?"

Jean blickte sich um und sah den Direktor auf sich zukommen.

„Hat er wieder Ärger gemacht?"

Der Direktor wies mit seinem Gehstock auf Pierre.

„Nein, Herr Direktor", murmelte Jean. „Es war einfach ein Streit. Er wurde provoziert."

„Was ist passiert?", fragte er, an Thomas gewandt.

„Er ist einfach auf mich losgegangen. Hat mir die Nase gebrochen, der Hurensohn. Er ist gefährlich, Herr Direktor. Ich konnte nicht anders, musste ihn stoppen."

„Das war's, Sie sind entlassen, wagen Sie es nicht, sich hier noch einmal blicken zu lassen", bellte der Direktor Pierre an. „Und alle anderen sofort wieder an die Arbeit, sonst könnt ihr gleich mit ihm gehen – auch Sie! Wäre doch schade, wenn die ganze Familie heute ihren Job verliert", fuhr er Jean an, wandte sich um und ging davon. Für ihn war die Angelegenheit erledigt.

Pierre tastete nach seiner Wunde über dem Auge.

„Du Bastard", zischte er Thomas zu. Dieser quittierte die Beleidigung nur mit einem Schulterzucken. Er wusste, dass er gewonnen hatte.

Jean half seinem Bruder auf die Beine.

„Kannst du gehen?"

„Ja", entgegnete Pierre.

„Wir sehen uns später", verabschiedete sich Jean und schluckte seinen Ärger darüber hinunter, dass ihm sein Bruder alles verdorben hatte.

Pierre wankte aus der Gießerei.

„Finger weg von Fabienne, sonst bist du das nächste Mal dran", raunte Thomas Jean zu, als er an ihm vorbei zur Tür ging. Jean bebte vor Wut.

„Das wirst du bereuen", zischte er.

„Das glaube ich nicht", entgegnete Thomas. „Jetzt bist du vielleicht nicht mehr so großmäulig. Wie willst du eine größere Wohnung nehmen, wenn dein Bruder nichts verdient?"

Jean ballte die Fäuste und verließ die Gießerei, ohne Thomas zu beachten. Fabienne musste Thomas von ihm erzählt haben. Pierre war seinetwegen so zugerichtet worden.

Als Jean seine Werkstatt betrat, blickten ihn alle Arbeiter mitleidig an. Es hatte sich also bereits herumgesprochen, was geschehen war. Nur Fabienne war konzentriert über ihr Werkstück gebeugt.

„Macht weiter", fuhr er seine Leute mürrisch an. Eines Tages würde er sich dafür rächen, dass Thomas seinem Bruder die Arbeit und ihm Fabienne genommen hatte.

Nach Feierabend schlenderte Jean müde und deprimiert an der Bastille vorbei, die von der untergehenden Sonne beleuchtet wurde. Es herrschte ein reges Treiben. Straßenhändler boten ihre Waren feil, Bettler riefen die Passanten an und zeigten ihre Verstümmelungen aus dem letzten Krieg. Sonst genoss Jean den Heimweg. Er lauschte den Straßenmusikanten, sah sich die exotischen Waren der Händler an, wenn er sie sich auch nicht leisten konnte. Heute nahm er keine Notiz von alldem. Düstere Gedanken verdunkelten sein Gemüt wie Gewitterwolken. Da er mittlerweile nicht wusste, ob er mehr auf Thomas, Pierre oder auf sich selbst wütend sein sollte, entschloss er sich, etwas zu trinken, bevor er zuhause dem Bruder begegnen würde. Er kehrte um und ging den Weg zurück, passierte erneut die große Bastille und durchschritt das Tor aus der Stadt hinaus. Innerhalb der Mauern waren die Getränke deutlich teurer, wegen der erhöhten Steuern.

Einen Weinkrug später war die Sonne bereits untergegangen. Jean schwankte, als er abermals an der Bastille vorbeischritt, fühlte sich aber besser. Bald bog er in die Gasse ein, in der er wohnte. Es war bereits dunkel geworden. Die Bäckerei im Erdgeschoß war geschlossen. Jean brauchte eine Weile, bis sein Schlüssel in das Schloss der Haustür traf. Zweimal glitt ihm der Schlüssel dabei aus der Hand. Pierre fluchte. Endlich hatte er es geschafft und er schwankte die Treppe hinauf. Vielleicht schlief

Pierre ja bereits. Wieder schepperte der Schlüssel auf den Boden. Jean tastete im Dunkeln danach, als ihm plötzlich jemand die Hand auf die Schulter legte. Jean fuhr herum.

„Pierre?", rief Jean erschrocken.

„Jean?", erwiderte die dunkle Gestalt. Aber es war nicht Pierre, es war die Stimme einer Frau.

Jean starrte ins Dunkel, konnte aber nicht erkennen, wer sein Gegenüber war. Der Wein ließ seinen Verstand langsamer arbeiten. Fabienne? Jean stolperte in sein Zimmer. Ohne Licht konnte er nichts erkennen. Er bemerkte, dass die dunkle Gestalt ihm gefolgt war. Endlich brachte er eine Öllampe zum Brennen und hielt sie der Gestalt entgegen. Blonde Locken umrahmten ein schönes Gesicht. Er bemühte sich, das Mädchen zu erkennen, kam jedoch nicht weiter. War es vielleicht eine der Freundinnen seines Bruders?

„Erkennst du mich nicht?", fragte ihn die Fremde.

Jean starrte sie an, kramte weiter nach Erinnerungen an dieses Gesicht, wurde aber nicht fündig.

„Es ist schon eine Weile her. Mathilde. Genaugenommen bin ich deine Stiefschwester."

Jean starrte sie immer noch an. Mathilde lachte.

„Ich weiß, ich war ungefähr vier Jahre alt, als wir uns das letzte Mal sahen."

„Und wie alt bist du jetzt?", brachte Jean hervor.

„Siebzehn – willst du nicht wissen, wie ich euch gefunden habe?"

„Wie hast du uns gefunden?"

„Es war leicht. Abbé Francois hat mir den Namen seines Freundes in Paris gegeben, der hat mir eure Adresse genannt."

„Wie geht es Mutter?", fragte Jean, der nun endlich seine Beherrschung wieder gefunden hatte.

„Sie ist tot."

Der Schmerz machte Jean auf einen Schlag wieder nüchtern.

„Wie ist sie gestorben?"

„Sie hat das Fieber bekommen. Und Husten."

Jean schwieg. Er hatte seine Mutter seit Jahren nicht gesehen, aber es tat verdammt weh. Er versuchte, das Thema zu wechseln, doch ihm versagte die Sprache, Tränen quollen aus seinen Augen. Er drehte sich weg, um seine Schwäche nicht zu zeigen.

„Es tut mir leid“, flüsterte Mathilde und legte ihm den Arm um die Schultern.

Eine gefühlte Ewigkeit saßen sie so schweigend beisammen.

„Mathilde, wann gehst du zurück?“

„Ich kann nicht mehr zurück.“

Jean blickte sie an.

„Mein Vater will abhauen, ich habe kein Zuhause mehr“, flüsterte sie. Jetzt war es an ihr, sich abzuwenden und ihre Tränen zu verbergen.

„Was hast du vor?“, fragte Jean.

„Ich dachte, ich könnte bei euch bleiben. Habe gehört, dass ihr Arbeit habt. Kannst du mir nicht auch Arbeit besorgen?“

Jetzt fiel ihm wieder ein, dass Pierre heute seinen Job losgeworden war. Musste er jetzt drei Mäuler stopfen?

„So leicht ist das nicht“, sagte er. „Außerdem ist Pierre heute gefeuert worden.“

„Aber wirst du es versuchen?“

„Ich versuche es“, sagte er zögernd. Er konnte sich nicht vorstellen, wie ihm das gelingen sollte, aber eine Absage brachte er nicht übers Herz.

„Danke. Hast du schon etwas gegessen?“

Plötzlich spürte Jean, wie hungrig er war.

„Ja, lass uns etwas essen.“

Gerade, als sie begonnen hatten, die aufgewärmte Brühe mit dem übrigen Brot zu löffeln, sprang die Türe auf und Pierre torkelte ins Zimmer. Er blieb stehen und starrte Mathilde an.

„Pierre, das ist Mathilde, unsere Stiefschwester aus Dunois“, erklärte Jean. Pierre war offensichtlich betrunken. Er starrte Mathilde düster an.

„Wie geht es Mutter?“, fragte er drohend.

„Sie ist am Fieber gestorben“, antwortete Jean.

Pierres verletztes Gesicht begann unkontrolliert zu zucken. Er schlug so schnell zu, dass weder Jean noch Mathilde reagieren konnten, die getroffen zusammensackte.

„Dein Vater hat sie umgebracht“, fauchte Pierre und stürzte sich erneut auf Mathilde. Jean erwachte aus seiner Erstarrung und warf sich Pierre entgegen. Die Brüder stürzten und rangen miteinander. Pierre war ganz von Sinnen und schlug wild auf Jean ein, der verzweifelt versuchte, den Bruder festzuhalten. Mathilde begann zu weinen. Aus Pierres Mund drang ein Schrei. Dann riss er sich los, rannte zur Tür und war verschwunden. Mathilde und Jean hörten Pierre die Treppe hinabrennen, immer mehrere Stufen auf einmal nehmend. Dann schlug die Haustür zu.

KAPITEL 21
Versailles, Petit Trianon

Die Hofdamen, die eben noch den Louis Philippes Geschichten gelauscht hatten, um sich nach jeder einzelnen in nicht enden wollendem Kichern zu schütteln, folgten überrascht dem erstarrten Blick ihres Kavaliers. Bevor Louis Philippe selbst erfasste, was eben geschehen war, begannen seine Begleiterinnen erneut zu kichern. Vielleicht konnten die Damen bei Hofe nicht die Flugkurve einer Kanonenkugel berechnen, doch ihr Wissen über Amors Pfeile war denen der Soldaten weit überlegen.

Louis Philippe versuchte halbherzig, den Blick von der Hofdame zu lösen, die als letzte den Salon betreten hatte. Ihr leuchtend orangefarbenes Kleid bildete einen zauberhaften Kontrast zu den fast schwarzen Haaren, die sich ungepudert in einer einfachen Kranzfrisur um den Kopf wanden. Ein Blick aus ihren dunklen Augen hatte genügt, um ihn zum Narren zu machen. Undeutlich vernahm er das Kichern seiner Begleiterinnen. Wer war sie? Nie zuvor hatte er sie am Hof gesehen. Jetzt drehte sie sich um und folgte der Königin zum Buffet. Louis Philippe riss seinen Blick los und wandte sich wieder den Damen in seiner Nähe zu. Der Versuch, etwas Geistreiches zu sagen, misslang und ging im weiblichen Gelächter unter.

„Mir scheint, dem großen Soldaten hat es die Sprache verschlagen", neckte ihn die eine.

„Wie gut, dass die Engländer keine Frauen gegen unsere Soldaten in die Schlacht schicken, wir wären längst überrannt worden, ohne einen einzigen Schuss abzufeuern", fügte die Zweite lachend hinzu.

Louis Philippe fühlte, wie er errötete. Er stammelte etwas von Champagner und entfernte sich von den Damen, die sich köstlich über seine Unbeholfenheit amüsierten.

Auf einmal hatte er das Interesse an den übrigen Damen verloren, auch die Musik und der Champagner bedeuteten ihm nichts mehr. In ihm war eine Sehnsucht erwacht, die alles andere überdeckte. Er winkte einem Diener, der sich sofort beeilte, ein frisches Glas Champagner zu reichen. Louis Philippe leerte es auf einen Zug.

„Was ist denn mir dir los?", riss ihn Alexandres Stimme aus seinen Gedanken. „Sind dir die Rehe entkommen?", lachte er und klopfte ihm aufmunternd auf die Schulter.

„Wer ist die orangegekleidete Begleiterin der Königin?", versuchte Louis Philippe möglichst beiläufig seinem Freund Informationen zu entlocken.

„Was ist los mit dir? Von der Königin und ihren Begleiterinnen lässt man lieber die Finger, das bringt nur Ärger. Die anderen sind zum Vergnügen da. Besonders diese ist für uns gefährlich, sie ist nicht nur Begleiterin der Königin, sondern auch Tochter von General Fontaine", antwortete Alexandre.

Louis Philippe hatte seinen Vater oft über diesen Mann schimpfen hören, der es, dank der Gunst der Königin, trotz seiner Herkunft aus niederem Adel bis zum General gebracht hatte. Für seine Eltern war das ein Skandal. Gleichzeitig kannte er die Geschichten, die in der Armee über ihn erzählt wurden. Er galt dort als fähiger, strenger Feldherr, der seinen Soldaten Höchstleistungen abverlangte. Ihm eilte der Ruf voraus, grausam gegenüber jungen Offizieren aus hohem Adel zu sein, die im Rang unter ihm standen.

„Schlag sie dir ganz schnell aus dem Kopf."

Alexandre klopfte Louis Philippe nochmals freundschaftlich auf die Schulter und strebte wieder den Hofdamen zu, mit denen er sich eben noch unterhalten hatte.

Louis Philippe hatte die Lust an oberflächlicher Unterhaltung eingebüßt, stellte sein Champagnerglas zurück auf ein silbernes

Tablett, das ihm ein Diener entgegenhielt und strebte dem Ausgang zu.

Wenig später trat Louis Philippe hinaus in die Nacht. Tief sog er die kühle Nachtluft ein. Unentschlossen starrte er in die Dunkelheit. Nun musste er diesen Blick vergessen. Nur ein Narr würde sich mit der Tochter eines Generals einlassen, auch wenn diese gesellschaftlich weit unter ihm stand.

Hinter ihm öffnete sich das Tor. Lachende Frauenstimmen drangen ins Freie. Rasch bewegte er sich weg von der Pforte in Richtung des französischen Gartens, der links an das Schloss angrenzte. Kaum war er im Schatten der großen Hecken angekommen, drehte er sich um und sah einige Damen aus der Schlosspforte treten. Er versuchte, zu erkennen, ob es jene waren, denen er eben entkommen war. Da trat unverkennbar die Königin aus dem Schloss. Sofort waren seine Sinne geschärft. Die Königin mit ihrem Gefolge strebte dem französischen Garten zu und kam immer näher. Bevor er sich überlegen konnte, was er tun sollte, passierte die Gruppe die Stelle, an der er sich im Schatten versteckt hielt. Er hätte sich denken können, dass er mit seiner Paradeuniform zu auffällig gekleidet war, um im Schatten unerkannt zu bleiben. Sofort tuschelten ein paar Damen, die ihn bemerkt hatten. Aber statt die Garde zu rufen, hakten sie ihn unter und nahmen ihn einfach mit. Sie rauschten durch die von Hecken gesäumten Wege und erreichten bald den französischen Pavillon, der in der Mitte des Gartens stand. Die Damen drängten sich hinein. Jetzt erkannte er beruhigt, dass er nicht der einzige Mann war. Einige Edelleute warteten in dem mit Kerzenlicht erleuchteten Raum, der mit gepolsterten Bänken und Sesseln bestückt war. Jetzt sah Louis Philippe auch das orangefarbene Kleid der Dame, die ihn in eine solche Verwirrung gerissen hatte. Kichernd schoben ihn seine Begleiterinnen vorwärts, so dass er dem Orange immer näherkam. Jetzt setzte sich die Königin, das Zeichen auch für die Übrigen, Platz zu nehmen. Louis Philippe beeilte sich, die nächste Bank aufzusuchen, immer noch verwirrt, was ihm da widerfuhr. Sein Herz begann zu rasen, als er aus dem Augenwinkel neben sich das orangefarbene Kleid bemerkte. Er saß im Privatpavillon der Königin neben der Frau, die er eben versucht hatte, aus seinem Gedächtnis zu streichen. Er wurde den Verdacht nicht los, dass es kein Zufall war. Hatten ihn die Damen hierher gedrängt? Wozu? Langsam drehte er den Kopf und sah erneut in die Augen, die ihn schon vor einer halben Stunde derart verzaubert hatten.

„Sophie, wir haben im Garten jemanden aufgesammelt", kicherte jemand hinter ihm.

Louis Philippe brach der Schweiß aus. Es gelang ihm, sich soweit zusammenzureißen, dass er sich vorstellen konnte.

„Louis Philippe de Blois", sagte er, so ruhig er konnte.

„Sophie", antwortete sie lächelnd. „Es freut mich, Ihre Bekanntschaft zu machen", fügte sie aufrichtig hinzu.

„Ganz meinerseits", stammelte Louis Philippe. „Leben Sie schon lange hier?"

„Nein, erst seit drei Monaten", antwortete Sophie. „Meine Familie stammt aus Marseille."

„Ich stamme aus dem Herzogtum Blois, meine Familie lebt aber schon lange am Hof."

„Ich weiß", lächelte Sophie.

Erneut wurde Champagner gereicht. Louis Philippe nahm zwei Gläser vom Tablett und reichte eines Sophie, die ihm charmant zunickte.

Eine einzelne Geige begann zu spielen und die Gespräche wurden leiser, vertrauter. Louis Philippe sah, dass sich an mehreren Stellen Paare gebildet hatten. Auch die Königin saß eng mit einem jungen, blonden Edelmann zusammen und lachte schallend über das, was er ihr ins Ohr flüsterte.

„Wer ist dieser junge Edelmann?", fragte Louis Philippe seine Begleitung.

„Das ist ein schwedischer Graf, Axel von Fersen", flüsterte Sophie und legte ihre Hand auf seinen Oberschenkel. Louis Philippe spürte seine Erregung. Er verspürte den starken Wunsch, diese Frau in die Arme zu nehmen und zu küssen.

„Wie gefällt Ihnen die Musik?", fragte sie ihn.

„Sehr schön", antwortete er heiser und verfluchte sich insgeheim dafür, dass ihm keine geistreichere Antwort eingefallen war.

„Ich brauche etwas frische Luft", sagte Sophie wie nebenbei. „Wollen Sie mich begleiten?"

„Es wäre mir eine Ehre."

Draußen war es kühl, und je weiter sie sich vom Pavillon entfernten, desto dunkler wurde es. In einiger Entfernung sah Louis Philippe zwei Gardisten stehen. Sophie fror offensichtlich. Louis Philipp legte ihr vorsichtig den Arm um die Schultern. Sophie drehte sich zu ihm. Wie von allein fanden sich ihre Münder und sie küssten sich leidenschaftlich. Louis Philipp war wie in eine andere Welt gerissen. Kein General, kein Kriegsminister, nicht einmal seine Mutter kümmerten ihn. Er war mit der bezauberndsten Frau, die er je gesehen hatte, allein in der Nacht.

„Sophie!"

Sophie hielt inne, drückte sich von Louis Philippe weg und flüsterte: „Ich muss los."

„Sehen wir uns wieder?", rief er ihr nach.

„Warum nicht?", hörte er noch, dann war sie verschwunden.

Er sah noch, dass sich die ganze Gesellschaft mit der Königin zurück zum Schloss bewegte. Für ihn gab es jetzt nur noch eines, was wichtig war. Er musste Sophie unbedingt wiedersehen. Er machte sich auf den Weg, um seine Freunde aufzusuchen.

Am nächsten Morgen erwachte Louis Philippe mit Kopfschmerzen und brennendem Herzen. Der vorige Abend hatte ihm einen ausgewachsenen Kater und eine große Liebe beschert. Wann würde er Sophie wiedersehen? Oder war es für sie nur ein Spaß und er war zum Narren gehalten worden?

Mühsam quälte er sich aus dem Bett und klingelte nach einem Diener, der ihm umgehend eine Schale mit kaltem Wasser brachte, mit dem er sich erfrischen konnte. „Wie spät ist es?", fragte er den Diener.

„Neun Uhr dreißig, Hoheit, der Herzog erwartet Sie bereits."

So schnell er konnte, zog sich Louis Philippe die Kleidungsstücke an, die der Diener im reichte. Um zehn Uhr würde die Messe in der Schlosskapelle beginnen. Natürlich musste er an der Seite seiner Eltern stehen, bevor die königliche Familie erschien. Kaum hatte er sich angezogen, lief er aus seinem Salon in die Gemächer seines Vaters, der in voller Uniform ungeduldig auf ihn wartete. Gemeinsam holten sie die Herzogin ab und schritten die langen Gänge entlang in Richtung der Kapelle.

„Es wird bald ein Fest geben", sagte der Herzog.

„Was wird denn gefeiert?", fragte Louis Philippe. Nicht, dass es ihn interessierte, doch nötigte ihm der Respekt vor seinem Vater diese Frage ab.

„Deine Hochzeit."

Es dauerte einen Moment, bis die Bedeutung des Gehörten durch seinen Kopfschmerz sickerte. Wie vom Donner gerührt blieb Louis Philippe stehen.

„Was?", brachte er mühsam hervor.

„Du wirst Louise-Adélaïde de Bourbon-Condé heiraten", antwortete der Herzog bestimmt und schob seinen Sohn weiter. „Sie ist mit dem König verwandt und verhilft unserer Familie in die erste Reihe des Adels."

Louis Philippe fühlte sich wie gelähmt. Übelkeit stieg in ihm auf, als die Orgel einsetzte.

Kapitel 22
Philadelphia, USA

Maximilien bereute, seine Abreise wegen dieser Hochzeit verschoben zu haben. Die Zeremonie in der Kirche hatte ihm unsägliche Qualen bereitet und er hasste den Bräutigam aus ganzem Herzen. Nie zuvor hatte er sich so sehr verliebt, niemals zuvor hatte ihn die Liebe so enttäuscht. Natürlich hatte er Mary eben erst kennengelernt, es war ja nichts zwischen ihnen geschehen. Auch Mary hatte sich in ihn verliebt, da war er sich sicher, doch sie war längst verlobt gewesen.

Die Kutsche hielt vor dem Haus der Smiths. Anthony und Maximilien stiegen aus und schlossen sich den übrigen Gästen an, die zur Feier geladen waren. Der Festsaal war mit Girlanden und bunten Blumen geschmückt.

Als das Brautpaar eintraf, wurde Champagner ausgeschenkt und die etwa siebzig Gäste versammelten sich an den Tischen. Mürrisch kaute Maximilien sein Essen hinunter.

Plötzlich entstand an der Tür ein Tumult. Hastig wurde ein Ehrenplatz an der Tafel gerichtet. Gestützt von zwei Dienern, betrat ein alter, fülliger Mann den Saal. Das Gehen bereitete ihm sichtlich Schmerzen, dennoch strahlten seine Augen durch die runden Brillengläser eine warme Güte aus.

„Mr. Franklin", flüsterte Anthony.

Maximilien hatte Bilder von Benjamin Franklin gesehen. Obwohl er alt und lahm war, verspürte Maximilien sofort etwas von dem Mythos des Helden, der diesen Unterzeichner der amerikanischen Unabhängigkeitserklärung umgab. Stöhnend ließ Benjamin Franklin sich auf seinen gepolsterten Stuhl fallen und nickte grüßend in die Runde.

Nach dem Essen gab es Brandy und Zigarren für die Herren. Die Damen brachen zu einem Spaziergang in den Garten auf.

„Willst du ihn kennenlernen?", fragte Anthony.

„Klar", antwortete Maximilien. Sofort spürte er die Aufregung in sich aufsteigen. Anthony führte ihn zu dem Tisch, wo Benjamin Franklin, umgeben von einer Schar von Männern, saß und an seinem Brandy nippte.

„Mr. Franklin, das ist Maximilien Pinot aus Frankreich, unser Geschäftspartner", sagte Anthony.

Maximilien streckte Benjamin Franklin die Hand entgegen.

„Frankreich ist ein schönes Land. Ein Jammer, dass es nicht besser regiert wird", sagte Franklin, ohne Anstalten zu machen, die ihm entgegengestreckte Hand zu ergreifen. „Ich habe immer gern in Frankreich gelebt. Es gibt dort Kultur. Und die Franzosen können Schach spielen – spielen Sie Schach?"

„Ja", entgegnete Maximilien.

„Können wir hier ein Schachspiel bekommen?", fragte Franklin in die Runde.

Maximilien begann mit Weiß. Er erkannte schnell, dass er es mit einem ausgezeichneten Spieler zu tun hatte.

„Nicht schlecht", kommentierte Franklin Maximiliens Bemühungen, nicht zu schnell geschlagen zu werden. „Sie sind der zweitbeste Spieler von Philadelphia. Was, um ehrlich zu sein, keine Kunst ist. Die Amerikaner vermögen vieles, Schach gehört nicht dazu."

Maximilien fiel erst jetzt auf, dass Franklin ins Französische gewechselt hatte.

„Sie müssen uns Franzosen für sehr rückständig halten", sagte Maximilien, der sich verpflichtet fühlte, die Konversation aufrechtzuerhalten. Die Züge folgten schnell aufeinander, so dass er sich nur leidlich auf das Gespräch konzentrieren konnte.

„Oh nein, ganz und gar nicht", antwortete Franklin. „Kunst, Literatur, Liebe, das Essen, die Weine – es wird Jahrhunderte dauern, bis Amerika Frankreich ebenbürtig sein wird."

„Aber Sie haben sich die Freiheit erkämpft! Das Volk regiert sich selbst. Das ist doch etwas Zukünftiges."

„Ja, in der Tat. Doch hätte es das amerikanische Volk nie aus sich selbst heraus vermocht. King George hat uns zur Freiheit verholfen, indem er uns unterdrückte und ausbluten ließ. Irgendwann kommt der Punkt, da ist der Druck auf ein Volk groß genug, dass es bereit ist, für die Freiheit zu kämpfen. Ein Herrscher sollte diesen Punkt kennen."

„In Frankreich wird es wohl niemals so weit kommen", überlegte Maximilien.

„Oh, ganz bestimmt sogar. Es ist wie beim Schach: Der König ist auf die Bauern angewiesen. Manchmal ist es nötig, den einen oder anderen zu opfern. Aber wenn ich die Bauern sinnlos sterben lasse, bricht mein Spiel zusammen. Der Mensch stirbt sowieso, aber nicht gern und noch weniger gern sinnlos. Aber er ist bereit, für die Freiheit zu sterben, nicht für die Gier und die Angst der Herrschenden. Die einfachen Menschen bilden die Mauer, das Bollwerk, das die Mächtigen schützt. Achtet der König sie gering, wird er eines Tages erleben, dass er von Feinden umgeben ist. Der Bauer, der ans Ende des Brettes gelangt, wird selbst königlich und brandgefährlich."

Maximilien staunte, welche Weisheiten in einem einfachen Schachspiel zu stecken schienen.

„Sie haben den König mattgesetzt", versuchte er das Gespräch im Bild des Schachspiels fortzusetzen.

„Der König hat aufgegeben. Er ist kein guter Spieler", entgegnete Franklin.

„Aber warum haben Sie die Sklaverei abgeschafft? Ist es nicht das Recht des freien Mannes, Sklaven zu besitzen?"

„Sehen Sie das Spiel an", sagte Franklin bedächtig. „Sie spielen die Weißen. Sind sie besser, nur weil sie das Spiel begannen? Würden Sie meine Figuren versklaven, nur weil sie schwarz sind? Sie könnten es tun. Aber es wäre gegen das Spiel. Es wäre beendet und Sie wüssten nicht, wie lange Sie hätten durchhalten können. Wie Sie sehen, spielt heute Schwarz besser. Schwarz und weiß, das sind nur Farben. Wichtig ist, wer sie bewegt, allein darauf kommt es an. Die Sklaverei ist gegen die Natur. Aber das begreift fast niemand. Sie sind eben miserable Schachspieler."

Maximilien schmunzelte. Er musste zugeben, dass er die Sache noch nie von dieser Seite betrachtet hatte. Die Meinung von Franklin schien ihm einleuchtend, wenn auch sehr extrem.

„Was wollen Sie in Philadelphia?", fragte Franklin.

„Ich kaufe Tabak, Zucker, Kaffee und benötige dringend Baumwolle, aber es ist schwer, welche zu bekommen", antwortete Maximilien.

Franklin zog einen Stift aus der Innentasche seines Gehrocks und schrieb etwas auf eine Serviette. Dann blickte er auf und sagte: „Matt, Sie haben lange durchgehalten, Maximilien Pinot. Sollten Sie wieder einmal in Philadelphia sein, ehren Sie mich erneut mit einem Spiel, falls ich dann noch am Leben bin."

Maximilien ging fieberhaft alle Möglichkeiten durch, doch der Alte hatte Recht. Das Spiel war verloren.

Franklin winkte mit der Hand und das Schachspiel wurde entfernt.

„Geben Sie dieses Papier dem Mann mit dem grünen Gehrock", sagte Franklin, zeigte auf einen Herrn in mittlerem Alter und steckte Maximilien die beschriebene Serviette zu.

Maximilien verstand, dass er entlassen war. Er bedankte sich höflich für das Spiel, stand auf und ging, noch ganz ergriffen von der Größe der eben erlebten Begegnung, langsam auf den Mann im grünen Gehrock zu.

„Ähm, mein Name ist Maximilien Pinot und ich soll Ihnen dieses Papier von Mr. Benjamin Franklin geben", stammelte Maximilien. Im selben Augenblick ärgerte er sich darüber, dass er nicht gelesen hatte, was auf dem Zettel stand. Der Mann im grünen Gehrock sah ihn an, nahm den Zettel und las, was darauf gekritzelt war.

„Gut, kommen Sie morgen früh um zehn Uhr zum Lagerhaus Nummer zehn am Hafen. Bringen Sie einen Wagen mit."

„Einen Wagen? Ja, gut, Sir …", stammelte Maximilien irritiert.

„Wie transportieren denn Sie Baumwolle in Frankreich?“, kommentierte sein Gegenüber Maximiliens Verwirrung.

Erst jetzt verstand Maximilien und sah zu Benjamin Franklin hinüber, der ihm schelmisch zublinzelte. Er würde zwar ohne Frau zurück nach Frankreich segeln, dafür mit Baumwolle. Es hatte sich doch gelohnt, zur Hochzeit zu bleiben. Er brannte schon darauf, zuhause damit zu prahlen, Benjamin Franklin begegnet zu sein.

Kapitel 23

Paris

Jean schlug die Augen auf. Sein rechtes Auge schmerzte und er fror. Neben ihm lag Mathilde. Er hatte ihr die Decke überlassen. Sie hatten nicht gewagt, Pierres Bettstatt zu benutzen, falls er zurückkommen würde. Er war nicht gekommen.

Jean erhob sich vorsichtig, um Mathilde nicht zu wecken. Er wusch sich und zog sein Arbeiterhemd an.

„Guten Morgen“, hörte er die verschlafene Stimme Mathildes.

„Guten Morgen, Mathilde, gut geschlafen?“

„Gut genug“, antwortete sie und schlug die Decke zurück. Sie hatte in ihren Kleidern geschlafen. Langsam streckte sie sich, gähnte und stand auf.

„Wirst du mich heute mit zur Arbeit nehmen?“

„Ich werde es versuchen, kann aber nichts versprechen“, entgegnete Jean. Er hatte zwar wenig Hoffnung, sie in der Manufaktur unterzubringen, aber hierbleiben war auch keine Möglichkeit. Wann wohl Pierre wieder auftauchen würde?

„Guten Morgen, Didier“, rief er dem Bäckermeister zu, als sie das Haus verließen und kramte nach einer Fünf-Sous-Münze.

Didiers Gesicht verzerrte sich zu einem Grinsen, als er Mathilde sah.

„Guten Morgen, Jean, heute Nacht in den siebten Himmel geritten?“, sagte er, lachte schallend und zwinkerte Mathilde anzüglich an.

„Gib mir einfach das Brot“, antwortete Jean missmutig. „Das ist meine Schwester Mathilde.“

„Oh, Pardon, dachte schon, du hättest endlich mal einen Stich gemacht." Beim Lachen entblößte er eine mächtige Zahnlücke, wo sonst die oberen Schneidezähne saßen.

Jean nahm das Brot und ging weiter, ohne sich noch einmal umzusehen. Er teilte das Brot, wie er es sonst mit Pierre tat.

Bald schritten sie an der großen Bastille vorbei in die Vorstadt. Stumm kauten sie auf ihren trockenen Brotkanten. Mathilde staunte über die Größe der Stadt. Jean erinnerte sich, wie er vor knapp dreizehn Jahren Paris zum ersten Mal betreten hatte und ähnlich fasziniert war.

Kaum waren sie in der Manufaktur angekommen, nahm Jean Mathilde am Arm und bahnte sich einen Weg durch die hereinströmenden Arbeiter zum Büro des Direktors. Die Tür war angelehnt. Jean hielt einen Moment inne. Er hörte Stimmen. Offensichtlich hatte der Direktor schon Besuch. Da Jean aber nicht zu spät zu seiner Schicht kommen durfte, klopfte er an.

„Ja?", tönte es von drinnen.

Jean schob die Tür auf und trat ein, Mathilde am Arm haltend.

„Dubois, was willst du?", fragte der Direktor ungeduldig. Er stand hinter seinem Schreibtisch. Jetzt erkannte Jean auch den Besucher des Direktors. Es war Julien Pinot, Eigentümer der Manufaktur. Jean zögerte.

„Ist dir der Kiefer eingerostet? Beeil dich, ich habe Besuch und muss mich um wichtigere Dinge kümmern", fauchte der Direktor.

„Das ist meine Schwester Mathilde. Sie ist nach Paris gekommen und sucht dringend Arbeit. Da dachte ich ..."

„Falsch gedacht, junger Mann. Gestern ist zwar eine Stelle freigeworden, weil dein bekloppter Bruder meinte, seinem Vorarbeiter die Nase brechen zu müssen, aber in der Gießerei brauchen wir keine Frauen, das ist Männerarbeit. Wenn du uns nun entschuldigen würdest."

Jean blickte enttäuscht drein, verstand aber, dass es keinen Sinn hatte, weiter zu darauf zu bestehen. Er deutete eine Verbeugung an und wandte sich zum Gehen.

„Warte mal."

Jean blickte sich überrascht zu Julien Pinot um.

„In der Manufaktur sind keine Stellen frei, aber eine Dienstmagd hat uns gestern verlassen. Würde deine Schwester auch als Dienstmagd in meinem Haus arbeiten?"

Jean sah Mathilde an, die begeistert nickte.

„Dann warte hier vor der Tür und komm nachher mit."

„Jawohl, Herr", antwortete Mathilde.

Beide verließen das Büro. „Danke, Jean", sagte Mathilde.

„Keine Ursache."

Jean freute sich für Mathilde, hätte sich aber auch gerne in der Manufaktur um sie gekümmert.

„Ich muss los. Wir sehen uns heute Abend."

Jean winkte Mathilde zu und ließ sie vor der Tür des Direktorenbüros stehen. Seine Schicht hatte begonnen.

Endlich Feierabend. Jean sorgte dafür, dass die Werkstatt so aufgeräumt war, dass man am folgenden Tag gleich mit der Arbeit beginnen konnte. Seine Arbeiter hatten die Werkstatt bereits verlassen, bis auf Fabienne. Sie drückte sich am Ausgang herum, als wolle sie mit ihm sprechen, fände aber nicht den Mut dazu. Jean hatte keine große Lust, sich mit ihr zu unterhalten. Noch gestern früh hätte er alles dafür gegeben, einmal mit ihr allein zu sein. Heute ließ es ihn kalt. Er wollte Mathilde nicht warten lassen. Als er die letzten Schrauben an ihren Platz geräumt hatte, versuchte er möglichst beiläufig, den Raum zu verlassen.

„Jean", gurrte Fabienne. „Es tut mir so leid, was gestern passiert ist."

Zart legte sie ihm ihre Hand auf den Arm und sah ihn an wie ein Hund, den das schlechte Gewissen plagt.

Jean erinnerte sich sehr gut daran, wie sie gestern weggeblickt und sich somit hinter Thomas gestellt hatte. Jetzt kam sie angekrochen. Sie wollte sich alle Optionen offenhalten. Jean durchschaute sie und konnte sich doch ihrem Charme nicht entziehen.

„Danke", sagte er und räusperte sich verlegen.

„Wollen wir ein Stück gemeinsam gehen? Wir haben doch fast denselben Weg", fuhr Fabienne fort und sah ihn verführerisch an.

Jean bekam Herzklopfen. Und Thomas? Wenn dieser sie zusammen sah, wäre er selbst der Nächste mit einer gebrochenen Nase. Jean wollte gerade zusagen, als ihm einfiel, dass er sich mit Mathilde verabredet hatte. Er öffnete den Mund, schloss ihn wieder, da er noch nicht wusste, was er antworten sollte. Er begann sich über Mathilde zu ärgern. Sie war ungefragt in sein Leben getreten und stand nun zwischen ihm und der Chance auf einen Kuss von Fabienne. Obwohl er wusste, dass er jedes Recht dazu hatte, seine Schwester einfach stehen zu lassen - sie wusste ja, wo er wohnte - fühlte er sich ihr verpflichtet.

„Was ist nun?", fragte Fabienne nachdrücklich.

„Ich muss noch auf jemanden warten", quälte sich Jean.

„Auf wen denn?", fragte Fabienne. Ihr Blick verhärtete sich. „Die Blonde von heute Morgen?"

„Mathilde ist meine Schwester", stammelte Jean. „Sie ist gestern nach Paris gekommen."

Fabienne sah ihn ungläubig an, verzichtete aber auf weitere Gemeinheiten, drehte sich um und stapfte davon. Jean blickte ihr nach. Seine Chance war vertan. Langsam trottete er Fabienne hinterher, dem Ausgang zu.

Mathilde hätte längst hier sein müssen. Er wartete seit über einer Stunde vor der Manufaktur. Wir sehen uns heute Abend, hatte er ihr gesagt. Plötzlich war er verunsichert. Er war selbstverständlich davon ausgegangen, dass sie sich an der Manufaktur treffen würden. Wusste sie, wann er Feierabend hatte? Oder wartete sie schon verzweifelt zuhause, während sie sich schmierige Sprüche von Didier anhören musste? Oder sie stieß erneut mit Pierre zusammen? Jean rannte los. Er kam wieder an der Bastille vorbei und bog wenig später in die Gasse ein, in der sein Zimmer lag. Didier hatte seinen Laden bereits geschlossen. Niemand wartete vor der Tür. Schnell schloss er auf und lief die Treppe nach oben. Auch oben wartete niemand. Er betrat sein Zimmer. Es war leer.

Die Stunden verstrichen. Längst war es draußen stockdunkel geworden. Jean wollte sich gerade auf seine Bettstatt legen, als er unten ein leises Klopfen hörte. Schnell eilte er die Treppe hinunter und öffnete die Tür. Es war Mathilde.

„Es tut mir leid, dass ich so spät dran bin – ich habe die Stelle bekommen", begrüßte sie ihn. „Ich soll meine Sachen holen und mich morgen früh wieder melden. Ich werde bei den Pinots in einer Dienstmädchenkammer wohnen, dann falle ich euch nicht mehr zur Last."

Schweigend begleitete Jean Mathilde nach oben. Vor fünf Minuten hätte er sich noch gewünscht, dass Mathilde wieder verschwand. Jetzt, als sie ihm sagte, dass genau das geschehen würde, empfand er tiefe Enttäuschung.

Pierre schlenderte ziellos durch die Gassen von Paris. Das Wiedersehen mit Mathilde hatte eine alte Wunde aufgebrochen. Mit einem Mal sah er sich wieder als Kind, das ohnmächtig erleben muss, wie Mathildes Vater seine Mutter vergewaltigte. Er hasste dieses Gefühl. Er wollte Mathilde auf keinen Fall wiedersehen. Mit Mathildes Auftauchen hatte er erneut sein Zuhause verloren. Die vorige Nacht hatte er in einer Schänke verbracht, um der eisigen Kälte zu entgehen und seinen Kummer in saurem Wein zu ertränken. Doch mit jedem vollen Glas hatte sich sein Geldbeutel geleert und am Morgen war er pleite gewesen. Das war ein Problem, da er auch keine Arbeit mehr hatte. Um elf Uhr war der Hunger gekommen. Bereits um zwei Uhr war er zum Dieb geworden. Erst hatte er einen Apfel von einem Marktstand gestohlen, dann ein Stück Brot. Und weil er die Nacht nicht draußen bleiben konnte, benötigte er Geld für Wein. Nachdem er nun schon zweimal gestohlen hatte, fiel ihm das dritte Mal leicht. Er hatte einen älteren Herrn beobachtet, wie er seine Geldbörse nach dem Brotkauf in die Manteltasche gesteckt hatte. Im dichten Gedränge war es ein Leichtes gewesen, die Börse zu entwenden und in der Menge unterzutauchen. Die ganze Welt schien ihn im Stich zu lassen, also empfand er keine Skrupel, sich das zu nehmen, was er brauchte. Nun suchte er nach einer gemütlichen Schänke, wo er die Nacht verbringen konnte. An einer Ecke entdeckte er ein Schild, auf das eine Weinrebe gemalt war. „Chez Mathis“ stand in verblassten Lettern darüber. Er trat ein und genoss die Wärme, die ihn sofort einhüllte. Öllampen tauchten den kleinen Schankraum in warmes Dämmerlicht. Etwa ein Dutzend männliche Gäste saß, verteilt an einigen Tischen, im Lokal. Pierre ließ sich auf einem Hocker am Schanktresen nieder, bestellte einen Krug Wein und einen Eintopf. Er war durchgefroren und sehnte sich nach der Wärme des Eintopfs im Magen und nach dem betäubenden Schleier des Weins.

Wenig später stellte ein junges Mädchen, vielleicht Mathis Tochter, eine dampfende Schüssel vor ihn auf den Tresen. Den Wein hatte er bereits gekostet, nichts Besonderes, aber trinkbar. Leider war der Mann, mit dessen Börse er bezahlen würde, nicht vermögend gewesen. Er würde sich mit dieser Bestellung zufriedengeben müssen. Nachdem er sich seine Hände an der heißen Schüssel gewärmt hatte und gerade den ersten Bissen kaute, öffnete sich die Tür und einige Männer betraten den Schankraum. Sie unterhielten sich lauter als nötig und waren offensichtlich betrunken. Die Neuankömmlinge schwärmten zum Tresen und nahmen die Plätze rechts und links von Pierre ein. Alle trugen dunkle Mäntel und Dreispitze, die sie jetzt von den Köpfen rissen. Lauthals verlangen sie etwas zu trinken. Pierre sah an der Kleidung, dass es sich nicht um Arbeiter handelte. Sie waren etwa in seinem Alter, vielleicht Studenten aus reichen Familien. Bei einem der Gesellen blieb sein Blick hängen. Es waren nicht die groben Gesichtszüge eines Mannes, sondern die feinen Linien eines Frauengesichts.

„Was glotzt du so?", schrie ihn sein Nachbar an.

Pierre wusste nicht, was er antworten sollte.

„Hat dir jemand in den Mund geschissen? Schau gefälligst in deine Schüssel, du Trottel", legte sein unangenehmer Nachbar nach.

Pierre blickte sofort in seine Schüssel und begann intensiv zu löffeln, dass er sich dabei die Zunge verbrannte, bemerkte er kaum. Sein Nachbar hatte aber offenbar kein Interesse an einem Ende des Streits. Er griff nach Pierres Weinbecher und leerte ihn mit einem Zug. Fassungslos starrte Pierre ihn an. Er war aus seinem Zimmer geflüchtet, um den Konflikten aus dem Weg zu gehen – nun spürte er sein Augenlid wild zucken, sein Blick begann sich zu trüben. Als der unbekannte Nachbar ihm seinen Teller aus der Hand nahm und sich anschickte, ihn auszulöffeln, explodierte etwas in Pierres Kopf. Noch bevor sie beide am Boden aufschlugen, brach die Nase des Nachbarn vernehmlich. Vier weitere Männer warfen sich auf die Ringenden, das Barmädchen kreischte und einige Gäste nutzten den Tumult, die Gaststube unbemerkt zu verlassen. Pierre kämpfte wie ein verletzter Löwe, der drohte, von einem Rudel Wölfe zerfleischt zu werden. Der Wirt, ein Schrank von einem Mann, eilte herbei, rief seiner Tochter zu, sie möge die Polizei holen, und schrie die Kämpfenden an, sofort mit dem Unsinn aufzuhören, denn seine Einrichtung begann im Kampfgetümmel Schaden zu nehmen.

Der Kampf war zu ungleich, um lange zu dauern. Zu fünft gelang es den Fremden, Pierre außer Gefecht zu setzen. Er hatte das Bewusstsein verloren und lag blutüberströmt am Boden. Seine Gegner sahen kaum besser aus, waren aber alle fähig aufzustehen.

„Verschwinden wir", rief einer der Gruppe, der sich die Schlägerei ruhig angesehen hatte. Er war groß und unter seinem

Dreispitz zeigten sich erstaunlich blonde Haare, die locker zu einem Zopf zusammengebunden waren.

„Und er?“, fragte die Frau. „Ihr könnt ihn nicht liegen lassen, er wird sterben.“

„Nehmt ihn mit!“, befahl der Blonde. „Er hat tapfer gekämpft, vielleicht können wir ihn brauchen.“

Kapitel 24
Versailles, Mai 1788

Louise-Adélaïde de Bourbon-Condé war die Tochter von Louis V. Joseph de Bourbon, Prinz von Geblüt sowie Herzog von Bourbon, Fürst von Condé, Herzog von Bourbonnais, Herzog von Enghien, Pair von Frankreich, Herzog von Guise, Herzog von Bellegarde, Ritter der königlichen Orden und des Goldenen Vlieses und Großmeister von Frankreich. Die geplante Hochzeit von Louis Philippe mit der Prinzessin de Bourbon-Condé würde die Familie de Blois verwandtschaftlich mit dem König verbinden und somit aller Geldsorgen entledigen. Es war tatsächlich ein Glücksfall. Dass sie mit 31 Jahren noch nicht verheiratet war, lag in erster Linie daran, dass in Europa kein ebenbürtiger katholischer Gatte gefunden worden war. Außer Spanien und Österreich waren alle Großmächte protestantisch, Russland orthodox. So blieb französischen Prinzessinnen oft nur die Heirat mit einem niederen Adeligen oder das Kloster. Louis Philippe wusste wenig von Louise-Adélaïde. Sie war kaum in Versailles gewesen, da sie in einem Kloster erzogen worden war und wohl auch dort hätte bleiben sollen. Alexandre hatte ihm erzählt, dass sie das Kloster verlassen hatte, nicht etwa aus Langeweile – das Klosterleben genügte ihren spirituellen Ansprüchen nicht. Die Heirat mit ihm war offensichtlich eine Strafe für sie. Genauso empfand auch er. Vor einer Woche hätte ihn die Aussicht auf eine Heirat mit einer älteren Klosterschwester schockiert, seit er aber Sophie begegnet war, bedeutete es schlichtweg eine Katastrophe.

„Louis Philippe!", riss ihn die scharfe Stimme seiner Mutter aus seinen Gedanken. „Bist du endlich fertig?"

„Ich komme schon, Mutter", antwortete er niedergeschlagen, zog die Schnalle seines Gürtels zu, an der sein Degen hing. Er versuchte auf jede nur erdenkliche Art, das Treffen mit seiner Verlobten hinauszuzögern. Er hatte seinen Eltern erklärt, dass er diese Frau niemals heiraten würde - ohne Erfolg. Gleich würde er ihr gegenüberstehen. Er verließ sein Ankleidezimmer und folgte seiner Mutter, deren Gesichtsausdruck verriet, dass er es bitter bereuen würde, wenn er erneut Einspruch erhöbe.

Wenig später betraten sie den Spiegelsaal. Jener Saal lag im Zentrum des Schlosses und hatte seinen Namen von riesigen Spiegeln, die die parkabgewandte Seite des Saals zierten. Jedem Spiegel war auf der gegenüberliegenden Wandseite ein großes Fenster zugeordnet, das den Blick in den riesigen Schlosspark und einen künstlich angelegten Kanal freigab. Fenster und Spiegel waren in Gold eingefasst. Gewaltige Kronleuchter mit unzähligen Kerzen hingen von der hohen Decke.

Etwa einhundert Personen waren zum Empfang des Königs erschienen. Louis Philippe erblickte Louise-Adélaïde dennoch sofort. Sie war eine sehr blasse, fast unscheinbare Frau, wäre da nicht ihr prunkvolles Kleid gewesen, das sie ohne Pathos trug. Sie war nicht direkt hübsch, aber der Glanz ihrer Familie verlieh ihr eine gewisse Aura, das musste selbst Louis Philippe eingestehen. Sie blickte ihn ernst an. Vermutlich hatte sie ebenso wenig Lust, ihn zu heiraten, wie er sie. Pflichtschuldig näherten sie sich unter der strengen Aufsicht der Eltern. Louis Philippe hatte hunderte solcher Empfänge erlebt, wo sich der Hochadel von ganz Europa traf. Doch noch nie war er dabei seiner Verlobten begegnet.

„Hoheit", hörte er sich sagen. Er nahm zögernd ihre kalte Hand, führte sie zum Mund und küsste sie förmlich. Sie sah ihn prüfend an. Er fühlte sich durchschaut.

„Louis Philippe, es freut mich, dass wir künftig verwandt sein werden", hörte er den Prinzen, ihren Vater, sagen. „Ich habe Ihre Militärlaufbahn genau verfolgt. Sie haben Glück, dass ich meine Tochter keinem Leutnant zur Frau gebe."

Louis Philippe sah den Prinzen respektvoll an. Er verstand nicht ganz.

„Hoheit?"

„Meine Tochter heiratet mindestens einen Colonel, nähen Sie sich also zur Hochzeit Ihre Uniform um. Ich schenke Ihnen ein Regiment, junger Mann."

Louis Philippe stutzte. Sein eigenes Regiment?

„Das ist sehr großzügig von Ihnen", antwortete er höflich. Er musste sich eingestehen, dass der Rang eines Colonels und die Aussicht auf ein eigenes Regiment gewichtige Argumente waren. Erneut sah er seine Verlobte an. Sie hatte noch kein Wort gesagt, musterte ihn aber eingehend.

„Sie werden das schönste Paar in Versailles sein", versuchte seine Mutter charmant zu sein.

Louise-Adélaïde sah nicht gerade glücklich aus. Natürlich war er ein erbärmlicher Ersatz für den Heiland, dem sie sich ursprünglich vermählt hatte. Sie würde ihn niemals heimlich im Park küssen – wie Sophie. Beinahe hätte das versprochene Regiment Sophie aus seinen Gedanken verdrängt, aber nur beinahe. Jetzt war sie wieder da und schmerzte.

„Besuchen Sie die Messe?"

„Die Messe? – Ja", antwortete er, überrascht darüber, dass sie ihn ansprach. Seine Eltern waren angeregt mit dem Prinzen im Gespräch, Louis Philippe betete um Erlösung aus dieser Situation. Er wurde erhört.

„Einen wunderschönen guten Morgen, Prinzessin!"

Galant verbeugte sich Alexandre vor Louise-Adélaïde.

„Leider besitzt dieser Saal nicht genügend Spiegel, um Ihre Schönheit zu preisen."

Louise-Adélaïde lächelte, zum Zeichen, dass sie diese gnadenlose Übertreibung gern verzieh.

„Mein Freund", fuhr er an Louis Philippe gewandt fort. „Ich beneide Sie, dass Sie die Gesellschaft dieser Aphrodite künftig grenzenlos genießen dürfen. Und darf ich Sie, Gnädigste, ehrfürchtig darum bitten, mir einen letzten Gefallen zu gewähren, bevor mein Freund für immer im Hafen der Ehe verschwindet? Der König hat zur Jagd gerufen. Erweisen Sie uns die Güte, diesem Ruf folgen zu dürfen?"

Louise-Adélaïde nickte lächelnd.

Louis Philippe ergriff seine Chance beim Schopf, küsste seiner Braut die Hand und folgte Alexandre zum Ausgang.

„Wie wäre es mit einem ‚Dankeschön'?", zog ihn Alexandre auf. „Oder habe ich dich in der Balz unterbrochen?"

„Danke", knurrte Louis Philippe und boxte seinen Freund in die Seite.

„Eine reizende Braut hast du da. Über hundert Liebesbriefe soll sie ihrem letzten Geliebten geschrieben haben. Du wirst einen Sekretär einstellen müssen", sagte Alexandre und lachte verschmitzt.

„Was? Ich dachte, sie ist eine Klosterschwester."

„Ja, aber sie hat sich auch verliebt. Nicht in dich, du Trottel, in einen armen Philosophen. Natürlich hat ihr Vater nichts von dieser Verbindung wissen wollen. So kommst du zum Zug."

„Na toll, jetzt habe ich Jesus und den Philosophen als Konkurrenten", versetzte Louis Philippe säuerlich.

„Du musst sie eben von deinen Qualitäten überzeugen", lachte Alexandre. „Was waren die noch gleich? Niedrig geborene Hofdamen im Dunkeln küssen und sinnlose Befehle eines besoffenen Colonels auszuführen?"

Er lachte schallend und klopfte Louis Philippe jovial auf die Schulter.

„Jetzt lass uns aber erst einmal eine Wildsau schießen."

Louis XVI. konnte mit Empfängen wenig anfangen. Hätte er sich einen Beruf wählen können, wäre er vermutlich Jäger oder Schmied geworden – niemals König. Menschen waren ihm fremd. So oft wie möglich versuchte er, dem Palastleben zu entkommen. Louis Philippe liebte die Jagd ebenfalls. Außerdem kam ihm diese Abwechslung wie gerufen. Im Spiegelsaal hatte er sich wie ein Eber gefühlt, der von der Jagdgesellschaft in die Enge getrieben worden war. Jetzt, auf dem Weg zu den Stallungen, wurde er wieder ganz Mensch.

Eine Schar von Dienern hatte bereits die Pferde gesattelt. Louis Philippe und Alexandre schwangen sich in die Sättel, ebenso wie etwa zwanzig andere Edelleute, die den König begleiten würden, Männer, die der Etikette des Empfanges entkommen oder den Moment der Nähe zum Herrscher nutzen wollten, um ihre Karrieren zu fördern. Wortlos galoppierte der Monarch ihnen voran in den Wald, der ans Schloss grenzte.

Als die Jäger zum Schloss zurückkehrten, plauderten sie ausgelassen miteinander. Einige Rehe, vier Wildschweine und drei Fasanen waren ihnen vor die Flinten gelaufen. Natürlich hatten sie den König den Hauptteil der Beute machen lassen. Louis Philippe hatte sich Sorgen gemacht, dass der König ihn auf seine Verlobung ansprechen könnte. Immerhin wäre er nach Vollzug der Ehe mit dem König verwandt. Aber seine Sorge erwies sich als unbegründet. Der König war, wie immer, nicht gesprächig und verzog sich nach der Jagd sofort in seine Schmiede, wo er bis zum Abend Eisen auf dem Amboss malträtieren würde.

Louis Philippe und Alexandre hatten andere Pläne. Abermals sollte im Schloss der Königin ein Fest stattfinden. Louis Philippe konnte es kaum erwarten, Sophie wiederzusehen. Aber mit Sicherheit hatte sich herumgesprochen, dass er eine Prinzessin heiraten werde.

„Ein eigenes Regiment?"

Alexandre blieb stehen.

„Du bekommst ein Regiment versprochen und singst kein Lied des Glücks? Dafür würde ich jede Nonne heiraten. Was kann dir Besseres passieren, als dass deine Ehefrau meint, mit Jesus verheiratet zu sein? Dann lässt sie dich in Frieden. Und ein gutaussehender Colonel mit eigenem Regiment findet viele Gespielinnen. Höre auf den Rat eines echten Freundes", endete er seine Belehrung.

Louis-Philippe hatte immer genauso gedacht und oftmals einen ähnlichen Rat an Freunde gegeben. Aber nun fühlte es sich gar nicht so an, als wäre es wirklich die beste Möglichkeit. Er brannte darauf, Sophie wiederzusehen. Endlich erreichten sie das Tor von Petit Trianon, dem Schlösschen der Königin. Vier Gardesoldaten bewachten den Eingang. Alexandre nickte ihnen zu und schritt an den Soldaten vorbei. Sie waren den Wachen bekannt und mussten ihre Namen nicht nennen. Umso überraschter war Louis-Philippe, als er von einem der Soldaten aufgehalten wurde, als er Alexandre folgen wollte.

„Louis-Philippe de Blois?"

„Ja, gibt es ein Problem?", fragte er gereizt.

„Nein, Hoheit, kein Problem. Ich habe Befehl, Ihnen auszurichten, Sie mögen sofort zum König kommen. Er erwartet Sie im Ratszimmer."

Louis-Philippe war überrascht. Noch nie war er per Befehl zum König beordert worden. Was hatte das zu bedeuten?

„Es hat doch bestimmt Zeit bis morgen", versuchte er seine Begegnung mit Sophie zu retten.

„Ihr werdet unverzüglich dort erwartet, Hoheit. Wenn Sie mir bitte folgen würden", antwortete der Soldat und ging ihm voraus zu den Stallungen.

Alexandre sah ihn fragend an. Louis-Philippe zuckte mit den Schultern. Angst, Neugier und Enttäuschung rangen in ihm. Dann würde Sophie wohl warten müssen. Er winkte Alexandre zu und folgte dem Soldaten.

KAPITEL 25
Paris

Hélène Pinot blickte ungeduldig auf die kunstvoll gearbeitete Uhr im Salon. Es war bereits sieben Minuten nach sechs. Hatte er sie vergessen? Die Aufführung würde in weniger als einer Stunde beginnen.

Sie dachte nur noch selten an Nantes. Nachdem die Familie vor sechs Jahren nach Paris gezogen war, hatte sie fürchterliches Heimweh gehabt. Aber diese Zeit war vorbei. Sie liebte Paris. Nirgendwo sonst brodelte das Leben so intensiv wie in dieser Stadt. Während sie vermutlich in Nantes den größten Teil des Tages mit dem Stickzeug in der Hand hätte verbringen müssen, hielt das Leben in der größten Stadt Europas selbst für junge Frauen Abenteuer bereit. Die gewohnten Rollenverteilungen gerieten unter dem Druck der vielen sich gegenseitig befruchtenden Geister ins Wanken. Für eine zwanzigjährige Frau aus reichem Hause, noch ohne Ehemann, hielt die Stadt kulturelle Perlen bereit. Hélène hatte das Theater für sich entdeckt, fast jede Woche gab es irgendwo eine Aufführung. Aber auch Malerei und Musik hatten es ihr angetan. Ihr Lieblingsstück war „Die Hochzeit des Figaro" von Pierre-Augustin Caron de Beaumarchais. Die Uraufführung hatte vor vier Jahren einen Skandal heraufbeschworen und den Autor ins Gefängnis gebracht. Das Stück erzählte von einem Barbier, dem es gelang, seine Geliebte vor den Avancen des Herzogs, seines Herrn, zu schützen. Es war ein Stück über zwei einfache Menschen, die ihre Liebe selbst wählten, die schlau und stark waren. Der Adel machte sich lächerlich. Der König hatte die Aufführung zwar verboten, aber nachdem es in den Schlössern der höchsten Fürsten zur Belustigung der Prinzen gespielt worden war und sogar die Königin selbst auf der Bühne gestanden hatte, war das Verbot nicht mehr durchsetzbar. Nun wurde es immer wieder aufgeführt und erfreute sich großer Beliebtheit. Ihr Vater hatte schon versucht, Hélène mit einem Geschäftspartner zu verheiraten, doch war ihr Protest so lautstark gewesen, dass ihr Vater sie in Ruhe gelassen hatte. Sie hatte immer davon geträumt, einmal selbst solch einem Barbier zu begegnen, der sie so sehr vergötterte, dass er sich für sie in Lebensgefahr begab. Vermutlich hatte sie Glück, dass sie ein Mädchen war. Wäre sie ein Junge gewesen und der Betrieb des Geschäftspartners in den Besitz ihrer Familie übergegangen, hätte sich ihr Vater sicher durchgesetzt. Aber so hatte er bald das Interesse an dieser Auseinandersetzung verloren und sich lukrativeren Dingen zugewandt.

Hélène blickte erneut auf die Uhr. Zwölf Minuten nach sechs. Wo blieb Robert? Robert war der beste Freund ihres Bruders und Anwalt der Familie und – sie war sich fast sicher – ihr Figaro, ihr Barbier. Seit ihr Bruder Maximilien vor etwa sechs Wochen Paris in Richtung Amerika verlassen hatte, um sich dort um das Geschäft zu kümmern, waren die Besuche Roberts zuerst ausgeblieben. Doch Robert beriet Hélènes Vater in rechtlichen Angelegenheiten und war doch gelegentlich im Hause der Pinots aufgetaucht. Der Gewohnheit entsprechend, war er nach den Besprechungen nicht sofort abgefahren, sondern rauchte noch eine Zigarre auf der Terrasse. Wegen der Abwesenheit Maximiliens hatte ihn Hélène dort allein angetroffen. Durch einen Zufall waren sie ins Gespräch gekommen und hatten die gemeinsame Leidenschaft für das Theater entdeckt. Von nun an hatten sich die Treffen regelmäßig wiederholt. Hélène liebte die Gespräche mit Robert. Vor zwei Tagen hatte er sie mit einer Einladung ins Theater überrascht. Also zählte sie seit zwei Tagen die Stunden - und nun war er schon vierzehn Minuten zu spät. Er würde sie doch nicht sitzen lassen?

„Mathilde?“, rief sie die neue Dienstmagd, die ihr Vater eingestellt hatte.

„Ja, Mademoiselle?“

„Wie sehe ich aus? - Und ist noch kein Wagen vorgefahren?“

„Sie sehen vortrefflich aus. Nein, es ist noch kein Wagen vorgefahren.“

Hélène blickte zum wiederholten Mal in den Spiegel. Mathilde hatte ihr kastanienbraunes Haar kunstvoll geflochten und hochgesteckt. Das schlichte, aber geschmackvolle Kleid aus rotem englischem Tuch betonte sanft ihre Kurven. Einmal hatte ihre Mutter versucht, sie in ein Mieder zu pressen. Es war bei dem einen Versuch geblieben.

Mathilde war ihr vom ersten Tag an sympathisch gewesen. Sie war ein Bauernmädchen und musste noch vieles lernen. Aber sie lernte schnell, war klug und hübsch. Mathildes Vorgängerin hatte immer versucht, sie zu erziehen, hatte ihrem Vater alles erzählt, was sie ihr im Vertrauen mitgeteilt hatte. Mathilde hingegen schien zu ihr aufzuschauen, sie zu bewundern.

„Er wird doch noch kommen“, sagte Hélène ungeduldig vor sich hin.

„Gewiss, Mademoiselle. Er wäre dumm, Sie sitzenzulassen.“

„Ach, Mathilde, du bist lieb. - Aber warum ist er dann noch nicht da?“

„Vielleicht wurde er aufgehalten und kämpft sich gerade zu Ihnen durch.“

Hélène gefiel die Vorstellung. Und doch wünschte sie nichts mehr, als dass endlich das ersehnte Fuhrwerk vorführe.

Kapitel 26
Paris

Mathilde mochte Mademoiselle Hélène. Und sie mochte ihre Arbeit. Im Vergleich zur Arbeit auf dem heimatlichen Bauernhof war die Zeit hier geradezu ein Spaziergang. Natürlich musste sie vieles lernen, hatte sie doch niemals zuvor in einem vornehmen Haushalt gelebt. Mademoiselle Hélène war ihr eine gute Lehrmeisterin. Mehr als das, sie waren schon fast Freundinnen, auch wenn man das nicht so nennen durfte, sie war schließlich nur das Dienstmädchen.

Nun war Mademoiselle Hélène verliebt und wartete ungeduldig auf ihren Angebeteten. Mathilde fieberte mit ihr. Immer wieder lief sie zum Fenster und blickte hinaus auf die Straße.

Endlich hörten sie das Klappern eines Fuhrwerks. Beide Frauen liefen zur Haustür, Mathilde riss die Tür auf und Hélène versuchte, dem Ankömmling so gelassen wie möglich zu begegnen. Mathilde erkannte am Gesicht von Mademoiselle Hélène, dass etwas nicht stimmte. Es war, als hätte ein Künstler alle Anzeichen der Verliebtheit, mit der er sorgfältig sein Porträt gezeichnet hatte, mit einem Wisch entfernt. Mathilde lugte um die Tür herum, die ihr die Sicht versperrt hatte, und blickte nicht in das ersehnte Gesicht von Robert. Dort stand Julien, Hélènes Vater.

„Wie komme ich zu solch einem Empfang?“, lachte er dröhnend.

Hélène stotterte: „Ich wusste nicht, dass du es bist.“

„Wen erwartest du denn in diesem Aufzug?“

Julien konnte seiner Tochter zwar kaum einen Wunsch abschlagen, doch sah er es nicht gern, wenn sie abends ausging.

„Robert – äh, wir wollten einige geschäftliche Dinge besprechen und anschließend noch in ein Theaterstück gehen“, stammelte Hélène.

„Soso“, erwiderte Julien. „Du wolltest aber nicht allein mit Robert ausgehen, nehme ich an?“

Hélène erblasste. Doch sie fasste sich schnell wieder.

„Nein, natürlich nicht. Mathilde begleitet mich.“

Nun war es an Mathilde, erstaunt zu sein. Bevor sie sich Gedanken machen konnte, bog ein weiteres Fuhrwerk in die Straße ein und fuhr in großer Eile heran. Noch bevor der Kutscher die Pferde zum Stehen gebracht hatte, wurde die Tür aufgerissen und Robert sprang heraus. Er sah fantastisch aus. Sein neuer, schwarzer Gehrock stand ihm vorzüglich. Seine weißen Seidenstrümpfe steckten in glänzenden Lederschuhen mit polierten Schnallen. Das leuchtend weiße Halstuch lenkte den Blick schnell auf das wohlgeformte Gesicht. Seine dunklen Augen passten ausgezeichnet zu seinen fast schwarzen Haaren, die er in einem festen Zopf zusammengebunden trug. Das Einzige, was nicht perfekt zu sitzen schien, war seine Nase. Sie war ein wenig zu groß geraten, nur gerade so viel, dass man es bemerkte.

„Monsieur Pinot, meine Damen“, verbeugte er sich übertrieben galant.

„Gib auf meine Tochter acht und bring sie vor Mitternacht wieder“, erwiderte Julien den Gruß, winkte seinem Rechtsberater zu und schob sich an Hélène und Mathilde vorbei ins Haus.

Mathilde war sich nicht sicher, was sie tun sollte. Hilfesuchend sah sie zu Hélène, die aber nur Augen für Robert hatte.

„Es tut mir leid“, sagte dieser. „Ich konnte nicht früher hier sein. Wenn wir sofort fahren, müssten wir es noch schaffen, ich habe die Eintrittskarten bereits gekauft.“

Hélène schickte sich gerade an, in den Wagen zu steigen, als sie sich an Mathilde erinnerte.

„Wir müssen Mathilde mitnehmen", sagte sie. „Mein Vater besteht darauf", fügte sie entschuldigend hinzu. Mathilde entging nicht der Ausdruck der Enttäuschung auf Roberts Gesicht. Doch schien er sich dem Unumgänglichen zu fügen, denn er hielt die Tür offen und blickte ungeduldig zu Mathilde hinüber.

Mathilde schloss die Tür hinter sich und sprang in die Kutsche, gespannt, was der Abend ihr noch bringen würde.

„Ich habe nur zwei Eintrittskarten", begann Robert Mathildes unverhofft aufgetauchte Hoffnung auf eine Theateraufführung zu zerstören.

„Können wir nicht noch eine kaufen?", erwiderte Hélène. Erneut keimte Hoffnung in Mathilde.

„Die Vorstellung ist längst ausverkauft."

Es war deutlich, dass Roberts Sorge nicht dem Ziel galt, Mathilde in die Vorstellung zu bekommen, ganz im Gegenteil, er wollte sie loswerden.

„Ich kann ja vor dem Theater warten", sagte sie kleinlaut. Sie wollte auf keinen Fall zwischen Robert und Hélène stehen. Da keine Antwort kam, blickte sie verlegen aus dem Fenster. Die Stadt war immer noch neu und aufregend für sie. Plötzlich blieb ihr Blick an etwas Bekanntem hängen. Dort ragten jene gewaltigen Mauern auf, an denen sie schon mit Jean vorbeigegangen war. Die große Bastille. Da kam ihr ein Gedanke.

„Lassen Sie mich hier aussteigen, ich könnte meinen Bruder besuchen, er wohnt gleich in der Nähe."

Jean war müde von der Arbeit. Nachdenklich rührte er in einem blechernen Kochtopf. Er versuchte die harten Kohlstrünke, die er auf dem Heimweg günstig erstanden hatte, weichzukochen. Er machte sich Sorgen. Sein Bruder Pierre war seit dem Zwischenfall mit Mathilde nicht wieder aufgetaucht. Er hatte sich seit jeher für den Jüngeren verantwortlich gefühlt, umso mehr, seit sie ohne Eltern in Paris lebten. Nun waren sie Vollwaisen und er Pierres einziger Verwandter. Die Stadt schien seinen Bruder verschluckt zu haben. Jean kannte genug Geschichten, die Grund zur Sorge gaben. Es kam immer wieder vor, dass Menschen einfach in der Stadt verschwanden. Eine so große Stadt wie Paris zog nicht nur redliche Leute an. Ebenso wie die Ratten siedelte sich auch überall dort, wo viele Menschen lebten, jener Abschaum der Menschheit an, der nicht davor zurückschreckte, für ein Stück Brot oder eine Kupfermünze einen Mord zu begehen. Jean war immer davon ausgegangen, dass Pierre, nachdem seine Wut verkocht war, zurückkommen würde. Nun wartete er schon seit einem knappen Monat auf diesen Moment. Was, wenn ihm etwas zugestoßen war? Dann war er ganz allein. Naja, da war noch Mathilde, seine Stiefschwester, die plötzlich in Paris aufgetaucht war. Seit er ihr eine Stelle als Hausmädchen beim Inhaber der Waffenmanufaktur beschafft hatte, hatte er sie nicht mehr gesehen. Versonnen stach er in einen der Kohlstrünke. Etwas Salz, etwas getrocknetes Brot, und fertig war der Eintopf. Lustlos begann er zu essen. Was konnte er unternehmen, um herauszufinden, was mit Pierre geschehen war? Er könnte bei Abbé Christophe nachfragen, der Stadtpfarrer, der sie in Paris aufgenommen hatte. Vielleicht hatte Pierre bei ihm Rat oder Zuflucht gesucht? Er nahm sich vor, sofort nach dem Essen Abbé Christophe aufzusuchen.

Da klopfte es an die Tür.

Jean schlurfte zur Tür und öffnete.

„Guten Abend, Bruder, darf ich reinkommen?“, lachte Mathilde, sichtlich amüsiert über seinen erstaunten Gesichtsausdruck.

„Ja, natürlich“, erwiderte er und ging ihr voraus ins Zimmer. „Eintopf?“, lud er seine Stiefschwester zum Essen ein. Im selben Moment schämte er sich für seine bescheidene Mahlzeit, vermutlich war Mathilde nun das Essen in einem reichen Bürgerhaus gewohnt.

„Ich nehme gern ein wenig“, antwortete Mathilde. „Ist Pierre nicht hier?“

„Nein, er ist nicht mehr zurückgekommen.“

„Das tut mir leid.“

„Ich wollte gerade zu Abbé Christophe gehen und ihn fragen, ob er von Pierre gehört hat“, sagte Jean. „Wie lange bleibst du?“, fügte er hinzu.

„Da Mademoiselle Hélène im Theater ist, werde ich bis Sonnenaufgang die Anstandsdame sein“, lachte Mathilde.

„Aber du bist hier“, staunte Jean.

„Ja, eben. Mademoiselle Hélène und ihr Angebeteter wollen keine Anstandsdame, daher habe ich überraschend eine Nacht frei. Morgen bei Sonnenaufgang muss ich das Frühstück richten und mit Sicherheit Monsieur Pinot erzählen, wie außergewöhnlich das Theaterstück war. Gut, dass er sich nicht fürs Theater interessiert. - Nimmst du mich mit zu Abbé Christophe?“

„Ja, gehen wir.“

Wenig später schlenderten sie nebeneinander durch die engen Gassen. Mathilde war gut gelaunt und erzählte von den Vorzügen ihrer neuen Stellung. Sie bekam üppige Mahlzeiten, die Arbeit war nicht sonderlich schwer. Jean genoss ihre Gesellschaft. Bald standen sie vor der Kirche Saint Martin. Das Portal stand offen. Sie traten ein. Mathilde war überwältigt. Jean erinnerte sich noch daran, wie erstaunt er über die Größe der Kirche gewesen war. Mit ihrer hohen Gewölbedecke, den verzierten Säulen war sie mit Abstand das größte Gebäude, das Jean bis dahin gesehen hatte. Mittlerweile hatte er noch viel größere Gebäude entdeckt, die Bastille oder die Kathedrale Notre Dame im Zentrum der Stadt.

„Wer ist das?“, fragte ihn Mathilde und deutete auf ein großes Gemälde, auf dem ein stattlicher Ritter dargestellt war, der mit einigen Gefährten auf eine Stadt zu galoppierte.

„Das ist der heilige Martin. Komm mit, dann siehst du es.“

Jean nahm sie mit zum nächsten Bild. Ihm war jedes Gemälde der Kirche vertraut, da er und sein Bruder in den ersten Jahren hier als Gehilfen von Abbé Christophe gearbeitet hatten.

Nun war zu sehen, wie der stattliche Ritter vor den Toren der Stadt angehalten hatte. Zu seinen Füßen kniete ein kaum bekleideter Bettler. Martin hatte mit einer Hand sein gewaltiges Schwert gezogen, mit der anderen griff er nach seinem roten Umhang. Mathilde betrachtete lange das Gemälde, wandte sich dann zu ihrem Bruder und sagte lächelnd: „Du bist mein Martin, ich kam nach Paris wie dieser Bettler und du hast mir geholfen."

Jean blickte sie erstaunt an. Noch nie hatte ihn jemand mit einem Heiligen in Verbindung gebracht.

„Und du bist meine Anstandsdame", erwiderte Jean. Mathilde stieß ihm den Ellbogen in die Rippen und beide lachten.

„Mein Junge", tönte der Bass von Abbé Christophe. Sie hatten ihn nicht kommen hören. Jetzt stand er hinter ihnen, in seinem schwarzen Talar, der sich über seinen stattlichen Bauch spannte. Sein freundliches Gesicht strahlte.

„Was führt dich zum heiligen Martin, mein Junge? Und welch schöne Begleitung hast du heute dabei?", fragte er, als hätte er Mathilde gerade eben erst bemerkt. Dabei zwinkerte er Jean schalkhaft zu und deutete vor Mathilde eine Verbeugung an.

„Das ist meine Stiefschwester Mathilde aus Dunois", stellte Jean seine Begleiterin vor. „Abbé, haben Sie Pierre in letzter Zeit gesehen?"

„Pierre? Nein, er hat sich hier schon lange nicht mehr blicken lassen. Hat wohl anderes im Kopf als das Gebet", antwortete der Abbé und hüstelte belustigt.

„Pierre ist seit einem knappen Monat verschwunden", sagte Jean. „Mathilde kam nach Paris und hat uns erzählt, dass Mutter gestorben ist. Pierre ist durchgedreht und verschwunden. Ich dachte, er wäre vielleicht hier aufgetaucht."

„Der Tod eurer Mutter tut mir leid", sagte der Abbé ernst. „Pierre hat leider den Weg in die Kirche nicht gefunden. Ihn hat der Tod der Mutter wohl sehr mitgenommen. Sollen wir eine Messe für sie lesen?"

„Würden Sie das tun?", fragte Jean, der es kaum fassen konnte, dass in solch einer großen Kirche eine Messe für eine bedeutungslose Bäuerin aus Dunois gelesen werden konnte.

„Für euch tue ich das gern!"

Jean fühlte, wie Tränen seine Augen füllten. Ein tiefer Schmerz um den Verlust der Mutter übermannte ihn. Er schämte sich, vor Mathilde zu weinen, konnte jedoch nichts dagegen tun. Er wandte den Blick ab, doch Mathilde trat an ihn heran und schloss ihn in die Arme. Ihr bebender Körper, so nahe an seinem, verriet, dass auch sie weinte.

„Der Friede sei mit euch", murmelte der Abbé und zog sich taktvoll zurück.

Endlich verebbte die Welle des Schmerzes und Jean konnte wieder wahrnehmen, was um ihn herum geschah. Ganz fest hielt er Mathilde an sich gedrückt. Er lockerte seinen Griff, Mathilde sollte nicht denken, dass er sich an ihr festhielt. All die Wochen hatte er sich nicht erlaubt, um die Mutter zu trauern. Jetzt hatten ihn die Gefühle übermannt, ausgerechnet vor Mathilde. Gleichzeitig war er froh, dass sie da war. Jetzt löste sie sich aus der Umarmung und sah ihn an. Noch immer liefen ihr Tränen die Wangen herunter. Erneut schnürte es Jean den Hals zu. Er fühlte den Drang, ihre Tränen zu trocknen und ihm war, als hätte er niemals etwas Schöneres gesehen als dieses ihm zugewandte Gesicht. Ihre blauen Augen blickten ihm tief in die Seele. Ihre Wangen waren leicht gerötet und schimmerten tränennass. Die langen Wimpern waren ebenfalls von Tränen benetzt, die blonden Locken in Unordnung geraten. Jean vergaß alles um ihn herum.

„Lieber Junge, wollt ihr einen Schluck Wein?", zerriss der Bass des Abbés die Magie dieses Augenblicks.

Jean und Mathilde ließen sich los und sahen den Abbé an, wie er mit zwei Zinnbechern auf sie zugewatschelt kam.

„Das Blut Christi wird euch den Schmerz tragen helfen. Kommt doch morgen zur Messe. Bis dahin kann euch vielleicht dieser ungeweihte Tropfen Erleichterung verschaffen."

„Danke, Abbé."

Jean nahm seinen Becher entgegen und trank einen Schluck.

„Ich halte euch auf dem Laufenden, wenn ich etwas von Pierre höre", sagte der Abbé und legte beiden freundschaftlich jeweils eine Hand auf die Schulter. „Bis dahin: Beten wir für ihn und für eure Mutter. Bei Gott, sie hatte kein leichtes Leben und hat sich die Freuden des Himmels wohl verdient."

„Danke", sagte Jean, gab ihm seinen leeren Becher zurück. Auch Mathilde hatte durstig den Becher geleert und reichte ihn dem Abbé mit einem dankbaren Nicken.

„Bis bald."

Jean wandte sich um und schritt langsam an den Säulen entlang, dem Ausgang zu. Mathilde folgte ihm.

Die Dämmerung hatte bereits eingesetzt. Auf den Straßen herrschte noch immer geschäftiges Treiben. Fuhrleute trieben die Pferde an und scheuchten Passanten aus dem Weg. Fußgänger genossen die laue Frühsommernacht oder hasteten vorbei, um das schützende Heim zu erreichen, bevor die Nacht das letzte Licht verschluckt hatte. Jean und Mathilde schlenderten wortlos nebeneinander her. Jean stellte zu seiner Überraschung fest, dass es gutgetan hatte, um die Mutter zu weinen. Noch ganz ergriffen von dem Erlebten atmete er tief ein. Mathilde wich einem entgegenkommenden Herrn mit Dreispitz und dunkelrotem Umhang aus. Dabei stieß sie mit ihrem Arm gegen Jean, ihre Hände fanden sich. So gingen sie eine Weile weiter. Keiner sagte ein Wort, um den Zauber nicht zu verjagen, der sie seit dem Anblick des heiligen Martin begleitete. Unmittelbar musste Jean an Fabienne denken. Wie sehr hatte er sich gewünscht, mit ihr Hand in Hand durch die Stadt zu spazieren. Nun hielt er die Hand seiner Schwester. Seiner Stiefschwester. Sie waren ja nicht wirklich verwandt. Ihre Hand passte genau in seine.

Viel zu schnell waren sie an Jeans Zimmer angelangt. Um die schmale Treppe hinaufzusteigen, mussten sie die Hände loslassen. Jean ging voran und spürte ihre Gegenwart hinter sich. Er betrat sein Zimmer, zündete eine Öllampe an und wandte sich nach Mathilde um. Sie stand direkt vor ihm. Ihre Blicke trafen sich. Ihr Kopf neigte sich leicht nach hinten, ihm entgegen. Er beugte sich vor, umschlang ihre Taille. Sie drückte ihm einen Kuss auf die Wange, befreite sich aus seiner Umarmung und war verschwunden. Jean war enttäuscht, sein Magen krampfte sich zusammen, gleichzeitig hätte er vor Glück schreien können. Er war verliebt.

Kapitel 27
Versailles

Louis-Philippe eilte einem livrierten Diener hinterher, der ihn am Tor des Schlosses erwartet hatte. Sie durchquerten den Herkules-Saal, in dem zahlreiche Höflinge darauf warteten, beim König vorgelassen zu werden, erfolglos, wie es schien. Der Diener führte ihn weiter durch die Säle der Venus, der Diana, des Mars und des Merkur. Jeder der Säle war in einer anderen, dem Namens-Patron entsprechenden Farbe gehalten und mit Gemälden geschmückt. Je tiefer sie in die Gemächer des Königs vordrangen, desto höherrangiger wurden die Höflinge, die auf den Zugang zum König warteten. Spätestens zum öffentlichen Zubettgehen würden sie vorgelassen werden. Louis-Philippe eilte durch den Saal des Krieges in den großen Spiegelsaal, wo er vor ein paar Stunden seine künftige Verlobte kennengelernt hatte. Nachdem sie einige der großen Spiegel passiert hatten, hielt der Diener vor einer Tür zwischen den Spiegeln an. Zwei Gardesoldaten hielten reglos Wache. Der Diener öffnete die Tür, wies in den Durchgang und verfiel in dieselbe Starre wie die Gardesoldaten. Louis-Philippe trat ein. Er war bereits hier im Ratszimmer gewesen, aber niemals, während der königliche Ministerrat tagte. Das Zimmer war in Blau und Gold gehalten. In der Mitte stand ein mit goldenen Ornamenten verzierter Tisch. Um den Tisch saßen auf dick gepolsterten, ebenfalls in Gold und Blau gehaltenen Sesseln der König und seine wichtigsten Minister. Auch Louis V. Joseph de Bourbon, Prinz von Condé, sein künftiger Schwiegervater, war anwesend. Offensichtlich hatte die Sitzung bereits begonnen. Étienne Charles de Loménie de

Brienne, Finanzminister des Königs, hielt eine flammende Rede, der der König und die übrigen Minister lauschten.

Niemand schien sein Ankommen bemerkt zu haben. Louis Philippe entdeckte seinen Vater, der ihm ungeduldig zunickte und auf einen freien Sessel neben sich deutete. Louis Philippe umrundete die erlauchte Tafel und setzte sich möglichst unauffällig auf den freien Platz.

„Na endlich", zischte sein Vater. „Ich vertrete den Kriegsminister und biete dir die Gelegenheit, ins Zentrum der Macht vorzustoßen, und du jagst irgendwelchen Dirnen im Lustschloss der Königin hinterher?"

Der Herzog von Blois erwartete keine Antwort, sondern konzentrierte sich wieder auf die Ausführungen des Finanzministers.

„Majestät, wir müssen endlich einsehen, dass Frankreich praktisch bankrott ist. Wir können nicht länger so tun, als wäre Geld in der Kasse. Wir müssen grundlegende Reformen einleiten. Wenn wir nichts tun, wird der Staat zusammenbrechen."

„Es ist aber doch Ihre Aufgabe, die Finanzen des Staates zu lenken. Wenn die Lage tatsächlich so ist, wie Sie sie beschreiben, ist das Ihr Versagen", fiel der Prinz von Condé wütend ein.

Der Finanzminister, ein Bischof, der vor einem Jahr das wohl unbeliebteste Amt im Land übernommen hatte, antwortete ruhig: „Wir erwarten in diesem Jahr Einnahmen in Höhe von 470 Mio. Livres. 290 Mio. Livres müssen wir an Krediten zurückzahlen. Es sind Kredite, die wir seit vielen Jahren bedienen müssen. Das Kriegsministerium verschlingt weitere 165 Mio. Livres. Die übrigen 15 Mio. Livres reichen bei weitem nicht aus, den Palast zu finanzieren und die Pensionen zu zahlen. Wir benötigen etwa 100 Mio. Livres an neuen Krediten für dieses Jahr. Wie sollen wir sie jemals zurückzahlen? Jeder der Anwesenden weiß, dass das seit Jahren und Jahrzehnten so gehandhabt wurde. Ernste Reformen sind ausgeblieben. Nun ernten wir die Früchte dieser Politik."

Louis Philippe war entsetzt. Er hatte bereits gehört, dass die Staatskassen nicht üppig gefüllt waren. Doch so ernst hatte er die Lage nicht eingeschätzt.

„Dennoch ist es Ihre Aufgabe, etwas gegen den Staatsbankrott zu unternehmen, Sie sind schließlich der Finanzminister", gab der Prinz von Condé zurück, sichtlich bemüht, nicht gänzlich die Fassung zu verlieren.

„Ich habe, wie meine Vorgänger, versucht, die Ausgaben zu kürzen. Doch hinter jeder Ausgabe steht ein Empfänger, allesamt Teil des Adels oder des Klerus. Jeder Beschwerde wurde Recht gegeben, um den Frieden zu wahren, so dass sich jegliche Einsparungsversuche in Luft aufgelöst haben."

„Und sind Sie nicht in der Lage, die Einnahmen zu erhöhen?", spie ihm der Prinz von Condé entgegen.

„Wenn Sie sich recht erinnern, habe ich versucht, die Steuern zu erhöhen. Warum haben Sie, ebenso wie das Parlament von Paris, die Einführung der allgemeinen Grundsteuer blockiert? Weil Sie sie sonst zahlen müssten. Vielleicht haben Sie eine Idee, mein Prinz?"

Die Antworten des Finanzministers waren kühn, ja respektlos. Erneut wollte der Prinz von Condé zurückschlagen. Doch diesmal gebot ihm der König, der bis jetzt nur stoisch zugehört hatte, mit einem Wink Einhalt.

„Und was schlagen Sie vor?", richtete er das Wort an den Minister.

„Majestät, Sie müssen die Generalstände einberufen. Die notwendigen Reformen können nur in größtmöglichem Konsens beschlossen werden. Es ist Ihre einzige Chance. Niemals wird der Adel Maßnahmen zustimmen, die seine Privilegien beschneiden. Bürger und Bauern allein tragen die Steuerlast. Viel ist dort nicht mehr zu holen. Verhungerte Bauern bezahlen keine Steuern."

Die Miene des Königs verdunkelte sich. Louis Philippe wusste, dass schon seit einigen Monaten die Forderung nach der Einberufung der Generalstände im Raum stand. Bisher hatte der

König stets abgelehnt, bedeutete es doch den Verzicht auf den Anspruch der absoluten Herrschaft des Königs. Ludwig XIV., Ururgroßvater des Monarchen, hatte die Mitsprache der Generalstände-Versammlung damals beendet.

„Wozu sollen wir uns den Pöbel ins Haus holen? Denken Sie wirklich, er kann besser regieren als der König?“, sprang Luis Philippes Vater dem Prinz von Condé zur Seite.

„Nein, aber vielleicht kann der ‚Pöbel‘, wie Sie ihn nennen, das Volk, dem König helfen, seinen Adel zur Vernunft zu bringen“, entgegnete der Finanzminister.

Louis Philippe wunderte sich erneut über die Direktheit des Ministers. Er war bekannt als Pragmatiker. Manche nannten ihn den „Bischof der Finanzen“. Einst Bischof von Toulouse, hatte er nie einen Hehl daraus gemacht, eher die weltliche Seite der Kirche zu vertreten. „Ich bin zwar Atheist, aber Katholik“, soll er einmal gesagt haben. Louis Philippe hatte manchmal an seiner Befähigung zum Bischof gezweifelt, aber er machte durchaus einen kompetenten Eindruck, was die Finanzen anging. Offensichtlich hatte er von Geld seit jeher mehr verstanden als von Gott.

Nun ergriff Louis Philippes Vater das Wort: „Es ist aber nicht der Adel, der gegenwärtig gegen die Autorität des Königs aufbegehrt, sondern es sind die einfachen Bürger. Genau jene, die Sie ins Schloss holen wollen. Vor zwei Tagen weigerte sich das Parlament in Grenoble, den Befehlen des Königs Folge zu leisten. Wären die Parlamentsräte den Befehlen des Königs gefolgt, hätte es keine Toten gegeben.“

„Die Toten hat es gegeben, weil Ihre Soldaten in eine unbewaffnete Menge schossen, obwohl der König den Befehl gegeben hatte, nicht zu schießen“, warf der Bischof der Finanzen ein. „Sie hatten zwei Regimenter vor Ort und haben die Lage nicht unter Kontrolle bekommen.“

„Dieser Pöbel hatte zwar keine Musketen, dennoch wurden 48 Soldaten verletzt. Diese Hunde stiegen auf die Dächer und bewarfen die Soldaten des Königs mit Dachziegeln. Wir mussten schießen, um nicht überwältigt zu werden", erwiderte Louis Philippes Vater erregt.

„Und diese Armee, die sich vor mit Ziegeln bewaffneten Männern zurückzieht, verschlingt jedes Jahr 165 Mio. Livres. Ist das angemessen?", fragte der Bischof in die Runde.

Den Prinzen von Condé hielt es kaum mehr auf seinem Sessel. „Es sind die Parlamente, die sich gegen den König stellen. Sie fordern die Einberufung der Generalstände, sie sagen, das wäre die einzige Instanz, die dazu berechtigt wäre, Steuern zu erheben. Ich sage: Es wäre ein Zeichen der Schwäche und ein Ausverkauf der königlichen Autorität, wenn man diesen ‚Möchtegern-Herrschern' genau das gibt, was sie wollen. Wir müssen hart durchgreifen und mehr Soldaten schicken. Und zwar ohne Maulkorb, sonst werden sie ausgelacht und der König gleich mit. Die Armee ist der einzige Garant der königlichen Herrschaft."

„Genau deshalb bin ich hier", erwiderte der Herzog von Blois. „Die Pläne, die Ausgaben für unser Heer zu kürzen, sind gefährlich. Die Armee ist der Garant der Aufrechterhaltung der königlichen Autorität. Die Lage wird immer ernster. Die Stimmung in der Armee ist schlecht. Seit Monaten kursieren Flugblätter in den Kasernen, die die gewöhnlichen Soldaten gegen das Königshaus aufbringen. Die Gerüchte über niedrigeren Sold tun ihr Übriges. Wir müssen dringend etwas unternehmen, um die Moral in der Truppe zu stärken, Majestät."

„Was für Flugblätter sind das?", fragte der König.

Louis Philippe bemerkte, dass es seinem Vater sichtlich unangenehm war, näher auf den Inhalt der Pamphlete einzugehen.

„Sie verunglimpfen das Königshaus, sogar die Königin selbst."

Er zog zwei weiße Blätter aus der Tasche seines Uniformrocks und reichte sie dem König.

Louis Philippe bemühte sich, den Inhalt zu erfassen. Auf dem einen Flugblatt war das Porträt der Königin abgebildet. Darüber prangte in großen Lettern: „Madame Defizit". Das andere zeigte die Königin inmitten einer Schar Edelleute, Herren und Damen.

Sie berührten die Monarchin an intimen Stellen und die Königin schien diese Orgie zu genießen. „Dem König und Frankreich treu ergeben“ stand unter dem Bild. Louis Philippe war schockiert über solch eine Majestätsbeleidigung. Auch der König, sonst kaum einer Gefühlsregung erlegen, schnaubte erzürnt.

„Wer verbreitet solch üble Beleidigungen?“

„Wir wissen es nicht, Majestät. Allerdings haben wir Grund zur Annahme, dass diese schändlichen Papiere aus dem näheren Umfeld der Königsfamilie kommen“, erwiderte Louis Philippes Vater.

„Philippe?“

Der König ließ sich in seinen Sessel fallen. Philippe, genannt Philippe Égalité, war der Cousin des Königs, Herzog von Orléans und seit langem Kritiker des Königshauses, dem er als Prinz von Geblüt selbst angehörte. Louis Philippes Vater hatte mehrmals den Verdacht geäußert, dass der Herzog von Orléans selbst gern König wäre und deshalb seinen Cousin so leidenschaftlich bekämpfte.

„Ich will sicher wissen, wer solchen Schmutz verbreitet. Findet Beweise“, sagte der König.

„Ich werde alles in Bewegung setzen, um den Schuldigen zu finden“, entgegnete der Herzog von Blois. „Mein Sohn wird die Ermittlungen leiten.“

Louis Philippe blickte seinen Vater überrascht an.

„Halten Sie mich auf dem Laufenden“, sagte der König und erhob sich. Alle Anwesenden bemühten sich ebenfalls, schnell aus ihren Sesseln emporzukommen. Offensichtlich hatte der König genug schlechte Nachrichten für einen Tag erhalten. Er entfernte sich in Richtung seines Schlafzimmers.

Louis Philippe sah seinen Vater an. Bevor er etwas sagen konnte, erwiderte dieser: „Finde den Beweis, dass der Herzog von Orléans hinter den Flugblättern steckt, und du wirst in der Gunst des Königs und in der deines künftigen Schwiegervaters steigen.“

„Wie soll ich das machen?“

„Das bleibt dir überlassen. Ich erwarte heute in einer Woche deinen Bericht. Jetzt hast du endlich etwas Sinnvolles zu tun und musst nicht mehr deine Zeit auf verschwenderischen Bällen vertun."

Louis Philippe schluckte.

Kapitel 28
Nantes

Maximilien war nicht mehr derselbe, als er nun den Landesteg überquerte und wieder auf französischen Boden sprang. Er war in der Neuen Welt gewesen. Er hatte erfolgreich verhandelt und mit Mr. Benjamin Franklin Schach gespielt. Seine Reise war zufriedenstellend verlaufen, zumindest, was das Geschäftliche anging. Der finanzielle Erfolg vermochte ihn aber nicht darüber hinwegzutrösten, dass er in Amerika sein Herz verloren hatte. Mit aller Kraft hatte er versucht, Mary während der Reise zu vergessen. Ihre leuchtenden Augen, ihr selbstbewusstes, herausforderndes Lächeln. Ohne Erfolg. Wie eine brandige Wunde nagte ihr Verlust an ihm. Sie war frisch verheiratet. Er würde sie vergessen müssen.

Er genoss es, endlich die Seereise mit ihren endlos langen Tagen hinter sich zu haben. Wenigstens konnte er sich nun durch Arbeit ablenken. Zunächst galt es, das Entladen des Schiffes zu überwachen. Dann mussten alle Waren fein säuberlich in die Bücher eingetragen werden. Anschließend würde er nach Paris eilen und sich das verdiente Lob des Vaters abholen. Er war stolz auf den Erfolg seiner ersten großen Reise. Und er brannte darauf, seinen Freunden von seinen Erfahrungen zu berichten. Amerika war so viel freier, so viel fortschrittlicher als Frankreich.

„Monsieur Pinot? - Monsieur Pinot?“

„Ja?“

Maximilien schob seine Gedanken beiseite und konzentrierte sich auf den kleinen dicken Mann, der vor ihm stand. Er kannte Monsieur Renoir. Wie eine Mücke das süße Blut roch, witterte Monsieur Renoir Geld. Er war Zollbeamter und trieb die Zoll-

und Anlegegebühren ein. Schon äugte er an Bord, als könne er mit seinem Blick die Bordwände durchleuchten und all die geladenen Kostbarkeiten in Gebühren umrechnen.

„Kommen Sie an Bord, Monsieur", stöhnte er, trat zurück und wies auf den Anlegesteg.

Drei Tage später fuhr eine kleines, schnelles Gespann durch das Stadttor von Paris. Maximiliens Vater hatte diese Kutsche extra für den Weg zwischen Nantes und Paris gekauft. Maximilien blickte aus dem Fenster und konnte nicht anders, als beeindruckt zu sein. Philadelphia war moderner und fortschrittlicher, aber Paris zeugte durch seine Größe und die spektakulären Bauwerke von einer tausendjährigen Geschichte.

Als er wenig später vor dem Stadthaus der Familie vorfuhr, konnte er es kaum erwarten, seinem Vater von seinen Erlebnissen zu erzählen. Er sprang aus dem Wagen und lief die Treppe zur Eingangstür hinauf. Ihm öffnete ein blondes Dienstmädchen, deren Schönheit ihm ins Auge stach. Sie musste neu sein, denn er kannte sie nicht. Sie knickste höflich und nahm ihm seinen Gehrock ab. Er überlegte kurz, ob er sie nach ihrem Namen fragen sollte, lief aber doch sofort weiter, um seinem Vater zu berichten.

Als er in Juliens Arbeitszimmer trat, saß dieser an seinem Schreibtisch, über lange Listen gebeugt. Julien blickte auf, und sein müdes Gesicht verwandelte sich in den Ausdruck aufrichtiger Freude.

„Maximilien! Willkommen zurück in Paris. Wie ist es dir ergangen?"

„Die Reise war erfolgreich, Vater."

Maximilien ging auf seinen Vater zu und beide fielen sich in die Arme.

„Komm, mein Junge, ich lasse sofort von unserem besten Wein auftragen und du erzählst von deiner ersten Reise nach Amerika."

Julien schritt an Maximilien vorbei und rief: „Mathilde?"

Wenig später erschien jene blonde Dienstmagd, die ihm die Tür geöffnet hatte.

„Mathilde, trage uns von dem Wein auf, den ich für die Rückkehr meines Sohnes reserviert habe. Sage Hélène und Christine Bescheid, dass wir uns im Salon treffen."

„Jawohl Monsieur", antwortete das Dienstmädchen, das Maximilien etwa auf siebzehn Jahre schätzte.

Maximilien umarmte seine Schwester. Hélène trug ein gelbes Kleid, ihre dunklen Locken waren hochgesteckt. Wie meist entwanden sich einige widerspenstige Strähnen den strengen Bändern. Seine Mutter, Christine, schloss ihn schweigend in die Arme. Tränen liefen ihr über die Wangen. Maximilien wusste, dass ihr der Umzug nach Paris am wenigsten bekommen war. Sie litt wie ein Goldfisch, den man aus dem Wasser in einen Blumentopf setzt.

„Auf die Rückkehr von Maximilien!"

Julien erhob das Glas. Der Rest der Familie tat es ihm gleich.

„Wie gefällt dir Amerika?"

„Amerika ist großartig", sprudelte es aus Maximilien heraus. „Die Menschen dort sind viel freier. Es gibt keinen Adel, der in goldenen Palästen wohnt und von den Steuern der Bürger lebt. Es gibt nicht einmal einen König. Die Bürger regieren sich selbst. Sie legen die Gesetze fest. Jeder, der hart arbeitet, kann reich werden und sich seinen eigenen Palast bauen, ganz gleich, wer sein Vater war. Sie gehen davon aus, dass alle Menschen gleich sind, wie es auch in der Bibel steht. Dass alle Menschen ein Recht auf die Verwirklichung ihrer Träume haben."

„Sie haben wohl eher diesen Jean Jacques Rousseau gelesen als die Bibel. Er behauptet dasselbe. Robert liegt mir damit immer wieder in den Ohren. Der König sollte uns, die wir den Wohlstand des Landes garantieren, mehr Rechte geben und uns wie den Adel von Steuerpflichten befreien. Dann wären wir dem Adel gleich. Aber dass das für alle gelten soll, halte ich für extrem. Sieh dich doch mal auf den Straßen um. Eines Tages werden sie noch auf die Idee kommen, den Negern dieselben Rechte zuzusprechen wie den Menschen. Dann machen sie unser Geschäft kaputt." Julien wischte diesen Gedanken mit einer Geste aus dem Raum. „Genug philosophiert. Auf die Amerikaner!"

„Das überlegen sie in der Tat", erwiderte Maximilien.

„Was?"

Julien blickte bestürzt drein. „Welcher Narr kommt denn auf eine solche Idee?"

„Benjamin Franklin, er hat es mir beim Schachspiel erklärt. In Pennsylvania ist die Sklavenhaltung bereits verboten."

„Du hast Benjamin Franklin getroffen? Den Benjamin Franklin? Und du hast mit ihm Schach gespielt?"

Hélène war ganz aufgeregt, kannte doch fast jeder gebildete Franzose diesen Namen aus seiner Zeit als amerikanischer Gesandter in Paris.

„Er spielt großartig", erwiderte Maximilien und unterschlug großzügig jene unwichtige Tatsache, dass er krachend verloren hatte.

„Sie haben die Sklaverei abgeschafft? Was bedeutet das für unser Geschäft?", wollte Julien wissen.

„Wir liefern von nun an direkt nach Williamsburg, Virginia. Dort steigt der Bedarf an Sklaven ständig."

„Dann sind also nicht alle Amerikaner für die Befreiung der Sklaven?", fragte Hélène.

„Nein, nur wenige Staaten haben entsprechende Gesetze erlassen", antwortete Maximilien.

„Aber wenn sie es für das Recht aller Menschen halten, die eigenen Träume zu verwirklichen? Wie können sie dann über die Träume der Neger hinweggehen?", entgegnete sie.

Julien lachte.

„Neger haben keine Träume. Sie leben im Urwald und können froh sein, wenn man sie da rausholt. Es ist richtig, dass diejenigen, die Geld verdienen, die Gesetzte selbst machen, schließlich sind sie es, die einem Land zu Größe verhelfen. Es wird Zeit, dass sich das in Frankreich auch ändert. Aber mit der Befreiung der Sklaven machen sie einen Fehler. Es wäre so, als wenn wir hier jedem Bauern, jedem Landstreicher das Recht einräumten, seine Träume zu erfüllen. Hätten sie noch einen König, würde ihnen dieser Fehler nicht passieren."

„Wenn in Amerika sogar die Neger freie Menschen sein können, weil alle Menschen gleich sind, werden eines Tages vielleicht die Frauen frei sein."

Julien und Maximilien lachten über die absurde Idee von Hélène. Sie kannten nur zu gut ihre rebellische Seele.

Kapitel 29
Paris

„Pierre, mehr Wein!“

Pierre beeilte sich, Ivans Wunsch nachzukommen. Er füllte den fast schwarzen Wein in eine Glaskaraffe und brachte ihn an den Tisch, wo Ivan mit sechs anderen jungen Männern saß. Soweit Pierre wusste, waren sie alle Studenten des Rechts, Söhne reicher Eltern. Obwohl es Ivans Freunde gewesen waren, die ihn fast zu Tode geprügelt hatten, war Pierre Ivan dankbar. Er hatte ihm, dem Heimatlosen, wieder einen Platz auf dieser Welt gegeben. Eine Woche lang hatte er kaum aufstehen können, da er wegen zweier gebrochener Rippen höllische Schmerzen litt und sein Kreislauf aufgrund des hohen Blutverlusts immer wieder zusammengesackt war. Doch Justine hatte ihn gepflegt. Sie war Ivans Freundin und hatte sich um ihn gekümmert. Sie war es auch gewesen, so hatte es ihm Ivan erzählt, die überhaupt dafür gesorgt hatte, dass sie ihn nicht bewusstlos in der Bar zurückgelassen hatten. Jetzt, knapp vier Wochen später, konnte er sich fast uneingeschränkt bewegen, seine Verletzungen im Gesicht waren gut verheilt, nur seine Rippen schmerzten noch gelegentlich. Und er hatte einen Platz gefunden. Er passte zwar überhaupt nicht hier her, stammten doch sämtliche Mitglieder der „Söhne der Freiheit“ aus gut bürgerlichen oder adeligen Elternhäusern. Doch er fühlte sich wohl. Natürlich war er kein Mitglied dieses geheimnisvollen Clubs, aber unverzichtbarer Laufbursche. Er wohnte und bediente im Club-Lokal, erledigte Botengänge, vertrat gelegentlich Nils beim Türdienst. Nils war ein muskelbepackter Deutscher, dessen Aufgabe darin bestand, niemand Unbefugten in das Club-Lokal einzulassen. Die „Söhne der Freiheit“ waren nicht irgendein öffentlicher Club, sondern eine Geheimgesellschaft. Pierre wusste nicht genau, was sie taten, es kümmerte ihn auch nicht. Meistens diskutierten sie über Politik und tranken Unmengen edlen Weins. Ivan war so etwas wie der Chef der Gruppe.

Pierre stellte die Weinkaraffe vor Ivan, dessen weißblonde Haare zerzaust herabhingen. Der locker geflochtene Zopf hatte sich im Eifer des Gesöffs längst gelöst. Ivan honorierte die Lieferung des frischen Weins mit einem Nicken. Dann fiel er wieder in die Diskussion ein. Es ging um den König und verschiedene Minister, deren Namen Pierre nichts sagten. Er zog sich hinter den Schanktisch zurück und wartete auf erneute Befehle. Zwei Wochen lang hatte er das Haus nicht verlassen können, umso größer war seine Überraschung gewesen, wo sich dieses unscheinbare Lokal befand. Anstatt auf eine enge Gasse, an die er sich in Paris schon so gewöhnt hatte, war er in einen überdachten Säulengang getreten. Auf der einen Seite reihte sich ein Geschäft an das andere, die gegenüberliegende Seite gab durch gewaltige Rundbögen den Blick in einen herrlichen Park frei, den Garten des Palais Royal. Pierre wohnte also fast in einem Schloss. Er hatte mittlerweile herausgefunden, dass das an den Park anschließende Schloss, das Palais Royal, Residenz des Herzogs von Orléans war. Der Herzog hatte vor einigen Jahren diese Galerie in seinem Park bauen lassen, wo etwa sechzig Häuser zu den verschiedensten Vergnügungen einluden, Glücksspiel, Prostitution und allerlei mehr, was Pierre nicht kannte. Da der Park zum Anwesen eines Mitglieds der königlichen Familie gehörte, durfte die Pariser Polizei den Park nicht betreten. Das war ein entscheidender Vorteil für vielerlei Gewerbe.

Die Diskussion der Studenten schien einen Höhepunkt erreicht zu haben. Pierre hörte ihnen meistens nicht zu, Politik langweilte ihn. Daher konnte er auch nicht sagen, welcher politischen Richtung die „Söhne der Freiheit" angehörten. Offensichtlich waren sie nicht auf der Seite des Königs, immer wieder überboten sie sich in Schimpftiraden auf den König, seine Unentschlossenheit und die Königin.

Pierre wusste wenig über den König. Sein Vater hatte Steuern an den König zahlen müssen, aber auch an die Kirche und vor allem an den Grundherrn. Er hasste diesen Grundherrn, der für den Tod seines Vaters verantwortlich war. Und er hasste Julien Pinot, weil er ihm seine Arbeit genommen hatte. Den König kannte er zu wenig, um ihn zu hassen. Aber er kannte ihn auch zu wenig, um etwas gegen den Hass auf diesen zu haben.

Die „Söhne der Freiheit" waren zu vertieft in ihr Streitgespräch, um zu merken, dass sich die Tür geöffnet hatte und Justine eingetreten war. Für Pierre ging die Sonne auf. Der König konnte ihm gestohlen bleiben, wenn er die Möglichkeit hatte, in der Nähe von Justine zu sein. Natürlich durfte er sich keine Hoffnungen machen, sie küsste Ivan und Ivan war der Letzte, mit dem er Ärger haben wollte. Aber er genoss jede Minute ihrer Nähe. Sie war groß gewachsen, ihr rotes Kleid mit tiefem Ausschnitt stand ihr ausgezeichnet. Ihre schwarzen Haare trug sie offen. Sie war schlank, aber ihre üppigen Brüste, die nie gänzlich Platz in dem roten Kleid fanden, belegten Pierre bei jeder Begegnung mit einem Stottern. Justine war immer nett zu ihm. Sie fragte nach dem Fortschritt der Heilung, amüsierte sich über seine Kindheit auf dem Land, bewunderte sein Wissen über die Herstellung von Musketen und Kanonen oder machte ihm Komplimente wegen seiner hellblauen Augen.

Sie kam zu ihm herüber, lächelte ihm zu und setzte sich in seine Nähe.

„Was macht die Rippe?"

„Es geht schon", erwiderte er.

Er überlegte gerade, wie er das Gespräch weiterspinnen könnte, als sich Ivan bemerkbar machte: „Pierre!"

Pierre sah zu Justine hinüber, zog bedauernd die Schultern nach oben und trottete los.

„Pierre, geh bitte sofort zu dieser Adresse." Er schob ihm einen Zettel zu, auf den mit krakeliger Schrift etwas geschrieben war.

„Dort holst du ein Paket ab und bringst es sofort hierher. Sofort, hörst du? Keine Pausen und Umwege."

„Verstanden", erwiderte Pierre und wartete kurz, ob noch weitere Anweisungen folgten. Aber es schien, als hätte Ivan alles gesagt, was es zu diesem Auftrag zu sagen gab. Also machte er kehrt und winkte heimlich zu Justine hinüber, was so viel heißen sollte wie: Ich muss nur kurz weg, wir führen unsere Unterhaltung später fort. Dann trat er hinaus ins Freie.

Die Dämmerung hatte bereits eingesetzt, in etwa einer halben Stunde würde es Nacht sein. Pierre machte sich auf den Weg, um Ivans Paket abzuholen.

Als Pierre die angegebene Adresse erreichte, war es dunkel. Er stand vor einer blau gestrichenen Holztür. Daneben prangte, graviert in ein dunkles Holzschild, eine 87. Es hatte eine Weile gedauert, bis er sich zurechtgefunden hatte, da eine dicke Wolkendecke den Mond verdeckte. Da er keine Glocke erkennen konnte, klopfte er an die Tür. Pierre wartete. Nichts geschah. Er klopfte erneut, diesmal fester. Er wollte sich gerade abwenden, um nach anderen Türen oder Fenstern Ausschau zu halten, als er von innen ein Geräusch hörte. Mit einem Ruck wurde ein Riegel beiseitegeschoben und die Tür geöffnet.

„Wer da?"

„Ich soll ein Paket für Ivan abholen", sagte Pierre.

Pierre stand einem älteren Mann gegenüber. Eine Kerze beleuchte ein zerfurchtes Gesicht. Das graue Haar des Mannes war plattgedrückt, als hätte er eben seine Perücke abgenommen. Er trug einen fadenscheinigen Hausrock.

„Worauf wartest du?", schnarrte der Alte.

Pierre trat ein und zwängte sich an der schäbigen Gestalt vorbei. Er bemerke, dass dieser ängstlich auf die Straße äugte, als würde er sichergehen wollen, dass Pierre niemand gefolgt sei. Dann schloss er die Tür und zwängte sich an Pierre vorbei. Langsam schlurfte der Alte den langen Gang entlang. Wortlos öffnete er eine Tür und stieg eine Treppe hinunter. Pierre folgte ihm und musste aufpassen, dass er die steilen Stufen nicht hinabstürzte. Am Fuß der Treppe weitete sich der Gang in einen Raum, in dem eine große Apparatur stand. Pierre hatte noch nie solch ein Gerät gesehen. Es ähnelte in gewisser Weise einer Saftpresse, doch anstelle des Bottichs waren einige Platten sichtbar. Details konnte er im Halbdunkeln nicht ausmachen.

„Hier!"

Der Alte deutete auf ein Paket, das etwa zwei Fuß lang war und jeweils einen Fuß Höhe und Breite aufwies. Es war in braunes Papier eingewickelt und von einer dünnen Schnur zusammengehalten.

„Bring es sofort zu Ivan."

„Jawohl", antwortete Pierre und stemmte das Paket hoch. Es war schwer und offensichtlich mit Papier gefüllt. Ohne ein weiteres Wort begleitete ihn der Alte zur Tür, öffnete sie vor ihm, spähte auf die Straße und schob Pierre ungeduldig hinaus. Pierre hörte hinter sich die Tür ins Schloss fallen und machte sich auf den Rückweg. Er brannte darauf, sein Gespräch mit Justine fortzuführen.

Pierre erschrak, als ein heller Blitz die Dunkelheit zerriss. Ein lauter Donnerschlag folgte, bevor er sich von seinem Schreck erholt hatte. Pierre blickte gen Himmel. Offensichtlich hatte sich ein Gewitter zusammengebraut. Schon spürte er die ersten Tropfen. Er überlegte, ob er ein Dach suchen sollte, wo er sich unterstellen könnte. Doch er befand sich in einer Gasse. Die Häuser rechts und links bildeten unüberwindliche Mauern. Außerdem dachte er an die Mahnung, sofort und unverzüglich ins Palais Royal zurückzukehren. Er stemmte sich das schwere Paket auf den Kopf und begann zu laufen. Erneut flimmerte ein Blitz auf. Der Donnerschlag war noch lauter als der erste. Fast augenblicklich ergoss sich eine Sturzflut vom Himmel. Pierre sah sich verzweifelt um, wo er sich mit dem Paket in Sicherheit bringen konnte. Kein Dach war in Sicht, doch wenige Schritte entfernt kündete ein Schild an, dass Gäste willkommen wären - eine

Schänke. Pierre lief hin, nahm das Paket von seinem Kopf, warf sich gegen die Tür und stolperte in einen hell beleuchteten Schankraum. In einer dichten Traube scharten sich Gäste um den Tresen, viele waren dem Wetter in letzter Minute entkommen und hatten hier Zuflucht gefunden. Ein Dutzend Gesichter starrte auf den Neuankömmling. Pierre wollte nichts bestellen, er hatte kein Geld. Umständlich wuchtete er das Paket auf seinen rechten Arm.

Dann geschah es.

Das braune Umschlagpapier war vom plötzlich einsetzenden Regens nass geworden. Mit einem leisen Schmatzgeräusch zerriss der Umschlag und das Paket schien ihm durch die Hände zu fließen. Eine Flut von Flugblättern ergoss sich um ihn herum auf den Boden des Schankraums. Pierre stand wie gelähmt da. Die Gäste starrten ihn an. Es dauerte einige Augenblicke, bis die Gäste und Pierre verstanden, was sie da vor sich hatten. Fassungslos starrte er auf eines der Flugblätter. Er sah eine Zeichnung: das Bild einer Frau, reich behängt mit Diamanten. Doch ihre Pose war eindeutig. Mit geöffneten Beinen streckte sie dem Betrachter ihre Scham entgegen. Daneben standen ein paar Herren, die wie ausländische Offiziere aussahen. Obwohl Pierre die darüber geschriebenen Worte nicht so schnell lesen konnte, wusste er, dass hier die Königin abgebildet war. Es dämmerte ihm, was das für ihn bedeutete. Er wollte eben die Flucht ergreifen, als sich schon einige der Gäste auf ihn warfen.

Er würde an diesem Abend nicht mehr mit Justine sprechen können. Wahrscheinlich nie wieder, dachte er, als ihm vier Polizisten die Hände auf den Rücken fesselten.

Kapitel 30
Versailles

Louis Philippe hielt kurz an. Er atmete tief durch und versuchte, seinen rasenden Puls zu beruhigen. Gleich würde er sie wiedersehen. Sophie. Er hatte schon befürchtet, dass sie ihm sein Fehlen beim letzten Ball übelgenommen hatte, als sein Vater ihn zum Ministerrat befohlen hatte. Doch dann war ihm jener Brief überreicht worden, den er seither an seiner Brust trug. Sophie hatte ihm geschrieben, ihn eingeladen, sich am heutigen Abend in Petit Trianon einzufinden. Als er sich dort bei den Wachen meldete, wurde ihm mitgeteilt, er würde erwartet, aber nicht im Schloss, sondern auf dem Bauernhof. Er hatte schon gehört, dass die Königin sich im Park ihres Schlosses ein kleines Dorf hatte bauen lassen. Dort genoss sie mit ihren Hofdamen und geladenen Höflingen das Landleben. Da die Diener ihm am Tor das Pferd abgenommen hatten, spazierte er zu Fuß durch den Park. Ein schmaler Weg führte ihn über einen Bach, vorbei an einem tempelartigen Gebäude, bis schließlich die Bäume den Blick auf das Dorf der Königin freigaben. Louis Philipp sah einen kleinen Bauernhof. Kühe, Schafe und Ziegen grasten auf einer eingezäunten Weide. Ein Hund witterte ihn und bellte. Louis Philippe ging weiter. Ein Bauernmädchen, vermutlich eine Adelige in Bauernkleidern oder eine Schauspielerin, winkte ihm zu und bat ihn, ihr zu folgen. Sie ließen die Kuhweide links neben sich. Bald erreichten sie eine Mühle. Das Mühlrad klapperte munter. Bunte Gemüsegärten umgaben die Häuser, die sich um einen Fischteich scharten.

Während seiner Zeit beim Militär hatte er einige Bauerndörfer zu Gesicht bekommen. So schön hergerichtet, so sauber hatte er keines in Erinnerung. Nirgendwo lagen Bettler am Wegesrand, nirgendwo lagen betrunkene Kriegsveteranen, nirgendwo musste man knöcheltief durch Tierexkremente stapfen. Alles war sauber aufgeräumt und mit Blumen geschmückt. Es war das Bauerndorf einer Königin.

Das Bauernmädchen wies auf ein größeres Gebäude hinter der Mühle, knickste und lief zurück zu den Tieren. Louis Philippe schritt auf das Haus zu. Als erstes sah er einen Gardesoldaten an der Tür stehen, dann hörte er lautes Gelächter aus dem Fenster. Die Tür öffnete sich und zwei Hofdamen traten heraus. Keine von ihnen war Sophie. Auch sie hatten sich in einfache Bauernkleider gezwängt. Sie kicherten, als sie ihn sahen. Unbeholfen verbeugte er sich. Dabei hatte er das unangenehme Gefühl, nicht zu wissen, ob er nicht einen Fehler machte, denn anhand der Bauernkleider konnte er schwer abschätzen, ob die Damen ihm im Rang ebenbürtig waren oder weit unter ihm standen. Da sie aber auf eine Verbeugung verzichtet hatten, nahm er an, dass es sich um verkleidete Adelige handelte. Sie riefen etwas in die Tür hinein und gingen tuschelnd weiter. Dann sah er sie: Sophie. Sein Herz schlug ihm bis zum Hals. Obwohl er fast jede Minute an sie gedacht hatte, überraschte ihn ihre Schönheit.

„Hoheit", sprach sie ihn förmlich an und knickste. Erst jetzt fiel ihm auf, dass auch sie Bauernkleider trug. Offensichtlich spielte sie die Rolle einer einfachen Frau vom Land.

In seiner spektakulären Galauniform fühlte er sich seltsam fehl am Platz.

Sophie lachte über seine Steifheit und winkte ihn in das Haus. Ein Diener, ebenfalls in Bauernkleidung, reichte ihm ein Glas Champagner. Louis Philippe musste erneut daran denken, dass ihm das in den Bauerndörfern, die er kannte, nie passiert war. Im Gegenteil, die Bauern hatten ihn mit Steinen beworfen, weil sie unzufrieden waren. Er erinnerte sich nur ungern an die Besuche auf den Landgütern, wo es bei Zusammenstößen mit den Bauern sogar Tote gegeben hatte. Er betrat einen Raum, der keine

Sekunde an ein echtes Bauernhaus erinnerte, obwohl jedes Detail zu schreien schien: Ich bin ein echtes Bauernhaus. Einige Hofdamen, alle in Bauernkleidern und einige junge Höflinge, auch sie trugen einfache Land-Tracht, tranken Wein und Champagner. Wahrscheinlich hatte der Wein wenig mit dem sauren Gesöff zu tun, das echte Bauern trinken mussten. Er lächelte in die Runde und erkannte nur wenige Personen. Die Königin scharte hier andere Menschen um sich als den alten Hofadel aus Schloss Versailles. Die einfache Kleidung erschwerte es, Stand und Herkunft der Gäste einzuschätzen. Zwei jungen Offizieren, die wie er einmal einen Herzogstitel erben würden, winkte er zu. Die übrigen drei Männer mochten ausländische Gesandte sein. Dazu kam etwa ein Dutzend Frauen, wahrscheinlich allesamt Töchter aus mittlerem und hohem Adel, die das öde, stark nach Protokoll geführte Leben am Hofe langweilte. Sie himmelten die Königin als Vorbild an oder wollten aus anderen Gründen gegen das „alte Versailles" protestieren. Tatsächlich war das gespielte Landleben ein gutes Mittel, den alten Hochadel auf die Palme zu bringen. Das Gesicht seiner Mutter lief augenblicklich dunkelrot an, wenn das Gespräch auf das Bauerndorf der Königin kam. Sie bezeichnete das Treiben der „Österreicherin" regelmäßig als die Krönung der Geschmacklosigkeit. Dass der Hochadel Gefallen daran fand, sich schäbig zu kleiden, Kühe zu melken, Gemüse anzubauen, ging ihr eindeutig zu weit. Der Adel war geboren, um zu herrschen. Jedes Anbiedern beim niederen Pöbel war für sie ein Charakter-Versagen.

Louis Philippe konnte es nicht so streng sehen. Für ihn fühlte sich lediglich die Vorstellung komisch an, auch er könnte seine schwere Wolluniform, die Seidenstrümpfe, den Säbel, die Goldtressen gegen ein einfaches Leinenhemd eintauschen, sei es auch nur für eine Stunde.

„Etwas zu trinken?"

Eine der Mädchen reichte ihm einen Tonbecher, gefüllt mit dunkelrotem Wein.

„Danke", erwiderte er und knöpfte seinen Uniformrock auf. Er wollte auf keinen Fall den Eindruck eines langweiligen Höflings erwecken. Er kostete den Wein - ein edler Tropfen, durchaus einer Königin würdig. Ihm fiel auf, dass die Monarchin selbst nicht anwesend war. Er musste lächeln, als er sich Louise-Adélaïde, seine künftige Verlobte, hier in einem einfachen Bauernkleid mit einem Becher Wein in der Hand vorstellte.

Sophie sah hinreißend aus. Das schlichte Leinenkleid betonte auf eine sehr anziehende Art und Weise ihre natürlichen Formen. Sie unterhielt sich angeregt mit einem der ausländischen Gesandten. Er spürte leise Eifersucht in sich aufsteigen.

„Es ist Zeit für das Abendessen", ließ sich ein älterer Mann vernehmen, der eben das Zimmer betreten hatte. Seiner Verbeugung nach zu urteilen, handelte es sich um einen Diener. Das Gespräch verebbte, die Gesellschaft erhob sich und strömte lachend nach draußen. Louis Philippe folgte ihnen.

„Möchtest du nicht einen anderen Rock anziehen?"

Louis Philippe sah Sophie fragend an. Dass sie ihn, trotz ihres niedrigeren Standes mit dem vertraulichen „du" ansprach, störte ihn nicht.

„Deine schöne Uniform könnte schmutzig werden."

„Beim Essen?" Louis Philippe zeigte nicht gerne, wenn er etwas nicht verstand, aber die Vorstellung, dass ihn jemand fragte, ob er zum Essen nicht seine Uniform ablegen wollte, weil sie schmutzig werden könne, überforderte ihn.

Sophie lachte. „Gegessen wird erst später. Erst müssen wir unser Essen besorgen."

„Gehen wir auf die Jagd?"

Sophie lachte erneut.

„Nein. Wir sind hier auf einem Bauernhof. Hier werden Gemüse angebaut und Kühe gemolken."

„Kühe gemolken?"

Louis Philippe war sprachlos. Das musste ein Scherz sein.

„Ich trage diese Uniform auf dem Schlachtfeld, da wird mir eine Kuh nichts ausmachen."

Das stimmte zwar nicht ganz, weil er seine Galauniform nicht auf dem Schlachtfeld, sondern nur zu gesellschaftlichen Anlässen trug, solche Details würden eine Dame aber nicht irritieren, nahm er an.

Es wurden zwei Gruppen gebildet. Die „Gärtner" schlugen den Weg zum Gemüsegarten ein, der hinter dem Haus lag. Die „Hirten" folgten einer vermutlich echten Bäuerin in Richtung Kuhstall. Louis Philippe und Sophie gehörten zur zweiten Gruppe.

Für Louis Philippe waren Kühe nichts Neues, sie standen überall im Land herum. Er hatte sogar schon eine Kuh getötet. Aber er hatte noch nie eine gemolken. Er verstand den Sinn dieses Spieles nicht recht. Auf den Landgütern der Familie beschäftigten sie zahlreiche Diener, die diese niederen weiblichen Aufgaben erledigten. Aber unter den Augen von Sophie wagte er nicht, seinem Unverständnis Ausdruck zu verleihen. Todesmutig setzte er sich auf den Melkschemel. Nach einiger Überwindung begann er an den Zitzen zu ziehen – vergeblich und zur großen Belustigung der Umstehenden. Nur zu gern gab er den Melkschemel wieder frei. Einer der jungen Offiziere, Antoine, Sohn eines Grafen, nahm seinen Platz ein und zauberte tatsächlich etwas Milch in den Eimer. Das Gelächter fand seinen Höhepunkt, als es Antoine gelang, den Milchstrahl so auszurichten, dass er sich über Louis Philippes Galauniform ergoss.

Endlich war der Eimer voll und die „Hirten" zogen aus dem Stall, vereinigten sich mit den „Gärtnern" und fanden sich wieder im Haus der Königin ein.

„Wo ist denn das Gemüse?", fragte Louis Philippe Sophie. Er hatte bemerkt, dass die „Gärtner" ohne Beute zurückgekehrt waren.

„Das haben sie natürlich dem Koch gegeben. In etwa einer Stunde wird aufgetragen."

„Ich dachte schon, wir müssen hier auch noch selbst kochen", lachte Louis Philippe.

Eine Stunde später wurde das Essen von einer Handvoll Dienern serviert. Es gab viererlei Fleisch, auf verschiedene Arten zubereitet, viel Gemüse, was für Louis Philippe ungewöhnlich war, aber in dieser besonderen Umgebung tatsächlich schmeckte. Neben dem Tonbecher, gefüllt mit bestem Wein, stand ein Glas Milch.

Ernsthafte Themen wurden bei der Unterhaltung zielsicher umschifft. Nach dem Essen zogen sich die Männer in den Billardsalon zurück. Die Diener brachten einen guten Cherry und Zigarren aus amerikanischem Tabak. Auch Pfeifen lagen auf dem Tablett. Rauchten Bauern Pfeifen? Louis Philippe wusste es nicht. Bei amerikanischen Zigarren hatte er seine Zweifel. Aber sie schmeckten vorzüglich.

Endlich stießen Herren und Damen wieder zusammen und es bildeten sich lockere Grüppchen. Louis Philippe sah zu seinem Entsetzen, dass sich der russische Gesandte an Sophie heranmachte. Hatte er sich mit Milch bespritzen lassen, nur um dann seine Liebe an Russland zu verlieren? Niemals! Es war Zeit, zum Angriff überzugehen. Während er die fünf Schritte auf die beiden zuging, überlegte er fieberhaft, was er sagen konnte, ohne zu unhöflich, aber unmissverständlich zu sein. Leider erreichte er den Russen, bevor er zu einer Lösung gefunden hatte. Er räusperte sich vernehmlich. Der Russe, der gerade Sophie eingehakt hatte und eindringlich auf sie einredete, sah zu ihm herum. Sein Blick verriet leichte Verärgerung ob dieser Störung.

„Ähm…", begann Louis Philippe wenig überzeugend. Sophie sah ihn fragend an.

Ein zu zögernd geführter Angriff kann schnell in einen Rückzug münden. Das hatte er auf der königlichen Militärakademie gelernt.

„Es tut mir leid, Monsieur, diese Dame schuldet mir noch ein Versprechen", brachte er hervor.

Louis Philippe sah dem Russen an, dass er noch nicht bereit war, den Rückzug anzutreten. Er musste nachsetzen.

„Sie verstehen, dass ich darauf bestehen muss. Versprechen sind in Frankreich heilig."

„Was für ein Versprechen?", entgegnete der offensichtlich angetrunkene Russe.

„Ich versprach dem Herzog, dass ich ihm beibringe, wie man eine Kuh melkt, es wollte vorhin einfach noch nicht klappen", sagte Sophie leichthin, zwinkerte schelmisch, wand sich aus dem Griff des Russen und zog Louis Philippe vom Schlachtfeld.

„Wie bitte? Wir gehen Kühe melken?"

Louis Philippe wurde das Gefühl nicht los, Opfer einer Demütigung geworden zu sein.

Sophie lachte entwaffnend und zog ihn weiter.

Wenig später schlenderten sie nebeneinander her auf den Bauernhof zu. Die Sonne war hinter den Bäumen des Schlossparks versunken, es wurde langsam dunkel. Louis Philippe war fest entschlossen, nie wieder das Euter einer Kuh zu berühren, ganz gleich, wer ihn dazu drängen würde. Doch verdünnten sich seine schlimmsten Vorstellungen einer erneuten Demütigung mit der warmen Hoffnung auf eine Umarmung - einen Kuss?

Ein heller Blitz ließ sie aufschrecken. Sie hatten nicht bemerkt, wie sich die dunkelgrauen Wolkentürme von Westen hergeschoben hatten. Der Donnerschlag folgte und schon begann es zu tröpfeln.

Sophie zog Louis Philippe in Richtung Stall.

Kaum waren sie eingetreten, prasselte heftiger Regen auf das Dach.

„Möchtest du es nochmals versuchen?"

Sophie zeigte neckisch auf die erste Kuh, die in aller Seelenruhe ihr Heu kaute.

„Auf keinen Fall", erklärte Louis Philippe. „Lieber verzichte ich auf das Glas Milch und halte mich an den Wein."

Sophie drehte sich ihm zu, griff nach ihm. Louis Philippe wollte sich ihrem Griff entziehen, noch ganz von dem Wunsch beseelt, dieser Kuh auf keinen Fall näher zu kommen. Doch Sophies Hände fanden seine Wangen, sie reckte sich zu ihm empor und küsste ihn. Mit einem Schlag war die Kuh vergessen. Er umschlang ihren schlanken Körper, zog sie an sich. Ihn durchstrahlte jenes süße Gefühl, das nur die Erfüllung der tiefsten Sehnsucht spenden kann.

„Willst du nicht jetzt deinen Uniformrock ablegen?"

„Nicht nur den..."

Die Kuh hob kurz den Kopf, als neben ihr zwei Menschen ins Stroh sanken und sich wild stöhnend liebten. Dann fraß sie in aller Ruhe weiter.

Es musste bereits nach Mitternacht sein, als es an die Stalltür klopfte. Louis Philippe und Sophie waren in enger Umarmung eingeschlafen. Kleid und Hemd waren ihr Betttuch, der Uniformrock die Decke. Louis Philippe schreckte auf. Er konnte schlecht „Herein!" rufen, er lag nackt in einem Kuhstall im Stroh, neben der Tochter eines Generals. Er fluchte leise, zog seinen Arm unter Sophies Kopf hervor, schlüpfte in seine Hose und lief zur Tür. Er öffnete sie einen Spalt.

„Ja, was gibt's?"

„Hoheit? Sie baten umgehend um Nachricht, wenn es Neuigkeiten gibt. Die gibt es."

„Und?", fragte Louis Philippe verärgert, ohne den Boten hereinzubitten, er trug schließlich nichts als eine Hose.

„Vor etwa fünf Stunden wurde ein Paket mit höchst beleidigenden Handzetteln in Paris beschlagnahmt. Außerdem konnte der Mann festgenommen werden, der die Pamphlete bei sich hatte. Morgen früh soll er von der Polizei verhört werden."

„Danke für die Nachricht. Guter Mann. Ich komme."

Er wandte sich um und fluchte erneut.

Wenig später trat er so würdevoll wie möglich aus dem Stall heraus und knöpfte seinen Uniformrock zu, der nun deutlich nach sauer gewordener Milch roch. Der Bote wartete und tat so, als wäre es völlig normal, dass man den Sohn des Herzogs von Blois nachts in einem Kuhstall antraf. Louis Philippe fragte lieber nicht, wie der Mann ihn überhaupt gefunden hatte. Vermutlich hatte es einige Zeit gedauert. Es war entscheidend, dass er den Gefangenen vor der Polizei verhören konnte. Louis Philippe ging davon aus, dass die Polizei von Paris korrupt war.

Kapitel 31
Paris

Kurz vor Sonnenaufgang wurde Louis Philippe von einem Polizisten zur Zelle des neuen Gefangenen geführt und eingelassen. Seine Sonderbefugnis des Königs hatte den übellaunigen Wachleuten Beine gemacht.

Als Louis Philippe die Zelle mit einer Laterne betrat, dauerte es einen Moment, bis sich seine Augen so an das Dämmerlicht gewöhnt hatten, dass er den zusammengekauerten Mann in der Ecke sehen konnte. Er entließ den Polizisten und behielt nur seinen Informanten, der ihm die Nachricht überbracht hatte, bei sich. Der Mann ging auf den Gefangenen zu, brüllte ihn an und gab ihm einen Fußtritt, so dass dieser sich gequält aufrichtete. Offensichtlich waren die Polizisten bei der Festnahme nicht glimpflich mit ihm umgegangen, Louis Philippe erkannte einige Schürfwunden und Blutergüsse im Gesicht des Gefangenen.

„Ich muss dir ein paar Fragen stellen."

Der Gefangene blickte ihn leer an.

„Woher hast du die Flugblätter?"

Der Gefangene regte sich nicht.

„Ich weiß, dass du nur ein Bote bist. Sage mir, für wen du die Flugblätter abgeholt hast, und ich kann dich vielleicht hier rausholen."

Der Gefangene blickte auf. Louis Philippe sah so etwas wie Hoffnung in den ungewöhnlich blauen Augen aufblitzen.

„Ich wusste nicht einmal, dass Flugblätter in dem Paket waren", sagte er leise.

„Woher hast du das Paket?"

„87 Rue Saint Denis."

„Wer wohnt dort?"

„Ich weiß es nicht."

„Und wohin solltest du das Paket bringen?"

„Louis Philippe de Blois?", tönte es plötzlich aus dem Zellengang und ein livrierter Diener betrat die Zelle und verbeugte sich vor Louis Philippe.

„Der Herzog von Orléans bittet Sie zu einer Audienz ins Palais Royal zu kommen, er meinte, es wäre dringend."

„Jetzt?"

Louis Philippe war erstaunt. Was um alles in der Welt wollte der Herzog von Orléans im Morgengrauen von ihm, während er einen Verbrecher verhörte, der den Verdacht erhärten könne, Orléans hätte etwas mit den Pamphleten zu tun?

„Sobald ich mit der Befragung fertig bin, komme ich", sagte er zu dem Diener.

„Mein Herr besteht darauf, dass Sie sogleich mitkommen. Sein Anliegen ist von äußerster Dringlichkeit", erwiderte der Diener und wies ihm mit einer großen Armbewegung den Weg zur Zellentür hinaus.

Louis Philippe stieg die Zornesröte ins Gesicht. Aber den Cousin des Königs konnte man schlecht warten lassen.

„Ich bin bald zurück", sagte er zu dem Gefangenen, der ihn nun direkt anblickte. Fast erschrak er, die blauen Augen sprühten vor Hass. War er diesem Mann schon einmal begegnet?

KAPITEL 32
Paris

Pierre hätte beinahe geglaubt, der Edelmann würde ihn wirklich freigeben, wenn er ihm alles sagte, was er wusste. Bis er seinen Namen hörte. Er kannte den Herzog von Blois sehr gut. Und er hasste ihn. Er war der Mörder seines Vaters. Er hatte zwar nicht selbst geschossen, es war jedoch in seinem Namen geschehen. Pierre würde lieber in diesem Kellerloch verrecken, als seinem Todfeind ein weiteres Wort zu verraten. Erstaunlicherweise war de Blois tatsächlich verschwunden, nachdem der Diener des Herzogs von Orléans ihn angesprochen hatte. Stand er unter dem Schutz Orléans? Aber de Blois würde sicher wiederkommen.

Als die ersten Sonnenstrahlen durch das kleine vergitterte Fenster unter der Decke in die Zelle schienen, hörte er erneut Schritte auf dem Gang. So schnell sollte das Verhör also weitergehen? Pierre kauerte sich in eine Ecke seiner Zelle, fest entschlossen, dem Mörder seines Vaters keine weiteren Informationen mehr zu geben. Der Schlüssel wurde ins Schloss gesteckt. Krachend flog die Tür auf. Pierre erwartete, die Stimme seines Feindes zu hören. Stattdessen wurde er grob an den Haaren gepackt und nach oben gerissen. Bevor er erkennen konnte, mit wem er es zu tun hatte, traf ihn ein harter Schlag ins Gesicht. Der Schmerz explodierte in seinem Kopf. Panisch riss er die Augen auf. Er sah keinen Herzog von Blois, dafür einige Männer in dunklen Mänteln. Einer davon trug eine Augenklappe. Den vielen Narben nach zu urteilen, waren es Kriegsveteranen. Was wollten sie? Erneut traf ihn ein Schlag. Pierre sah Sternchen. Er wollte sich wehren, hatte aber keine Chance. Der nächste Schlag traf seine verletzte Rippe. Pierre klappte zusammen. Bevor er sich wieder aufrichten konnte, krachte ein harter Tritt gegen seinen Kopf. Die Welt versank in einem dunklen Nebel.

Kapitel 33

Paris

Louis Philippe betrat die Residenz des Herzogs von Orléans zum ersten Mal. Natürlich hatte er davon gehört, dass der Herzog seinen Park für das einfache Volk geöffnet hatte, immer wieder hatte seine Mutter darüber geschimpft. Der livrierte Diener war in seiner Kutsche mitgefahren, öffnete nun die Tür und ging ihm voran. Weitere Diener erwarteten ihn, verbeugten sich tief. Plötzlich fiel Louis Philippe auf, dass er sich noch nicht umgekleidet hatte. Sein Uniformrock roch nach saurer Milch, unter seinem Hemd stachen ihn einige Strohhalme, die sich irgendwie da hineingeschlichen hatten. Jetzt verfluchte er sich dafür, dass er gemeint hatte, ein paar niederrangige Polizisten und ein Gefangener wären den Aufwand für eine neue Garderobe nicht wert.

Er folgte den Dienern bis in einen Salon in der Mitte des Schlosses.

„Setzen Sie sich, der Herzog wird sofort hier sein. Sie sind natürlich zum Frühstück eingeladen."

Der Diener verbeugte sich tief und wies mit der Hand auf einen gedeckten Tisch am Fenster. Louis Philippe musterte den großen Salon mit Gemälden an den Wänden, die von der ruhmreichen Geschichte des Orléans-Geschlechts erzählten. Bordeauxrote Samtvorhänge umrahmten die fast deckenhohen Fenster. Louis Philippe hatte keinen Hunger. Er trat ans Fenster und blickte auf den beeindruckenden Park hinunter.

„Louis Philippe!"

Er fuhr herum. Er hatte niemanden eintreten hören. Der Herzog von Orléans kam strahlend auf ihn zu.

„Es ist das erste Mal, dass Sie mein Gast sind, habe ich recht?“, fuhr er unbeschwert fort. „Selbstverständlich sind Sie zum Frühstück eingeladen.“

„Ja, eure Majestät, ich bin zum ersten Mal im Palais Royal. Ein beeindruckendes Schloss. Vielen Dank für das Frühstück“, brachte er hervor.

Der Cousin des Königs war etwa vierzig Jahre alt, etwas füllig und trug einen dunkelblauen Gehrock, verziert mit goldenen Stickereien und kleinen Edelsteinen, die im Licht lebhaft funkelten. Eine perfekt frisierte Perücke thronte auf seiner hohen Stirn.

„Ihr nächtlicher Einsatz im Dienst meiner Familie ehrt Sie“, fuhr Orléans fort. „Sobald ich gehört habe, dass Sie nach Paris geeilt sind, um diesen Verbrecher zu verhören, ließ ich Ihnen ein Frühstück richten, um Sie meiner Unterstützung zu versichern. Offensichtlich haben Sie eine kräftezehrende Nacht hinter sich.“ Orléans lachte verschmitzt und zupfte das Stück eines Strohhalms von Louis Philippes Uniformkragen.

Louis Philippe errötete. Bevor er etwas erwidern konnte, fuhr der Herzog fort: „Die Liebe und das Verbrechen fordern den wahren Edelmann heraus.“ Orléans ließ sich auf einen der Sessel fallen und wies Louis Philippe mit einer großen Handbewegung den zweiten Sessel zu. „Setzen Sie sich, mein Freund.“

Louis Philippe fühlte sich unwohl, nahm aber Platz, unfähig, die Einladung des Herzogs abzulehnen. Zwei Diener servierten diverse heiße Getränke. Louis Philippe entschied sich für eine Schokolade. Auch englischer Tee dampfte auf dem Tablett. Luis Philippe wusste, dass Orléans ein Freund des Prinzen von Wales war. Am Hof wurde sogar gemunkelt, dass er die britische Form der Monarchie als fortschrittlich erachtete und selbst anstrebe, konstitutioneller König von Frankreich zu werden. Aufgrund seiner kritischen Einstellung und zum Teil offenen Opposition zu seinem Cousin Ludwig XVI. war er bereits mehrmals der Hauptstadt verwiesen worden. Daher rührte auch der Verdacht, der Herzog von Orléans könne etwas mit den immer wieder auftauchenden Schmähschriften zu tun haben.

„Werten Sie es als ein Zeichen des guten Willens. Ich werde selbst dafür sorgen, dass der Übeltäter angemessen bestraft wird“, sagte der Herzog, nachdem er ausführlich an seiner Schokolade gerochen und genippt hatte.

„Das ist großzügig von Ihnen“, antwortete Louis Philippe. „Dennoch muss ich den Boten heute noch dringend verhören. Es ist der eindeutige Wunsch des Königs“, fügte er hinzu.

„Selbstverständlich, aber vorher genießen Sie das Frühstück. Das Verbrechen kann warten. Er wird ja kaum davonlaufen. Und Sie sind ein treuer Anhänger des Königs“, sagte Orléans, ohne dass Louis Philipp sagen konnte, ob es sich um eine Feststellung oder um eine Frage handelte.

„Selbstverständlich“, erwiderte er.

„Oder sollte ich sagen, der Königin?“ Orléans sah ihn durchdringend an, dann lachte er erneut. Er genoss offensichtlich Louis Philippes Unsicherheit. „Naja, es ist ja eine Familie. Aber nicht alle in Frankreich teilen Ihre Treue. Das Königshaus verliert täglich an Stärke, das ist nicht gut für unser Land. Frankreich braucht einen starken Herrscher, der von seinem Volk geliebt wird. Das dürfen Sie nicht vergessen.“

Eine Stunde später war Louis Philippe entlassen und trat vor den Palast, wo seine Kutsche auf ihn wartete.

„Zum Stadtgefängnis“, wies er den Kutscher an.

Das Gespräch mit dem Herzog von Orléans hatte ihn verwirrt. Warum hatte ihn der Herzog kommen lassen? Um seinem Cousin zu zeigen, dass er nichts mit den Pamphleten zu tun hat? Andererseits hatte er sich kritisch über den König geäußert, nur so, dass man es nicht genau deuten konnte. Louis Philippe beschloss, den Herzog zu vergessen und sich dem bevorstehenden Verhör zu widmen. Er musste unbedingt herausfinden, wer die Schmähschriften in Auftrag gegeben hatte.

Kaum war er am Gefängnis eingetroffen, verlangte er von den wachhabenden Polizisten, zu dem Gefangenen vorgelassen zu werden.

Louis Philippe eilte den dunklen Gang entlang bis zu der Zelle, die er etwa vor zwei Stunden verlassen hatte. Der Wärter schloss die Tür auf, trat zurück und ließ ihn ein.

Louis Philippe erschrak. Der Gefangene lag in einer Blutlache, bewusstlos oder tot.

„Was ist geschehen?", herrschte er den Wärter an.

„Ihre Leute waren da und haben sich um ihn ‚gekümmert'", antwortete dieser ohne jede Regung.

„Meine Leute? Was soll das heißen?"

„Die Schläger - sie sagten, sie kämen in Ihrem Auftrag, kurz nachdem Sie weg waren."

Louis Philippe fluchte. Nun ahnte er, warum er weggelockt worden war. Offensichtlich konnte er von diesem Gefangenen keine Informationen mehr bekommen.

„Haben sie noch etwas gesagt?"

„Sie haben nur gesagt, dass ich Ihnen ausrichten soll, dass sie sich wie besprochen um dieses Mädchen ‚kümmern' werden, wenn dieser Fall nicht abgeschlossen wird."

„Welches Mädchen?", wollte Louis Philippe wissen.

„Sophie oder so ähnlich."

Louis Philippe erbleichte.

Kapitel 34

Paris

An diesem Donnerstag hatte Jeans Abteilung so viele Musketen zusammengesetzt wie nie zuvor. Jean trieb seine Arbeiter an, munterte sie auf, arbeitete selbst in großer Ungeduld mit. Fabienne hatte wieder versucht, ihn für sich einzunehmen, aber Jean war das erste Mal von ihren Avancen unberührt geblieben. Er wunderte sich geradezu, wie er ihr so hatte verfallen können. So hübsch war sie auch wieder nicht. Sie konnte Mathilde in keiner Weise das Wasser reichen. Mathilde. Er musste ständig an sie denken, er verzehrte sich nach ihr. Ihr überraschender Besuch hatte sich noch überraschender weiterentwickelt. Sie waren sich sehr nahegekommen, hatten sich fast geküsst. Warum war sie so plötzlich verschwunden? Die Unsicherheit darüber bohrte ebenso in ihm wie die Sehnsucht, sie wiederzusehen. Seine Laune erreichte bei Schichtende ihren Höhepunkt. Es bestand die Chance, dass sie sich bei ihm meldete. Vielleicht würde sie irgendeinen Vorwand finden, sich abermals aus dem Hause der Pinots zu entfernen. Er hatte auch überlegt, ob er nicht Kontakt aufnehmen sollte, doch wagte er nicht, um das Haus des Besitzers der Manufaktur herumzustreunen.

Kaum war die Werkstatt leer, erledigte er in Windeseile den Papierkram und machte sich auf den Heimweg. Fröhlich vor sich hin pfeifend schritt er an der mächtigen Bastille vorbei und kaufte zwei Äpfel an einem Marktstand. Den einen aß er sofort und genoss die milde Süße. Den anderen steckte er in seine Hosentasche. Oft streifte er nach Feierabend noch in der Stadt umher, wenn das Wetter gut war, doch heute zog es ihn nach Hause. Nur dort würde sie ihn finden, wenn sie denn käme. An ihm sollte es jedenfalls nicht liegen.

In seinem Zimmer begann er eine Suppe aus altem Brot, Möhren und einigen Knochen, die er gestern bei einem Metzger erstehen konnte, zu kochen. Falls er Besuch bekam, wollte er vorbereitet sein. Er überlegte gerade, wie er es überleben sollte, falls Mathilde heute nicht käme, als es an seine Tür klopfte.

Jean sah an sich herunter, zupfte sein Hemd zurecht, strich sich die Haare aus dem Gesicht und lief zur Tür. Sein Herz hüpfte. Er riss die Tür auf und - wie ein Sturzbach, dessen Schleusen auf einmal geöffnet wurden, riss die Enttäuschung sein Hochgefühl hinweg. Es war nicht Mathilde. Er blickte den fremden Jungen an.

„Jean?"

Jean nickte.

„Ich komme von Abbé Christophe. Du sollst gleich zu ihm kommen, er hat Neuigkeiten von deinem Bruder."

„Danke."

Jean schloss die Tür. Sollte der Junge auf ihn warten oder vorausgehen. Sollte er überhaupt gehen? Und wenn Mathilde doch kam? Jean rang mit sich. Schließlich gewann sein Pflichtgefühl gegenüber Pierre die Oberhand. Er nahm die Suppe vom Feuer, wandte sich um und öffnete die Tür. Er traute seinen Augen nicht.

„Mathilde", flüsterte er.

„Man könnte glauben, du hast gerade einen Geist gesehen", lachte Mathilde, die leibhaftig vor ihm stand.

„Darf ich reinkommen?"

Jean gab den Weg frei.

„Ich habe eine Stunde", sagte sie.

„Schön, dass du da bist", brachte er heraus. „Möchtest du etwas Suppe?"

„Gern."

Jean stellte den Topf wieder aufs Feuer und wandte sich um.

„Warum bist du so schnell verschwunden?", fragte er sie.

„Mademoiselle Hélène wartete auf mich. Außerdem wusste ich nicht, ob es gut gewesen wäre, länger zu bleiben."

Jean sah sie an. Sie lächelte. Jean stellte zwei Blechnäpfe auf den Tisch. Er hatte sich oft überlegt, was er sagen sollte, wenn sie sich wieder begegneten. Doch nichts davon schien ihm jetzt passend. Außerdem fühlte er sich vollkommen hilflos. Er drehte sich um, um die Suppe vom Feuer zu nehmen. Mathilde stand vor ihm. Sie nahm seine Hand. Ihr Blick ließ ihn alles um sich herum vergessen.

„Jetzt weiß ich, dass ich gern bleibe", sagte sie, stellte sich auf die Zehenspitzen und küsste ihn auf den Mund.

Jean schlang seine Arme um sie. Sein Mund fand den ihren. Der Kuss öffnete den Himmel, nie hatte er sich einem Menschen so nahe gefühlt, nie hatte er solch ein Glück empfunden. Immer drängender wurden ihre Küsse, sie drückten ihre Körper aneinander, begannen sich gegenseitig mit den Händen zu erkunden, zu liebkosen. Schließlich ließ sich Mathilde auf die Bettstatt gleiten und zog ihn mit sich. Etwas unbeholfen kam er auf ihr zu liegen, presste seine Erregung gegen ihren Schoß und fand erneut ihren Mund. Mit der Hand tastete er nach ihrer Brust und umschloss die weiche Wonne. Sie zog ihn enger an sich, presste sich ihm entgegen. Plötzlich atmete sie heftig, stieß ihn von sich, schob ihren Rock nach oben und entblößte ihre Scham. Jean nestelte an der Kordel, die seine Hose an Ort und Stelle hielt, bekam sie endlich auf, riss sie von sich und ließ sich wieder auf Mathilde fallen, um nicht eine Sekunde der Götterspeise der Lust zu verpassen. Mathilde stöhnte leise, als er in sie eindrang.

Erbarmungslos holte sie das Läuten der Kirchturmglocke in die Zeit zurück. Neun Uhr, Mathilde musste los. Nur schwer trennten sich die Liebenden. Mathilde schlüpfte hastig in ihre Kleider, küsste Jean zum Abschied noch einmal leidenschaftlich, riss sich dann los und eilte zur Tür hinaus.

Jean war noch ganz benommen. Er fühlte sich dem Himmel nah. Sein Herz wollte überfließen vor Glück. Unmittelbar musste er an seinen Bruder denken, dem er gern von seiner Liebe erzählt hätte. Plötzlich fiel ihm wieder ein, dass Abbé Christophe ihn hatte rufen lassen. Das hatte er ganz vergessen. Er sprang in seine Kleidung, riss die Tür auf und rannte los. Die Liebe verlieh ihm fast Flügel. Würde er jetzt auch noch seinen Bruder wiedersehen? Als er die Kirche erreichte, war es bereits dämmrig. Er ging links an der Kirche vorbei zum Pfarrhaus und klopfte. Es öffnete derselbe Junge, der ihm die Nachricht überbracht hatte. Er machte aber keinerlei Anstalten ihn hereinzubitten. Verunsichert fragte Jean: „Du sagtest, der Abbé habe eine Nachricht für mich."

„Der Abbé ist nicht mehr hier. Er hat fast eine Stunde auf dich gewartet."

„Wann kommt er wieder?", fragte Pierre beunruhigt.

„Er bringt die Sterbesakramente ins Stadtgefängnis."

„Oh - dann warte ich wohl einfach hier, bis er zurück ist."

„Außer, du willst deinen Bruder noch einmal sehen, bevor er unter der Erde ist."

Jean erstarrte. Übelkeit stieg in ihm auf. Er rannte los, um sich nicht vor dem Jungen zu übergeben und um seinen Bruder noch einmal zu sehen.

TEIL III (AUGUST 1788 - JULI 1789)

Kapitel 35

Paris, 8. August 1788

Die Glocken von Notre Dame hatten gerade achtmal geschlagen. Maximilien und Robert betraten den Platz vor dem Parlamentsgebäude. Es hatte sich bereits eine neugierige Schar versammelt. Hinter den Mauern tagten die Abgeordneten seit mehr als acht Stunden. Im Kräftemessen des Pariser Parlaments mit der Krone wurden heute Ergebnisse erwartet. Robert hatte Maximilien erklärt, dass Brienne, Finanzminister seiner Majestät, per Dekret das Pariser Parlament von der Aufgabe entbunden hatte, die königlichen Steuergesetze zu ratifizieren. Das sollte nun eine extra dafür ins Leben gerufene „Große Hofkammer" übernehmen. Doch das Parlament von Paris hatte diese Entmachtung nie akzeptiert. In mehreren Städten war es bereits zu Protesten gegen den Finanzminister gekommen. Die Zeitungen berichteten von gewaltsamen Zusammenstößen mit der Polizei. Um die Gewalt auf den Straßen zu beenden, saßen sich in diesen Stunden Brienne und das Parlament gegenüber. Ganz Paris wartete auf den Ausgang dieses Machtkampfes. Immer mehr Menschen strömten zusammen. Erste Rufe aus der Menge ertönten: „Nein zu neuen Steuern!"

Maximilien wandte sich an Robert: „Was wird geschehen, wenn das Parlament heute nachgibt?"

„Wir werden alle höhere Steuern bezahlen müssen, vorausgesetzt, die große Hofkammer stimmt seinen Plänen zu. Der König hätte es geschafft, ganz ohne die Zustimmung der Pariser zu regieren."

„Das wird das Parlament niemals akzeptieren. Ganz Paris unterstützt das Parlament."

„Aber der König hat eine Armee", entgegnete Robert.

„Wird der König gegen sein eigenes Volk kämpfen?"

„Das haben Könige immer getan. Sonst wäre doch niemand so dumm und würde ihnen Steuern zahlen."

Maximilien dachte nach. „Wie könnte ein Land existieren, wenn niemand Steuern erheben würde? Wenn jemand regieren würde, der auch selbst Steuern bezahlen müsste, dann würde er ja beschließen müssen, dass er selbst bezahlen muss. Das kann doch nicht funktionieren."

„Weil der Besitz den Menschen schlecht gemacht hat. Von Natur aus sind alle Menschen gleich, nur der Besitz unterscheidet sie. Der Besitz macht den Menschen und die Gesellschaft krank."

„Was schlägst du vor? Dass allen der Besitz genommen wird? Sag das laut und du wirst auf der Stelle am nächsten Pfahl aufgeknüpft."

Maximilien deutete mit einer Handbewegung auf die anwachsende Menschenmenge. „Ich möchte wetten, sie alle besitzen einiges."

„Da siehst du, wie weit der Besitz die Menschen gebracht hat. Man müsste eine ganz neue Gesellschaft begründen. Alle müssen sich freiwillig einem Gesellschaftsvertrag unterordnen, in dem der Wille der Gemeinschaft festgeschrieben ist."

Maximilien hatte Jean-Jacques Rousseau gelesen und wusste, dass dieser einen solchen „Sozialvertrag" forderte. Aber er konnte sich nicht so recht vorstellen, wie das gelingen könnte. Gerade wollte er antworten, als sich der Torflügel des Parlamentsgebäudes öffnete.

Vor dem Tor entstand Bewegung. Maximilien und Robert reckten ihre Hälse, konnten aber nicht erkennen, was dort vor sich ging. Die Menge drängte immer näher an das Tor heran. Das Gemurmel schwoll zu einem Getöse an und machte es unmöglich, zu hören, was dort geschah. Auf einmal brach ein Tumult aus. Schreie tönten herüber, Fäuste wurden in die Luft gereckt. Was sollte das bedeuten? Offensichtlich war ein Ergebnis bekanntgeworden, das die Gemüter erhitzte. Die Menschen blickten sich an. Das musste heißen, Brienne hatte sich durchgesetzt. Wie eine Welle schwappte die Empörung über die Versammelten und steigerte sich zu einer wilden Wut. Überall wurden Fäuste in Richtung Parlament geschüttelt und wüste Beschimpfungen erfüllten die Luft. Die Menge begann zu schieben, Maximilien und Robert wurden eingeklemmt.

Maximilien erfasste große Wut und Enttäuschung. Auch er reckte brüllend eine Faust in die Höhe. Er sah, wie die ersten Männer die Treppe zum Hauptportal hinaufliefen. Wurde das Gebäude gestürmt? Würde es zum Kampf kommen? Maximilien sah, wie sich das Tor kurz öffnete, bewaffnete Soldaten herausströmten und sich in einer Mauer vor dem Tor postierten. Angesichts der drohenden Masse schienen sie erstaunlich gelassen zu sein. Die ersten Männer erreichten das obere Ende der Treppe. Gleich würde es zum Kampf kommen. Sie reckten die Arme in die Höhe. Was war das? Die Männer griffen die Soldaten nicht an. Sie schienen zu jubeln. Sie umarmten sich. Maximilien und Robert sahen sich fragend an. Jetzt brachen auch um sie herum die Menschen in Jubel aus. Alle versuchten zu erfahren, wie die Beratung ausgegangen war, und drängten weiter nach vorn. Wie eine Druckwelle breitete sich plötzlich ein Ruf aus: „Die Generalstände!".

Brienne hatte nachgegeben, um die Gewalt auf den Straßen zu beenden, die große Hofkammer aufgelöst und für Mai 1789 die Generalstände einberufen. Paris hatte einen Sieg errungen.

Kapitel 36
Versailles, 24. August 1788

Das Leben im Schloss von Versailles vollzog sich in unendlicher Wiederholung derselben Etikette. Und doch war an diesem Sonntag irgendetwas anders. Wie jeden Sonntag war der Hofstaat in der Schlosskapelle versammelt und wartete auf den Einzug der königlichen Familie. Der sonst so selbstbewusste Hochadel von Frankreich schien das erste Mal verunsichert zu sein. Es wurde getuschelt. Der König hatte es nicht zu verhindern gewusst, dass sein Finanzminister die Generalstände hatte einberufen lassen. Auf den Fluren und in den Salons wurde geflüstert, dass der König schwach sei, dass er es nicht vermöge, sein Volk zu regieren. Stattdessen lud er es ein, mitzubestimmen. Das konnte nur katastrophale Folgen haben.

Louis Philippe saß neben seinem Vater, dem Herzog von Blois, im Hauptschiff der Kapelle. Hoch über ihm thronte die Heilige Dreifaltigkeit. Weitere Gemälde zeigten Szenen aus dem Alten und Neuen Testament. Der Altar war fast gänzlich vergoldet, gekrönt von goldenen Ornamenten. Über dem Altar leuchtete das goldene Auge Gottes, umgeben von goldenen Strahlen und Engeln. Louis Philippe kannte die Kapelle seit seiner Kindheit. Er musste daran denken, wie er als Kind gelitten hatte, die endlos dauernde Messe würdig zu ertragen. Jetzt schlug die Glocke. Zehn Uhr. Gleichzeitig wurde auf der Empore hinter Louis Philippe das Tor geöffnet und der König betrat mit seiner Familie die königliche Loge. Louis Philippe hörte das Rauschen der Gewänder, als die königliche Familie in ihren Polstersesseln Platz nahm. Er blickte sich nicht um, da er den Blick seiner Verlobten im Nacken spürte. Als Prinzessin wohnte sie der

Messe in der königlichen Loge bei. Die Orgel setzte ein, die Messe begann.

Anstatt des üblichen Jagdausflugs war an diesem Sonntag eine Sitzung des königlichen Ministerrats einberufen worden. Louis Philippe hatte gehört, wie sein Vater und andere den König bedrängt hatten, die Initiative zu übernehmen, um seine Autorität wiederherzustellen.

Die Sonne brannte an diesem Sommertag mit ihrer ganzen Kraft herunter. Während sich sonst die Hofgesellschaft nach der Messe im Schlosspark bei ausgedehnten Spaziergängen vergnügte, suchten die Hofdamen Zuflucht im Innern des Schlosses, wo die Marmorböden der Salons Kühle spendeten.

Louis Philippe hätte der Sitzung des Ministerrats gern beigewohnt, sein Vater hatte ihn aber nicht mitgenommen. Also galt es, neue Pläne für diesen Tag zu schmieden. Er eilte in sein Schlafzimmer, hieß einen Diener, ihm die leichte Jagduniform herzurichten, und nahm einen kühlen Trunk zu sich. Als Ersatz für die königliche Jagd würde er die Gesellschaft der Königin aufsuchen. Er hoffte, dort Unterhaltung zu finden und Sophie wiederzusehen. Kaum hatte er seine bequemere Jagduniform angelegt, schnallte er sich seinen Säbel um, nahm seinen Dreispitz und eilte aus dem Zimmer, die Flure entlang zur Haupttreppe. Er passierte gerade einige Hofdamen, die sich angeregt unterhielten, als er von hinten stürmische Schritte vernahm. Er wandte sich um und blickte in das wutverzerrte Gesicht von Brienne. Der Bischof der Finanzen würdigte ihn keines Blickes, lief an ihm vorbei, eilte die Treppe hinunter und verschwand im Hof. Louis Philippe folgte ihm, doch als er auf den Hof trat, sah er nur noch eine schwarze Kutsche davonfahren.

Wenig später erreichte er die Gemächer der Königin. Einer der Wachsoldaten meldete sein Erscheinen. Er wurde eingelassen und durchquerte den Gardesaal, wo Tag und Nacht zwölf Soldaten der Garde Wache hielten. Anschließend betrat er den Speisesaal der Königin, wo gewöhnlich die königliche Familie unter den Blicken der neugierigen Hofgesellschaft speiste. Einige Diener in königlichen Livreen beeilten sich, den Tisch für das Mittagsmahl vorzubereiten. Ein weiterer Diener öffnete ihm die Tür zum Salon der Königin. Louis Philippe trat ein, verbeugte sich vor der Monarchin, die auf einem Sessel vor dem Kamin saß. Sophie spielte auf einem Spinett eine neuartig klingende Melodie. Neben der Königin lauschten zwei weitere Hofdamen und ein junger Offizier aus Schweden den Klängen. Ein Diener rückte ihm einen Sessel zurecht und Louis Philippe nahm Platz. Sophie lächelte ihm zu. Hier am Hof mussten sie sich an die strenge Etikette halten.

Noch bevor Sophie das Musikstück zu Ende gespielt hatte, wurde ein Diener eingelassen, der Marie Antoinette einen Brief überbrachte. Die Königin überflog den Inhalt. Als Sophie ihr Spiel plötzlich abbrach, bemerkte Louis Philippe, dass die Königin weinte. Sophie eilte zu ihr.

„Was ist geschehen?"

Sophie ergriff die Hand der Königin.

„Brienne wurde entlassen. An seiner Stelle soll erneut Necker Generaldirektor der Finanzen werden."

Louis Philippe traute seinen Ohren nicht. Jaques Necker war vor einigen Jahren bereits Finanzminister gewesen, doch hatte er im Streit mit dem Hof Frankreich verlassen. Es wurde gemunkelt, dass die Königin damals für seine Entlassung verantwortlich war.

„Necker wird doch niemals zustimmen, erneut Finanzminister zu werden", versuchte Sophie die Königin zu beruhigen.

„Deshalb soll ich ihn überzeugen. Er wird für heute Nachmittag erwartet."

Am Abend verbreitete sich eine Nachricht wie ein Lauffeuer im Schloss: Jacques Necker hatte nach einer langen persönlichen

Audienz mit der Königin zugestimmt, erneut Generaldirektor der Finanzen zu werden.

„Endlich ist ihr der Hochmut im Hals steckengeblieben. Sie hat ihn entlassen, jetzt musste sie ihn auf Knien anflehen, dass er zurückkommt. Recht geschieht es ihr", schnaubte die Herzogin von Blois. „Sie ist erledigt", fügte sie schadenfroh hinzu.

„Es schadet auch dem König und somit ganz Frankreich", ergänzte der Herzog von Blois genervt. „Aber das ist noch der geringste Schaden. Der ehrlose Ketzer hat auch noch eine Bedingung gestellt, die ihm zugesagt wurde."

„Welche Bedingung?", fragte Louis Philippe.

Seine Mutter interessierte es nicht weiter, für sie war die persönliche Kränkung der Königin genug, alles andere war unbedeutendes Geplänkel.

„Er fordert die Verdoppelung der Abgeordneten des dritten Standes bei den Generalständen. Somit sitzen den 300 Adeligen und den 300 Klerikern 600 Bürger gegenüber."

Das Wort „Bürger" hatte er ausgesprochen, als wäre es die Verharmlosung einer verabscheuungswürdigen Spezies.

Louis Philippe blickte seinen Vater ungläubig an. „Damit holen wir nicht nur den Pöbel ins Schloss, sondern verschenken auch noch unsere Mehrheit. Hat der König diesem Wahnsinn zugestimmt?"

„Ja, das hat er", stöhnte der Herzog.

KAPITEL 37
Paris, September 1788

Mathilde las mindestens zum vierten Mal das Schild „Waffenmanufaktur Pinot, Paris“. Sie war so schnell gelaufen, wie sie konnte, getrieben von jener erwartungsvollen Sehnsucht, die nur die Liebe kennt. Jean musste jeden Moment aus dem Gebäude kommen, die Glocken von Paris hatten bereits sechs Uhr geschlagen. Sie konnten sich nicht oft sehen, da es ihre Stelle als Hausmädchen in der Stadtvilla von Julien Pinot nicht erlaubte. Freie Tage waren nicht vorgesehen, sie war mit Jean auch nicht verheiratet. Aber Hélène Pinot hatte sie sich anvertraut. Hélène wusste von ihrer Liebe und erlaubte ihr gelegentlich, einen Tag und eine Nacht zu verschwinden, wenn Monsieur Pinot geschäftlich unterwegs war. Mathilde konnte es kaum erwarten, Jean wiederzusehen. Endlich öffnete sich das große Tor und die ersten Arbeiter strömten hinaus. Sie wusste, dass Jean nicht unter den Ersten war, die das Gebäude verließen, da er als Vorarbeiter dafür zu sorgen hatte, dass die Werkstatt für den nächsten Tag bereit war.

Mathilde trug ein graues Wollkleid. Ihre blonden Haare hatte sie sorgfältig hochgesteckt. Da es im September abends schon kalt werden konnte, hatte sie sich einen breiten Wollschal locker um die Schultern gelegt. Sie war sich bewusst, dass die makellos weiße Bluse, die sie als Hausmädchen in einem reichen Haushalt tragen konnte, ihr blässliches Gesicht besonders zur Geltung brachte. Sie nahm wahr, dass sich viele Arbeiter nach ihr umdrehten. Dann kam Jean endlich. Als erstes sah sie seinen blonden Haarschopf, darunter das etwas breite, aber freundliche Gesicht mit der schiefen Nase. Immer wieder musste sie an den Moment denken, als Jean auf ihren Vater losgegangen war und der ihm die Nase zerschmettert hatte. Niemals würde sie das Geräusch des brechenden Knochens vergessen. Er trug ein einfaches Arbeiterwams und schlenderte wie ziellos auf sie zu. Mathilde reckte sich in die Höhe und winkte ihm. Als er sie erblickte, begannen seine grünblauen Augen zu leuchten, ein überraschtes Lächeln vertrieb den Ernst aus seinem Gesicht. Er bahnte sich einen Weg durch die Schar der Arbeiter, schloss sie in die Arme und küsste sie.

Bald schlenderten sie Hand in Hand vorbei an der großen Bastille dem Stadtzentrum zu.

„Gibt es etwas Neues von Pierre?", fragte Mathilde.

Jeans Gesicht verdüsterte sich. Mathilde bereute auf der Stelle, dieses Thema angeschnitten zu haben.

„Er erholt sich wohl langsam, sitzt aber immer noch im Stadtgefängnis", antwortete Jean.

Pierre war verhaftet worden, weil er Schmähschriften gegen die Königin bei sich hatte. Anschließend war er im Gefängnis fast totgeschlagen worden. Irgendwie hatte er überlebt. Besuche im Gefängnis waren nicht erlaubt. Nur Anwälte und Priester durften Gefangene aufsuchen. Abbé Christophe besuchte ihn immer wieder und hatte erreichen können, dass seine Wunden versorgt wurden.

„Ist er verurteilt worden?", fragte Mathilde.

„Nein. Er wurde nicht einmal angeklagt. Er hat die Pamphlete ja nicht erstellt."

„Warum wird er dann nicht freigelassen?"

„Weil er ein Niemand ist und kein Anwalt seine Freilassung fordert. Abbé Christophe vermutet irgendwelche Interessen des Adels dahinter."

„Warum finden wir nicht einen Anwalt, der sich für Pierre einsetzt?"

Jean lachte verbittert. „Weißt du, wie viel ein Anwalt kostet? Vermutlich würde er zwei Jahresgehälter verlangen."

„Warum fragen wir nicht Monsieur Pinot, ob er sich für Pierre einsetzt? Immerhin war er ein langjähriger Mitarbeiter."

„Monsieur Pinot hat Pierre gefeuert. Er mag ein halbwegs menschlicher Arbeitgeber sein, aber er ist nicht gerade ein Wohltäter. Außerdem lebt er in einer anderen Welt, wir sehen ihn fast nie in der Fabrik."

„Ich frage ihn einfach, ich lebe ja in seiner Welt, weil ich für ihn arbeite."

„Aber du wäschst nur seine Wäsche", entgegnete Jean.

„Ich mache ihm auch Frühstück und ich glaube, er mag mich."

„Ein Versuch ist es wert. Würdest du das tun?"

„Für dich tue ich alles."

Jean blieb stehen, wandte sich ihr zu, sah ihr dankbar in die Augen. Er wollte etwas sagen, doch blieb es ihm im Hals stecken. Mathilde verstand ihn dennoch, küsste ihn auf den Mund, lächelte ihn an und zog ihn an der Hand weiter.

Sie genossen die Abendsonne und den Trubel in den engen Straßen. Überall wurden die verschiedensten Speisen verkauft, der Wind wehte ihnen die Gerüche zu. Immer wieder sogen sie den Duft von frischem Brot ein, wenn sie an einer Bäckerei vorbeikamen, oder den Geruch von geräuchertem Fleisch, wenn sie an einer Metzgerei vorbeischlenderten. Jean blieb stehen, hielt seine schiefe Nase in den Wind und schnupperte wie ein Hund, der Witterung aufgenommen hatte.

„Ich habe einen Bärenhunger. Wir müssen irgendwo Brot kaufen, ich habe nicht genug für zwei. Du bleibst doch zum Essen?"

Mathilde lachte. „Ich muss erst morgen Mittag wieder im Hause der Pinots sein. Mademoiselle Hélène hat mir freigegeben. Aber sie hat mir auch noch etwas mitgegeben."

Mathilde öffnete eine kleine Tasche, die sie bei sich trug und tastete, als ob sie nicht wüsste, was sich darinnen befände.

„Wie wäre es mit frischen Eiern, einem Stück Rindfleisch und etwas Käse?"

Jeans Augen weiteten sich vor Erstaunen.

„Dann kaufen wir von dem heutigen Essensgeld Wein und verspeisen ein Festmahl!"

Vergnügt schritten sie weiter, ihrem Festmahl entgegen.

Als Mathilde am nächsten Tag in die Straße einbog, in der sich die Villa der Pinots befand, war sie bester Laune. Sie hatte einen wundervollen Abend, eine leidenschaftliche Nacht und einen gemütlichen Morgen mit ihrem Liebsten verbracht. Noch nie zuvor hatte sie einen Menschen so geliebt. Sie genoss jede Minute in seiner Nähe. Sie liebte es, wie Jean verlegen dreinschaute, wenn sie ihm in der Öffentlichkeit einen Kuss gab. Sie liebte es, wenn er sie in seine starken Arme nahm. Sie liebte es sogar, wenn er nachts gelegentlich schnarchte. Dann wusste sie immer, dass sie in seiner Nähe war. Leider sahen sie sich nur selten. Aber vielleicht würde Mademoiselle Hélène sie bald wieder zwischendurch für ein paar Stunden wegschicken, um „Besorgungen zu machen". Sie war eine gute Frau.

Mathilde hatte die Pforte erreicht, trat an die Tür und zog an der Glocke. Kurz darauf hörte sie Schritte und Chloé, die alte Köchin, öffnete die Tür.

„Bist du endlich wieder da", zischte sie unfreundlich, drehte sich um und verschwand wieder im Innern des Hauses.

„Guten Morgen, Chloé", rief ihr Mathilde fröhlich hinterher. Chloé war immer unfreundlich, außer zu den Herrschaften natürlich. Besonders missfiel ihr, dass Mathilde ab und zu von Mademoiselle Hélène frei bekam, da sie dann deren Aufgaben übernehmen musste. Mathilde machte sich nichts daraus, ging in ihre Kammer, legte das Wolltuch ab, band sich ihre weiße Schürze um und löste ihre blonden Locken, um sie in eine angemessene Form zu bringen. Sie blickte in den kleinen Spiegel, den sie in der obersten Schublade ihres Nachttisches verwahrte. Sie sah eine glückliche junge Frau.

„Mathilde!"

Schnell legte sie den Spiegel zurück, schloss die Schublade und eilte aus ihrer Kammer.

„Ja?"

Eben schnaufte Chloé die Treppe hinauf.

„Wo bleibst du denn? Die Herrschaften haben Champagner bestellt“, bellte die alte Köchin, drehte sich um und verschwand wieder in Richtung Küche.

Mathilde sprang hurtig die Treppe hinunter. Sie lief gleich in den Keller, um zwei Flaschen Champagner zu holen. Mittlerweile wusste sie, welchen Jahrgang Monsieur Pinot bevorzugte. Als sie mit einer geöffneten Flasche und fünf Gläsern in den Salon kam, stand Julien Pinot in der Mitte des Raumes. Robert, Mademoiselle Hélène, Monsieur Maximilien und Madame Pinot saßen um ihn herum. Er schien eine Rede zu halten. „… und deshalb habe ich heute beschlossen, dass ich für die Generalstände kandidieren werde.“ Er machte eine kurze Pause, als erwarte er Applaus. Dann erblickte er Mathilde.

„Komm her, Mädchen. Her mit dem Champagner. Trinken wir auf eine neue Ära.“

Mathilde beeilte sich, den Champagner auszuschenken, und reichte jedem Familienmitglied und Monsieurs Pinots Anwalt, Robert, ein Glas.

„Wir werden es mit den Zünften aufnehmen müssen“, wandte Robert ein.

„Diesen Kampf haben wir schon einmal gewonnen und wir werden ihn wieder gewinnen. Morgen beginnen wir mit der Vorbereitung. Aber heute wird erst einmal gefeiert!“

Christine Pinot saß lustlos vor ihrem Glas. Ihre Augen schienen leer in den Raum zu starren. Ihr Zustand verschlechterte sich von Tag zu Tag. Die Schwermut schien auch ihren Körper krank zu machen. Monsieur Pinot ließ sich das zweite Glas einschenken und prostete seiner Frau zu.

„Trink wenigstens mit mir, wenn ich meine Kandidatur für die Generalstände bekanntgebe“, fuhr er sie an.

Sie stand auf und verließ wortlos den Raum. Mathilde bemerkte den sorgenvollen Blick Mademoiselle Hélènes. Julien Pinot schnaubte wütend, ließ sich erneut nachschenken, ging zu dem unberührten Glas Champagner seiner Frau, nahm es in die Hand und kam auf Mathilde zu. Wie es sich für ein Dienstmädchen gehörte, hielt sie sich abseits, bereit, die Gläser erneut zu füllen. Instinktiv streckte sie die Hand aus, um das überflüssige Glas in Empfang zu nehmen und zurück in die Küche zu tragen. Doch Monsieur Pinot hielt sie an der Schulter fest.

„Trink wenigstens du mit uns."

Mathilde blickte ihn verständnislos an. Was sollte das bedeuten?

„Trink, Mädchen", forderte er sie erneut auf.

Mathilde blickte hilfesuchend zu Mademoiselle Hélène, die ihr freundlich zunickte und grüßend ihr Glas hob.

Mathilde trank ihren ersten Champagner. Das trübe Getränk schmeckte seltsam süß und würzig zugleich und perlte lustig im Mund.

Monsieur Pinot unterhielt sich nun angeregt mit seinem Sohn und seinem Anwalt, blickte aber immer wieder zu Mathilde hinüber.

Bald war die erste Flasche leer, die zweite ebenfalls und Mathilde ging in den Keller, um eine dritte Flasche zu holen. Sie musste kichern, als sie gegen die Türe prallte und beinahe die Kellertreppe hinabgestürzt wäre. Sie war angetrunken.

Wenig später verabschiedete sich Monsieur Pinots Anwalt und Mademoiselle Hélène verschwand mit ihm. Mathilde kicherte leise. Hatte Monsieur Pinot wirklich noch nicht bemerkt, dass die beiden ein Paar waren? Maximilien winkte seinem Vater zu und verschwand ebenfalls. Christine erhob sich langsam und schlürfte aus dem Salon. Mathilde begann die leeren Gläser einzusammeln, um sie in der Küche abzuwaschen. Monsieur Pinot hatte sich auf einen Sessel nah am Fenster fallen lassen. Mathilde sah nach ihm, ob er noch etwas brauchte. Als er ihren Blick bemerkte, hielt er ihr erneut sein Glas entgegen. Mathilde beeilte sich, den letzten Schluck aus der dritten Flasche in sein Glas zu gießen. Er sah sie lange an. Der ungewohnt vertraute Umgang mit ihr hatte sie an ein Anliegen erinnert, das sie ihm vortragen wollte. Vielleicht war jetzt ein guter Augenblick, wo Monsieur

Pinot vertraulich und etwas angetrunken war. Sie knickste vor ihm und sprach ihn an.

„Monsieur?"

Monsieur Pinot war sichtlich überrascht, war es doch mehr als ungewöhnlich, dass Diener ihre Herren ansprachen.

„Ja?"

„Monsieur, ich hätte ein Anliegen. Dürfte ich es Ihnen vortragen?"

„Ein Anliegen?"

Mathilde wartete gespannt. Hatte sie zu viel gewagt? Würde er sie gleich aus dem Haus jagen? Was hatte sie sich dabei gedacht?

„Na, dann lass mal hören", antwortete er und musterte sie interessiert.

„Ein ehemaliger Mitarbeiter von Ihnen ist in Schwierigkeiten. Er sitzt unschuldig im Gefängnis. Wenn Sie oder Ihr Anwalt seine Freilassung fordern, kann er freikommen."

„Um wen geht es?"

Mathilde war sehr aufgeregt, ihr Herz raste. Es schien eine kleine Chance zu bestehen, dass er ihr Anliegen zumindest in Ruhe anhörte.

„Pierre Dubois, aus der Gießerei."

Monsieur Pinots Augen verengten sich zu kleinen Schlitzen.

„Der dem Vorarbeiter die Nase gebrochen hat? Warum sollte ich das tun?"

„Weil er unschuldig ist", sagte Mathilde bestimmt.

Monsieur Pinot lachte dröhnend.

„Weil er unschuldig ist? Darum soll ich ihm helfen, obwohl er immer wieder meinen Betrieb gestört hat?"

Mathilde war gekränkt. Sie spürte, wie ihr Tränen in die Augen stiegen. Sie drehte den Kopf weg.

Monsieur Pinot schien seine Grobheit zu bereuen. Er beugte sich vor, legte ihr die große Hand auf die Schulter und grummelte etwas Beschwichtigendes. Mathilde sah ihn an.

„Und weil er mein Bruder ist."

Monsieur Pinot zog sie an sich, drückte tröstend ihren Kopf an seine Schulter.

„Ich werde tun, was ich kann“, sagte er mit rauer Stimme. Sie sah dankbar zu ihm auf. Er küsste sie auf den Mund, drückte sie an sich. Mathilde erschrak, sie wollte sich wehren, doch was hieße das für Pierre? Und sicherlich würde sie auf der Stelle entlassen werden. Vielleicht würde er bald aufhören.

Monsieur Pinot hörte nicht auf, er begann sie zu streicheln, seine Hände tasteten nach ihren Brüsten. Er atmete heftig. Mathilde begann lautlos zu weinen. Er war zu erregt, um ihren Kummer zu bemerken. Begierig streifte er die Träger ihres Kleides über die Schultern, riss die Bluse auf. Seine Hände kneteten grob ihre nackten Brüste. Voller Ungeduld streifte er sein weißes Hemd über den Kopf. Durch einen Tränenschleier sah sie seinen nackten Oberkörper. Über der rechten Brustwarze leuchtete ein feuerrotes Mal in der Form einer Jakobsmuschel. Abermals küsste er sie und nestelte an seiner Hose herum. Mathilde schloss die Augen. Sie wurde gegen den Tisch gestoßen. Verzweifelt krallte sie sich an der Tischplatte fest, als Julien Pinot von hinten in sie eindrang.

KAPITEL 38
Paris

Hélène war froh, endlich mit Robert allein zu sein. Sie machte sich aber auch Sorgen um ihre Mutter.
„Sie war nicht immer so", sagte sie fast entschuldigend. „Wenn ich nur wüsste, wie ich ihr helfen könnte."

„Sie wird sich schon an die Stadt gewöhnen", versuchte Robert sie zu beruhigen.

Nach einem kurzen Spaziergang waren sie ins Haus der Familie Pinot zurückgekehrt, da es begonnen hatte zu regnen. Ihr Vater war offensichtlich immer noch damit beschäftigt, seine Kandidatur zu feiern, somit hatten sie es gewagt, in Hélènes Räume unter dem Dach zu schleichen. Hélène hatte Robert beruhigt, dass Julien nie in ihr Reich kam. Er ließ höchstens nach ihr schicken, und dem Dienstmädchen konnte sie vertrauen. Jetzt saßen sie nebeneinander auf einer Bank in ihrem Salon. Das Zimmer war nicht groß, aber für nicht adelige Verhältnisse exklusiv eingerichtet. Gemälde von Landschaften in Amerika hingen an den Wänden. Ein großer Spiegel prangte über einem Schminktisch aus Kirschbaumholz.

„Denkst du, Vater kann die Wahlen zu den Generalständen auch gewinnen?", fragte sie Robert, um das Thema zu wechseln.

Robert dachte kurz nach, bevor er antwortete. „Es wird schwierig werden. Die Zünfte sind in Paris sehr stark und er hat sich dort viele Feinde gemacht, als er eine Sondererlaubnis für seine Manufaktur erwirkt hat."

„Was wirst du tun?"

„Ich werde mich umhören, wer sich sonst noch wählen lassen möchte." Robert dachte weiter nach. „Vielleicht sollte er aufs

Land ziehen, wo er bessere Chancen hat, gewählt zu werden", sinnierte er.

„Ist Nantes weit genug weg? Dort haben wir noch unser Haus. Und gelegentlich sind Maximilien und Julien auch geschäftlich dort, weil von dort aus unsere Schiffe nach Amerika fahren."

Robert schaute sie mit einem Grinsen an. „Dein Vater kandidiert in Paris und in Nantes. Gerade haben sich seine Chancen mindestens verfünffacht!" Begeistert sprang Robert auf.

„Moment", rief Hélène. „Bevor du meinen Vater zum Politiker machst, musst du dich auch ein wenig um mich kümmern."

Sie zog ihn wieder auf die Bank und schlang einen Arm um seinen Hals. Sie liebte Robert und so schnell sollte er ihr nicht entkommen. Robert blickte sich nervös um.

„Wir sind allein", beruhigte ihn Hélène.

Dass Robert, der gewitzte Anwalt ihres Vaters und Trinkfreund ihres Bruders, in ihrer Gegenwart hilflos wurde, amüsierte sie.

„Na, möchtest du noch ein bisschen über Politik plaudern oder eine Frau küssen?", neckte sie ihn weiter.

Sie hatten sich schon einmal geküsst, aber nicht ihm Haus ihres Vaters. Es war jener Abend gewesen, als sie ihrer Anstandsdame freigegeben hatte.

Hélène nahm seine Hand und legte sie auf ihre linke Brust. Augenblicklich kam Leben in Robert. Sanft begann er ihre Brust zu streicheln, er zog sie an sich und küsste sie auf den Mund. Hélène spürte, wie sie die Berührung erregte. Sie begann das Band, das ihr Kleid an der Brust zusammenhielt, zu lösen. Robert keuchte und half ihr dabei. Ungeduldig zog er das Kleid auf und fuhr mit der Hand hinein. Hélène spürte seine warme Hand auf ihrer nackten Haut. Vorsichtig ließ sie ihr Kleid über die Schultern hinabgleiten. Sie spürte Roberts Blick auf ihren entblößten Brüsten. Sie bemerkte auch, wie er kurz innehielt und sein Blick sich veränderte. Sicher hatte er ihre Pinot-Muschel entdeckt, wie sie es nannte. Über der rechten Brustwarze leuchtete ein feuerrotes Mal, etwa so groß wie eine silberne Livre-Münze. Es erinnerte an die Form einer Jakobsmuschel.

„Das ist meine Pinot-Muschel“, sagte sie. „Mein Vater hat sie von seinem Großvater und Maximilien und ich haben sie auch. Daran erkennt man zweifelsfrei alle echten Pinots.“

Robert fuhr zart mit dem Finger darüber. Er zog sie an sich und küsste sie erneut.

Hélène schob ihn sanft von sich.

„Wolltest du mich nicht etwas fragen?“

Robert schaute verwirrt drein.

„Du weißt ja, dass Unverheiratete nicht bis auf den Gipfel dürfen.“

Hélène zwinkerte ihm ermutigend zu.

Roberts Gesicht zeigte, dass sein Verstand, der so brillant die Welt der Gesetze beherrschte, sich in das Dickicht der Liebe schlug. Endlich zeichnete sich ein Lächeln auf seinen Lippen ab. „Möchtest du mich heiraten?“, fragte er.

„Na endlich, natürlich will ich das“, erwiderte Hélène und begann ihn am Oberschenkel zu streicheln. Ihre Hand fuhr immer höher hinauf. Dann hielt sie noch einmal kurz inne. „Wann fragst du meinen Vater?“

„Bald“, keuchte er.

Hélène war zufrieden. Ihre Hand hatte gerade ihr Ziel erreicht, als es an die Tür klopfte.

Robert sprang panisch auf.

„Wer da?“, rief Hélène und versuchte, dabei so ruhig wie möglich zu klingen.

„Ich bin's, Mathilde.“

Hélène gab Robert ein Zeichen, dass er sich beruhigen solle.

„Ihr kann man vertrauen“, raunte sie ihm zu.

„Komm doch herein“, rief sie Mathilde zu.

Schnell schlüpfte sie wieder in die Ärmel ihres Kleides und versuchte die Schnüre wieder in Ordnung zu bringen. Mathilde betrat den Raum.

„Was gibt's?“, fragte Hélène.

„Monsieur Pinot möchte Monsieur Robert sprechen."

Hélène ordnete ihr zerzaustes Haar und bemerkte, dass Mathilde geweint hatte. Auch ihr Haar war zerzaust, das Kleid war zerknittert.

„Woher wusstest du, dass er hier ist?"

„Sein Wagen steht noch vor dem Haus. Da dachte ich, dass er vielleicht hier ist."

„Was will mein Vater?"

„Ich weiß es nicht, Mademoiselle."

Hélène kontrollierte ihre Erscheinung im Spiegel, zupfte Robert das Halstuch zurecht, nahm ihn an die Hand und ging zur Tür.

„Dann sehen wir mal, was Monsieur Pinot von seinem Anwalt möchte, das so dringend ist. Vielleicht hätten wir nicht von ihm reden sollen."

Monsieur Pinot stand am Fenster und schaute hinaus, als sie den Salon betraten. Er drehte sich um.

„Gut, dass du noch da bist. Ich möchte, dass du etwas für mich tust", sagte er und vermied es, dabei Hélène und Robert anzusehen.

„Was kann ich tun?", fragte Robert.

„Vor ein paar Wochen haben wir doch diesen Pierre Dubois entlassen, weil er seinen Vorarbeiter geschlagen hat. Er sitzt im Stadtgefängnis. Beantrage seine Freilassung, es wurde bisher keine Anklage erhoben."

Robert blickte verständnislos zu seinem Chef hinüber.

Hélène fiel auf, dass auch er unordentlich gekleidet war. Hatte er zu viel getrunken? Musste sie sich Sorgen machen?

„Kümmere dich bitte darum. Dann können wir den Wahlkampf planen."

„Aber warum …", begann Robert.

„Tue einfach, worum ich dich gebeten habe", bellte Julien zurück.

Robert verstummte auf der Stelle, wandte sich um und verließ den Salon. Er musste einen Schläger aus dem Gefängnis holen, um Hélène heiraten zu können.

Kapitel 39
Versailles

Louis Philippe betrat das Arbeitszimmer seines Vaters. Der Herzog von Blois stand neben einem Besprechungstisch und wartete offensichtlich auf das Eintreffen aller geladenen Personen. Der Prinz von Condé saß auf einem der gepolsterten Sessel und sah ihn prüfend an. Auch der Generalleutnant der Polizei von Paris, Louis Thiroux de Crosne, saß am Tisch und nestelte nervös an den Knöpfen seiner Uniform herum.

„Nimm doch bitte Platz", forderte ihn sein Vater auf. Louis Philippe nickte den beiden Besuchern grüßend zu und setzte sich auf einen der Polstersessel. Auch sein Vater gesellte sich dazu, offensichtlich waren alle für diese Besprechung erforderlichen Personen anwesend.

„Meine Herren", eröffnete der Prinz von Condé das Gespräch. „Der König wünscht regelmäßig über den Stand der Ermittlungen informiert zu werden, was die öffentlichen Angriffe auf seine Person, aber vor allem auf die Person der Königin angeht. Er hat mich damit beauftragt, den Schutz der königlichen Familie zu gewährleisten und somit die Ermittlungen zu koordinieren. Darf ich Sie also bitten, mich über den Stand der Ermittlungen zu informieren? Wie ich hörte, gab es eine erste Festnahme?"

Louis Philippe sah seinen Vater an. Der Herzog forderte den Generalleutnant der Polizei auf, mit seinem Bericht zu beginnen. Dieser begann nun noch heftiger die Knöpfe seiner Uniform zu malträtieren.

„Majestät, in der Tat hatten wir eine Festnahme. Ein Bauernbursche, den wir heute Morgen wieder laufen ließen."

„Warum das?“, hakte der Prinz verärgert nach.

„Majestät“, schaltete sich der Herzog von Blois ein. „Er wusste nichts. Man hat ihn mit einem Bündel von Pamphleten erwischt, aber selbst die peinliche Befragung hat zu nichts geführt.“

Louis Philippe wusste, dass das nicht genau der Wahrheit entsprach. Er hatte mitbekommen, wie vor wenigen Tagen ein Bote der Polizei seinem Vater berichtet hatte, dass ein Anwalt die Freilassung des Häftlings gefordert hatte. Auf seine Nachforschungen, wie sich dieser mittellose Bauer einen Anwalt leisten konnte, hatte er herausgefunden, dass der Anwalt von Julien Pinot, dem Inhaber der Pariser Waffenmanufaktur, bezahlt wurde. Louis Philippe wusste, dass sein Vater mit diesem Monsieur Pinot Geschäfte machte. Diese wollte er wohl unter keinen Umständen gefährden. Also hatte er die Freilassung des Bauern verfügt. Louis Philippe war erleichtert gewesen, da er keinesfalls das Leben seiner Sophie gefährden wollte, indem er weiter ermittelte. Die Drohung war unmissverständlich gewesen.

„Wir haben aber überall in der Stadt Informanten und werden früher oder später die Hintermänner finden“, versicherte der Herzog.

Der Generalleutnant der Polizei nickte eifrig, um den Prinzen gnädig zu stimmen.

„Also fangen wir wieder bei null an“, konstatierte der Prinz verärgert. „Es wird Zeit, dass wir die Sache richtig angehen.“

„Die Hintermänner wissen nun, sie müssen damit rechnen, dass wir ihre Boten fassen. Sie müssen vorsichtiger sein, das verlangsamt das Erscheinen neuer Schmähschriften“, erwiderte der Herzog.

„Und es macht es uns deutlich schwieriger, sie zu fassen“, entgegnete der Prinz.

„Wir lassen den Bauern überwachen. Vielleicht führt er uns zu den Hintermännern. Es erscheint mir unter den gegebenen Umständen als das beste Vorgehen“, schaltete sich Louis Philippe ein.

Der Prinz von Condé dachte nach. Louis Philippe bereute schon, sich eingemischt zu haben. Als künftiger Schwiegersohn war er ohnehin mehr im Blickfeld des Prinzen, als ihm lieb war. Doch der Prinz nickte anerkennend. Der Herzog von Blois und der Generalleutnant atmeten sichtlich auf.

„Was können wir noch tun, um diesem Treiben ein Ende zu bereiten?"

„Wir könnten die Strafen erhöhen. Wenn jeden, der Schmähschriften über die königliche Familie erstellt, druckt oder in Umlauf bringt, die Todesstrafe erwartet, wird es sich vielleicht der ein oder andere besser überlegen", schlug der Herzog vor.

„Außerdem bräuchten wir das Recht, jeden, der mit solchen Pamphleten erwischt wird, unbegrenzt festzuhalten. Nicht, dass wir jeden, der sich einen Anwalt leisten kann, wieder laufen lassen müssen", ergänzte der Generalleutnant.

„Ich werde mich darum kümmern, dass die entsprechenden Gesetze erlassen werden."

Der Prinz erhob sich, nickte den Herren zu und erklärte somit die Besprechung für beendet.

Louis Philippe erhob sich, trat einen Schritt zurück, verbeugte sich und schickte sich an, den Raum zu verlassen.

„Louis Philippe, auf ein Wort!", ertönte die Stimme des Prinzen. Louis Philippe blieb abrupt stehen und drehte sich langsam um. Was wollte der Prinz von Condé von ihm?

Der Generalleutnant der Polizei verabschiedete sich und verließ, so zügig es die Etikette erlaubte, das Zimmer.

Der Prinz wandte sich an Louis Philippe. „Sie sind schlau. Das schätze ich an meinen Offizieren. Ich habe hier ein Dokument, das Ihnen ein Regiment überträgt, sobald die Hochzeit vollzogen ist. Wären Sie bereit, die Verantwortung für ein Regiment zu übernehmen?"

„Ja, Eure Majestät", platzte es aus Louis Philippe heraus. Er würde sein eigenes Regiment haben. Er freute sich schon, das Gesicht Alexandres zu sehen, wenn er ihm davon erzählte. Der Herzog klopfte stolz auf die Schulter seines Sohnes.

„Sehr schön", fuhr der Prinz fort. „Bis dahin werden Sie als Capitaine Ihre eigene Kompanie in einem meiner Regimenter führen und sich für die Aufgabe als Regimentskommandant vorbereiten. Ich werde die entsprechenden Dokumente unterzeichnen, sobald der Verbindung mit meiner Tochter nichts mehr im Wege steht."

Erschrocken blickte Louis Philippe auf. Er wollte gerade versichern, dass dies nicht der Fall sei, als der Prinz weitersprach.

„Ich hoffe, ich habe mich deutlich ausgedrückt. Ich dulde keine Liebschaften. Außerdem sollten Sie besser darauf achten, mit wem Sie Umgang pflegen. Die Pamphlete sind absolut zu verurteilen, weil sie der Monarchie schaden. Dennoch ist vieles, was im Umkreis der Königin geschieht, nicht das, was einer Karriere dient. Beenden Sie Ihre Liebschaft. Meine Herren." Er nickte den beiden zu und verließ das Arbeitszimmer des Herzogs.

„Ich habe es dir gleich gesagt", zischte sein Vater. „Du wirst heute deine lächerlichen Beziehungen mit wem auch immer beenden. Glaube mir, sonst finde ich heraus, um wen es geht, und werde dafür sorgen, dass diejenige Versailles niemals mehr betritt."

Louis Philippe starrte seinen Vater trotzig an. Aber er hatte verloren, das wusste er. Eine Weigerung würde den Verlust seiner Karriere und im schlimmsten Fall sogar den Verlust seines Erbes bedeuten.

„Ja, Vater", stammelte er, wandte sich um und verließ ebenfalls das Arbeitszimmer.

Louis Philippe war am Boden zerstört. Noch nie hatte er ein Mädchen so geliebt wie Sophie. Gleichzeitig wusste er, dass die Beziehung zu ihr keine Zukunft hatte. Manchmal beneidete er die einfachen Arbeiter und Bauernburschen, die sich selbst ihre Bräute suchen durften oder nichts zu verlieren hatten, wenn sie sich nicht um ihre Eltern scherten. Sein Vater würde ihm keine

Ruhe lassen, bis er ihm nicht vermeldete, dass er die Beziehung beendet hatte. Ansonsten würde er nicht zögern, seine Drohung wahrzumachen. Niedergeschlagen schlenderte Louis Philippe in den Schlosspark, vorbei an dem Wasserbassin mit den vielen Springbrunnen, dem Schlösschen der Königin zu, wo er zu dieser Zeit Sophie antreffen würde. Die dreißig Minuten Fußmarsch nahm er diesmal in Kauf, je länger das Treffen mit Sophie hinausgeschoben werden konnte, desto besser. Einige Hofdamen spazierten durch den Park. Louis Philippe versuchte, ihnen aus dem Weg zu gehen.

Als er am Tor von Petit Trianon den wachhabenden Gardisten fragte, ob er wisse, wo die Königin sei, wies dieser auf den Garten, der sich hinter dem Schloss erstreckte.

Louis Philippe überquerte den Vorhof des Schlosses und betrat durch ein kleines Tor den Garten, den Marie Antoinette vor einigen Jahren mit großem Aufwand hatte anlegen lassen. Alles war so naturnah wie möglich. Sogar einen Bach schlängelte sich durch die Landschaft. Unweit des Schlosses thronte ein kleiner runder Säulenpavillon im Grünen. Dort hörte Louis Philippe das Rufen von Kindern. Als er näherkam, erkannte er die Königin. Sie saß auf einer ausgebreiteten Decke auf der Wiese. Um sie herum spielten ihre Kinder. Louis Philippe überraschte das Bild. Niemals zuvor hatte er die Königin so gesehen. Er kannte sie von den rauschenden Bällen, den großen Staatsakten oder den Unterhaltungen des Landlebens in ihrem Dorf. Doch so als Mutter? Natürlich wusste er, dass sie drei Kinder hatte. Das vierte war letztes Jahr gestorben. Es war nur ein Jahr alt geworden.

Jetzt entdeckte er auch Sophie, die mit einer anderen Hofdame im Schatten unter dem Pavillon saß. Unsicher blieb er stehen, doch als ihm Sophie zuwinkte, fasste er Mut und ging auf sie zu.

Sophie erhob sich und knickste. Sie machte sich immer einen Spaß daraus, die Etikette förmlich einzuhalten, obwohl sie ein Liebespaar waren. Die andere Hofdame erhob sich und eilte zur Königin, so konnten sie sich unterhalten.

Sophie forderte ihn auf, auf der Bank neben ihr Platz zu nehmen. Er setzte sich. Sophie schmiegte sich an seine Schulter. Diese Berührung machte ihn glücklich und gleichzeitig löste sie Angst aus.

Eine Weile saßen sie stumm nebeneinander und schauten den Kindern beim Spielen zu. Die zehnjährige Marie-Thérèse-Charlotte tanzte mit dem dreijährigen Louis-Charles einen Reigen und sang dazu. Der Dauphin, dessen Feierlichkeiten zum siebten Geburtstag bereits in Vorbereitung waren, stand von der Decke auf, humpelte zu seinen Geschwistern und versuchte mitzuhopsen. Er verlor aber das Gleichgewicht und stürzte hin. Die Königin griff erschrocken nach ihm und half ihm wieder auf die Beine.

„Was hat der Dauphin?", fragte Louis Philippe besorgt.

„Er ist seit Monaten krank. Seine Arme und Beine wachsen nicht normal und sein Rücken beginnt sich zu krümmen. Die Königin ist in tiefer Sorge."

Zart griff Sophie nach seiner Hand.

„Wie viele Kinder möchtest du?", fragte sie ihn kess.

Louis Philippe schnappte nach Luft. Er war gekommen, um die Beziehung zu beenden. Musste sie ausgerechnet jetzt eine solche Frage stellen?

„Darüber habe ich noch nicht nachgedacht", antwortete er ausweichend.

„Magst du Kinder?", hakte Sophie nach.

Louis Philippe dachte einen Moment nach.

„Ich weiß es nicht", antwortete er ehrlich.

„Ich liebe Kinder", sprudelte Sophie hervor. „Sieh sie dir an, ist es nicht toll, wie unbesorgt sie tanzen? Sie scheren sich nicht um all die Probleme der Erwachsenen, sie wollen einfach spielen und sind immer ehrlich. Ich möchte viele Kinder haben."

Sie drehte sich zu ihm, schlang ihre Arme um seinen Hals und küsste ihn.

„Was ist los mit dir?“, fragte sie ihn. Sie musste bemerkt haben, dass er abweisend reagierte. „Habe ich dich mit den Kindern erschreckt?“

„Nein, das ist es nicht“, antwortete er und würde am liebsten augenblicklich im Boden versinken.

„Was ist es dann, Liebling?“

„Es geht um uns“, druckste Louis Philippe herum. „Unsere Beziehung hat keine Zukunft. Ich meine, ich bin aus dem hohen Adel und werde eine Prinzessin heiraten“, stieß er hervor.

Sophie sah ihn an.

„Darüber war ich mir von Anfang an im Klaren“, sagte Sophie. „Und mir wird mein Vater irgendeinen General vorsetzen. Aber noch ist es nicht so weit. Hier in der Welt der Königin gibt es all das nicht. Hier sind nur wir beide und wir lieben uns.“

„So einfach ist das nicht“, entgegnete Louis Philippe, obwohl er inständig hoffte, es wäre so.

„Warum nicht? Sogar die Königin ist hier mit denen zusammen, die sie liebt, obwohl sie mit dem König verheiratet ist.“

Louis Philippe stutzte. Das stimmte. Jeder hier wusste, dass es da einen jungen Grafen aus Schweden gab, den Marie Antoinette anhimmelte. Es gab auch Gerüchte, dass die Beziehung mit ihrer lieben Freundin, der Gräfin von Polignac, nicht nur keusch wäre. Warum war es ihm nicht vergönnt, sein Leben so zu leben, wie er es mochte, trotz all dieser Etikette? Sein Vater und der Prinz von Condé waren zu mächtig. Er hatte viel zu verlieren. Und er wollte um jeden Preis dieses Regiment.

„Es tut mir leid, bei mir geht es so nicht“, brachte er leise hervor. Dann gab er sich einen Ruck, stand auf und brachte es hinter sich. „Wir sollten uns vorerst nicht mehr sehen“, sagte er und ging in Richtung Schloss davon. Er hatte es geschafft. Aber er fühlte sich hundeelend.

Kapitel 40
Paris

Mathilde hatte Angst. Sie hatte Angst, dass Monsieur Pinot erneut mit ihr schlafen wollte, obwohl er in der letzten Woche keine Anstalten in diese Richtung gemacht hatte. Sie fürchtete sich, ihre Anstellung zu verlieren. Außerdem hatte sie Angst, dass Jean eine Dummheit begehen würde, wenn sie ihm von der Vergewaltigung erzählte, oder schlimmer noch, dass er sie verlassen würde. Sie hatte versucht, den Übergriff zu vergessen, aber immer wieder steig in ihr jene ohnmächtige Verzweiflung auf, die sie verspürt hatte, als sie Monsieur Pinot ausgeliefert war. Er war nicht übermäßig grob gewesen, hatte sie nicht geschlagen, und doch war etwas in ihr zerbrochen. Das Schlimmste an der ganzen Sache war aber, dass sie sich schuldig fühlte. Sie hatte sich nicht genug zur Wehr gesetzt. Sie hatte ihn mit ihrer Bitte um Pierres Freilassung zu diesem Schritt ermutigt. Sie fühlte sich unendlich schmutzig. Wie konnte sie Jean wieder unter die Augen treten? Wie konnte sie jemals wieder mit ihm das Bett teilen, ohne an das Stöhnen von Monsieur Pinot zu denken?

Anders als an ihren sonstigen freien Tagen, an denen sie es kaum erwarten konnte, zu Jean zu laufen, schlenderte sie ziellos die Straßen entlang. Den Trubel der vielen Menschen und der brüllenden Kutscher bemerkte sie kaum. Tränen liefen ihr die Wangen hinunter. Sie war das erste Mal im Leben wirklich glücklich gewesen. Und sie war naiv genug gewesen, zu glauben, das würde einfach so weitergehen. Sie wünschte, sie hätte jemanden, dem sie sich anvertrauen könnte. Mademoiselle Hélène, ihre einzige Freundin, war gleichzeitig ihre Herrin und außerdem die Tochter von Monsieur Pinot. Jean würde entweder

Monsieur Pinot angreifen und so ihrer beider Arbeitsplätze wegwerfen oder sich von ihr abwenden. Außer diesen beiden hatte sie niemanden. Ihre Mutter war längst tot. Ihrem gewalttätigen Vater war sie entkommen und nicht gewillt, zu ihm zurückzukehren. Erneut überkam sie eine Welle der Verzweiflung. Am liebsten wäre sie von der nächsten Seine-Brücke gesprungen und in den kühlen Fluten diesem elenden Leben entronnen. Doch sie wusste, dass sie dann keine Möglichkeit hatte, in den Himmel einzugehen, wo ihre Mutter auf sie wartete. Also musste es noch eine andere Lösung geben. Warum bestrafte Gott sie so hart? Was hatte sie getan? Lag es daran, dass sie mit Jean in Sünde lebte? Musste sie Jean verlassen? Ihr schnürte es das Herz zusammen.

Plötzlich bemerkte sie, dass sie vor dem Haus stand, in dem sich Jeans Zimmer befand. Ihre Füße hatten sie dort hingetragen, ohne dass sie es wollte. War das ein Zeichen? Musste sie Jean jetzt über das Ende ihrer Beziehung informieren? Sie fasste einen Entschluss und betrat das Haus. Im Treppenhaus roch es wie immer feucht und modrig. Die letzten Wochen war sie diese Stufen getragen von Liebe hinaufgeflogen. Diesmal musste sie jede Stufe mit viel Kraft erklimmen. Zu schnell war sie oben. Sie hielt kurz inne, doch bevor in ihr wieder Zweifel aufkommen konnten, schritt sie auf Jeans Tür zu und klopfte energisch an. Hatte Jean Besuch? Sie lauschte an der Tür und hörte deutlich, dass sich zwei Männer unterhielten. Sie erkannte Jeans Stimme. Aber wer war der andere?

Die Tür wurde so schnell aufgerissen, dass sie ihr Lauschen nicht mehr verbergen konnte.

„Pierre“, stieß sie überrascht hervor. „Du bist wieder hier?“ Ungläubig starrte sie ihn an.

„Komm erst mal rein, Schwester“, lachte Pierre. „Ja, ich bin wieder da. Bin aus dem Gefängnis ausgezogen, das Essen war schlecht.“

Jean stand hinter Pierre. Er kam jetzt auf Mathilde zu, nahm sie zart in den Arm und küsste sie. Sie schmiegte sich in seine Umarmung.

„Ach, so ist das also", rief Pierre überrascht aus. „Kaum bin ich mal weg, fängst du etwas mit unserer Schwester an?"

„Sie ist nicht unsere Schwester. Unsere Mutter wurde gezwungen, mit ihrem Vater zusammenzuleben", entgegnete Jean. „Und: Ja, wir lieben uns", fügte er hinzu. „Außerdem verdankst du ihr deine Freiheit."

Pierre sah Mathilde an.

„Sie hat dafür gesorgt, dass ein Anwalt deine Freilassung forderte."

„Wie um alles in der Welt konntest du diesen Anwalt bezahlen?"

Mathilde stockte. Sie hätte beinahe gesagt, dass sie nichts hatte bezahlen müssen. Vielleicht wäre passender: Mit meinem Leben.

„Monsieur Pinot hat dir geholfen", sagte sie stattdessen.

„Was? Dieser Bastard?", fuhr Pierre auf. „Da gehe ich lieber wieder in den Knast, als diesem feinen Pinkel etwas schuldig zu sein."

„Rede keinen Schwachsinn", fuhr in Jean an. „Du bist wieder draußen, darauf kommt es an. Ganz egal, wer dafür gesorgt hat. Feiern wir lieber. Einverstanden?"

Jean blickte Pierre an.

„Ja, zur Hölle mit diesem Pinot. Lass uns feiern!"

Jean sah Mathilde an.

Mathilde begann zu weinen. Die Freude über Pierres Rückkehr und die Gewissheit, dass ihr Opfer nicht umsonst gewesen war, hatte alles wieder ins Wanken gebracht. Sie konnte jetzt unmöglich mit Jean Schluss machen. Sie liebte ihn zu sehr. Konnte es nicht einen anderen Weg geben?

„Ja, lasst uns feiern", sagte sie und schlang ihre Arme um beide Brüder und weinte hemmungslos.

Kapitel 41

Nantes, Januar 1789

„Monsieur Pinot, wir sind soweit. Sie sind dran.“
Julien nickte dem jungen Mann zu, der ihn nun auf die Bühne winkte. Er hauchte sich in die kalten Hände und erhob sich. „Lausig kalt ist es hier“, beschwerte er sich.

„Es tut mir leid, Monsieur Pinot. Der Winter ist extrem hart. Wir können das Haus nicht einmal zu unseren regulären Veranstaltungen warmhalten“, entgegnete der junge Mann, Angestellter des kleinen Theaters, das Julien für diesen Abend gemietet hatte. Einige seiner Mitarbeiter hatten Plakate und Flugblätter verteilt, um zu dieser Veranstaltung einzuladen. Wenn Julien die Wahl zu den Generalständen als Vertreter für Nantes gewinnen wollte, musste er möglichst viele Menschen erreichen.

Als er auf die Bühne trat, sah er, dass etwa fünfzig Menschen gekommen waren. Politik war ein mühsames Geschäft. Er würde viele solcher Versammlungen abhalten müssen, wollte er am Ende auch gewählt werden. In der ersten Reihe sah er Robert, der ihm aufmunternd zunickte. Julien winkte den Menschen zu, die ihn lautstark begrüßten. Natürlich hatten vorher andere Redner die Menge in Stimmung gebracht.

„Bürger von Nantes,“ begann er seine Rede. „Die Zeiten sind hart. Die Bürger leiden Hunger, während der Adel jeden Tag die ausgewähltesten Speisen von goldenen Tellern isst. Die Zeit ist gekommen, dass sich etwas ändert. Wollt ihr, dass sich etwas ändert?“

„Ja!“, brüllten die Anwesenden.

„Wollt ihr, dass sich euer Leben verbessert?“

„Ja!“, brüllte erneut die Menge.

„Wollt ihr, dass jemand in Versailles eure Wünsche direkt dem König vorträgt?"

„Ja!", skandierte erneut der Saal.

„Versailles - Mittelpunkt unseres ganzen Reiches. Paris - unsere wundervolle Hauptstadt. Dort sitzt der König. Dort sitzt die Macht. Ihr denkt, dass wir zu schwach sind, etwas zu bewirken? Nur, wenn wir uns dort nicht auskennen und angstvoll zurück nach Hause rennen."

Er machte eine Pause, um seine Worte wirken zu lassen. Dann fuhr er fort: „Ich komme aus Nantes, habe durch meine Manufaktur längst die Hauptstadt erobert und Kontakte bis nach Versailles. Ich schwöre euch, dass ich jeden eurer Wünsche dem König persönlich vortragen werde."

Der Applaus ließ Julien schmunzeln. Es war gar nicht so schwer, Menschen für sich zu begeistern.

„Nieder mit dem Adel", brüllte jemand aus der Menge. Andere fielen in den Ruf mit ein.

Julien ließ die Wut sich eine Weile entladen. Dann bat er mit beiden Händen um Ruhe. „Meine Mitarbeiter haben Papier und Tinte mitgebracht. Jeder von euch kann einen Wunsch aufschreiben oder diktieren. Ich werde alles mit nach Versailles nehmen, wenn die Generalstände tagen. Schreibt einfach auf, was euch wichtig ist."

Julien gab Robert ein Zeichen. Dieser erhob sich und winkte zwei junge Männer zu sich, die ebenfalls in der ersten Reihe saßen. Es waren zwei Schreiber, die für gewöhnlich in Nantes alles in die Bücher eintrugen, was Juliens Schiffe aus Amerika mitbrachten. Die ersten Besucher drängten sich um die beiden Tische, die aufgestellt worden waren. Lauthals diktierten die einfachen Arbeiter ihre Wünsche. Diese Beschwerdehefte waren eigentlich erst vorgesehen, wenn die Deputierten gewählt waren. Doch ihm erschien es ein zu gutes Mittel, sein Ziel zu erreichen, als dass er es bis dahin aufsparen wollte. Er wusste bereits, was die meisten von ihnen aufschreiben würden. An allen Enden war das Essen knapp, die schlechte Ernte im letzten

Jahr hatte die Getreidepreise erneute in die Höhe schießen lassen. Der extrem kalte Winter, tat sein Übriges dazu. Da er, außer mit Waffen, auch mit Getreide handelte, kamen ihm die hohen Preise gerade recht. Es waren nicht seine Probleme, die die Menschen hier aufschrieben. Er hatte viel Geld. Und doch einte ihn etwas mit diesen einfachen Leuten hier: die Unzufriedenheit mit den Herrschenden. Alle Macht, alle politische Entscheidungsgewalt lag in den Händen des Adels. Er wusste, dass Menschen wie er es waren, die Frankreich den Wohlstand brachten, nicht durch Geburt, sondern durch kluges Handeln. Er wollte ein Ende dieser Ungerechtigkeit. Das wollten die armen Massen auch. Und wenn das bedeutete, er müsse sich dafür all die anderen Probleme dieser armen Teufel anhören, dann war es eben so. Er würde in Versailles den König treffen und in den Club der Mächtigen aufsteigen. Dieser Pöbel würde ihn dorthin tragen. Außerdem war er überzeugt, dass es für alle nur gut sein konnte, wenn man erfolgreiche Kaufleute mit der Verwaltung des chronisch bankrotten Staates betraute.

Er winkte den Menschen noch einmal zu und verschwand hinter der Bühne. Sofort verlangte er nach seiner Kutsche. Er konnte kaum erwarten, dieser lausigen Kälte zu entkommen. Hinter sich hörte er immer noch die wütenden Schreie der Armen.

KAPITEL 42
Paris

Mathilde bereitete das Frühstück für Mademoiselle Hélène, Madame Pinot und Maximilien. Sie war bester Laune. Seit Monsieur Pinot nach Nantes aufgebrochen war, um dort zum Deputierten für die Generalstände gewählt zu werden, fühlte sie sich wesentlich wohler. Sie liebte ihre Arbeit und himmelte Mademoiselle Hélène geradezu an. Doch seit Monsieur Pinot im vergangenen Herbst mit ihr geschlafen hatte, war ihr Leben nicht mehr dasselbe. Sie hatte Angst vor ihm, auch wenn er sie seitdem nicht mehr angefasst hatte. Warum sollte er es nicht wieder tun? Aber jetzt war er bereits seit zwei Wochen in Nantes und würde wohl noch zwei weitere Wochen dort bleiben. Da Madame Pinot an Schwermut litt und höchstens zu den gemeinsamen Mahlzeiten zu sehen war, führte Mademoiselle Hélène den Haushalt. Sie war sehr großzügig. Überall in Paris hungerten die Menschen, da sich die Brotpreise aufgrund der schlechten Ernte fast verdoppelt hatten. Pinots waren reich und konnten essen, was immer sie wollten, und Mademoiselle Hélène hatte erlaubt, dass Mathilde zweimal pro Woche Jean und Pierre Lebensmittel zukommen ließ. Da Pierre noch immer keine Arbeit gefunden hatte, würden sie sonst kaum über die Runden kommen. Man hörte schon von Aufständen außerhalb von Paris.

„Pass doch auf, du verschüttest wieder alles", fauchte Chloé, die alte Köchin.

„Ich passe schon auf, Chloé", antwortete Mathilde und wischte geschickt den Tropfen heißer Milch auf, der auf die Untertasse getropft war. Für ihre Verhältnisse hatte Chloé einen richtig guten Tag, fand Mathilde. Es war erst das zweite Mal, dass sie sich beschwert hatte, und es gab schon bald Frühstück.

Mit geübter Hand drapierte sie den gebratenen Speck auf den weißen Porzellantellern und legte je zwei Scheiben frisch gebackenes Brot daneben. Chloé briet noch etwas in der Pfanne, was Mathilde nicht genau erkennen konnte, jedoch köstlich duftete. Trotz Chloés Genörgel war die Küche der bequemste Ort. Dort war es warm. In diesen Tagen sank die Temperatur oft bis zwanzig Grad unter null, so dass es auch im Haus sehr kalt war. Das Haus verfügte zwar über mehrere offene Feuerstellen, die Dienstbotenzimmer hatten jedoch keine Heizmöglichkeit.

„Na mach schon, die Herrschaften wollen nicht warten, bis alles kalt ist", machte sich die Köchin erneut bemerkbar.

Mathilde schnappte sich die drei Teller und eilte in den Salon. Mademoiselle Hélène und ihr Bruder Maximilien saßen bereits am Tisch. Der Platz von Madame Pinot war noch leer.

„Guten Morgen, Mathilde", begrüßte sie Mademoiselle Hélène gut gelaunt.

„Guten Morgen, Mademoiselle", gab Mathilde höflich zurück und servierte das Frühstück.

Es musste etwas überaus Erfreuliches geschehen sein. Mademoiselle Hélène strahlte förmlich vor Glück. Ihrem Bruder schien es nicht aufzufallen. Er begann den knusprigen Speck in sich hineinzuschaufeln. Mathilde platzte fast vor Neugier. Schnell eilte sie wieder in die Küche, um die Getränke zu holen. Als sie mit dem gefüllten Tablett wieder den Salon betrat, setzte sich Madame Pinot gerade auf ihren Platz.

„Mama, ich muss euch etwas Wunderbares erzählen", setzte Mademoiselle Hélène an. Mathilde blieb auf der Stelle stehen, um auch kein Wort zu verpassen. Maximilien sah irritiert zu ihr herüber, er schien sich immer noch mehr für seine heiße Schokolade zu interessieren als für Hélènes Ankündigung. Mathilde ging weiter.

Madame Pinot blickte teilnahmslos auf dem Tisch herum.

„Mutter?"

Hélène schien enttäuscht darüber zu sein, dass sich niemand für ihre Neuigkeit interessierte.

„Robert und ich werden heiraten", ließ sie die Bombe platzen. „Robert hat mir geschrieben, dass er mit Papa gesprochen hat. Papa hat zugestimmt. Wir werden heiraten!"

Madame Pinot zog die Brauen hoch und aß bedächtig weiter. Dann nickte sie stumm. Maximilien brachte immerhin ein erfreutes „Gratuliere" heraus.

Mathilde war begeistert. Sie freute sich so sehr für Mademoiselle Hélène, dass sie ihr am liebsten um den Hals gefallen wäre. Sie lächelte ihr zu. Der dankbare Blick von Hélène verriet ihr, dass ihre Anteilnahme bemerkt worden war.

„Das müssen wir feiern", sagte Maximilien plötzlich. „Mathilde, eine Flasche Champagner bitte."

„Sofort, Monsieur."

Mathilde lief schnell zum Kellerabgang und trat auf die erste Stufe. Plötzlich wurde ihr schwarz vor Augen. Sie drohte zu stürzen, griff panisch nach einem rettenden Halt, dann fiel sie.

„Mathilde? Mathilde?"
Langsam öffnete sie die Augen. Wo war sie? Sie sah in das Gesicht von Mademoiselle Hélène. Ihr Herz setzte einen Schlag aus, als sie erkannte, wo sie war. Im Salon. Hatte sie Monsieur Pinot wieder vergewaltigt? Abermals schwand ihr Bewusstsein.

„Mathilde?"
Erneut öffnete sie die Augen. Mademoiselle Hélène tupfte ihr mit einem feuchten Lappen die Stirn ab. Daneben stand Chloé mit einer Schüssel Wasser.

„Zu dumm, um eine Treppe hinunterzusteigen", murmelte diese.

„Chloé!", wies sie Mademoiselle Hélène harsch zurecht. Chloé verstummte.

„Mathilde, wie geht es dir?"

Mathilde wusste es nicht genau.

„Ich glaube, ganz gut", sagte sie vorsichtig.

Was war passiert? Sie versuchte, sich aufzusetzen, und spürte starke Schmerzen am rechten Arm und am Rücken.

„Du bist die Treppe heruntergestürzt und hast dich übel angeschlagen. Bleib noch etwas liegen", sagte Mademoiselle Hélène. Ich habe Monsieur Fournier rufen lassen, unseren Arzt. Er wird bald hier sein."

Mathilde erschrak. Sie war noch nie bei einem Arzt gewesen.

Wenig später erschien Monsieur Fournier, ein kleiner Mann, Mitte fünfzig. Seine Perücke saß schief, seine runde Nase war vom Frost gerötet. Er schien darüber verwundert zu sein, dass er wegen eines Dienstmädchens gerufen worden war, stellte aber gutwillig seine Ledertasche auf den Boden und beugte sich über Mathilde.

„Was ist passiert?", fragte er mit einer seltsam hohen Stimme.

„Ich bin die Treppe hinuntergestürzt", erwiderte Mathilde.

Vorsichtig tastete er ihre Verletzungen ab. Mathilde musste sich einen Schrei verkneifen, als er ihren rechten Arm hin und her bewegte.

„Wie kam es, dass Sie gefallen sind?", wollte er wissen.

„Mir ist einfach schwarz vor Augen geworden", erklärte Mathilde. Mehr konnte sich nicht dazu sagen. Sie verspannte sich zusehends, als er sie weiter abtastete. Seine langen Finger fuhren über ihren Bauch. Mathilde biss die Zähne zusammen. Sie fürchtete, sie würde abermals ohnmächtig werden. Doch plötzlich zog der Doktor seine Hand zurück.

„Es ist nichts gebrochen, das heilt alles wieder", sagte er zu Mademoiselle Hélène. „Soweit keine bleibenden Schäden. Sie erwartet ein Kind."

Mathilde verlor erneut das Bewusstsein.

KAPITEL 43
Metz

Metz, 17. Januar 1789

Verehrte Prinzessin,

seit nunmehr sechs Wochen versehe ich den Dienst als Kompaniechef im Regiment Ihres verehrten Vaters. Die Aufgaben sind vielfältig, und es erfüllt mich jeden Tag mit Ehre und Dankbarkeit, diesen Dienst für den König und für Ihren Vater leisten zu dürfen. Die hier herrschenden Umstände machen einen Besuch in Versailles momentan unmöglich, die Verantwortung für die Soldaten und die Sicherheit Frankreichs erlauben keine Abwesenheit.

Ich verbleibe mit hochachtungsvollen Grüßen

Louis Philippe de Blois

Louis Philippe steckte die Feder in eine kunstvoll aus Glas gearbeitete Halterung. Endlich hatte er sich dazu durchringen können, seiner Verlobten die erwarteten Zeilen zu schreiben. Auch ihr Vater, der Prinz von Condé, würde sicher diesen Brief erwarten und aufmerksam lesen. Vorsichtig hob er den Brief an, blies die Tinte trocken und legte ihn zur Seite. Sogleich zog er einen neuen Bogen feines Pergament heraus, tauchte die Feder erneut ins Tintenfass und begann in schwungvollen Lettern einen weiteren Brief.

Januar 1789

Liebe Freundin,

die Zeit der Trennung scheint niemals enden zu wollen und setzt meine Seele unendlichen Marterqualen aus. Die Treue gegenüber dem König und die Pflicht gegenüber meinem General lasten schwer auf meinem Herzen, weil sie von mir verlangen, fern von dir zu sein. Die plötzliche Abreise, ohne Abschied nehmen zu können, quält mich besonders. Ich flehe dich an, mir zu glauben, dass man mich dazu gezwungen hat. Auch verlangen die Umstände, dass ich dir heute schreibe, ohne meine Schwüre mit meinem Namen unterzeichnen zu dürfen. Doch versichere ich dir, dass es nicht den Bann der Liebe schmälern kann, der uns verbindet. Mein Blut zeugt von meiner Aufrichtigkeit, ohne die Liebe preiszugeben, die nur unter dem Mantel der Verschwiegenheit leben kann. Trotz aller Verzweiflung bin ich voller Hoffnung auf ein Wiedersehen.

In aufrichtiger Liebe

Anstatt seinen Namen unter den Brief zu schreiben, zog er einen silbernen Brieföffner hervor und stach sich in den Daumen, dass ein Blutstropfen hervorquoll. Dann presste er seinen Daumen fest auf den Brief, sodass ein blutroter Abdruck zu sehen war.

Ein plötzliches Klopfen an der Tür riss ihn aus seinen Gedanken an Sophie.

„Capitaine, der Kommandeur verlangt nach Ihnen."

Louis Philippe blickte sich erschrocken um.

„Ich komme sofort", schnaubte er ärgerlich.

Kaum hatte der junge Adjutant seine Kammer wieder verlassen, blies er die abermals die Tinte trocken und faltete den Brief sorgsam zusammen. Er würde beide Briefe später versiegeln und einem vertrauenswürdigen Boten nach Versailles mitgeben.

Seine schnelle Entsendung nach Metz hatte ihm keine Zeit gelassen, sich von Sophie zu verabschieden, was sicher vom Prinzen von Condé beabsichtigt gewesen war. Er hatte ihr einige Zeilen zukommen lassen, aber keine Antwort erhalten. Seitdem quälte ihn die Vorstellung, sie habe sich von ihm abgewandt. Seinen Entschluss, die Beziehung zu beenden, hatte er bald bereut.

Sorgfältig schloss er das Tintenfass und erhob sich. Seine Kammer maß etwa vier mal vier Schritte. Ein hölzernes Bettgestell, eine Truhe aus groben Brettern und ein einfacher Schreibtisch waren alles, was er an Möbeln vorgefunden hatte. Er war versucht gewesen, eine neue Möblierung in Auftrag zu geben, war er doch aus Versailles an einen anderen Standard gewohnt, doch hatte er dieser Versuchung widerstanden. Als Soldat sollte er sich auch an einfache Verhältnisse gewöhnen. Er hatte von berühmten Generälen gehört, die mit ihren Soldaten unter freiem Himmel schliefen, wenn es sein musste. Er griff nach seinem Degen, schnallte ihn sich um, warf sich seinen wollenen Militärmantel um die Schultern und verließ seine Kammer. Die Tür führte direkt in den Hof der Kaserne. Um in das Zimmer des Kommandanten zu kommen, musste er den Hof überqueren. Es war bitterkalt. Fröstelnd zog er seinen Mantel eng um sich. Im halbwegs vom Schnee befreiten Hof hackten einige Soldaten Holz, damit die wenigen Öfen, über die diese Kaserne verfügte, eingeheizt werden konnten. Ohne anzuklopfen, betrat er das Zimmer des Kommandanten. Maréchal de camp Victor-Francois de Broglie saß hinter einem massiven Eichenschreibtisch und schien das Eintreten Louis Philippes nicht bemerkt zu haben. Er war in das Studium eines Dokuments vertieft, das vor ihm auf dem Tisch lag. Der Herzog von Broglie führte das Regiment im Auftrag des Prinzen von Condé. Er war ein Kriegsheld, hatte im österreichischen Erbfolgekrieg und im Siebenjährigen Krieg große Siege errungen. Diese hatten ihm den Titel „Marschall von Frankreich“ eingebracht. Außerdem war er zum Gouverneur von Metz ernannt worden. Mit seinen siebzig Jahren war er für einen Soldaten geradezu uralt, was man ihm aber kaum anmerkte. Sein stechender Blick war gefürchtet. Er war streng, genoss jedoch den Respekt seiner Offiziere und Soldaten.

Das Zimmer des Oberkommandierenden war wesentlich luxuriöser ausgestattet als die übrigen Räume der Kaserne. In einem offenen Kamin prasselte ein wärmendes Feuer. Ein großer Eichentisch bildete die Mitte des Raums. Dort lagen einige Landkarten ausgebreitet bereit, um die nötigen Einsätze zu planen. Seit Louis Philippe vor etwa sechs Wochen seinen Dienst im Regiment Bourbonnais angetreten hatte, war seine Kompanie hauptsächlich damit beauftragt gewesen, Holz zu schlagen und Lebensmittel aufzutreiben. Wegen der Getreideknappheit war das schwer genug. Viele Stunden hatten ihn die unvollständigen Soldlisten an den Schreibtisch gebannt. Sein Vorgänger hatte diesen lästigen, aber notwendigen Teil der Aufgabe vernachlässigt.

Louis Philippe wandte sich um, als sich hinter ihm die Tür öffnete. Capitaine de Melun trat ein, gefolgt von Louis Philippes Vorgesetzten Philippe du Cambout, Chef des 2. Bataillons. De Melun, Sohn des Grafen von Melun, war etwa in Louis Philippes Alter. Da sein Vater schon sehr alt war, würde er wohl bald Graf sein. Du Cambouts Vater hatte seine Grafschaft verloren. Sein Bruder hatte es dennoch zum Bischof gebracht und Philippe du Cambout war Soldat geworden. Da die hohen militärischen Ränge ausschließlich dem Hochadel vorenthalten waren, war er am oberen Ende seiner Karriereleiter in der Armee angelangt, und er war der einzige titellose Bataillonskommandeur, den Louis Philippe kannte. War aber als guter Soldat bekannt.

„Meine Herren", eröffnete der Regimentskommandeur die Besprechung. „Eben hat mich ein Schreiben des Bürgermeisters von Metz erreicht. Es gibt Unruhen in der Stadt. Bäckereien und Lagerhäuser werden geplündert. Auch das Rathaus wurde mit Steinen beworfen. Wir werden die lokale Polizei unterstützen. De Blois und de Melun, Ihre beiden Kompanien werden bei

Sonnenaufgang ausrücken. De Blois, Sie gehen vor dem Rathaus in Stellung. De Melun, Sie bringen Ihre Männer zu den städtischen Kornspeichern. Der Rest des Bataillons wird in Alarmbereitschaft versetzt, aber in der Kaserne bleiben und nur im Notfall eingreifen. Bei Sonnenuntergang ziehen Sie sich zurück. Noch Fragen?"

Louis Philippe hob die rechte Hand. Der Kommandant nickte ihm zu.

„Was sollen wir tun, wenn die Menschen das Rathaus angreifen?"

„Tuen Sie, was Sie tun müssen, um die Aufständischen fernzuhalten. Wahrscheinlich genügt es, wenn Sie sich dort die Hintern abfrieren. Es sind Arbeiter und Bauern. Sie werden sich nicht mit Soldaten anlegen. Und wenn doch, dann lehren Sie sie, dass sie es nie wieder tun, verstanden?"

„Jawohl, Monsieur."

Eine Stunde vor Sonnenaufgang blies der Trompeter zum Antreten. Aus den Baracken strömten die Soldaten in ihren weißen Uniformjacken und formierten sich auf dem Exerzierplatz. Die Schreie der Sérgeants, die die Soldaten antrieben und die Reihen ausrichteten, zerrissen die eisige Luft. Keinem der Soldaten gefiel es, die halbwegs erträgliche Temperatur ihres Nachtlagers gegen die schneidende Kälte des Exerzierplatzes einzutauschen. Murrend versammelte sich das erste Bataillon. Louis Philippe fand sich bei seiner Kompanie ein. Verschlafen grüßten ihn seine Offiziere, zwei Leutnants, zwei Unterleutnants und ein Fähnrich, der vielleicht siebzehn Jahre alt war. Dahinter formierten sich die 170 Soldaten der ersten Kompanie.

„Erste Kompanie angetreten", meldete der Obersergeant.

Louis Philippe nickte ihm zu und wartete auf weitere Befehle des Bataillonskommandanten.

Gerade brachten einige Stallburschen die Pferde für die Offiziere. Louis Philippe schwang sich auf seinen schlanken Fuchs und klopfte ihm beruhigend auf den Hals.

Ein Trompetensignal erscholl. Louis Philippe gab seinen Offizieren einen kurzen Befehl und diese brachten die Soldaten in Marschformation. Die vier Trommler der Kompanie begannen einen regelmäßigen Schritt vorzugeben. Das zweite Bataillon marschierte los, um in Metz einen Aufstand zu verhindern.

Nach fünfzehn Minuten gemächlichen Fußmarsches bog die Kompanie auf den Place d'Armes ein. Auf der rechten Seite des Platzes erstreckte sich das Rathaus, ein dreistöckiges, langgezogenes Gebäude. Gegenüber erhob sich die mächtige Kathedrale von Metz. Der Platz war menschenleer. Louis Philippe ließ die Kompanie anhalten, rief seine Offiziere zu sich und gab ihnen Anweisungen, wo sie ihre Männer aufstellen sollten.

„Leutnant de Morel, Sie werden mit dreißig Mann die oberen Fenster des Rathauses besetzen. Lassen Sie sich aber erst sehen, wenn Sie den Befehl erhalten. Leutnant Bonnet, Sie werden mit vierzig Mann um das Rathaus und um die Kathedrale patrouillieren. Sie zeigen Präsenz, melden mir verdächtige Aktivitäten und kommen uns zu Hilfe, sollte das Rathaus angegriffen werden. Ich werde mit den übrigen Männern vor dem Rathaus Stellung beziehen."

Die Offiziere nickten und beeilten sich, die Befehle auszuführen. Ein Unterleutnant ging mit auf Patrouille, den zweiten behielt Louis Philippe bei sich. Den jungen Fähnrich schickte er mit de Morel ins Rathaus. Dort war es am sichersten. Louis Philippe ließ seine einhundert Soldaten in zwei Reihen vor dem Rathaus antreten, dann wandte er sich dem Rathaus zu. Das Tor stand offen. Begleitet von zwei Gendarmen, trat der Bürgermeister heraus. Louis Philippe ging auf ihn zu und grüßte ihn.

„Danke, dass Sie gekommen sind. Gestern konnten wir die Aufständischen kaum zurückhalten."

Louis Philippe bemerkte die Angst in den Augen des Bürgermeisters. Verächtlich nickte er ihm zu. Die Herrschenden sollten keine Angst vor den Untergebenen haben, sonst fordern sie geradezu einen Aufstand heraus.

„Haben Sie nicht mehr Soldaten mitgebracht? Sie werden Sie einfach überrennen", sagte der Bürgermeister weiter.

„Glauben Sie mir, das wird genügen, ganz gleich, wie viele Menschen kommen werden. Wir sind Soldaten", erwiderte Louis Philippe. „Es sei denn, Sie lassen uns hier verhungern" fügte er noch hinzu.

„Brauchen Ihre Soldaten etwas zu essen?", fragte der Bürgermeister unnötigerweise.

„Und zu trinken", ergänzte Louis Philippe.

„Ich werde es gleich veranlassen."

Louis Philippe lächelte. Er hatte größere Schwierigkeiten erwartet, was die Versorgung seiner Kompanie betraf. Zufrieden trat er wieder zu seinen Soldaten, die einen leeren Platz bewachten.

Als die Uhr der Kathedrale zwölfmal geschlagen hatte, befahl Louis Philippe, dass jeweils zwanzig Mann ins Rathaus gingen, wo für sie ein üppiges Mittagessen aufgetischt worden war. Nur vereinzelt waren Bürger der Stadt auf den Place d'Armes gekommen und angesichts der Soldaten schnell wieder verschwunden. Es versprach ein langweiliger und kalter Tag zu werden. Wenigstens hielten die Gerüche des bevorstehenden Mittagessens die Stimmung der Soldaten hoch. Louis Philippe beschloss gerade, selbst ins Innere des Rathauses zu gehen, sich gründlich satt zu essen und sich aufzuwärmen, als der Unterleutnant der Patrouille angaloppiert kam. Er riss an den Zügeln, hielt sein Pferd an und platzte ohne Gruß mit seiner Nachricht heraus:

„Sie kommen. Es sind etwa dreihundert. Sie marschieren direkt hierher."

„Sind sie bewaffnet?", fragte Louis Philippe.

„Hauptsächlich Knüppel, Dreschflegel und Sensen, aber auch einige Piken, Säbel und Musketen."

„Männer?"

„Männer, Frauen und Kinder", antwortete der Unterleutnant.

„Ziehen Sie sich zurück und erscheinen Sie erst, wenn Sie den Trompeter hören", erklärte Louis Philippe.

Der Unterleutnant salutierte, wendete sein Pferd und gab ihm die Sporen. Frauen und Kinder. Louis Philippe runzelte sorgenvoll die Stirn. Es war eine Sache, gegen bewaffnete Männer zu kämpfen. Frauen und Kinder erschwerten die Sache erheblich.

„Lassen Sie alle Männer antreten", befahl er einem Sergeant, der in der Nähe stand. Dieser verschwand sofort im Inneren des Gebäudes.

Bald waren die wütenden Schreie einer aufgebrachten Menge zu hören. Schlecht gelaunt traten die Soldaten, die gerade beim Essen unterbrochen worden waren, auf den Hof. Die wenigen Bürger, die sich auf dem Platz befunden hatten, um die Soldaten anzustarren, ergriffen das Weite, als der Mob um die Ecke bog. Louis Philippe saß auf seinem Pferd hinter der Reihe von Soldaten. Er bemerkte, dass die ersten Reihen der Aufständischen ins Stocken gerieten, als sie die Soldaten vor dem Rathaus sahen. Ein gutes Zeichen. Sie wurden aber von der nachströmenden Masse auf den Platz geschoben. Louis Philippe schätzte die Schar auf etwa vierhundert Menschen. Wortfetzen drangen zu den Soldaten herüber.

„... Tyrannei ..."

„... Brot ..."

Langsam, aber stetig näherte sich der Pulk dem Rathaus, bis er etwa zwanzig Schritt vor den Soldaten innehielt.

„Wollt ihr uns verhungern lassen?", rief ein großer Mann in der ersten Reihe.

„Nieder mit den Tyrannen", brüllte eine Frau.

Louis Philippe blieb ruhig auf seinem Pferd sitzen. Seine Aufgabe war es nicht, über die Forderungen zu diskutieren. Er sollte das Rathaus und seinen jämmerlichen Bürgermeister beschützen. Er tat so, als würde er gar nicht bemerken, dass überhaupt Menschen auf dem Platz waren. Scheinbar unbeteiligt blickte er über die Menschen hinweg. Doch entging nichts seinem Blick. Er bemerkte, dass immer mehr Menschen auf den Platz strömten.

Das war kein zufälliger Auflauf, es war ein geplanter Marsch auf das Rathaus. Immer wütender schwenkten die Männer ihre Waffen und die Frauen brüllten Verwünschungen. Louis Philippe hoffte nur, dass sich seine Soldaten nicht provozieren ließen. Viele waren Veteranen, die in zahlreichen Schlachten im amerikanischen Unabhängigkeitskrieg gekämpft hatten. Sie würden sich schon nicht von ein paar Bauern einschüchtern lassen. Etwa die Hälfte der Kompanie bestand aus jungen Rekruten. Bei ihnen wusste man nie, wie sie im Ernstfall reagierten. Die Korporale und Sergeanten hatten die Aufgabe, jedes Fehlverhalten unverzüglich zu bestrafen. Disziplin war die Grundlage jeden militärischen Erfolgs.

Plötzlich entstand an der linken Flanke eine Bewegung. Louis Philippe blickte nach links. Offenbar hatte jemand einen Soldaten mit etwas beworfen. Der Soldat warf es zurück. Zufrieden sah Louis Philippe, wie sofort ein Korporal den Soldaten anbrüllte. Bevor Louis Philippe wieder seinen gelangweilten Blick aufsetzen konnte, traf ihn etwas hart an der Schläfe. Ihm wurde kurz schwarz vor Augen und er zuckte zusammen. Augenblicklich schoss sein Fuchs nach vorne, der offenbar durch die ruckartige Bewegung des Reiters erschrocken war. Louis Philippe klammerte sich am Sattel fest. Beinahe wäre er abgeworfen worden. Mit Mühe gelang es ihm, den Fuchs zu bremsen. Aus dem Augenwinkel nahm er wahr, dass noch mehr Wurfgeschosse aus der Menge abgefeuert wurden.

„Musketen laden“, brüllte er.

Bisher hatte er seine Männer nicht laden lassen. Zu groß war das Risiko, dass sich versehentlich ein Schuss löste.

Sofort hörte er das vertraute Scharren, wenn die Ladestöcke in die Läufe fuhren.

Er duckte sich vor einem weiteren Stein weg, der nur knapp seinen Kopf verfehlte. Klirrend zerbrach die erste Fensterscheibe hinter ihm.

„Bajonette aufpflanzen“, schrie er und hörte, wie sein Befehl augenblicklich durch die Unteroffiziere weitergegeben wurde.

Er hatte nicht vor, in die Menge feuern zu lassen, zu viele Frauen und Kinder würden sterben. Doch musste er die Musketen laden lassen, bevor die Bajonette an den Läufen befestigt waren, da ein Laden mit Bajonett wesentlich schwieriger war. Somit hatte nun jeder Soldat einen Schuss und einen tödlichen Spieß.

Auch in der Menge wurden Musketen geladen und auf die Soldaten gerichtet. Andere schwenkten ihre Säbel, Knüppel und Piken. Louis Philippe beobachtete, wie an einigen Stellen Frauen und Kinder nach vorne geschoben wurden. Jetzt wurde ihm bewusst, dass seine Schläfe schmerzte. Er fuhr sich mit der Hand über die schmerzende Stelle und bemerkte, dass der Handrücken blutig war.

„Sind Sie verletzt, Capitaine?", fragte ihn ein Sergeant.

„Nein, nur ein Kratzer", antwortete er und versuchte, sich selbst zu überzeugen. Seine Gelassenheit war dahin. Langsam rückte der Haufen vor. Nur noch sieben Schritte. Wie konnte diese Menge, die jetzt bestimmt auf sechshundert wütende Bürger angewachsen war, aufgehalten werden?

„Keinen Schritt weiter", brüllte Louis Philippe. Unaufhaltsam bewegte sich der Pulk auf sie zu.

„Legt an!", befahl er. Mit einem Schlag waren einhundert Musketen auf die Menge gerichtet. Es würde ein Blutbad geben. Dieser Übermacht wären sie dennoch unterlegen, dachte Louis Philippe. Er durfte nun keine Fehler machen. Wenn seine Schläfe nur nicht so schmerzen würde. Er begann trotz der eisigen Temperaturen zu schwitzen. Wo war der Trompeter? Jetzt konnte er ihn ausmachen und gab ihm ein Zeichen. Sofort setzte dieser sein Instrument an die Lippen und blies eine Abfolge von sich wiederholenden Tönen.

Augenblicklich wurden im Obergeschoss die Fenster aufgestoßen und weitere Musketen richteten sich auf die Aufständischen. Einige hatten die neue Bedrohung bemerkt und stießen andere an, zeigten nach oben. Aber Schritt für Schritt kamen sie näher. Noch vier Schritte. Sollte er die Soldaten feuern lassen? Immer wieder flogen Steine, Schuhe oder Gemüseabfälle aus der

Menge. Louis Philippe zog seinen Degen aus der Scheide und hob ihn in die Höhe. Augenblicklich richteten die Sergeanten ihre Blicke auf ihn, um sofort den Feuerbefehl weiterzugeben.

Plötzlich kam Unruhe in den Haufen. Der Vormarsch wurde langsamer und kam zum Stillstand. Viele drehten sich um. Irgendetwas geschah im Rücken der Aufständischen.

Louis Philippe versuchte zu erkennen, was dort los war. Endlich sah er den Grund für die Irritation und Erleichterung ließ ihn tief durchatmen. Nun vernahm er auch die lauten Trommeln der Patrouille, die nun um die Ecke bog, sogleich ausschwärmte und ihre Musketen in Anschlag brachte. Leutnant Bonnet hatte die Lage richtig eingeschätzt. Louis Philippe nahm sich vor, seinen Offizier später deutlich zu loben. Zwar war sein Manöver militärisch gesehen Unsinn. Da sie im Rücken der Aufständischen standen und somit ihm und seinen Soldaten genau gegenüber, wäre die Gefahr groß, dass sie bei einer Salve sich gegenseitig trafen. Doch war die gefühlte Gefahr für die Aufständischen groß genug, dass sie anhielten. Louis Philippe sah, dass die ersten Menschen die Flucht ergriffen. Diesen Moment durfte er nicht ungenutzt verstreichen lassen.

„Vorrücken mit Gebrüll", schrie er, nickte den Trommlern zu, die sofort begannen, einen wilden Takt zu schlagen. Wie aus einer Kehle brüllten die Soldaten ihre Erleichterung hinaus und rückten Schritt für Schritt vor. Panik erfasste die Menge. Louis Philippe hoffte, dass Bonnet den Aufständischen nicht den Fluchtweg abschnitt, sondern genug Raum für deren Rückzug ließ, sonst würde es doch noch zu einem Blutbad kommen. Aber Bonnet hatte darauf geachtet, dass den Bauern genug Raum blieb, um seitlich den Platz zu verlassen. Bald rannten die Menschen panisch davon. Die wenigen, die versuchten, die anderen aufzuhalten, hatten keine Chance und folgten schließlich nach.

Louis Philippe atmete auf. Er wusste, dass sie nur knapp einer Katastrophe entronnen waren. Wer weiß, was geschehen wäre, wenn sie hätten schießen müssen! Er wusste sehr gut, dass ein solches Ereignis das Potential hatte, eine Revolution zu entfachen. Wie gut, dass es nicht dazu gekommen war. Noch nicht.

Kapitel 44

Paris

Jean krampfte sich vor Hunger der Magen zusammen. Er wusste, dass es den anderen Arbeitern genauso ging. Kaum einer konnte es sich angesichts der gestiegenen Brotpreise leisten, sich satt zu essen. Entsprechend gereizt war die Stimmung. Jean hatte alle Hände voll damit zu tun, die Streitigkeiten zu schlichten und seine Leute dazu zu bewegen, Musketen zu montieren, anstatt sich in wilden Wuttiraden über die Herrschenden auszulassen. Auch gegen ihren Arbeitgeber wendete sich langsam die Stimmung. Bei derart steigenden Preisen müsse auch der Lohn steigen, fanden die meisten. Es war eine Schande, dass man mit zwölf Stunden Arbeit keine Familie mehr ernähren konnte. Erst letzte Woche war ein Mann aus der Gießerei entlassen worden, weil er offen einen höheren Lohn gefordert hatte und die Arbeiter zum Streik aufrief. Seit bekannt geworden war, dass der König die Generalstände einberufen hatte, war die Hoffnung zurückgekehrt. Auch in der Manufaktur war Necker gefeiert worden. Doch mit dem Einbruch des eiskalten Winters und den ins Unermessliche steigenden Preisen war die Stimmung aufgeheizt. Der Direktor der Manufaktur hatte einen Aufstand nur verhindern können, indem er wöchentliche Mahlzeiten auf Firmenkosten angekündigt hatte. So sehr er die Verzweiflung seiner Leute verstehen konnte, ärgerte ihn doch ihre Nachlässigkeit. Da sie erst gehen durften, wenn sie die erforderliche Stückzahl montiert hatten, zog sich die Arbeit in letzter Zeit oft bis spät in den Abend hinein. Doch heute wollte Jean unbedingt rechtzeitig fertig werden.

„Gaspard", rief er verärgert, als er von seiner Arbeit aufblickte und Gaspard mit Fabienne tuschelte, anstatt zu arbeiten.

Schnell steckte Gaspard etwas ein, was offensichtlich Anlass für höchstes Amüsement gegeben hatte, denn beide kicherten verstohlen. Normalerweise überging Jean solche Kleinigkeiten, doch der Hunger hatte an seinen Nerven genagt und heute nahm er jede Verzögerung persönlich.

„Was habt ihr da?", fuhr er Gaspard an, sprang auf und ging auf den schmächtigen Jüngling zu, der sich angesichts der Wut des Vorarbeiters versuchte, das Lachen zu verbeißen. Jean streckte die Hand aus. Gaspard blickte konzentriert auf seine Muskete und begann fieberhaft den Hahn mit einem kleinen Schräubchen am Lauf zu fixieren.

„Gib mir sofort diesen Wisch oder ich melde dich der Direktion", bellte ihn Jean an. Jetzt konnte er nicht mehr zurück, wenn er nun nachgab, verspielte er seine mühsam erarbeitete Autorität.

Zögernd kramte Gaspard ein zerknülltes Blatt aus seiner Hosentasche und reichte es seinem Vorarbeiter. Angstvoll starrte er auf das Knäuel. Jean breitete das Blatt aus und erschrak. Das Bild zeigte einen hageren Mann in zerrissenen Kleidern. Auf seinem gebeugten Rücken saßen zwei fette Gestalten. Ein Bischof und die Königin. Jean hatte schon zuvor derartige Zeichnungen gesehen, fand sie weitgehend zutreffend. Aber seit sein Bruder wegen solcher Bilder verhaftet und fast totgeschlagen worden war, hatte er panische Angst davor. Er erbleichte und hätte fast das Blatt fallen lassen. Neugierig starrten ihn alle Arbeiter an.

„Ich werde dich melden", brach Jean das drückende Schweigen und steckte das Blatt in seine Tasche.

„Nein, bitte tu das nicht", flüsterte Gaspard. Tränen quollen aus seinen Augen. Alle wussten, dass hohe Strafen auf derartige Karikaturen standen, auch wenn sie überall kursierten.

„Weiterarbeiten", blaffte Jean die Gruppe an und ging zu seinem Arbeitsplatz zurück.

Es war längst dunkel, als endlich die letzte Muskete montiert war. Schweigend verließen die Arbeiter die Werkstatt. Jean räumte in aller Eile die letzten Schrauben und Werkzeuge beiseite und verließ ebenfalls den Raum. Endlich würde er Mathilde wiedersehen. Ihr letztes Treffen lag bereits drei Wochen zurück.

Als er die Tür der Werkstatt hinter sich verschlossen hatte, nahm er aus dem Augenwinkel eine Bewegung wahr. Erschrocken blickte er sich um.

„Gaspard", entfuhr es ihm.

Der Jüngling kam auf ihn zu.

„Bitte melde mich nicht, ich weiß sonst nicht, wo ich hinsoll. Mein Vater ist tot, ich muss meine Mutter und meine Schwestern ernähren", schluchzte er.

Jeans Zorn war bereits verraucht.

„Gut", antwortete er dem Jüngeren. „Aber lass dich nicht nochmal erwischen."

„Danke", stieß Gaspard erleichtert hervor und griff mit beiden Händen nach Jeans rechter Hand.

„Ist schon gut", beschwichtigte ihn Jean. „Und schau, dass du nach Hause kommst."

Er war dankbar, dass sich die Situation so hatte lösen lassen. Wäre der Junge nicht zu ihm gekommen, hätte er ihn vermutlich wirklich melden müssen, um nicht unglaubwürdig zu erscheinen. Jetzt machte er sich aber schnell auf den Heimweg.

Er sah das Kerzenlicht bereits von der Straße aus. Mathilde war also bereits da. Hastig lief er die Treppe hinauf und riss die Tür zu seiner Kammer auf. Da stand sie. Ihre blonden Haare trug sie offen. Sie fielen ihr in zarten Locken über die Schultern. Ihr dunkles Dienstmädchenkleid aus Wolle stand ihr gut. Ihre blauen Augen blickten ihn liebevoll an. Aber da war noch etwas in ihrem Blick. Jean liebte Mathilde, aber manchmal brachte sie ihn in Verlegenheit. Immer wieder wollte sie, dass er über seine Gefühle sprach. Aus seiner Sicht war es unnötig, darüber zu reden. Viel wichtiger war es, danach zu handeln. Ihr Blick verriet ihm, dass wieder ein Gespräch anstand.

„Hunger?", fragte sie.

Erleichtert ging er auf sie zu und nahm sie in die Arme.

„Ich könnte einen ganzen Ochsen verschlingen“, antwortete er.

„Ich habe ein paar Reste mitgebracht.“

Jean setzte sich an den Tisch und blickte mit großen Augen auf die Leckereien, die Mathilde aus ihrem Korb zauberte. Frisches Brot, kaltes Fleisch, eine Flasche Wein. Gierig begann er zu essen. Amüsiert blickte ihn Mathilde an. Aber sogleich mischte sich wieder jener traurige Glanz in ihren Blick. Jean spürte Widerwillen aufsteigen, gleichzeitig aber auch Angst. Was bewegte sie? Würde er sie vielleicht verlieren? Und so fragte er sie doch: „Ist alles in Ordnung?“

„Ja“, gab sie lakonisch zurück. „Warum?“

„Du schaust so, als ob irgendetwas wäre …“, erwiderte er und begann sich wieder mit seinem Stück Fleisch zu beschäftigen. Vielleicht hatte er sich getäuscht. War auch besser so, fand er.

„Ich bin schwanger.“

Jean fiel das Stück Fleisch aus den Händen. Hatte er richtig gehört?

„Wie bitte?“

„Ich bin schwanger, ich bekomme ein Kind.“

Jean war so erstaunt, dass er sie nur anstarren konnte.

„Warum sagst du denn nichts?“, hakte Mathilde nach.

Was sollte er sagen? Was sagte man in solch einem Augenblick?

„Bist du sicher?“, fragte er unbeholfen, nur um nicht weiter zu schweigen.

„Natürlich bin ich sicher“, gab sie enttäuscht zurück.

Jean bemerkte, dass er etwas falsch gemacht hatte, ihm war nur nichts Besseres eingefallen. Er war überrumpelt worden.

Mathilde sah ihn an und Tränen liefen ihr über die Wangen. Jean erschrak. Was war jetzt los?

„Freust du dich denn gar nicht? Willst du das Kind nicht?“, fragte sie ihn.

„Doch, ich freue mich!“

Jean stand auf, ging um den Tisch, kniete sich vor Mathilde auf den Boden, nahm ihre Hände in seine.

„Ich werde meine Stellung bei Pinots verlieren", schluchzte sie.

„Das macht doch nichts", antwortete er. „Wir werden schon irgendwie zurechtkommen."

Mathilde weinte jetzt heftiger. Hilflos suchte Jean in Gedanken nach etwas Tröstlichem. Mathilde so zu sehen, ertrug er kaum. Umso mehr, als sie ein Kind in sich trug. Plötzlich kam ihm ein Gedanke, der Entschluss war gefasst.

„Willst du mich heiraten?"

Mathilde wischte sich die Tränen aus den Augen und blickte ihn an. Jean bekam schon Angst, sie würde ablehnen, als sie ihn an sich zog und ihm ins Ohr flüsterte:

„Ja, ich will!"

Jean küsste sie leidenschaftlich. Ein warmes Glücksgefühl breitete sich in ihm aus. Leidenschaftlich sanken sie auf sein Bettlager.

„Darf man denn jetzt noch …?"

„Ich glaube schon, jedenfalls kann ich jetzt nicht schwanger werden, weil ich es schon bin."

Kapitel 45

Versailles, 4. Mai 1789

Hélène trug ihr schönstes Kleid aus roter Seide. Ihre dunklen Locken hatte sie von einem Pariser Friseur aufwändig hochstecken lassen. Es war ein Festtag. Es schien, als würde die ganze Welt nach Versailles strömen. Stolz blickte sie ihren Vater an, der ihr in der Kutsche gegenübersaß. Er würde als Deputierter für Nantes an den Beratungen mit dem König teilnehmen. Auch er hatte sich für diesen Tag herausgeputzt, doch seinen bordeauxroten Rock, den er extra für diesen Tag hatte schneidern lassen, hatte er im Schrank lassen müssen. Stattdessen trug er zu den schwarzen Kniebundhosen und den weißen Seidenstrümpfen einen schwarzen Gehrock. Die Kleiderordnung schrieb dem dritten Stand schwarze, schlichte Kleidung vor. Die bunten, prunkvollen Gewänder waren dem Adel und dem Klerus vorbehalten. Das Schwarz stand ihm gut, fand Hélène. Ein neues, mit Spitzen verziertes Halstuch brachte sein breites Gesicht angenehm zur Geltung. Alle Straßen waren verstopft. Zu den dreihundert Abgeordneten des Adels kamen dreihundert Geistliche und sechshundert Deputierte des dritten Standes hinzu. Außerdem füllten die Straßen tausende Schaulustige, die sich dieses Schauspiel nicht entgehen lassen wollten. Heute wurden die Abgeordneten im Schloss vom König empfangen, im Anschluss sollte eine Prozession von der Kirche Notre-Dame de Versailles bis zu Ludwigskirche stattfinden.

Ruckartig hielt die Kutsche an. Julien beugte sich aus dem Fenster. Hélène sah bereits von weitem das Schloss. Der Kutscher sprach mit einem Wachsoldaten. Nach einem kurzen Wortwechsel, den Hélène nicht verstehen konnte, öffnete der

Fahrer die Tür. „Der Platz ist voll, die Abgeordneten des dritten Standes sollen den restlichen Weg zu Fuß gehen."

Juliens Miene verdunkelte sich. „Seit wann muss man zu Fuß kommen, wenn man in den königlichen Gemächern empfangen wird?"

„Der Wachsoldat sagte außerdem, die Deputierten des dritten Standes werden nicht in den königlichen Gemächern empfangen wie Adel und Klerus, sondern in einem Nebensaal", ergänzte der Kutscher.

„Das sieht dem Adel ähnlich", lästerte Maximilien, der bisher stumm neben Hélène gesessen hatte.

„Dennoch wirst du vom König empfangen", bemerkte Hélène. „Das ist doch das Wichtigste."

Julien nahm seinen Gehstock und seinen Dreispitz und schritt zwischen den unzähligen Kutschen hindurch dem Schloss entgegen.

Maximilien gab dem Kutscher Anweisung, zu wenden und in die Rue Hoche zu fahren. Dort hatten sie für die Prozession ein Fenster gemietet.

Überall waren die Häuser mit bunten Teppichen und Girlanden geschmückt. Hélène konnte es kaum erwarten, ihren Vater mit dem König durch die Stadt ziehen zu sehen. Aber erst einmal hieß es warten. Für einen stattlichen Betrag wurden sie mit einem Imbiss versorgt.

Gegen drei Uhr am Nachmittag kam Bewegung in die Straßen. Die Deputierten sammelten sich vor der Kirche Notre-Dame de Versailles, um von dort zur Ludwigskirche aufzubrechen. Bald erklang von fern die Musik einer Marschkapelle. Gegen vier Uhr bog endlich eine Abteilung Gardesoldaten um die Ecke. Ihnen folgten die Abgeordneten des dritten Standes, sechshundert Männer in Schwarz gekleidet. Freudig winkten sie den Umstehenden zu. Fieberhaft suchte Hélène ihren Vater. Sie glaubte schon, sie hätte ihn verpasst, als sie seinen breiten Kopf in der Menge entdeckte. Aufgeregt zeigte sie ihn Maximilien und winkte wild hinunter. Julien nickte seiner Tochter wohlwollend zu. Es folgten die dreihundert Abgeordneten des Klerus, Kardinäle in ihren roten Roben, die ihre oft prallen Bäuche umspannten, und Bischöfe in leuchtendem Violett. Inmitten des Farbenmeeres tauchten vereinzelt die bescheidenen Gewänder einfacher Priester auf. Kaum waren die Geistlichen vorbeigezogen, folgten die Vertreter des Adels. Feinste Stoffe leuchteten in den buntesten Farben. Die meisten Blaublütigen trugen große Hüte mit bunten Federn auf ihren sündhaft teuren Perücken. Hélène staunte über den zur Schau getragenen Reichtum, fühlte sich aber gleichzeitig durch die fast unerträgliche Arroganz abgestoßen. Schon folgte die Cent Suisse, die Schweizergarde des Königs in bunten historischen Uniformen. Inmitten der Truppe wehte die königliche Lilie an einer goldenen Stange. Dann erblickte Hélène die prächtigste Kutsche, die sie jemals gesehen hatte. Acht weiße Pferde zogen ein golden verziertes Cabriolet. Vier livrierte Diener fuhren auf den Trittbrettern mit. In der Kutsche saßen der König und die Königin. Neugierig beugte sich Hélène nach vorn. Noch nie hatte sie das Königspaar leibhaftig vor sich gehabt.

„Vive le roi", ertönten laute Rufe. „Vive le roi!"

Ludwig XVI. war ein fülliger, liebenswürdig aussehender Mann in prächtiger Kleidung. Hoheitsvoll grüßte er die Rufenden zu beiden Seiten der Kutsche. Die Königin, eine Schönheit, blickte stur geradeaus. Der verbissene Blick von Marie Antoinette berührte Hélène. Erst jetzt fiel ihr auf, dass niemand für sie die Stimme erhob. Das obligatorische „Vive la reine" blieb ihr verwehrt. Wie sehr musste das diese stolze Frau verletzen? Hélène hatte sich oft über den ausschweifenden Lebensstil der Königin empört, doch in diesem Augenblick empfand sie Mitleid.

Es folgten Musik und Soldaten. Bald strömte das Volk dem Zug nach. Morgen würden die Beratungen beginnen. Alles wird gut werden. Und ihr Vater würde die Zukunft von Frankreich mitgestalten.

Kapitel 46

Paris

Mathilde musste nach jeder Stufe innehalten und verschnaufen. Ihre Schwangerschaft war nicht mehr zu übersehen. Lange hatte sie gehofft, es könne alles so weitergehen wie bisher. Doch vor einigen Wochen hatte die alte Köchin die Rundungen an ihrem Leib bemerkt und sofort Monsieur Pinot informiert. Ihre Entlassung war keine Überraschung gewesen. Kein Haushalt wollte sich eine schwangere Dienstmagd leisten, die nicht voll arbeiten konnte, und eine mit einem Säugling schon gar nicht. Außerdem war sie noch unverheiratet.

Ihre Dienstmädchenkammer in der Pinotschen Villa hatte sie aufgeben müssen. Nun lebte sie mit Jean und Pierre in deren kleinem Zimmer. Da Jean der Einzige war, der Geld verdiente, reichte es kaum für das Nötigste. Trotzdem genoss sie das Leben. Sie war nun nicht mehr Dienerin in einem fremden Haushalt, sondern Hausfrau in ihrem eigenen Heim. Da Jean viel arbeitete und Pierre sich nur selten sehen ließ, war sie oft allein. Sie nutzte die Zeit, nähte kleine Kleider aus Stoffresten, machte sauber, kochte für die Männer, schmückte das Zimmer mit Blumen. Vor einer Woche hatten ihre Kräfte begonnen nachzulassen. Ihr Rücken schmerzte, ihr praller Bauch wog schwer, ihre Brüste taten weh. Den Weg zum Einkaufen schaffte sie nur mit Mühe. Jean kümmerte sich um sie, so gut er konnte. Obwohl sie ihn innig liebte, störte sie etwas. Obwohl ihr Jean einen Heiratsantrag gemacht hatte, fühlte es sich unvollständig an. Jean hatte sie zwar gefragt, ob sie ihn heiraten mochte, was sie bejaht hatte. Aber sie waren noch nicht verheiratet und er hatte auch keine weiteren Schritte in dieser Angelegenheit unternommen.

Wie immer merkte Jean schnell, dass ihr etwas auf dem Herzen lag. Nachdem sie eine Weile versuchte, ihr Leiden für sich zu behalten, platzte sie doch damit heraus.

„Willst du mich wirklich heiraten?"

Jean stutzte und blickte sie verständnislos an.

„Aber natürlich, das habe ich dir doch gesagt."

„Gesagt schon, aber noch nicht gemacht", erwiderte sie.

Jean schien nachzudenken. Sein Gesicht zeigte abwechselnd Bedauern, Verwirrung und Hilflosigkeit.

„Warum sagst du denn nichts?", hakte Mathilde nach.

„Ich habe einfach noch nicht darüber nachgedacht", antwortete er zögernd.

„Noch nicht darüber nachgedacht? Du hast mich gefragt, ob ich dich heiraten will, ohne darüber nachzudenken?"

Langsam verwandelte sich ihr Schmerz in Ärger.

„Nein. Doch. Natürlich habe ich darüber nachgedacht. Aber ich habe doch nicht genug Geld für eine Hochzeit. Ich kann dir doch nichts bieten. Keine größere Wohnung, nichts."

Jean ließ den Kopf hängen.

Sofort spürte Mathilde wieder jene warme Zuneigung für ihn.

„Du willst mich also wirklich heiraten?", fragte sie ihn.

„Ja, natürlich", versicherte er.

„Ich brauche doch kein Geld. Ich brauche nur dich", schluchzte sie. Tränen traten ihr in die Augen und begannen die Wangen hinunterzulaufen.

Jean blickte sie an. Wieder stand Verwirrung und Unsicherheit in seinen Zügen. Endlich tat er das einzig Richtige. Er nahm sie in den Arm. Mathilde schluchzte nun laut. Sie fühlte sich wieder geborgen.

„Morgen werden wir Abbé Christophe aufsuchen. Dann heiraten wir", sagte Jean feierlich.

Mathilde küsste ihn auf den Mund.

KAPITEL 47
Versailles, 5. Mai 1789

Der Herzog von Blois blickte mit Unbehagen auf die Abgeordneten des dritten Standes, die eben ihre Plätze im *Salle des Menus-Plaisirs* einnahmen. Der größte Saal im Schlosskomplex war extra für die regelmäßig stattfindenden Notablenversammlungen erbaut worden. Die 1200 Deputierten der Generalstände saßen dicht gedrängt. Weit über ihnen wölbte sich eine aufwändig verzierte, längliche Kuppeldecke, getragen von mächtigen Säulen. Am Kopfende des Saals war ein Podest errichtet worden. Prunkvoll erhob sich darauf der Thron des Königs, überspannt von einem bordeauxroten Baldachin aus schwerem Brokat. Der Herzog saß als Abgeordneter des Adels so, dass der Thron zu seiner Rechten aufragte. Gegenüber saßen die Bischöfe und Kardinäle in ihren bunten Roben. Links von ihn setzten sich die in einfachem Schwarz gekleideten Delegierten des dritten Standes. Sie hatten zwar den Saal durch einen Nebeneingang betreten müssen, nun saßen sie aber auf gleicher Stufe mit dem Adel und dem Klerus. Darüber ärgerte sich der Herzog. Man hätte zumindest ein weiteres Podest für die hohen Adeligen aufbauen sollen. Außerdem applaudierten sie, als ein Abgeordneter eintrat, der sich geweigert hatte, die vorgeschriebene Kleidung anzulegen, und die schäbige Kluft eines Bauern trug.

Die Mitglieder der königlichen Familie nahmen ihre Plätze rings um den Thron ein. Nur der Herzog von Orléans hatte sich zum Ärger des Königs als Abgeordneter aufstellen lassen.

Endlich erschien der Regent und nahm auf dem Thron Platz. Zwei Stufen unter ihm setzte sich Marie Antoinette in ihren verzierten Sessel. Laut wurde der König begrüßt. Dem Herzog von Blois fiel auf, dass niemand die Königin willkommen hieß. Ludwig XVI. begann, einen Bericht über die gegenwärtige Lage vorzulesen. Zufrieden bemerkte der Herzog, dass immer wieder Applaus aufbrandete, auch große Teile des dritten Standes bekundeten warm ihre Zustimmung. Trotz einiger ärgerlicher Provokationen wurde der König als erhabener Anführer akzeptiert. Die Königin wurde immer noch ignoriert, der Herzog meinte sie sogar weinen zu sehen.

Kaum hatte der König geendet, nahm er seinen gewaltigen Hut mit dem Federschmuck ab. Sofort taten es ihm die Abgeordneten gleich. Auch der Herzog von Blois folgte diesem Ritual. Sogleich tat er es abermals dem König gleich, als dieser seinen Hut wieder aufsetzte. Ein Raunen ging durch den Saal. Mit Entsetzen sah der Herzog, dass ein Großteil der in schwarz gekleideten Deputierten des dritten Standes weiterhin barhäuptig dasaß. Der Herzog spürte das Blut in den Kopf steigen. Irgendjemand musste diese unwürdige Bande dazu bringen, sich angemessen zu verhalten. Gespannt blickte er zum König hinüber. Fassungslos sah er dessen Hand abermals den Hut ergreifen und wieder abnehmen. Die Königin schien mit dieser Geste der Schwäche nicht einverstanden, sie sagte etwas zu ihrem Gemahl, doch dieser hörte nicht auf sie. Zum ersten Mal wünschte er sich, die Königin hätte mehr Einfluss auf den Monarchen. Leicht irritiert nahm der ganze Saal wieder die Hüte ab.

Als Nächstes trat der königliche Siegelbewahrer vor und hielt eine sehr viel längere Rede. Dem Herzog von Blois fiel es schwer, den Ausführungen und der komplizierten Ausdrucksweise zu folgen. Bald schweifte er ab und schielte neugierig zu den Schwarzen hinüber. Er erschrak, als er den Grafen von Mirabeau unter den Bürgern entdeckte. Er hatte schon davon gehört, dass sich dieser Aufrührer als Abgeordneter des dritten Standes hatte wählen lassen, anstatt sein Mandat für den Adel zu nutzen. Auch erblickte er den Abbé von Seyès, der sich als Geistlicher dem dritten Stand angeschlossen hatte.

Nachdem endlich der Siegelbewahrer seine Rede beendet hatte, erhob sich der Generaldirektor der Finanzen, Jacques Necker. Tobender Applaus brandete ihm entgegen. Auch seinen Beitrag fand der Herzog wenig gelungen, doch immer wieder wurde er von Hochrufen unterbrochen. Das Volk schien ihn zu lieben. Seine Ausführungen zogen sich in die Länge. Der Herzog stellte beruhigt fest, dass Necker vermied, konkret zu werden. Es schien fast so, als wäre er nun selbst von der Anwesenheit des Volkes, das er zusammengerufen hatte, überfordert. Er verpasste es, das Volk wirklich zu begeistern. Als er nach drei Stunden geendet hatte, erhob sich der König, um den Saal zu verlassen.

„Vive le roi", tönte es aus tausend Kehlen. Der König grüßte die Deputierten mit einer Handbewegung. Dann erhob sich die Königin. Gespannt wartete der Herzog, was geschehen würde. Die Spannung erfasste den ganzen Saal.

„Vive la reine", ertönte es endlich. Viele stimmten in diesen Ruf ein. Graziös winkte die Königin, sichtlich erleichtert, und folgte dem König aus dem Saal.

Kaum waren die Angehörigen der königlichen Familie dem Königspaar aus dem Saal gefolgt, entspann sich eine Diskussion in den vordersten Reihen. Viele Abgeordnete hatten sich erhoben. Auch der Herzog stand auf und versuchte herauszuhören, worum es ging. Einige Schwarze redeten davon, dass man sich zu einer Nationalversammlung verbinden müsse und eine Verfassung, ähnlich der in Großbritannien, erarbeitet werden sollte.

„Das kommt überhaupt nicht in Frage", rief der Herzog entschieden. Erleichtert stellte er fest, dass ihm die restlichen Adeligen sofort zustimmten. Die Geistlichen schienen sich als Vermittler hervortun zu wollen, doch so etwas Verrücktes war mit ihm nicht zu machen. Wütend verließ er mit einigen weiteren Herzögen und Grafen den Saal und ließ die unverschämten Burschen in Schwarz hinter sich. Er hatte immer gewusst, dass es ein Fehler gewesen war, sie überhaupt nach Versailles einzuladen. Nun hatten sie das Gefühl, mitbestimmen zu dürfen.

Am Abend trafen sich die führenden Vertreter des Adels im Salon von Madame de Polignac. Es musste dringend besprochen werden, wie man diejenigen Adeligen, die den Verführungen des dritten Standes in die Falle laufen würden, allen voran diesen Marquis de La Fayette, wieder auf Linie bringen konnte. La Fayette war als Kriegsheld aus dem amerikanischen Unabhängigkeitskrieg zurückgekehrt und beim Volk sehr beliebt. Das hieß noch lange nicht, dass man mit dem Volk gemeinsame Sache machen musste. Der Herzog von Blois wusste, was er seinen Kollegen eindringlich vorschlagen wollte: Die Stände sollten getrennt weiterberaten. Es war für ihn unerträglich, wie von gleich zu gleich mit dem dritten Stand in einem Saal zu sitzen.

KAPITEL 48
Paris

Kaum war Jean aus der Manufaktur zurück, zogen sie ihre besten Kleider an. Mathilde hatte sich aus weißem Leinen ein einfaches Kleid genäht, da ihr keines ihrer Kleider mehr passte. Ihre blonden Locken hatte sie mit roten Bändern durchwirkt und kunstvoll hochgebunden. Jean hatte sein bestes Hemd gewaschen und Mathilde seine fadenscheinige Leinenhose geflickt. Hand in Hand machten sie sich auf den Weg zu Abbé Christophe. Jean hatte sich seine Hochzeit immer anders vorgestellt; mit vielen Freunden, einem großen Fass Wein, Tanz und einem gebratenen Kalb.

Als sie die Kirche erreichten, klopften sie an die schwere Holztür zu Abbé Christophes Wohnung. Es dauerte. Schon dachten die beiden, der Abbé sei nicht zuhause, als sie das Schaben des Riegels hörten. Die Tür öffnete sich und der Abbé streckte den Kopf heraus. Als er Jean und Mathilde sah, lächelte er. Die Tür schwang auf.

„Der Vorarbeiter und das Hausmädchen", tönte sein tiefer Bass. „Oh", sein Blick war auf Mathildes nicht mehr zu übersehende Rundungen gefallen. „Kommt ihr, um das Sakrament der Beichte zu empfangen?"

Jean war sich nicht sicher, ob der Abbé es ernst meinte oder ob es ein Scherz war. „Und das Sakrament der Trauung", stieß er hervor.

Der Abbé lächelte erneut.

„Kommt herein, wir sollten das in Ruhe besprechen."

Der Abbé wandte sich um und ging den beiden voran in einen Salon. Im Kamin brannte ein wärmendes Feuer. Jean und Mathilde ließen sich auf einer Bank nah dem Feuer nieder.

„Ihr wollt also heiraten?", fragte der Abbé in aller Seelenruhe, nachdem er sich ihnen gegenüber in einen großen Lehnstuhl hatte fallen lassen.

„Ja", antwortete Jean.

„Habt ihr alle Unterlagen dabei? Dann können wir einen Termin vereinbaren", fuhr der Abbé fort.

Jean blickte den Abbé verständnislos an.

„Welche Unterlagen? Wir dachten eigentlich, wir könnten das gleich heute machen", entgegnete Jean kleinlaut.

Der Abbé lachte schallend, dass sein ganzer fülliger Leib wackelte.

„Ihr habt es wohl eilig?"

Dabei deutete er mit dem Kinn auf Mathilde.

„Ich benötige eine Geburtsurkunde und die Erlaubnis der Eltern. Da ihr vom Land kommt, mache ich mir keine Hoffnungen auf eine Geburtsurkunde. Und da Jeans Eltern tot sind, brauchen wir nur eine Einwilligung von Mathildes Vater."

Jean zuckte zusammen.

„Aber Simon wird niemals einwilligen", entfuhr es ihm.

„Ihr müsst es wenigstens versuchen. Ich kann euch einen Brief mitgeben, in dem ich eure Integrität bezeuge. Außerdem kannst du ihm sagen, dass seine Tochter bereits ein Kind erwartet. Dann kann er nicht ablehnen. Sobald ihr diese Bescheinigung habt, kommt wieder vorbei und wir können am darauffolgenden Sonntag die Hochzeit feiern."

Als sie wieder auf der Straße standen, bemerkte Jean, dass Mathilde Tränen über die Wangen liefen. Stumm nahm er sie in den Arm.

„Ich werde die Erlaubnis deines Vaters einholen", versprach er feierlich.

Kapitel 49
Versailles, 6. Mai 1789

Julien hatte sich mit den übrigen Deputierten des dritten Standes im „Salle des Menus-Plaisirs" versammelt. Er war müde. Bis tief in die Nacht hatten sie in Gruppen zusammengesessen und hitzig diskutiert. Die vielen protokollarischen Spitzen gegen die einfachen Bürger waren ihnen nicht entgangen. Isaac René Le Chapelier und Jean Louis Lanjuninais, zwei Advokaten aus Rennes und Deputierte für die Bretagne, hatten die Anliegen gebündelt und auf den Punkt gebracht. Sie wollten sich nicht so einfach damit zufriedengeben, nur über die Lage informiert zu werden. Sie waren gekommen, um die Geschicke des Königreichs mitzulenken. Erstaunt nahm Julien zur Kenntnis, dass sich bis jetzt nur schwarz gewandete Abgeordnete im Saal befanden. Die Farben des Klerus und des Adels fehlten vollständig, obwohl es sicher schon an der Zeit war. Gemurmel erhob sich im Saal. An einer Seitentür entstand plötzlich ein Tumult. Julien versuchte zu sehen, was dort geschah. Offensichtlich hatten einige Abgeordnete einen heftigen Wortwechsel mit einem uniformierten Diener. Bald stieg ein Deputierter, den Julien nicht kannte, auf das Thronpodest und forderte mit wilden Armbewegungen den Saal auf, still zu sein. Nach kurzer Zeit waren alle Blicke gespannt auf den hageren Mann gerichtet, der mit stechenden Augen die Versammelten anblickte.

„Liebe Brüder", begann er laut zu rufen. „Wir haben eben erfahren, dass die Geistlichkeit und der Adel beschlossen haben, die Beratungen getrennt nach Ständen fortzuführen. Wir können also hier warten, bis wir schwarz werden."

Julien konnte sich ein Lachen nicht verkneifen, da sie alle schwarz gekleidet waren. Die Heiterkeit wich schnell einem dumpfen Gefühl der Wut. Damit war er nicht der Einzige, was die lauten Rufe um ihn herum bekundeten.

„Da wir die meisten Abgeordneten stellen, dürfen wir großzügigerweise weiterhin in diesem Saal beraten, wenn wir es für nötig halten", ergänzte der Mann auf dem Podest. Das Gemurmel schwoll zu lauten Unmutsbekundungen an.

„Zunächst müssen alle Mandate überprüft werden, um die Beschlussfähigkeit der Generalstände festzustellen", ertönte eine laute Stimme. Julien sah einen mächtigen Mann, den Julien gestern auf der Versammlung bei den bretonischen Abgeordneten gesehen hatte. „Wir werden unsere Mandate überprüfen und unsere Beschlussfähigkeit feststellen."

Zustimmendes Gemurmel ging durch den Raum.

Plötzlich schwang sich ein kleiner Mann auf das Podest. Julien erkannte das freundliche Gesicht des Mannes, den er als den Grafen von Mirabeau kennengelernt hatte. Seine Augen schienen Feuer zu sprühen.

„Wir werden nicht dulden, dass sie uns so abservieren. Wir sind hier am Ort, wo die Generalstände gestern eröffnet wurden. Wenn noch Abgeordnete fehlen, kann das nicht unser Problem sein. Wir warten, bis sich Adel und Klerus wieder zu uns gesellen. Alles andere hieße, die Trennung der Stände zu akzeptieren und sie für die Zukunft festzuschreiben. Wir sind gekommen, als Teil der Generalstände hier zu beraten. Das werden wir auch tun. Vielleicht sollten wir sogar einen anderen Namen für die Versammlung vorschlagen, der nicht die Trennung in die Stände betont."

Jubel brandete auf. Es folgten weitere Redner, aber im Grunde verständigte man sich auf den Kurs des Grafen von Mirabeau, der sich als Adeliger von vornherein auf die Seite des dritten Standes geschlagen hatte. Gesandte wurden zu Klerus und Adel geschickt, mit der Bitte, die Sitzung gemeinsam fortzusetzen. Enttäuscht hörte Julien die Antworten. Der Adel hatte sich mit einer klaren Mehrheit gegen die gemeinsame Fortsetzung entschieden. Unter den Geistlichen fanden sich mehr Befürworter, da viele Priester ihre einfache Herkunft nicht vergessen hatten. Dennoch hatte sich der Klerus mit einer knappen Mehrheit dagegen entschieden, gemeinsam zu tagen. Die Deputierten hatten aber mit ihrer Wahl zu viel erreicht, als dass sie sich nun hätten entmutigen lassen.

Kapitel 50

Dunois, 18.Juni 1789

Jean war seit vierzehn Jahren nicht mehr in der Gegend gewesen. Hier war er aufgewachsen. Trotz des harten Bauernlebens erinnerte er sich an eine glückliche Kindheit, bis zu jenem Tag, als sein Vater vor seinen Augen von den Soldaten des Herzogs erschossen worden war. Was dann folgte, war ein einziger Albtraum gewesen, und der Mann, den er gleich treffen würde, spielte eine Hauptrolle in diesem Albtraum: Simon, sein Stiefvater. Die Erlebnisse der Nacht, als Simon seine Mutter vergewaltigte, hatten sich tief in Jeans Seele eingebrannt. Plötzlich kam ihm sein Vorhaben geradezu aberwitzig vor. Er würde gleich seinen Stiefvater begegnen, der seine Mutter zugrunde gerichtet und seinen Bruder und ihn aus der Heimat verbannt hatte. Jean würde ihn um die Hand seiner Tochter bitten. Vielleicht hatte Simon sich geändert? War er durch den Tod seiner zweiten Frau ein besserer Mensch geworden?

Es hatte lange gedauert, bis er den Direktor der Manufaktur überzeugen konnte, eine Woche freizubekommen. Nun stand die Geburt unmittelbar bevor.

Jeans Schritte wurden langsamer. Schwer wogen die Erinnerungen an diesen Ort. Obwohl seit damals viele Jahre vergangen waren, fühlte sich ein Teil von ihm in jene Kindertage zurückversetzt. Jetzt erblickte er Simons Hof. Das Haus war teilweise von wildem Wein überwuchert. Draußen lagen achtlos hingeworfene Werkzeuge herum. Im Näherkommen bemerkte Jean, dass die Fensterscheiben zerbrochen und die Gerätschaften von Gräsern und Flechten eingewachsen waren. Dieser Hof war vor längerer Zeit aufgegeben worden.

Jean entfernte mit einem Stock die Spinnweben vom Eingang und trat in den Wohnraum. Unmittelbar stiegen in ihm die Bilder seiner letzten Nacht in diesem Raum auf. Schnell kehrte er um, zurück ans Tageslicht und verließ den Hof, ohne sich noch einmal umzublicken. Niemals wollte er hierher zurückkommen.

Von Abbé Francois erfuhr Jean, dass Simon kurz nach dem Tod von Jeans Mutter und dem Weggang seiner Tochter Mathilde verschwunden war. Vielleicht hatte er sich einer der vielen Banden von Gesetzlosen angeschlossen, die durch die Gegend zogen und sich durch Wegelagerei besorgten, was sie zum Leben brauchten. Der alte Abbé freute sich, Jean wiederzusehen. Er wurde nicht müde, ihn über sein neues Leben in Paris auszufragen. Besonders begeisterte ihn die Neuigkeit, dass er Mathilde heiraten wollte. So würden die Kinder das besser machen, was bei den Eltern gründlich schiefgegangen war: die Vereinigung der beiden Familien. Neben seinem Segen der Verbindung gab er ihm eine Bescheinigung mit, dass der Vater der Braut sein Leben als Bürger der Krone aufgegeben hatte und somit keine Einwilligung zur Hochzeit mehr aussprechen könne. Jeans Reise hatte sich doch noch gelohnt. Mathilde war frei. Bald würde Hochzeit gefeiert werden. Jean bedankte sich überschwänglich bei dem alten Pfarrer und wollte eben aufbrechen, als ihn der Abbé am Arm festhielt.

„Jean, gib auf dich acht. Die Straßen sind unsicher geworden. Mathilde braucht dich."

„Machen Sie sich keine Sorgen, ich kann auf mich aufpassen", erwiderte Jean, winkte dem Abbé zum Abschied zu. Nun galt es schnell zurück nach Paris zu reisen. Eine Hochzeit und eine Geburt warteten auf ihn.

Kapitel 51

Versailles, 19. Juni 1789

Der Herzog von Blois kochte vor Wut. Eben waren die Versammelten des Adels darüber informiert worden, dass ein gewisser Abbé Emmanuel Joseph Sieyès, ein Geistlicher, der sich aber in Paris als Deputierter für den dritten Stand hatte wählen lassen, die Versammlung dazu gebracht hatte, sich von nun an als Nationalversammlung zu bezeichnen. Der dritte Stand würde die Nation vertreten, außerdem, so war sein Argument, wären die Vertreter des Adels und des Klerus eingeladen worden, sich dieser Nationalversammlung anzuschließen. Natürlich hatten die Vertreter des Adels, allen voran der Prinz von Condé und der Herzog von Artois, diese Einladung zurückgewiesen. Nun erzählte aber ein Informant des Prinzen von Condé, dass sich eben der Klerus mit einer Mehrheit von 149 gegen 137 Stimmen dafür ausgesprochen hatte, sich der Nationalversammlung anzuschließen. Plötzlich stand der Adel allein da.

„Meine Herren, wir müssen dringend etwas unternehmen. Wenn wir heute nicht handeln, werden wir des drohenden Aufstands nicht mehr Herr“, drängte der Herzog von Artois.

„Und was sollen wir tun?“, platzte der Herzog von Blois heraus. Dass etwas getan werden musste, war sonnenklar. Doch was? Wie konnte man den Fehler korrigieren, dem Volk solch einen Vorteil verschafft zu haben?

„Wir müssen mit aller Härte vorgehen! Die Soldaten stehen bereit!“, fügte er hinzu. Er konnte kaum ertragen, dass ein Herrscher, der über zigtausende Soldaten verfügte, sich von einer Horde Advokaten und Kaufleuten unter Druck setzen ließ.

Ruckartig erhob sich der Herzog von Orléans. „Dann haben Sie ganz Frankreich gegen sich, und übermorgen sitzen da nicht sechshundert Advokaten und Kaufleute, sondern hunderttausend bewaffnete Bürger. In dieser Krise müssen wir vor allem klug handeln, nicht mit Gewalt."

„Und was wäre aus Ihrer Sicht klug?", fragte der Prinz von Condé kalt.

„Ein Herrscher muss das Volk verstehen, wir müssen dem Volk das Gefühl geben, dass wir auf seiner Seite sind. Werden wir Teil dieser Nationalversammlung, dann werden die Advokaten und Kaufleute dem geliebten König aus der Hand fressen."

„Deshalb versorgen Sie das Volk mit Glücksspiel und Huren? Damit es Sie auf seiner Seite wähnt?"

Der Herzog von Artois war aufgesprungen. Trotz des dick aufgetragenen weißen Puders konnte man erkennen, dass sein Kopf dunkelrot angelaufen war. Er schnaubte vor Wut.

„Ein Volk sollte zu seinem Herrscher aufblicken und ihn respektieren. Der natürliche Abstand zwischen Volk und Herrscher muss gewahrt bleiben. Wozu wollen Sie beliebt sein?"

Er ließ unausgesprochen, was viele dachten. Die Nähe des Herzogs von Orléans zum Volk wurde in Versailles kritisch betrachtet. Immer wieder hatte er sich in Opposition zum König begeben. Wäre er gern jener Bürgerkönig, von dem er so oft sprach?

„Ihr Hochmut wird Ihnen noch leidtun!", erwiderte der Herzog von Orléans und ließ seinen massigen Leib geräuschvoll in einen Sessel fallen.

„Der König muss unbedingt die Initiative in die Hand nehmen", rief ein junger Graf aus der dritten Reihe.

Der Herzog von Blois hatte eine Idee. Er erhob sich. „Der König sollte zu einer gemeinsamen Thronsitzung laden, vielleicht in zwei bis drei Tagen. Da der große Saal dazu umgebaut werden muss, wird er ab sofort nicht mehr zur Verfügung stehen. Er wird geschlossen. Somit hat die sogenannte Nationalversammlung keinen Ort, sich zu versammeln. In wenigen Tagen wird die gemeinsame Sitzung nach höfischem Zeremoniell abgehalten."

Der Vorschlag wurde noch eine ganze Weile diskutiert und schließlich für gut befunden. Sofort sollten die nötigen Befehle aufgesetzt werden. Endlich würden diese schwarz gekleideten Zecken für ein paar Tage aufhören müssen, das Blut der Macht zu trinken. Niemals durfte es eine Nationalversammlung geben, nicht, solange der König von Frankreich atmete. Fest entschlossen, das Schlimmste zu verhindern, schritt der Herzog von Blois in Richtung seiner Gemächer.

Kapitel 52

Versailles, 20. Juni 1789

Julien erwachte schweißgebadet. Bohrende Kopfschmerzen erinnerten ihn an den reichlich geflossenen Wein am Vorabend. Noch lange hatten sie zusammengesessen und als frisch konstituierte Nationalversammlung erste Entschlüsse gefasst.

Mühsam drehte er sich auf die Seite. Das helle Licht, das durch die Ritzen des schweren Samtvorhangs fiel und der Lärm der Vögel, der an sein Ohr drang, zeugten davon, dass der neue Tag bereits angebrochen war. Julien stöhnte. Er kämpfte sich aus dem Bett und schüttete das große Glas Wasser, das noch auf dem Nachttisch stand, in sich hinein. Schon begann der Kopfschmerz nachzulassen.

Während er sich rasierte, dachte er nochmals an die gestrige Sitzung. Die Härte, mit der der Kampf gegen den Adel geführt wurde, hatte ihn überrascht. Zunächst hatte ihn sein Instinkt gewarnt, diesen Weg mitzugehen. War ein solcher Kampf zu gewinnen? Was würde der Preis einer Niederlage sein? Andererseits hatte sich der Adel bisher alles gefallen lassen, niemand war verhaftet worden. Das ließ auch ihn mutiger werden. Julien hielt nicht viel von rechtlichen Winkelzügen, aber eines verstand er sehr gut: Es schien plötzlich möglich geworden zu sein, den Adligen einige ihrer Privilegien abzujagen. Und das könnte ihm Millionen bringen.

Hastig schlüpfte er in seine schwarze Kniebundhose, band sie über den weißen Seidenstrümpfen fest. Sein Hemd wies mehr Falten auf, als ihm lieb war. Er vermisste seine Hausangestellten. Heute Abend würde er dafür sorgen, dass ihm jemand das Hemd glättete. Sorgsam band er sich das weiße Halstuch um, schlüpfte in den schwarzen Gehrock und verließ sein Zimmer. Im Erdgeschoß hatte die Hauswirtin ein Frühstück aufgetragen. Ihm war nicht nach einer Mahlzeit zumute, darum griff er nur im Vorbeigehen nach einem süßen Gebäck und verließ das Gebäude.

Als Julien den Versammlungssaal erreichte, waren dort bereits einige Abgeordnete versammelt. Lebhaft diskutierend standen sie vor dem Tor. Julien grüßte in die Runde. Da er niemanden der Umstehenden näher kannte, stieg er die Treppen hinauf, grüßte die beiden Wachsoldaten mit einem kurzen Kopfnicken und wollte den Saal betreten. Das Tor war verschlossen. Verwirrt blickte er sich um. War das ein Irrtum?

„Sie wollen uns nicht einlassen", rief einer der Abgeordneten ihm zu.

„Warum?", fragte Julien verdutzt.

„Der Saal soll für eine Thronsitzung umgebaut werden", ergänzte ein anderer.

Immer mehr schwarzgewandete Abgeordnete versammelten sich vor dem Tor. Erst jetzt fiel Julien auf, dass sich rund um das Gebäude deutlich mehr Soldaten befanden als in den letzten Tagen.

Schließlich stieg ein drahtiger Mann mit spitz zulaufendem Kinn auf die Stufen, den Julien als Deputierten von Paris kennengelernt hatte, und rief den Versammelten zu: „Der König weist uns an, zurück in unsere Unterkünfte zu gehen, die Sitzungen seien bis zur gemeinsamen Thronsitzung in zwei Tagen unterbrochen."

Unmutiges Gemurmel wurde laut.

„Seine buntgekleideten Höflinge mag er mit so einer Begründung zurück in ihre Paläste schicken, doch wir sind die Vertreter des Volkes, der Nation. Wir lassen uns nicht einfach verbieten, unsere Arbeit zu tun."

Laute Beifallsrufe unterbrachen seine Ansage.

„Wir werden uns einen anderen Ort suchen, wo wir die notwendigen Entscheidungen für das Volk treffen können", fuhr er fort.

Mittlerweile war bestimmt die Hälfte der Abgeordneten vor dem Tor angekommen. Langsam setzte sich der Pulk in Bewegung. Julien wusste nicht, ob die Männer, die voranschritten, eine Idee hatten, wohin sie gehen würden. Als sie das Schlosstor passierten, riefen manche Abgeordnete in Juliens Nähe den Wachen wütende Bemerkungen zu. Passanten beobachteten die Prozession neugierig. Nach einer Viertelstunde Fußmarsch kam die schwarze Schar vor einem hohen Gebäude zum Stehen. Julien sah, wie die Pforte von einigen Deputierten aufgeschoben wurde. Der aufgebrachte Einspruch eines livrierten Dieners verstummte angesichts der vierhundert Abgeordneten, die ins Innere strömten. Julien bemerkte, dass es sich wohl um eine Ballsporthalle handelte. Er hatte vom „Jeu de Paume" gehört, ein Ballspiel, bei dem die Kontrahenten einen Ball mit Schlägern über ein Netz befördern mussten, dabei aber auch die Wände anspielen durften. Julien hatte es nie ausprobiert. Solche Spiele waren dem Adel vorbehalten, der überwiegend nicht arbeiten musste, um seinen Lebensunterhalt zu verdienen. Immer mehr Abgeordnete strömten in das Ballhaus mit seinen hoch aufragenden Wänden, und bald eröffnete Jean-Sylvain Bailly, der Pariser Astronom, der vor wenigen Tagen zum Präsidenten der Nationalversammlung gewählt worden war, die Sitzung.

„Meine Herren, heute haben wir schmerzlich erfahren, wie der König mit seiner Nation umgeht. Anstatt sie zu achten und anzuhören, ließ er ihr den Zugang zum Versammlungssaal von Soldaten versperren. Solch ein Unrecht können wir nicht dulden. Wir sollten heute feierlich schwören, dass wir uns nicht von solch einem König auseinandertreiben lassen. Wir sollten schwören, dass wir nicht auseinandergehen, bevor unser Staat über eine Verfassung verfügt, die die Rechte der Bürger, die Rechte der Nation, verbindlich festschreibt."

Julien hielt den Atem an. Diese Forderung war mehr als kühn. Aber wo war der König, der es verhindern konnte? Jubel brach aus. Kurz darauf legte die Versammlung feierlich den besagten Schwur ab. Überall wurde rege diskutiert. Julien hatte erstmals das Gefühl, Teil einer wahrlich großen Veränderung zu sein.

Plötzlich ertönte ein lautes Hämmern am Tor. Die Gespräche verstummten, betretenes Schweigen breitete sich aus. Waren sie doch zu übermütig gewesen? Kamen nun die Soldaten des Königs, um den verweigerten Gehorsam einzufordern? Bailly gab ein Zeichen, man möge das Tor öffnen. Sechshundert Gesichter starrten auf die sich langsam öffnende Pforte.

Julien stieß erleichtert die Luft aus. Es waren keine Soldaten, sondern Bischöfe. Nach einer kurzen Diskussion am Tor betraten etwa zehn Kleriker den Saal. Mindestens vier waren Bischöfe, was Julien an ihren violetten Umhängen erkannte.

„Eine Abordnung des Klerus bittet die Nationalversammlung, gehört zu werden“, verkündete ein kleiner, fetter Mann vom Tor her. Bailly winkte die Priester zu sich. Ein Bischof stieg auf einen Stuhl und begann zu den schwarzgewandeten Abgeordneten zu sprechen.

„Abgeordnete der Generalstände“, hub er an. „Wir sind in der Stunde der Not hier versammelt. Unser Land braucht uns. Wir sind der Meinung, dass wir in dieser schweren Stunde nur gemeinsam bestehen und die Geschicke des Landes zum Guten wenden können. Daher wollen wir euch auffordern, euch mit uns, dem Klerus, zu vereinen. Gemeinsam wollen wir eine Delegation zum König senden, um das weitere Vorgehen zu beraten.“

Julien hörte unmutiges Brummen, aber auch zustimmende Rufe im Raum.

„Bürger“, fuhr der Bischof fort. „Seht dieses Stück Brot an.“

Tatsächlich hielt er eine Scheibe Brot in die Höhe, die derart dick mit grünem Schimmel überzogen war.

„Seht dieses Brot an. Selbst Tiere würden solch ein Brot verabscheuen. Aber die Armen in diesem Land sind auf dieses Brot angewiesen. Das ist eine Schande. Wir sollten mit vereinten Kräften handeln, um uns nicht am Leid der Menschen mitschuldig zu machen."

Er wollte gerade weitersprechen, als ein junger Abgeordneter mit auffallend wachem Blick auf einen Stuhl sprang und zu einer Antwort ansetzte.

„Verehrter Bischof von Aix, gehen Sie und sagen Sie Ihren Amtsbrüdern, wenn sie so ungeduldig seien, die Lage des Volkes zu erleichtern, so sollen sie sich in diesem Saal zu den Freunden des Volkes gesellen. Sagen Sie ihnen, sie sollen keine kleinlichen Mittel anwenden, verzichten Sie als Diener der Religion und würdiger Jünger Ihres Meisters auf den Überfluss, der Sie umgibt, auf die Pracht, die die Armen verletzt. Kehren Sie zur Bescheidenheit Ihrer Herkunft zurück, schicken Sie die hochmütigen Lakaien weg, die Sie begleiten; verkaufen Sie die stolzen Karossen und verwandeln Sie diesen verächtlichen Luxus in Nahrung für die Armen!"

Jubel brandete auf.

„Wer ist das?", fragte Julien den Mann neben ihm.

„Ein junger Advokat aus Arras. Maximilien de Robespierre."

Julien bewunderte diesen jungen Mann, der einen Kirchenfürsten so treffend in die Schranken weisen konnte.

Bailly richtetet nun das Wort an den Bischof.

„Verehrter Herr Bischof, richten Sie Ihren Brüdern aus, dass die Nation bereit ist, die Vertreter der Religion in ihre Reihen aufzunehmen. Lassen Sie uns wissen, wie sie sich entscheiden."

Der Bischof von Aix verließ mit seiner Delegation den Raum.

Als sich die Sitzung an diesem Abend auflöste, standen noch viele Männer um den jungen Advokaten herum, der dem Bischof so schlagfertig mit den eigenen Waffen begegnet war. Wie würden die Kirchenfürsten mit dieser Demütigung umgehen?

Kapitel 53
Zwischen Dunois und Paris

Jean schritt kräftig aus. Er musste die Reise innerhalb von zwei Tagen zurücklegen, auch wenn das hieß, neun bis zehn Stunden am Tag zu laufen. Großzügigerweise hatte der Direktor der Musketenmanufaktur ihm fünf Tage frei gegeben. Jean hatte sich einer Gruppe von Händlern angeschlossen, die ebenfalls nach Paris unterwegs waren.

Als sie eine Stunde vor Einsetzen der Abenddämmerung an einem Gasthof vorbeikamen, beschlossen die Händler ihr Nachtlager zu beziehen und am nächsten Tag weiterzureisen. Auch Jean war müde, mochte jedoch unbedingt noch einige Meilen weiter. Unter keinen Umständen durfte er seine Stelle verlieren, außerdem wollte er so schnell wie möglich zu Mathilde. Laut Hebamme sollte in wenigen Tagen das Kind kommen. Was, wenn es früher zur Welt kam und er war nicht da? Die Vorstellung, Mathilde allein hilflos zuhause zu wissen, trieb ihn gnadenlos an. Er verabschiedete sich von den Händlern und ging zügig weiter.

Die Nacht brach schneller herein, als Jean vermutet hatte. Er hoffte, eine Siedlung erreichen zu können, bevor es ganz dunkel war. Dichtes Unterholz säumte den Weg, große Bäume verdichteten sich auf der rechten Seite zu einem schwarzen Wald. Links erstreckten sich weite Wiesen. Die kräftigen Farben der Natur waren bereits unter den Schleiern der Dämmerung einem fahlen Grau gewichen. Jean tastete nach seinem Beutel am Gürtel, wo neben den wenigen Münzen, der Brief des Abbés verstaut war. Er dachte an Mathilde und die bevorstehende Hochzeit.

Jean blieb plötzlich stehen. Angestrengt lauschte er in die Finsternis. Hatte er Geräusche im Unterholz gehört? Er hörte nur das leise Rascheln der Blätter im Abendwind. Vielleicht hatte Jean sich verhört. Sicher hausten zahlreiche Tiere im Unterholz. Doch ihm war gewesen, als hätte er ein Flüstern gehört. Ihm wurde der Wald unheimlich, er wollte schnell weitergehen, um ein Gasthaus zu finden, bevor er gar nichts mehr sehen konnte. Jean packte die Angst, als plötzlich ein Mann aus den Büschen auf die Straße trat. Erschrocken blickte Jean den Fremden an und ballte die Faust. Überall waren Räuberbanden unterwegs, das wusste er aus Erzählungen.

„Was willst du?", sprach er ihn an und versuchte, dabei so furchtlos wie möglich zu klingen. Der Mann antwortete nicht, kam nur auf ihn zu. Zu spät bemerkte Jean, dass er es nicht nur mit einem Mann, sondern einer ganzen Schar zu tun hatte, die ihn bereits eingekreist hatte. Schon packte ihn jemand von hinten und drehte ihm den Arm auf den Rücken. Mit aller Kraft riss Jean sich los und schlug einem der Angreifer die Faust ins Gesicht. Sofort packten ihn erneut mehrere Hände mit eisernem Griff. Der Gedanke an Mathilde und sein ungeborenes Kind verlieh ihm übermenschliche Kräfte. Es gelang ihm erneut sich loszureißen. Er musst dieser Bande unbedingt entkommen. Eben wollte er den Kreis der Angreifer in wilder Flucht durchbrechen, als er einen dumpfen Schlag auf den Kopf spürte. Der heftig aufflammende Schmerz versank in tiefer Finsternis.

Kapitel 54

Versailles, 22. Juni 1789

Julien betrat das Café Amaury in der Avenue de St. Claud. Obwohl er gut geschlafen hatte, beschwerte eine tiefe Müdigkeit seine Lider. Verschlafen ließ er seinen Blick durch den vollbesetzten Gastraum schweifen. Er erblickte den kleinen, fast jungenhaft aussehenden Mann sofort. Isaac René Guy Le Chapelier, Abgeordneter aus Rennes, saß an einem Tisch am Fenster. Erfreut winkte er Julien zu. Die weiß gepuderte Perücke wollte so gar nicht zu seiner jugendlichen Ausstrahlung passen. Julien setzte sich zu dem Bretonen. Mit seinen 35 Jahren war der Mann deutlich älter, als er aussah. Julien hatte den wachen Verstand des Jüngeren bereits kennen und schätzen gelernt. Trotz seiner Jugend und geringen Körpergröße konnte er sich zu den Führern des dritten Standes zählen. Julien brannte darauf, zu erfahren, warum ihn dieser Anwalt aus Rennes zum Frühstück geladen hatte.

Nachdem ein vornehm gekleideter Kellner beiden Männern Kaffee aus einer silbernen Kanne eingegossen hatte, begann der Bretone: „Monsieur Pinot, darf ich voraussetzen, dass Sie bereits von unserer Gruppe gehört haben, die sich innerhalb der Nationalversammlung für die Schaffung einer konstitutionellen Monarchie, nach dem Vorbild Englands, einsetzt?“

Julien nickte.

„Der Bretonische Club.“

Jetzt nickte sein Gegenüber. Julien wusste, dass sich um eine Schar bretonischer Abgeordneter eine Art Club gebildet hatte. Da die Bretagne seit Jahren über ein eigenes Parlament verfügte, hatten die Abgeordneten aus dieser Region schon Erfahrungen in politischen Dingen und übernahmen in vielen Bereichen die Führung.

„Bald werden wir wohl einen neuen Namen benötigen“, fuhr der Anwalt lächelnd fort. „In unseren Reihen finden sich längst nicht mehr nur Bretonen. Wir wollen die Stimme all derer werden, die sich für eine Verfassung einsetzen. Dabei brauchen wir jede Unterstützung.“

Der kleine Bretone sah Julien an, als erwarte er eine Erwiderung. Julien verstand nicht recht, was sein Gegenüber von ihm wollte. Schließlich sprach dieser weiter: „Während unserer gestrigen Sitzung fiel Ihr Name. Es wurde behauptet, auch Sie würden eine Verfassung unbedingt unterstützen.“

Julien wurde vorsichtig. Es war nicht ungefährlich, sich persönlich zu einer Verfassung zu bekennen. Die Nationalversammlung hatte zwar als Ganzes einen entsprechenden Schwur abgelegt, dessen Wortlaut von Le Chapelier vorbereitet worden war. Aber man konnte zur Not immer noch behaupten, eigentlich dagegen gewesen zu sein. Andererseits schien der Bretonische Club in seinen Bestrebungen sehr erfolgreich zu sein. Bis jetzt waren alle Gegenmaßnahmen der Krone krachend gescheitert. Langsam nickte er.

„Eine Verfassung teilt die Macht zwischen Krone und Bürgern. Da wir das Geld erwirtschaften, das der Adel ausgibt, sollten wir in der Tat an der Macht beteiligt sein“, antwortete er mit fester Stimme.

Le Chapelier nickte.

„Wie gesagt, um unser Ziel zu erreichen, benötigen wir jeden Mann. Jeder hat besondere Begabungen. Wir benötigen die Ihren für unseren Kampf.“

Julien staunte. In diesem politischen Gerangel, das ihm noch ganz und gar ungewohnt war, sollte er über unverzichtbare Fähigkeiten verfügen?

„Welche Fähigkeiten meinen Sie?“, fragte er.

„Man erzählt, Sie verstehen es, Geld zu verdienen, viel Geld. Genau das benötigen wir für unseren Kampf. Es wird sich lohnen. Eine Verfassung müsste natürlich die Teilung der Steuerlast mit dem Adel beinhalten. Denken Sie mal, wie viel Geld Ihnen das einbrächte."

Julien grinste. Diese Bretonen gefielen ihm immer besser. Sie wollten dem Adel nicht nur die Hälfte der Macht entreißen, sondern auch die Jahrtausende alten Privilegien. Er hat schon von diesem Rousseau und seinen unglaublichen Ideen gehört. Es schien, dass es eine ernstzunehmende Vereinigung gäbe, die es fertigbrachte, all diese Theorien Wirklichkeit werden zu lassen. Soweit er wusste, sah Rousseau das Übel der Gesellschaft darin, dass es Eigentümer von Grund und Boden gab. Nahezu aller Boden gehörte dem Adel und der Kirche.

„Ich bin dabei", sagte er.

„Gut", entgegnete sein Gegenüber und streckte ihm die Hand entgegen. Julien ergriff sie.

Wenig später erreichten Sie die Ballsporthalle, in der die Nationalversammlung tagte. Julien wurde aus seinen Gedanken gerissen, als er den Tumult vor dem Tor bemerkte. Überall patrouillierten Soldaten. Das Ballhaus war abgeriegelt. Würde nun der König zuschlagen und sie alle verhaften? Julien bedauerte seine Zusage, die Verfassung zu unterstützen. Allerdings gab es keine schriftlichen Dokumente. Die Soldaten schienen sich damit zufriedenzugeben, niemanden in das Gebäude zu lassen. So zog erneut die heimatlos gewordene Nationalversammlung durch Versailles. Le Chapelier bahnte sich den Weg an die Spitze des Zuges. Neben Bailly, dem Präsidenten der Nationalversammlung, waren dort auch der junge Anwalt aus Arras, Robespierre, und weitere Mitglieder des Bretonischen Clubs anzutreffen. Julien sah sich immer wieder um, ob sie von den Soldaten verfolgt wurden. Aber dies schien nicht der Fall zu sein.

Schließlich fanden sie in der Ludwigskirche eine neue Versammlungsstätte. Es folgten einige Reden, die das Vorgehen des Königs aufs Schärfste verurteilten. Nach etwa drei Stunden begann Julien der Kopf auf die Brust zu sinken. Immer wieder musste er sich zusammenreißen, nicht einzuschlafen. Plötzlich unterbrach ein neuerlicher Tumult die Eintönigkeit. Julien erhob sich und blickte zum Tor, wo das laute Gemurmel in Jubelrufe anschwoll. Um besser sehen zu können, stieg er auf das Bänkchen vor sich, das zum Knien während der heiligen Messe gedacht war. Kirchenfürsten strömten in den Raum. Wollte nun, nachdem der König abermals versagt hatte, die Nationalversammlung aufzuhalten, der Klerus einschreiten? Aber warum der Jubel? Ein ihm unbekannter Bischof begann zu sprechen. Das begleitende Geschrei war aber zu laut, als dass man etwas verstehen konnte. Endlich ebbten die Rufe und Gespräche ab.

„… deshalb haben wir uns dazu entschlossen, der Nationalversammlung beizutreten."

Die Menge jubelte. 149 Geistliche waren an diesem Tag dem Volk im Ringen um die Macht zur Seite getreten. Julien konnte es kaum glauben. Ihr Land würde sich für immer verändern.

Kapitel 55

Versailles, 23. Juni 1789

Der Herzog von Blois nahm auf seinem Sitz inmitten der übrigen Adeligen Platz. Der Klerus und der dritte Stand waren bereits auf ihren Plätzen versammelt. Erleichtert nahm der Herzog zur Kenntnis, dass fast alle Abgeordneten zur königlichen Sitzung erschienen waren. Auch hatten sich die Bürger und der Adel an die vorgegebene Sitzordnung gehalten, die, wie am ersten Beratungstag, nach Ständen getrennt vorgegeben war. Voller Abscheu musterte er den aufständischen Haufen der in Schwarz gekleideten Bürger, die wie zu Beginn dem hoch aufragenden Thron gegenübersaßen. Lautstark kündigten fünf Posaunisten den Einzug des Königs an. Zielstrebig bestieg der Monarch seinen Thron. Neben ihm nahm die Königin Platz. Um ihn scharten sich die Mitglieder der königlichen Familie. Vergeblich suchte der Herzog nach Necker, dem glücklosen Finanzminister. Zornesröte stieg ihm ins Gesicht. Dieser feige Taugenichts ließ heute den König im Stich?

Henri Evrard de Dreux-Brézé, Oberzeremonienmeister des Königs, eröffnete die Sitzung.

Als Erstes ergriff der König das Wort. Es war nicht ganz die flammende Rede, die sich der Herzog von Blois erhofft hatte. Mit säuerlicher Miene und zitternder Stimme verlas der König seine Ansprache. Wenn auch die Art des Vortragens einschläfernd wirkte, der Inhalt war klar und deutlich. Der König bekundete seinen Willen, dass die Trennung der Stände erhalten bleibe. Außerdem erklärte er alle Beschlüsse des dritten Standes für ungesetzlich. Ein gefährliches Murren erhob sich in den Reihen der Bürger. Ungerührt verlas der König die Liste einiger Reformen, die er umzusetzen gedenke. Abschaffung der Taille, der direkten Steuer, die der Feudalherr erheben konnte. Auch die Fronden, die hohen Pensionen, Ehrenprivilegien und Hofämter sollten abgeschafft werden. Weiterhin verkündete er die Abschaffung der Leibeigenschaft und die Einführung einer freien Presse.

Der Herzog von Blois erschrak. Der König hatte zwar die Beschlüsse der selbsternannten Nationalversammlung für nichtig erklärt und doch eben fast in Gänze deren Forderungen erfüllt. Wenigstens waren die alten Machtverhältnisse im Grunde wiederhergestellt. Der König schloss mit dem Befehl, auseinanderzugehen und in den jeweils zugewiesenen Räumen getrennt zu beraten. Daraufhin erhob er sich und verließ, gefolgt von der Königin und seinen Verwandten, den Saal.

Der Herzog von Blois erhob sich. Er konnte noch nicht einschätzen, ob der König eben einen Erfolg oder eine Niederlage erzielt hatte. Gemeinsam mit den anderen Vertretern des Adels verließ er den Saal. Als er sich beim Ausgang nochmals umsah, bemerkte er, dass die Bürger noch alle auf ihren Plätzen saßen. Sie würden doch nicht wagen, einen Befehl des Königs zu missachten?

Kapitel 56
Versailles

Julien sah den Adel und einen Großteil des Klerus den Saal verlassen. Beinahe wäre auch er aufgestanden, doch kein Abgeordneter der Bürger bewegte sich. Alle saßen in betretenem Schweigen da. Der König hatte die Nationalversammlung zerstückelt, das machte viele Abgeordneten wütend. Andererseits hatte er Zugeständnisse gemacht. Plötzlich erhob sich Mirabeau. „Ich gestehe, dass das, was Sie soeben gehört haben, das Heil des Vaterlandes ausmachen könnte, wenn nicht die Geschenke des Despotismus immer gefährlich wären."

Da kam de Dreuz-Brézé, der Oberzeremonienmeister, auf Mirabeau zu und erinnerte ihn an den Befehl des Königs, die Versammlung auf der Stelle aufzulösen. „Haben Sie den Befehl verstanden?", schloss er.

„Ja", antwortete Mirabeau. „Wir haben die Zumutungen vernommen, die man dem König untergeschoben hat, und Sie, der Sie hier sein Sprecher nicht sein können, der Sie hier weder Sitz noch Stimme haben, sind nicht berufen, uns seine Worte zu wiederholen." Mirabeau redete sich langsam in Rage. „Um aber jeder Zweideutigkeit und jedem Aufschub vorzubeugen, erkläre ich hier: Wenn man Sie beauftragt hat, uns hier fortzuweisen, müssen Sie sich Befehle beschaffen, um Gewalt anzuwenden, denn wir werden diesen Platz nicht räumen, es sein denn vor der Übermacht der Bajonette."

Wutentbrannt verließ der Oberzeremonienmeister den Saal, vielleicht, um die nötigen Bajonette herbeizurufen. Mirabeau war aber noch nicht fertig. Wortgewaltig stellte er den Antrag, für eine Unverletzlichkeit der Abgeordneten zu stimmen. Jubel brandete auf. Die Nationalversammlung hatte ihre Auflösung überstanden.

Kapitel 57

Paris

Mathilde versuchte, das Zittern ihrer Hand soweit zu unterdrücken, dass nicht allzu viel Wasser daneben ging. Kraftlos stellte sie den irdenen Krug beiseite, stütze den Kopf in die Arme und begann zu schluchzen. Sie hatte Angst. Jean hätte spätestens gestern zurück sein sollen. Schon heute hätte er wieder arbeiten müssen. War ihm etwas zugestoßen? Oder hatte er es sich doch anders überlegt und war einfach verschwunden? Ein Leben ohne Jean konnte sie sich nicht vorstellen. Immer wieder versuchte sie, sich zu beruhigen. Vielleicht hatte er sich nur verspätet und war direkt in die Manufaktur gegangen? Dann würde er gegen Abend auftauchen. Doch die Stunden verstrichen ohne die vertrauten Schritte auf den Stufen. Lange weinte sie sich in einen unruhigen Schlaf.

Plötzlich schrak sie auf. War da ein Geräusch gewesen? Bevor sie sich mit ihrem kugelrunden Bauch von der Lagerstatt hatte erheben können, schwang die Tür auf. Mathildes Herz machte einen Sprung. Im selben Moment erkannte sie aber die Umrisse Pierres. Nicht Jean war heimgekehrt, Pierre war von einem seiner nächtlichen Streifzüge zurück. Wortlos ging er zu seiner Lagerstatt und warf sich hin.

„Pierre", rief Mathilde flehend. „Pierre!"

„Was gibt's denn?", brummte er, als hätte er längst geschlafen.

„Jean ist nicht zurückgekehrt."

„Er wird schon noch kommen", erwiderte Pierre. „Vielleicht ist er noch etwas trinken gegangen."

Mathilde wusste, dass Pierre von sich auf andere schloss. „Ich glaube nicht, ihm ist bestimmt etwas zugestoßen."

Pierre setzte sich auf.

„Das kann schon sein. Bei deiner Familie weiß man ja nie, ob man lebend zurückkommt“, fauchte er genervt.

Mathilde fühlte sich wie von einem Speer durchbohrt. Sie begann hemmungslos zu weinen. Pierre sah sie unsicher an, legte sich dann wieder hin und drehte sich weg.

Mathilde fühlte ein Stechen im Herzen. Aber nicht nur das Herz tat ihr weh. Ihr ganzer Leib krampfte sich zusammen. Der Schmerz nahm ihr den Atem. Laut schrie sie auf. Als der Schmerz etwas abebbte, rief sie Pierre zu, der sich erschrocken aufgerichtet hatte: „Pierre, das Kind…“

Wieder überkam sie eine Welle unerträglicher Schmerzen. Sie spürte, wie etwas in ihr zerriss, und ein Schwall warmer Flüssigkeit ergoss sich aus ihrem Schoß. Stöhnend sank sie auf ihr Lager. Pierre sprang auf, lief zu ihr.

„Hol die Hebamme“, keuchte Mathilde.

„Wo ist sie?“

„In der Rue Saint-Paul“, stieß sie hervor. „Madame Roux.“

Pierre schoss in die Höhe und erreichte mit zwei Schritten die Tür.

Mathilde stöhnte. Sie hoffte inständig, dass Pierre wirklich Hilfe holte und nicht nur die Gelegenheit zur Flucht nutzte. Sie wusste, dass er mit Druck nicht recht umgehen konnte. Zwischen den Schmerzwellen konnte sie ein wenig durchschnaufen. Laut begann sie zu beten.

„Herr, bitte sende Hilfe herbei …“, eine neue Schmerzwelle unterbrach ihr Gebet. Schweiß rann ihr über das Gesicht. Mit letzter Kraft bewegte sie sich auf die Seite. Der Schmerz ließ nach. Verzweifelt weinend drehte sie sich weiter, stemmte sich auf alle Viere. Erneut übermannte sie der Schmerz. Ihr Blick verschwamm, alles ums sie herum schien im Schmerz zu versinken. Im Stillen schloss sie ihren Frieden mit dem Tod. Und doch regte sich in ihr noch ein anderes Gefühl: Wut über ihre Hilflosigkeit. Mit letzter Kraft klammerte sie sich an diese Wut. Sie stemmte sich hoch und begann wie wild zu pressen. Wie Wellen durchfloss der Schmerz ihren Körper. Sie gelangte in einen

Rhythmus, überließ sich dem Schmerz, der Wut, ihrem Körper. Plötzlich geschah etwas. Der Schmerz ließ nach. Tiefe Erschöpfung umfing sie. War das der Tod? Ein Schrei drang an ihr Ohr. Das Kind! Mit letzter Willenskraft raffte sie sich auf, drehte sich um. Dann sah sie ihren Sohn. Eine wärmende Liebe durchströmte sie, als sie in das runzelige Gesichtchen sah.

In diesem Moment flog die Tür auf und Pierre stürmte ins Zimmer. Hinter ihm schob sich Madame Roux durch die Tür. Sofort gab sie Pierre Anweisungen. Er sollte Wasser warm machen und saubere Tücher holen. Sie beugte sich über Mathilde und das Kind.

Mathilde sank dankbar zurück auf ihr Lager. Madame Roux besah sich das Neugeborene, klemmte mit einer mitgebrachten Klammer die Nabelschnur ab und hielt Mathilde den kleinen Jungen entgegen. Durch einen Schleier von Erschöpfung betrachtete sie ihren Sohn. Seine Haut, die zu Beginn leicht bläulich gewesen war, färbte sich langsam rosig. Über der rechten Brustwarze gewahrte sie ein feuerrotes Mal in der Form einer Jakobsmuschel. Sie erstarrte.

Kapitel 58

Versailles, 27. Juni 1789

Der Herzog von Blois trat in das Arbeitszimmer des Kriegsministers. Sein Vorgesetzter Louis-Pierre de Chastenet de Puységur war im Herbst durch Neckers Betreiben Kriegsminister geworden. Abermals war der Herzog von Blois Stellvertreter geblieben, obwohl Chastenet nur Graf war und somit gesellschaftlich unter ihm stand. Das Glück, als Kommandant eines Regiments einige Siege errungen zu haben, und ein vertrautes Verhältnis zur Familie Neckers machte noch keinen guten Kriegsminister aus ihm, grollte der Herzog. Wie konnte er untätig zusehen, wie der Pöbel dem König auf der Nase herumtanzte und an den Sockeln des Staates rüttelte? Ein Kriegsminister musste in der Lage sein, den Staat und vor allem den König zu schützen, wenn nötig, sogar vor sich selbst.

Förmlich grüßte er den Minister. Chastenet blickte von seinem Schreibtisch auf und musterte seinen Stellvertreter mit zusammengekniffenen Augen.

„Was gibt es?“, forderte er den Herzog zum Sprechen auf.

„Überall in der Stadt entsteht Aufruhr. Das Treiben der sogenannten Nationalversammlung muss dringend unterbunden werden. Wenn wir diesem Theater noch länger untätig zusehen, werden wir denen bald das Schloss überlassen müssen.“

Chastenet blickte den Herzog amüsiert an.

„Übertreibt Ihr da nicht ein wenig? Was schlagt Ihr vor, um die Krone zu retten?“

„Wir müssen auf der Stelle alle verfügbaren Regimenter nach Paris beordern. Sobald wir genug Soldaten in der Stadt haben, um die öffentliche Ordnung zu gewährleisten, muss jeder Abgeordnete der Nationalversammlung verhaftet und angeklagt werden."

Chastenet sah ihn verständnislos an.

„Haben Sie die entsprechenden Befehle des Königs?", fragte er mit überlegenem Tonfall.

„Nein, das ist ja das Problem, deshalb müssen Sie den König überzeugen", entgegnete der Herzog ungeduldig.

„Was hat der König geantwortet, als Sie ihm gemeldet haben, dass die Abgeordneten des dritten Standes den Saal nicht verlassen wollen? Hat er geantwortet: Lasst sie verhaften?"

Der Kriegsminister sah den Herzog fragend an, als erwarte er eine Antwort. Dann fuhr er fort: „Er hat geantwortet, dass, wenn sie nicht gehen wollen, eben sitzen bleiben sollen."

„Aber ist es nicht die Aufgabe des Kriegsministers, den König zu verteidigen? Lassen Sie ihn sterben, wenn er sich nicht selbst vor einer feindlichen Armee verteidigen kann?" Wütend drehte er sich um und verließ den Raum, ohne auf eine Antwort des Ministers zu warten. Von seinem Vorgesetzten hatte er keine Hilfe zu erwarten. Er würde sich selbst um die Verteidigung des Königs kümmern müssen. Er verließ den Ministerflügel und passierte das Tor zum Schloss. Die Wachsoldaten grüßten ihn ehrerbietig.

Die Uhr schlug drei. Er hatte noch eine Stunde, bevor die Versammlung der Adligen erneut zusammentrat. Bis dahin brauchte er einen Plan zur Rettung des Königs und des ganzen Landes. Ihm brach der Schweiß aus. Er musste dringend den Prinzen von Condé sprechen. Dieser verfügte über Macht und Mittel, am Kriegsminister vorbei Maßnahmen einzuleiten. Er hastete die langen Flure entlang. Die sorglos umherflanierenden Höflinge und Hofdamen steigerten seinen Zorn. Sie begriffen nicht, dass ein Verlust der Privilegien des Adels kurz bevorstand. Endlich erreichte er die Tür zu den Gemächern des Prinzen. Die beiden Gardesoldaten, die die Türe bewachten, ließen ihn ein. Ein livrierter Diener meldete den Ankömmling.

Kurz darauf betrat der Prinz von Condé den Empfangsraum. Lebensgroße Gemälde der Familienangehörigen und Vorfahren schmückten die mit edlen Stoffen bespannten Wände.

„Von unserem zaghaften Kriegsminister können wir nichts erhoffen", platze der Herzog heraus.

„Wir müssen andere Wege finden, den König zu retten."

„So lange der Adel nicht ebenfalls beginnt, zu den Bürgern überzulaufen, wie es die Priester getan haben, ist noch nicht alles verloren", entgegnete der Prinz.

„Dennoch sollten wir dringend auf das Schlimmste vorbereitet sein", ergänzte er.

„Wir brauchen Soldaten in der Stadt. Genug Soldaten, um die öffentliche Ordnung zu gewährleisten, auch wenn wir die sogenannte Nationalversammlung verhaften lassen müssen", sagte der Herzog eindringlich.

„Wie viele Truppen können Sie ohne das Siegel des Kriegsministers zusammenziehen?", fragte der Prinz.

„Ein bis zwei Regimenter. Das wird aber nicht ausreichen."

„Ich werde noch heute mein Regiment nach Paris befehlen", versprach der Prinz. „Haben wir genügend Waffen und Munition, um einen Aufstand niederzuschlagen?"

„Ich habe Befehl gegeben, weitere 30.000 Musketen und fünf Millionen Schuss Munition zu lagern."

Der Prinz nickte zufrieden.

„Wo haben Sie solche Mengen untergebracht?"

„Im Invalidenhaus", gab der Herzog zurück.

Das Invalidenhaus war eine von Ludwig XVI. erbaute Anlage zur Unterbringung von Kriegsveteranen und Kriegsversehrten. Es glich einer großen Kaserne, in der auch das Leben einem militärischen Drill oder einer klösterlichen Ordnung unterworfen war. So war es gelungen, die Stadt vor den tausenden mittellosen Veteranen zu befreien, die eine Gefahr für die öffentliche Ordnung darstellten. Diese Einrichtung unterstand dem Befehl des stellvertretenden Kriegsministers.

Ein Klopfen an der Tür unterbrach das Gespräch. Ein Diener in der Livree des Prinzen betrat den Raum, verbeugte sich und reichte dem Prinzen einen Brief auf einem Silbertablett. Der Prinz nahm den Brief, brach das Siegel und überflog die Zeilen. Sein Kopf lief rot an.

„Gibt es Neuigkeiten?", fragte der Herzog besorgt.

„Mein Informant schreibt, dass soeben bekannt wurde, dass sich mindestens fünfzig Adelige der Nationalversammlung angeschlossen haben. Darunter der Marquis de La Fayette und ..." Der Prinz verstummte. Seine Gesichtsfarbe wechselte in ein fahles Weiß.

Der Herzog konnte nur schwer seine Besorgnis und Neugierde zurückhalten. Endlich sprach der Prinz weiter: „Und auch der Herzog von Orléans, der Bruder des Königs..."

Dem Herzog blieb die Luft weg. Sogar von der eigenen Familie wurde der König verraten. Er hatte immer vermutet, dass der Herzog von Orléans eigene Pläne verfolgte und gegen den König intrigierte. Dass er sich nun offen gegen den König stellte, hatte er dennoch nicht erwartet.

„Wir benötigen mehr Soldaten. Mit den Regimentern des Herzogs von Orléans können wir nicht rechnen. Wenn wir Glück haben, müssen wir nicht gegen sie kämpfen", sagte der Herzog.

„Wenn französische Soldaten gegen französische Soldaten kämpfen, steht das Ende bevor. Hoffentlich wird es nicht dazu kommen", erwiderte der Prinz. „Dennoch werde ich versuchen, Ihnen das Kommando über die Garderegimenter zu übertragen. Auf ihre Loyalität können wir zählen."

Erneut klopfte es an der Tür. Wieder trat ein livrierter Diener ein. Diesmal trug er die Farben des Königs. „Königliche Hoheit, der König bittet alle verbliebenen Abgeordneten des Adels zu einer Zusammenkunft."

Der Prinz nickte dem Diener zu. Herzog und Prinz machten sich auf den Weg ins Zentrum des Schlosses. Endlich würde der König ein Machtwort sprechen.

Kaum waren die übrigen Adeligen versammelt, wurde das Eintreten des Königs gemeldet. Der Herzog erschrak. Anstatt eines wütenden Herrschers, der angesichts des größtmöglichen Verrats die Verbliebenen auf den Kampf einschwört, trat ein in sich gekehrter Mann mit hängenden Schultern vor die Abgeordneten. Der König schien nicht vom Kampfgeist beseelt, im Gegenteil, er hatte den Kampf aufgegeben.

„Ich habe beschlossen, dass heute alle Abgeordnete der Bürger, der Kleriker und des Adels die Nationalversammlung bilden. Wer also dieser noch nicht beigetreten ist, möge dies nun tun. Morgen wird die Nationalversammlung in der neuen Besetzung tagen."

Der König verließ den Raum. Zurück blieben fassungslose Herzöge, Grafen und Prinzen.

Der Herzog spürte, wie seine Knie weich wurden. Hilfesuchend blickte er zum Prinzen von Condé. Dieser kam auf ihn zu und raunte ihm ins Ohr:

„Wir bleiben dabei: Zieht so viele Truppen wie möglich zusammen."

Der Herzog nickte. Er konnte es immer noch nicht fassen, dass er gerade Zeuge gewesen war, wie der König selbst befohlen hatte, die Grenzen zwischen den Ständen aufzuheben.

KAPITEL 59
Paris

Seit sein Vater als Abgeordneter in Versailles tagte, hatte Maximilien praktisch die Führung des Familienimperiums übernommen. Er gebot über eine stattliche Handelsflotte von sieben Schiffen und die familieneigene Waffenmanufaktur in Paris. Offiziell war zwar sein Vater nach wie vor das Oberhaupt, doch gestattete es ihm seine politische Laufbahn immer seltener, sich um die alltäglichen Dinge des Geschäfts zu kümmern. Maximilien hatte diese Herausforderung gern angenommen. Außerdem stand ihm der Anwalt der Familie bei, der zugleich sein engster Freund war. Auch Hélène, seine Schwester, brachte immer wieder neue Ideen ein, für die Maximilien dankbar war. Sie verfügte über ein erstaunliches Gespür für andere Menschen. Schon oft hatte sie ihm wichtige Hinweise gegeben, wenn er in Verhandlungen feststeckte. Obwohl es ungewöhnlich war, eine Frau in die Entscheidungen einzubeziehen, war es mittlerweile zur Gewohnheit geworden, dass er sich über die wesentlichen Fragen des Geschäfts mit ihr austauschte.

Zufrieden überflog er die letzte Seite des Geschäftsbuches. Eine riesige Lieferung von 30.000 Musketen an die Krone hatte eine enorme Summe in die Kasse gespült. Das beträchtliche Bestechungsgeld, das er laut einem geheimen Vertrag an den Herzog von Blois zahlen musste, vermochte kaum den Triumph zu schmälern. Sein Vater würde sehr zufrieden mit ihm sein.

Ein Klopfen an der Tür ließ in aufschrecken.

„Ja?“, rief er.

Die Tür öffnete sich und Inès, das neue Dienstmädchen, streckte den Kopf zur Tür herein.

„Monsieur Pinot, Monsieur Moreau erwartet Sie."

Maximilian gefiel die neue Dienstmagd, besonders ihre wachen, dunklen Augen, ihre schlanke Figur und ihre Schüchternheit.

„Ich komme sofort, Inès. Würdest du mir meinen Gehrock und meinen Hut bringen?"

„Sofort, Monsieur Pinot", gab Inès zurück und verließ das Arbeitszimmer.

Er legte das in Leder gebundene Geschäftsbuch beiseite und erhob sich.

Als er den Salon betrat, stand Robert am Fenster und blickte hinaus.

„Gehen wir? Oder komme ich ungelegen?"

Robert drehte sich erschrocken um. Maximilien lachte und klopfte dem Freund auf die Schulter. Inès brachte Maximilians schwarzen Gehrock und den ebenfalls schwarzen Dreispitz. Maximilien griff nach dem Hut, setzte ihn sich auf den Kopf, nahm dem Dienstmädchen den Rock vom Arm und schlüpfte hinein. Seine Kleidung entsprach ganz der neuen Mode, die schwarze Tracht der Nationalversammlung. Auch Robert trug zu seiner schwarzen Kniebundhose einen schwarzen Gehrock und Dreispitz.

Gemeinsam verließen sie das Haus der Pinots und stiegen in eine Mietdroschke. „Zum Palais Royale", rief Maximilien dem Kutscher zu. Die Peitsche knallte und mit einem Ruck setzte sich die Kutsche in Bewegung.

„Was hältst du von unserem neuen Dienstmädchen?", begann Maximilien das Gespräch.

„Ganz in Ordnung", gab Robert zurück.

„Ganz in Ordnung? Ist das alles? Was ist los mit dir? Du beschäftigst dich eindeutig zu viel mit griechischer und römischer Philosophie, am Ende verliebst du dich noch in mich." Robert verpasste ihm einen Stoß mit dem Ellbogen.

„Nein, keine Angst, ich gedenke nur, mich längerfristig zu binden."

Maximiliens Interesse war geweckt. „Wer ist die Glückliche? Ich hoffe, du schaust nicht nur aufs Geld, sie sollte auch im Bett ihre Qualitäten haben."

Robert öffnete den Mund und schloss ihn wieder.

„Na los, sag schon", drängte ihn Maximilien.

„Ich werde Hélène heiraten."

Maximilien verschlug es die Sprache. Er spürte Wut in sich aufsteigen. Gerade wollte er zu einer Tirade ansetzen, als der Freund weitersprach: „Ich habe gestern mit deinem Vater gesprochen. Er hat eingewilligt. Hélène hat auch zugestimmt."

Maximilien blieben die Flüche im Hals stecken. Es war also beschlossene Sache. Es ärgerte ihn, dass er es als Letzter erfuhr und dass die hochgelobten Qualitäten im Bett nun mit seiner Schwester in Verbindung standen. Allerdings musste er sich selbst eingestehen, dass er das Thema aufgebracht hatte.

„Na gut, um unserer Freundschaft willen stimme ich zu."

Robert verzichtete auf den Hinweis, dass seine Zustimmung nicht erforderlich war. Stattdessen bot er Maximilien die Hand. „Wir sind bald nicht nur Freunde, sondern Verwandte. Darauf sollten wir trinken."

„Wahrlich, darauf sollten wir trinken!"

Wenig später hielt die Droschke vor dem Palais Royale. Die beiden Freunde stiegen aus. Maximilien bezahlte den Kutscher, dann betraten sie das berühmt-berüchtigte Gelände des Palais Royale, Sitz des Herzogs von Orléans. Als Mitglied der Königsfamilie genoss der Herzog höchste Privilegien. Es hatte sich weit herumgesprochen, dass auf dem Gelände seines Anwesens aufrührerische Reden geführt wurden. Da die Polizei das Areal nicht betreten durfte, lief man nicht Gefahr, verhaftet zu werden. Auch die beiden Freunde waren gekommen, um einen jungen Abgeordneten der Nationalversammlung zu hören. Camille Desmoulins war ein glühender Verehrer Jean-Jacques Rousseaus und ein brillanter Redner. Maximilien und Robert folgten dem

Menschenstrom in den Innenhof des Stadtpalastes. Umgeben von den Arkadengängen, die jedwede Art der Unterhaltung boten, war eine Bühne aus groben Brettern errichtet worden. Etwa zweihundert Menschen hatten sich schon eingefunden. Maximilien fiel auf, dass sich unter den Anwesenden viele Soldaten befanden. Doch sie schienen nicht im Dienst zu sein, einige von ihnen hatten die Uniformjacken aufgeknöpft, hielten Weinbecher in der Hand oder eine spärlich bekleidete Frau im Arm. Immer mehr Menschen strömten zusammen. Auf der Bühne machte sich ein älterer Mann daran, die Menge bei Laune zu halten. Auch er hatte wohl von Rousseau gehört, war jedoch kein guter Redner. Maximilien verlor schnell das Interesse an ihm und musterte die anwesenden Menschen. Einfache Arbeiter mischten sich mit Advokaten, Kaufleuten, Soldaten und sogar den ein oder anderen Adeligen vermutete er in der Menge, auch wenn er die Gesichter nicht erkannte. Robert hatte zwei Becher Wein erstanden. Nun konnten sie auf die künftige Verwandtschaft anstoßen. Und endlich wurde auf der Bühne der Hauptredner angekündigt; Camille Desmoulins.

Desmoulins konnte kaum älter sein als Maximilien selbst. Er steckte in der einfachen schwarzen Kleidung der Nationalversammlung. Sein knapp schulterlanges, leicht gelocktes Haar trug er offen. Seine Gesichtszüge hatten fast etwas Gemütliches, wären da nicht die feurigen Augen gewesen, die einen sofort in den Bann zogen. Es waren diese Augen, die mit einem Mal die Menge zum Schweigen brachten.

„Bürger", begann er seine Rede. Nach diesem ersten Wort machte er eine längere Pause. Gespannt hingen die Menschen an seinen Lippen.

„Heute ist ein denkwürdiger Tag. Das französische Volk hat einen großen Sieg errungen." Wieder hielt er inne. „Einen großartigen Sieg des Volkes gegen die Despotie."

Das letzte Wort spie er förmlich aus, und die Menge jubelte ihm zu.

Er sprach davon, wie der König, der Despot selbst, seinen Getreuen befohlen hatte, das Volk zu unterstützen, dass also der König selbst die Ungerechtigkeit der Despotie erkannt hatte.

„Deshalb rufe ich euch auf, ja, und ich meine besonders euch, ihr tapferen Soldaten: Erkennt auch ihr wie unser König, dass die Despotie ungerecht ist. Wie er seinen Getreuen befohlen hat, sich künftig auf die Seite des Volkes zu schlagen, schlagt auch ihr euch auf die Seite des Volkes! Sollten eure Offiziere etwas anderes behaupten, glaubt ihnen nicht. Seid diesen Treulosen ungehorsam und tragt diesen Ungehorsam in eure Kasernen!"

Die Rede hatte ihren Höhepunkt erreicht. Die Menge tobte. Die Soldaten tranken dem Redner zu und gelobten, künftig der Despotie nicht mehr zu dienen.

Maximilien spürte, wie Angst in ihm aufstieg. Was würde geschehen, wenn sich die Soldaten gegen die Offiziere stellten? Nichts würde sein wie vorher. Ringsum reckten die Männer ihre Fäuste in die Luft und brüllten: „Es lebe die Freiheit!" und „Freiheit von der Despotie!".

Konnte es falsch sein, für die Freiheit zu kämpfen? War er selbst so sehr der Despotie verfallen, dass er Angst vor der Freiheit hatte? Mit einem Ruck richtete er sich auf und reckte ebenfalls die Fäuste in die Höhe. Mit lauter Stimme rief er: „Freiheit!"

Jeden Zweifel fühlte er entweichen. Eine Welle der Begeisterung einte ihn mit den Umstehenden.

KAPITEL 60

Paris

Mathilde ging in dem kleinen Zimmer langsam auf und ab. Leise summte sie ein Lied, das einst ihre Mutter für sie gesungen hatte. Auf dem Arm trug sie ihren kleinen Sohn. Sie fühlte sich immer noch schwach von der Geburt und unendlich traurig. Mit großer Freude hatte sie die Geburt erwartet. Doch Jeans Verschwinden und die Erkenntnis, dass Monsieur Pinot der Vater ihres Kindes war, stürzten sie in eine tiefe Verzweiflung. Wo war Jean? Was war ihm zugestoßen? Und was sollte sie ihm sagen, sollte er doch noch auftauchen? Sicher würde er sie verlassen, wenn er erführe, dass sie das Kind eines anderen geboren hatte. Große Tränen rannen über ihre Wangen und fielen auf das Köpfchen des Säuglings. Eigentlich hätte sie ihn nach Jeans Vater Bernard nennen wollen. Nachdem sie das rote Mal auf seiner Brust entdeckt hatte, hätte sie ihn lieber aussetzen wollen. Monsieur Pinot verabscheute sie, dieses kleine Wesen weckte in ihr aber eine bedingungslose Liebe. Zuerst hatte sie sich dagegen gewehrt, doch diese Liebe hatte ihren Hass in Traurigkeit und Schmerz verwandelt. Mittlerweile schämte sie sich dafür, nur daran gedacht zu haben, ein solch schutzloses Wesen auszusetzen. Sie gewöhnte sich immer mehr an das Leben mit Kind. Die Hebamme hatte ihr gezeigt, wie man den Säugling an die Brust legt, wie man ihn wickelt. Pierre hatte sich vor der strengen Hebamme bereiterklärt, die Wöchnerin mit ausreichend Essen zu versorgen. Einmal hatte er den Kleinen auf den Arm genommen. Mathilde hatte bemerkt, wie sein sonst so stechender Blick weich geworden war. An diesem Morgen war er aufgebrochen, um nach Jean zu suchen. Mathilde wusste, wie sehr Pierre an seinem älteren Bruder hing, obwohl er es kaum zeigen konnte.

Plötzlich schlug der Säugling seine Augen auf und schien fast zu lächeln, als er das Gesicht seiner Mutter über dem seinen erblickte. Mathilde durchflutete ein Gefühl der tiefen Zuneigung. Das Lächeln des Kindes wich einen Moment später einem fragenden, kritischen Ausdruck, und mit einem Gurgeln ergoss sich ein schaumiger weißer Schwall aus dem kleinen Mund über Mathildes Hand. Mathilde beeilte sich, das Erbrochene mit einem Tuch aufzutupfen, als sie hinter sich die Tür knarren hörte.

„Einen Moment, der kleine Racker hat wieder einmal sein Abendessen ausgespuckt“, sagte Mathilde. Die Hebamme hatte ihr versichert, dass das ganz normal sei. Es war sehr lieb von ihr, dass sie regelmäßig vorbeischaute, ohne dafür Lohn zu berechnen. Sie hatte ein Herz für alleinstehende Mütter. Kaum hatte Mathilde ihre Hand und den winzigen Mund von dem weißen Schaum befreit, drehte sie sich nach der Hebamme um. Ihr Herz setzte einen Schlag aus. An der Tür stand Jean. Vor Schreck hätte sie beinahe das Kind fallen lassen. Tränen schossen ihr in die Augen. Erst jetzt bemerkte sie den schmutzigen Verband an Jeans Kopf und das blutunterlaufene rechte Auge. Was war ihm geschehen? Sie wollte etwas sagen, öffnete den Mund und schloss ihn wieder. Die Tränen nahmen ihr die Sicht. Schnell versuchte sie mit der Schulter die Augen freizuwischen, aus Sorge, Jean könnte wieder verschwinden, wenn sie ihn einen Moment aus den Augen verlor. Langsam näherte er sich. Ungläubig blickte er auf das Kind in ihrem Arm.

„Ist das unser Kind?“

Mathilde schluckte. Sie fühlte sich, als wollte etwas in ihr zerspringen. Das Zimmer begann vor ihren Augen zu tanzen, in ihrem Ohr pochte ein winziges Hämmerchen. Schluchzend sank sie in Jeans Arme.

„Es ist Bernard“, hauchte sie.

Jean schloss die beiden in seine Arme. Auch er begann hemmungslos zu weinen.

Es war bereits dunkel geworden, als Mathilde soweit die Fassung wiedererlangt hatte, dass sie Jean fragen konnte, was ihm zugestoßen war.

„Eine Räuberbande hat mich überfallen", erwiderte er. Mathilde tastete vorsichtig nach seinem Verband. Jean zuckte zusammen. „Einer der Räuber hat mir einen Stock auf den Kopf gehauen. Ich muss einige Stunden bewusstlos gewesen sein. Ich habe versucht weiterzugehen, aber ich musste eine längere Pause einlegen. Ich hatte keine Kraft mehr in den Beinen und fürchterliche Kopfschmerzen."

„Hauptsache du bist jetzt wieder da", flüsterte Mathilde und drückte ihn fest an sich. „Hast du meinen Vater angetroffen?"

Jean zögerte mit einer Antwort.

„Du hast keine Heiratserlaubnis bekommen oder?", fragte Mathilde.

„Ich hatte sie", erwiderte Jean. „Ich hatte sie, bis mir die Räuber meinen Beutel gestohlen haben."

Kapitel 61

Soissons, 2. Juli 1789

Vor sieben Tagen hatte das Regiment de Bourbonnais Metz verlassen und marschierte ins Landesinnere. Das Ziel war nur den hohen Offizieren bekannt. Doch spätestens, als das Regiment bei Reims weiter in Richtung Westen marschiert war, wussten die Soldaten: Es ging nach Paris. Seitdem wurde in den all abendlich errichteten Feldlagern lebhaft darüber diskutiert, warum das Regiment nach Paris verlegt worden war. Louis Philippe wusste, dass es dort zu Unruhen gekommen war. Noch viel wichtiger aber war ihm das Wiedersehen mit Sophie. Seit seiner Stationierung in Metz war kein Tag vergangen, an dem er sie nicht vermisst hatte. Wie würde sie ihn nach einer so langen Zeit der Trennung empfangen?

„Capitaine, wir haben den Ort erreicht, wo wir unser Quartier aufschlagen sollen", unterbrach Leutnant Bonnet seine Gedanken.

„Sind wir schon in Soissons?"

„Wir sind eben daran vorbeimarschiert", gab der Leutnant zurück. „Laut unserem Erkundungstrupp können wir rechts neben dem Wäldchen Quartier nehmen. Ein Bauernhaus, mehrere Scheunen und ein Brunnen bieten beste Voraussetzungen."

„Geben Sie Befehl, dort das Quartier aufzuschlagen. Wo können die Offiziere nächtigen?"

„In Soissons. Dort wurden genug Schlafräume requiriert. Der Kommandant erwartet alle Kompaniechefs um neun Uhr zur Besprechung."

„Danke, gebt Befehl, Quartier zu nehmen. Sie werden hier im Bauernhaus nächtigen und die Kompanie beaufsichtigen. De Morel soll mit mir nach Soissons kommen", entschied Louis Philippe. Er wendete seinen Grauschimmel, gab dem Tier die Sporen und trabte der kleinen, befestigten Stadt Soissons entgegen. Noch bevor er das Stadttor erreichte, hörte er Hufgetrappel hinter sich. De Morel, sein zweiter Leutnant, hatte ihn eingeholt. Es war immer gut, einen weiteren Offizier bei sich zu haben, falls es nötig wurde, Befehle des Regimentskommandanten schnell an die Kompanie weiterzugeben. Louis Philippe mochte den etwas älteren Leutnant. Er stammte aus dem mittleren Adel und hatte sich als loyaler Offizier bewährt. Außerdem war er ein angenehmer Zeitgenosse.

„Gibt es Neuigkeiten?", fragte Louis Philippe, um ein Gespräch zu beginnen.

„Eben ist ein Trupp aus Paris zu uns gestoßen, Befehle, Post und Männer, die Heimaturlaub hatten", antwortete de Morel.

Louis Philippe horchte auf. War vielleicht ein Brief an ihn dabei? Erlösende Zeilen seiner Sophie? Er bemühte sich, das Gespräch im Plauderton weiterzuführen.

„Ich könnte wetten, die staunen nicht schlecht, wenn sie erfahren, dass sie gleich wieder zurückmarschieren werden."

De Morel nickte.

Sie erreichten das Stadttor. Es stand offen und einige Wachen nickten ihnen mürrisch zu. Louis Philippe konnte ihre Stimmung verstehen. Überall, wo sich ein Regiment einquartierte, brachte es das Stadtleben gehörig durcheinander. Hungrige und vor allem durstige Soldaten zogen durch die Straßen, und nicht alle hielten sich an die Befehle ihrer Offiziere, das Eigentum und die Töchter der Einwohner in Frieden zu lassen. Andererseits spülte es Geld in die Kassen der Gasthäuser. Auch die Bauern und Händler tätigten große Geschäfte - Nicht immer freiwillig, denn im Streitfall konnte die Armee die benötigten Lebensmittel einfach beschlagnahmen. Doch überwiegend wurde für alles bezahlt, wenn auch nicht immer zum aktuellen Marktpreis.

Louis Philippe lenkte seinen Grauschimmel in Richtung der hoch aufragenden Türme der Kathedrale. Irgendwo dahinter sollte das Rathaus sein, das für heute Nacht als Hauptquartier diente.

„Kaum zu glauben, dass dieses Städtchen einst Hauptstadt des Frankenreichs war“, sagte de Morel.

„Wirklich?“, stieß Louis Philippe überrascht hervor.

„Ja, aber nur ein paar Jahre lang, vor 1300 Jahren. Einige Könige haben hier gelebt.“

Louis Philippe sah sich um. Es war ein nettes Städtchen, aber königlich sah es nicht aus. Fachwerkhäuser drängten sich an den engen Gassen. Trotz der imposanten Kathedrale im Stadtkern erschien es im Vergleich zu Versailles geradezu als Bauerndorf.

Seine Unterkunft fand er in einem kleinen Stadtpalais schräg gegenüber des Rathauses. Vor der Besprechung mit dem Kommandanten wollte er unbedingt erfahren, ob ein Brief für ihn bei der Post war. Louis Philippe übergab sein Pferd einem Stallknecht und betrat das Rathaus. Dort erkundigte er sich bei einem jungen Adjutanten des Kommandanten, wo die Post ausgegeben werde. Eiligen Schrittes ging er den langen Korridor entlang und trat nach kurzem Klopfen in die besagte Tür. Zwei Soldaten waren gerade dabei, einen Sack voller Briefe auf einen Tisch aus dunklem Holz zu leeren. Als sie ihn sahen, legten Sie eiligst den Sack zur Seite und salutierten.

„Weitermachen“, befahl er kurz angebunden. „Ist ein Brief an mich dabei? Louis Philippe de Blois?“

Eilig begannen die beiden den Haufen von Briefen zu durchsuchen. Louis Philippe holte zwei kleine Silbermünzen aus seinem Geldbeutel und legte sie auf den Tisch, um den Eifer der beiden anzuspornen. Bald grinste der eine Soldat und offenbarte eine große Zahnlücke im Oberkiefer. Er reichte Louis Philippe einen Brief. Sofort erkannte der Offizier die klare Handschrift seines Vaters. Enttäuscht steckte er den Brief in die Tasche seiner Uniformjacke und gab den Soldaten mit der Hand ein Zeichen, dass sie weitersuchen sollten. Nachdem sie etwa die Hälfte des

Stapels durchsucht hatten, brummte der Soldat mit der Zahnlücke erfreut und reichte Louis Philippe erneut einen Brief. Diesmal gab es keinen Zweifel, dieser Brief stammte von Sophie. Glücklich wandte er sich um und ließ die beiden mit ihrem Sack allein. Ungeduldig brach er das Siegel. Bevor er den Brief lesen konnte, hörte er Schritte hinter sich.

„Kommen Sie mit, de Blois, es gibt neue Befehle“, hörte er die tiefe Stimme des Regimentskommandanten. Maréchal de camp Victor-Francois de Broglie schritt an ihm vorbei und schlug ihm freundschaftlich auf den Rücken. Schweren Herzens schob Louis Philippe den Brief von Sophie zu dem seines Vaters in die Jackentasche und folgte seinem Kommandanten. Kaum hatten sie einen Saal mit großen Wandgemälden und samtenen Vorhängen betreten, sah Louis Philippe, dass bereits alle Kompaniechefs anwesend waren. De Broglie begann ohne Umschweife.

„Meine Herren, wir haben eben Befehl erhalten, nicht sofort nach Paris weiterzumarschieren, sondern hier auszuharren, bis wir in Paris benötigt werden.“

Erstaunt sahen sich die Offiziere an.

„Veranlassen Sie also alles Nötige. Gibt es Fragen?“

„Von wem kommt der Befehl? Hat sich die Lage in Paris beruhigt, dass unsere Anwesenheit nicht mehr notwendig ist?“, fragte Louis Philippe.

„Wie es der Militärgewohnheit entspricht, kommt der Befehl aus dem Kriegsministerium“, erwiderte der alte Kommandant nicht ohne Spott in der Stimme. „Und nein, die Lage hat sich wohl nicht beruhigt, der Pöbel soll aber durch die Anwesenheit vieler Soldaten nicht unnötig aufgeschreckt werden.“

Lautes Gemurmel erhob sich.

„Bis jetzt sollten wir die Leute durch unsere Anwesenheit einschüchtern, jetzt sollen wir sie nicht aufschrecken? Versteht das jemand?“, brummte Philippe du Cambout, Chef de Bataillon.

„Befehl ist Befehl. Außerdem wurden wir darüber informiert, dass es in einigen Regimentern zu Unruhen kam. Wir sollten ein

Auge auf unsere Männer haben. Sie dürfen abtreten", schnurrte de Broglie.

Louis Philippe verließ den Saal und befahl de Morel, die Befehle weiterzugeben. Anschließend zog er sich in sein Quartier zurück. Einem Diener befahl er, ein Bad einzulassen. Voller Vorfreude auf das erfrischende Nass und die Lektüre des Briefes seiner Geliebten schnallte er sein Wehrgehänge mit dem Degen ab und schälte sich aus seiner Uniform. Kaum meldete der Diener, dass das Bad bereit sei, zog er den Brief aus der Uniformtasche, faltete ihn auf und genoss den Anblick der vertrauten Handschrift. Bewusst begann er noch nicht zu lesen um die quälende Vorfreude länger auszukosten. Langsam stieg er in die dampfende Wanne und setzte sich in die wonnige Flut. Dann begann er zu lesen.

26. Juni 1789

Lieber Louis Philippe de Blois,

ich erhielt Ihren Brief. Um ein Missverständnis auszuschließen, möchte ich Sie darüber in Kenntnis setzen, dass ich bald heiraten werde. Darum möchte ich Sie bitten, mir nicht mehr zu schreiben.

Ungläubig starrte Louis Philippe den Brief an. Sein Herz krampfte sich zusammen. Wieder und wieder las er die Zeilen. Das musste ein Irrtum sein. Er würde zwar auch heiraten, aber dennoch hatte er niemals vorgehabt, die Beziehung zu Sophie abzubrechen. Ein Schleier von Tränen trübte seinen Blick. Erschrocken hob er den Brief an, dessen unterer Teil ins Badewasser eingetaucht war. Die Tinte der letzten Zeilen verschwamm bereits. Er zwang sich, oben weiterzulesen.

Voraussichtlich werde ich Versailles bald verlassen. Wir werden uns vermutlich nicht wiedersehen.

Konnte es noch schlimmer kommen? Louis Philippe fühlte eine tiefe Verzweiflung in sich aufsteigen. Gleichzeitig entzündete sich ein Feuer des Hasses in ihm, Hass auf den Mann, der ihm seine Sophie wegheiraten würde. Er musste ihn zum Duell fordern, auch wenn es ihn seine militärische Stellung kostete. Wutentbrannt stand er auf. Platschend ergossen sich Wellen auf den Boden. An diesem Abend wollte der Schlaf lange nicht kommen.

Plötzlich riss ihn ein Klopfen aus seinen Träumen. Es dauerte einen Moment, bis er erkannte, wo er war. Sofort setzte wieder jenes Gefühl der Verzweiflung ein, das ihn im Schlaf verschont hatte. Erneut pochte es drängend an die Tür. War es schon Morgen? Hatte er verschlafen? Mühsam zwang er sich in die Aufrechte und wankte zur Tür. Als er sie öffnete, fiel ihm beinahe Leutnant de Morel in die Arme.

„Capitaine", stammelte er, vom Laufen noch ganz außer Atem. „Sie müssen kommen, die Männer gehorchen nicht mehr."

„Wie bitte? Kommen Sie erst einmal herein und erzählen Sie mir, was los ist. Wie spät ist es überhaupt?"

„Kurz nach fünf", erwiderte der aufgebrachte Offizier. „Viele Männer sind heute Nacht nicht in das Lager zurückgekommen, sie sind teilweise in der Stadt geblieben, teilweise verschwunden. Andere brechen die Zelte ab. Sie wollen nach Paris marschieren."

Verständnislos schüttelte Louis Philippe den Kopf.

„Warum haben Sie das nicht unterbunden? Ist das nicht Ihre Aufgabe?"

„Ich habe es versucht. Einige Offiziere wurden festgesetzt. Auch hierher ist eine Abordnung unterwegs."

Erschrocken starrte Louis Philippe seinen Offizier an.

„Wie konnte es zu solch einer Meuterei kommen?"

„Mit der Post sind Männer aus Paris gekommen. Sie haben die Soldaten aufgestachelt, zum Ungehorsam aufgefordert. Wir müssen fliehen."

„Fliehen? Kommt gar nicht in Frage", fauchte Louis Philippe. Er spürte, wie sich seine Verzweiflung in brennende Wut verwandelte. Rasch schlüpfte er in seine Uniform, griff nach seinem Wehrgehänge, nahm eine Pistole aus einem kleinen Kästchen, das neben dem Bett stand, und verließ sein Quartier.

Er rannte zum Stall, halfterte seinen Grauschimmel, warf ihm in großer Eile einen Sattel auf den Rücken, zog ihn fest, schwang sich darauf und galoppierte in Richtung seiner Kompanie. De Morel folgte ihm.

Noch bevor sie das Stadttor erreichten, kam ihnen eine Gruppe von etwa fünfzig Soldaten entgegen. Trotz der erst schwachen Morgendämmerung erkannte Louis Philippe sofort, dass es Soldaten seiner Kompanie waren. Neben den weißen Uniformjacken und schwarzen Ärmelaufschlägen trugen sie zwei Knöpfe an den Taschen des Uniformrocks untereinander, was sie als erste Kompanie des ersten Bataillons kennzeichnete. Louis Philippe zügelte sein Pferd. Die Soldaten erkannten ihren Kommandeur. Manche wurden unsicher, andere begannen laut zu rufen.

Louis Philippe bedeutete dem Haufen mit einer Geste zu schweigen. Vielleicht aus gewohntem Gehorsam oder aus Interesse, was ihr Offizier zu sagen hatte, ließen sie ihn zu Wort kommen.

„Soldaten, ich hörte, ihr habt ein Anliegen. Gerne können wir darüber sprechen, sobald ich mich darauf verlassen kann, dass die militärische Disziplin nicht untergraben wird."

„Wir gehen nach Paris", rief ein großer Soldat mit einem von Narben gezeichneten Gesicht aus der ersten Reihe. Andere stimmten ihm lauthals zu.

„Wir dienen nicht länger der Despotie, wir sind die Armee des Volkes", rief ein anderer.

„Das Volk in Paris braucht uns", ergänzte ein dritter.

Louis Philippe erschrak. Er hatte solch aufrührerische Reden bereits zu Ohren bekommen, aber von Angehörigen der königlichen Armee hätte er so etwas niemals erwartet. „Schaut euch an", rief er laut. „Tragt ihr die Uniform des Volkes oder die Uniform des Königs?"

Sofort begann der narbengesichtige Soldat seine Uniform auszuziehen. Andere taten es ihm gleich.

„Wer bezahlt euren Sold? Jeder, der jetzt seine königliche Uniform ablegt, bezeugt damit, dass er auf den königlichen Sold verzichtet. Leutnant, notiert bitte alle Namen."

De Morel zog ein Stück Papier aus seiner Uniformtasche und begann sich demonstrativ Namen zu notieren.

„Der König ist oberster Repräsentant des Volkes. Wer gegen den König handelt, handelt in schändlicher Weise gegen das Volk", fuhr Louis Philippe fort. „Ausländische Kräfte versuchen unseren König zu schwächen, damit sie unsere reichen Städte erobern können. Unsere Aufgabe ist es, sie zu schützen. Und unsere Aufgabe ist es, den König zu schützen. Im Namen des Volkes."

Er bemerkte, dass nur noch wenige dazu entschlossen schienen, den Gehorsam weiterhin zu verweigern. Doch die Stimmung konnte schnell wieder umschlagen. Er musste die Rädelsführer unbedingt von der restlichen Truppe trennen.

„Der König hat dem Volk das Gold gestohlen", rief das Narbengesicht. Erneut entstand zustimmendes Gemurmel unter den Soldaten.

„Und es ist vergeudet an Feiglinge wie dich, die nicht den Mut haben, für das Volk die Uniform des Königs zu tragen. Wie soll das Land vor umliegenden Feinden geschützt werden, wenn es keine Armee gibt? Wer soll diese bezahlen? Die Bauern? Frankreich wird zugrunde gehen, wenn die Armee aufhört, das Land zu beschützen, das Volk ebenso. Deshalb, im Namen des Volkes, Leutnant, verhaftet diesen Verräter."

Louis Philippe wies mit dem Finger mitten in das Narbengesicht des Aufrührers. Der hob seine Muskete und zielte abwechselnd auf Louis Philippe und Leutnant de Morel. Einige taten es ihm gleich.

Louis Philippe brach der Schweiß aus, aber nach Sophies seltsamen Brief empfand er keine Angst.

„Jetzt sehe ich nur ein paar aufmüpfige Soldaten, sollte hier aber ein Schuss fallen, stehen hier fünfzig Offiziersmörder. Darauf steht die Todesstrafe. Ist es euch das wert? Was soll der Kommandant dann euren Familien schreiben? Nicht heldenhaft im Kampf für den König gefallen, sondern vom Henker für ein Verbrechen hingerichtet? Ihr da …" Er wies mit seiner rechten Hand auf ein Grüppchen von fünf Soldaten, die sich langsam von der Menge herauslösten. „Kommt her."

Hilfesuchend blickten die Angesprochenen um sich. Da jedoch keine Hilfe kam, fügten sie sich dem Unausweichlichen und traten heran.

„Leutnant de Morel, Sie notieren weiterhin jeden, der offen Befehle verweigert oder sonstige Straftaten begeht. Ihr da, nehmt auf der Stelle jeden fest, der einen Offizier des Königs bedroht. Ihr könnt ihn auch gleich erschießen, dann sparen wir uns das Hinrichtungskommando."

„Hört nicht auf ihn", rief das Narbengesicht.

Die Männer zögerten. Louis Philippe sah aus dem Augenwinkel, wie die meisten Männer ihre Musketen wieder senkten. Mit einer flüssigen Bewegung zog er die Pistole aus dem Gürtel, spannte hörbar den Hahn und richtete sie auf den nächsten der fünf herangetretenen Soldaten.

„Führt ihr nun meinen Befehl aus oder nicht?", zischte er.

Sofort wandten sie sich um und gingen auf den Narbengesichtigen zu. Um ihn herum ließen nun alle Männer die Muskete sinken und drängten nach hinten. Nur der Narbengesichtige blickte den fünf Soldaten wütend entgegen und richtete die Muskete auf sie.

Kurz erstarrte die Szene, jeder schien die Luft anzuhalten. Dann zerriss ein Schuss die Stille. Auf der Stirn des Narbengesichts bildete sich ein dunkelroter Fleck. Louis Philippe steckte die rauchende Pistole in den Gürtel und rief: „Geht wieder in euer Lager. Jeder, der künftig zögert, einen Befehl auszuführen, wird auf der Stelle erschossen. Wir sind kein Haufen von Verrätern, sondern Soldaten des Königs."

Zustimmendes Gemurmel zeigte ihm, dass er vorerst den Kampf gewonnen hatte. Er wendete seinen Grauschimmel, gab de Morel ein Zeichen, ihm zu folgen und galoppierte zum Hauptquartier. Schnell mussten alle Rädelsführer verhaftet werden.

Zwei Stunden später meldete ein Leutnant aus der zweiten Kompanie, dass siebzehn Männer verhaftet wurden. Die Meuterei hatte sich auch in anderen Kompanien ausgebreitet.

Louis Philippe spürte erst jetzt, wie müde er war. In der Aufregung hatte er für kurze Zeit fast vergessen, dass Sophie einen anderen heiraten wollte. Mit der Erschöpfung kam auch die Verzweiflung in die Seele zurückgeschlichen. Er griff in seine Uniformtasche, wollte den Brief noch einmal lesen. Doch mit dem immer noch feuchten und verwischten Papier von Sophie fiel noch ein anderer Brief auf den Boden. Er hatte das Schreiben seines Vaters ganz vergessen. Er hob es auf, löste das Siegel und überflog die Zeilen des Herzogs. Er erschrak. Sofort lenkte er seine Schritte zurück ins Hauptquartier, das er kurz vorher verlassen hatte.

„Mein Kommandant, ein wichtiges Schreiben meines Vaters und des Prinzen von Condé", platzte er in eine Besprechung mit den Bataillonskommandanten.

De Broglie blickte von der Karte auf, über die er eben gebeugt war. Louis Philippe erkannte Anzeichen aufkeimenden Ärgers in den sich verengenden Augen des Kommandanten. Doch er nickte Louis Philippe zu und nahm das entfaltete Blatt entgegen.

Gespannt blickten die anwesenden Offiziere auf ihren Oberbefehlshaber, als dieser den Brief las.

„De Blois, warum bekomme ich diesen Brief erst jetzt? Vielleicht hätten wir uns eine Meuterei ersparen können."

Louis Philippe schluckte.

„Ich habe den Brief erst jetzt geöffnet, da ich nicht für wahrscheinlich hielt, dass er entscheidende Informationen enthielte", antwortete er fast wahrheitsgemäß.

De Broglie schlug mit der Faust auf den Tisch, dass die Weingläser gefährlich zu tanzen begannen. „Lesen Sie gefälligst Post aus dem Kriegsministerium sofort", entlud sich der Ärger des alten Feldherrn.

„Jawohl, mein Kommandant", gab Louis Philippe geknickt zurück. Wer konnte denn erwarten, dass der Brief eilige Befehle enthielt?

„Meine Herren", fuhr de Broglie nun mit ruhiger Stimme fort. „Der König ist in Gefahr, wir werden dringend in Paris erwartet."

„Haben wir nicht eben das halbe Regiment gegen uns gehabt, weil wir Befehl erhielten, nicht nach Paris zu gehen?", fragte Philippe du Cambout, Kommandant des zweiten Bataillons.

„In der Tat", antwortete de Broglie. „Der Kriegsminister erteilte uns den Befehl, hier zu warten. Der Prinz von Condé und der Herzog von Blois, stellvertretender Kriegsminister, weisen uns aber an, im Eilmarsch nach Paris zu gehen, um einen Aufstand zu verhindern und den König zu retten."

„Sind wir nicht an die Befehle des Kriegsministers gebunden?", warf der Kommandant des dritten Bataillons ein.

„Durchaus, er erteilt die Befehle im Namen des Königs", entgegnete de Broglie. „Doch der Prinz von Condé bezahlt unseren Sold und der Herzog von Blois versorgt uns mit Waffen. Außerdem sind sie treue Anhänger des Königs. An ihrem Urteil hege ich keine Zweifel."

„Werden wir nun doch weitermarschieren?“, fragte du Cambout.

„Nein“, entgegnete du Broglie. „Wir haben eben eine Meuterei niedergeschlagen, weil wir nicht nach Paris gehen. Wir würden uns lächerlich machen. Außerdem würde die Hälfte unserer Männer bei der ersten Gelegenheit zum Pöbel überlaufen. Jeder Kompaniechef soll zehn zuverlässige Soldaten schicken. Du Cambout, Ihr übernehmt das Kommando und bringt diesen unzuverlässigen Haufen wieder zur Vernunft. Sie bekommen in dreißig Minuten eine Liste der Offiziere, die mich nach Paris begleiten werden. De Blois, Sie können schon Ihre Sachen packen.“

Louis Philippe nickte seinem Kommandanten zu und verließ den Raum. Er würde nach Paris reiten. Es galt, einen Aufstand zu verhindern und eine verlorene Liebe zurückzugewinnen.

Kapitel 62

Paris, 11. Juli 1789

Hélène zupfte nervös ihre Frisur zurecht. Wie lange hatte sie auf diesen Tag gewartet? Bald würden die Gäste eintreffen. Einige Diener waren damit beschäftigt, den Salon festlich zu schmücken und ein Festmahl zu bereiten. Ihre Verlobung mit Robert sollte ein unvergessliches Erlebnis werden. Inès reichte ihr eine große rote Rosenblüte, die sie sich ins hochgesteckte Haar winden würde.

„Danke, Inès."

„Bitteschön, Mademoiselle Pinot."

Hélène mochte Inès, wenn sie auch mit ihr nicht die Art von Freundschaft verband, die sie zu Mathilde gespürt hatte. Gewiss kam Mathilde vom Land, war kaum mit den Gebräuchen in der gehobenen Gesellschaft vertraut gewesen, doch war es ihr gelungen, eine Freundin auf Augenhöhe zu sein und doch in Demut ihre Aufgaben zu erfüllen. Sie hatte nicht jene unterwürfige Art besessen, die Inès an sich hatte. In Mathilde hatte Hélène ein Stück weit sich selbst wiedererkannt. Diese Lust, über die eigene Rolle hinauszuwachsen, vermisste sie bei Inès. Als sie erfahren hatte, dass Mathildes Kind auf die Welt gekommen war, hatte sie die junge Familie zu ihrer Verlobung eingeladen. Erst hatte es ihr Vater verbieten wollen, doch konnte er ihr selten lange widerstehen. Mathilde hatte erst eingewilligt, als sie ihr versprochen hatte, sie mit einer Kutsche abholen zu lassen. Sie war von der Geburt wohl noch geschwächt.

Jetzt hörte sie, wie unten an der Tür geläutet wurde. War es Robert? Waren es die ersten Gäste? Schnell steckte sie die Rose ins Haar und betrachtete sich im Spiegel. Die rote Blüte hatte dieselbe Farbe wie ihr Kleid. Das leuchtende Rot harmonierte mit ihren dunklen Augen und dem kastanienbraunen Haar. Viele junge Frauen aus dem gehobenen Bürgertum begannen sich zu schminken wie der Adel. Das lehnte Hélène jedoch ab. Außerdem hatte Robert ihr bestätigt, dass keine künstliche Farbe in ihrem Gesicht ihre natürliche Schönheit steigern konnte. Sie eilte ins Treppenhaus, um die ersten Gäste zu begrüßen.

Ihr Vater begrüßte einige Abgeordnete der Nationalversammlung, auf deren Teilnahme er bestanden hatte, Isaac René Le Chapelier und Jean Louis Lanjuninais, zwei Deputierte aus der Bretagne. Der eine war klein und sah fast jungenhaft aus, der andere war groß mit strengen Gesichtszügen. Seine gepuderte Perücke saß perfekt, er bewegte sich etwas zu steif, fand Hélène. Der dritte war ein junger Advokat aus Arras. Julien stellte ihn als Maximilien de Robespierre vor. Er war schmal von Statur, seine Augen zeugten von einem wachen Geist. Seine hohe, nach hinten fliehende Stirn war ebenfalls von einer gepuderten Perücke eingefasst. Seine schmalen Lippen sahen aus, als hielte er sie ständig zusammengepresst. Manchmal schienen sie von einem Lächeln durchzuckt zu werden. Alle Ankömmlinge trugen ein grünes Weinblatt am Hut, die Mode der Woche. Camille Desmoulins hatte sich bei einer seiner gut besuchten Reden ein solches Zeichen an den Hut gesteckt. Seitdem trugen es alle Patrioten, zum Zeichen der Bereitschaft zum Widerstand gegen die Tyrannei. Wer ohne dieses Erkennungsmal auf die Straßen ging, musste damit rechnen, aufgehalten, verletzt oder gar verschleppt zu werden.

Höflich begrüßten alle das Verlobungspaar und fanden sich im Salon ein, wo Champagner aus Bordeaux und Branntwein aus Amerika gereicht wurde. Einige Geschäftspartner des Familienunternehmens trafen ebenfalls ein. Endlich trat Mathilde in den Salon. Julien hatte darauf bestanden, dass sie den Dienstboteneingang benutzte. Dafür hatte Hélène durchgesetzt, dass sie am Tisch mitessen durfte. Mathilde hatte sich verändert. Das Mutterwerden hatte ihren Gesichtszügen das Mädchenhafte genommen, ohne dass ihre Schönheit darunter litt. Im Arm trug sie ihren Sohn. Hélène sprang ihr entgegen und begrüßte sie herzlich. „Inès, kannst du dich um den kleinen Bernard kümmern?“, rief sie ihrer Dienstmagd zu.

Hélène war entzückt von diesem kleinen Wesen. Zu gerne hätte sie ihm in die Augen gesehen, doch der Kleine schlief tief und fest.

„Ich muss ihn noch frischmachen“, sagte Mathilde und schaute suchend umher.

„Du kannst gern in mein Zimmer im ersten Stock gehen“, beantwortete Hélène die unausgesprochene Frage. „Darf ich mitkommen? Zu gerne würde ich den kleinen Bernard mal in den Armen halten“, ergänzte sie.

Erst jetzt erblickte sie den jungen Mann hinter Mathilde. Seine blonden Haare waren sorgfältig zu einem kurzen Zopf gebunden. In seinem hübschen Gesicht fiel sofort die krumme Nase auf, die wohl einmal gebrochen war. Am Haaransatz war die Kruste einer langsam heilenden Wunde sichtbar. Hélène begrüßte auch Mathildes Mann freundlich, bat ihn in den Salon und schob Mathilde ins Treppenhaus.

Kaum waren sie in ihrem Zimmer, bat Hélène, Bernard auf den Arm nehmen zu dürfen. Mathilde reichte ihr das kleine Bündel. Es fühlte sich wunderbar an. Hélène drückte das winzige Köpfchen gegen ihre Wange.

„Sollen wir ihn frischmachen?“, sagte sie und legte ihn vorsichtig auf ihr säuberlich gemachtes Bett.

„Ich kann das schon machen, kümmern Sie sich ruhig um Ihre Gäste“, entgegnete Mathilde.

„Nein, ich würde gern dabei sein. Außerdem schadet es nicht, wenn ich es lerne, wer weiß, wann Robert und ich solch einen Schatz bekommen.“

Mathilde begann den Kleinen aus seiner Decke zu wickeln. Hélène freute sich an den nackten Beinen, die da zum Vorschein kamen. Als Mathilde die Stoffwindel öffnete, erfüllte mit einem Schlag ein seltsamer Geruch den Raum. Neugierig reckte Hélène den Hals nach vorne und kicherte, als sie sah, woher der Geruch kam. Schnell wies sie Inès an, eine Schüssel mit warmem Wasser zu bringen.

Kaum war Bernard sauber, begann er sich mit den Fäustchen die Augen zu reiben und gluckste laut. Hélène rückte näher und ergriff die zwei strampelnden Beinchen. So weich war die Haut. Sanft strich sie über das Bäuchlein und schob dabei das Hemdchen nach oben. Ihr Blick fiel auf etwas Rotes. Hélène hielt in ihrer Bewegung inne und starrte auf das rote Mal in Form einer Jakobsmuschel auf Bernards Brust. Dann sah sie Mathilde an. Mathilde war blass geworden, nahm Bernard an sich und bedeckte ihn schnell.

„Mathilde …", begann Hélène, verstummte aber wieder. Sie musste es erst verarbeiten.

„Ist es das, was ich denke?", sprach sie stockend weiter. „Mein Vater?"

Kaum merklich nickte Mathilde.

„Du und mein Vater?"

Ungläubig starrte Hélène Mathilde an. Mathilde liefen Tränen über die Wangen.

„Ich wollte es nicht", flüsterte sie.

„So ein Schwein", fuhr Hélène hoch. „Und dann hat er den Nerv, dich vor die Tür zu setzen? Da werde ich ihm aber gleich meine Meinung sagen."

Hélène stand auf und wollte zur Tür laufen, doch Mathilde hielt sie am Arm fest.

„Bitte nicht", flüsterte sie. „Bitte nicht, Jean weiß nichts davon. Wenn er es erfährt, verlässt er mich."

Hélène hielt inne. Es kostete sie große Mühe, den Ärger hinunterzuschlucken, doch Mathildes Einwand leuchtete ihr ein.

„Sobald wir geheiratet haben und über einen eigenen Hausstand verfügen, kannst du bei mir einziehen", entschied Hélène.

„Danke", entgegnete Mathilde leise.

Wenig später wurde das Essen aufgetragen. Julien hatte keine Kosten gescheut, um seine Gäste mit dem Mahl zu beeindrucken. Die gefüllten Fleischpasteten dufteten herrlich, der gebratene Fasan und das frisch gebackene Weißbrot ließen die Lebensmittelknappheit vergessen. Wie von Hélène befürchtet, drehte sich das Gespräch nur um Politik. Leidenschaftlich sprachen die beiden bretonischen Abgeordneten davon, wie wichtig es sei, in der gegenwärtigen Krise die Haltung zu bewahren.

„Wenn wir jetzt nicht einknicken, wird sich der König auf unsere Seite schlagen", prophezeite der klein gewachsene Bretone.

„Ganz Paris beginnt zu brodeln, dem Volk geht die Geduld aus", konstatierte der große Bretone. „Überall in der Stadt ziehen bewaffnete Bürger umher, wir sind mehrmals unterwegs angehalten worden."

Hélène saß neben Maximilien de Robespierre. Um das Gespräch auf eine andere Bahn zu lenken, fragte sie ihn: „Ich habe gehört, dass Sie als Advokat in Arras besonders auch die Armen und Mittellosen vertreten. Wie kommen Sie dazu?"

Robespierre kaute seinen Bissen Fleisch zu Ende, tupfte sich den Mund mit einer Serviette ab und antwortete: „Die Mittellosen gelten gemeinhin als minderwertige Menschen, da sie niedrig geboren wurden oder nicht in der Lage waren, sich Besitz anzueignen. Dann gelten sie als Verbrecher, weil sie eben das tun: sich Besitz aneignen. Freilich sind ihre Methoden oft kriminell, obwohl ich sagen muss, dass die Methoden der Wohlhabenden den Mittellosen an krimineller Energie kaum nachstehen. Dennoch denken wir, sie seien schlechte Menschen. Das halte ich für unwahr. Der Mensch ist gut. Erst die Gesellschaft hat ihn zu dem gemacht, was er ist."

„Aber von den Reichen könnten Sie mehr Einkommen erhalten", gab Hélène zu bedenken.

„Ist es nicht ungleich befriedigender, den Rechtlosen zu ihrem göttlichen Recht zu verhelfen, als den Besitzenden dabei zu helfen, ihren Besitz zu vergrößern? Wohl wissend, dass es der Besitz an sich ist, der die Gesellschaft gespalten hat?"

„An Besitz kann ich nun wahrlich nichts Schlechtes finden", mischte sich Julien lachend in das Gespräch ein. Mit einer Geste umfing er sein Haus und das aufgetragene Festmahl.

„Ich glaube nicht, dass Rousseau gegen die Besitzenden spricht, er betont aber, dass der Grund dafür, dass der Mensch schlecht ist, in der Tatsache liegt, dass er begonnen hat, Besitz für sich zu beanspruchen", fügte Robert hinzu.

„Ich halte es da eher mit Voltaire, der eine Gleichheit vor dem Gesetz fordert. Diese Gleichheit ist ebenso von Gott gegeben wie die unterschiedliche gesellschaftliche Position", warf Maximilien ein.

„Da sage noch einer, dass Kaufleute nicht zum Philosophieren taugen", dröhnte Julien und erhob sein Glas.

„Haben nicht die Amerikaner die Gleichheit der Menschen vor Gott in ihre Unabhängigkeitserklärung geschrieben?", schaltete sich Hélène wieder in das Gespräch ein. Sie blickte dabei auf ihren Bruder, der sich in Amerika für deren freiheitliche Gesinnung begeistert hatte.

„Oh ja", begann dieser, „jeder Mensch hat das Recht auf das Streben nach Glück."

„Sogar die Sklaven?", hakte Hélène nach.

„Manche Bundesstaaten haben die Sklaverei verboten, das ist richtig. So genau ist es aber nicht in der Verfassung erwähnt", antwortete Maximilien.

„Man könnte auch meinen, dass ‚alle Menschen' präzise genug sei", bohrte Hélène weiter. „Oder was denken Sie, Monsieur de Robespierre? Und sind sogar Frauen damit gemeint? Haben auch Frauen das angeborene Recht auf das Streben nach Glück?"

„Hélène!", rief Robert, empört über so viel Provokation. „Das geht nun wirklich zu weit."

„Kannst du mir erklären, inwiefern das zu weit geht?", antwortete Hélène spitz. Sie wusste selbst, dass sie an ihrer Verlobung höflich zu den Gästen sein sollte, doch die Offenbarung, dass sich ihr Vater an den Dienstmädchen vergriff, machte sie zornig und erinnerte sie daran, wie bitter es ihr aufstieß, dass bei allem Gerede von Gleichheit und angeborenen Rechten niemals ein Wort über das weibliche Geschlecht verloren wurde.

„Aber bitte, wir wollen es nicht übertreiben", versuchte Julien die Situation zu beruhigen. „Es ist wie in der Politik. Zu viel Emotion entfacht noch einen Aufstand, der nichts als Zerstörung bringen wird. Ich denke auch an mein Geschäft."

„Natürlich denkst du immer an dein Geschäft", fauchte Hélène. „Ich brauche nun erst einmal frische Luft."

Sie erhob sich und rauschte aus dem Zimmer.

KAPITEL 63
Versailles

Endlich war es gelungen, den König zu einer Besprechung in kleiner Runde zu bewegen. Der Herzog von Blois ließ sich in einen der reich verzierten Sessel fallen, die um den vergoldeten Tisch im Ministerzimmer neben dem königlichen Schlafgemach gruppiert waren. Sein Bein zuckte nervös auf und ab. Er blickte in die Runde. Der Prinz von Condé, der Herzog von Artois und die Königin. Es war die Idee des Prinzen von Condé gewesen, Marie Antoinette von Frankreich zu der Besprechung hinzuzuziehen. Sie alle wussten, dass die Königin eher dazu bereit war, dem Pöbel den Kampf anzusagen und in dieser Krise die Initiative zu übernehmen. Sie alle waren als Gegner der Königin bekannt und doch benötigten sie nun ihre Hilfe. Sie hatte größeren Einfluss auf den König als alle anderen zusammen. Mit ihrer Unterstützung konnte es gelingen, das Königreich zu retten.

Zwei livrierte Diener öffneten die große, mit Goldornamenten verzierte Tür zum Schlafgemach des Königs. Beim Eintreten des Monarchen erhoben sich alle Anwesenden. Er nickte ihnen kurz zu und nahm am Kopfende des Tisches Platz.

„Majestät", begann der Herzog von Artois. „Die Lage ist ernst. Die sogenannte Nationalversammlung steht kurz davor, die Macht in diesem Königreich zu übernehmen. Der Pöbel in Paris glaubt den Lügen aus dem Palais Royal. Es wird gesagt, die Regierung sei schwach, man müsse sie stürzen, um Frankreich vor dem Untergang zu bewahren. Wenn wir nichts unternehmen, wird es eine Verfassung geben und Frankreich wird nicht mehr sein, wie es seit Jahrhunderten war. Wir müssen noch heute handeln, jeder Tag, den wir weiterhin nichts tun, bringt uns näher an den Abgrund."

Dem König war anzusehen, wie sehr ihm die Lage missfiel. Hilfesuchend sah er sich in der Runde um. Für ein weiteres Zögern fand er jedoch in diesem Kreis keine Unterstützung, dafür hatten sie gesorgt.

„Und was schlagen Sie vor?"

Der Herzog von Artois nickte dem Herzog von Blois zu. Dieser begann: „Majestät, wir müssen die öffentliche Ordnung in Paris wieder herstellen. Dazu haben wir Truppen zusammengezogen. Der Geist des Aufstands hat bereits die französischen Regimenter erfasst. Deshalb sollten wir uns in diesem Fall auf die Schweizer, die Deutschen und die Flämischen Regimenter verlassen. Deren Loyalität ist ungebrochen."

Der Herzog hielt inne und nickte dem Prinzen von Condé zu. Dieser fuhr fort: „Majestät, um die Monarchie zu retten, müssen wir wieder handlungsfähig werden. Die Nationalversammlung steht uns im Weg. Aber nicht einmal unsere eigene Regierung steht hinter dem König. Wer hat uns diesen Pöbel ins Haus geholt? Wir brauchen verlässliche Minister, nicht solche, die gegen uns arbeiten, um sich beim Volk beliebt zu machen."

Er machte eine kurze Pause, um die Wirkung dessen, was nun kommen würde zu steigern. Dann fuhr er fort: „Ihr müsst Necker entlassen. Aber dabei darf es nicht bleiben. Wir müssen alle Minister austauschen. Hier ist eine Liste mit Kandidaten, die der Krone treu ergeben sind."

Er schob dem König ein Papier zu, auf dem eine Reihe Namen verzeichnet waren. Der König wollte widersprechen, öffnete den Mund. Dann schloss er ihn wieder und nahm das Papier mit den Namen. Lange starrte er auf die Liste. Der Herzog von Blois konnte nur ahnen, wie schwer einem harmoniebedürftigen Charakter derart drastische Entscheidungen fallen mussten. Der König blickte zur Königin. Marie Antoinette kniff die Lippen zusammen und nickte. Ludwig XVI. legte das Papier zurück auf den Tisch und erhob sich. Eilig erhoben sich alle Anwesenden. Der Herzog von Blois erschrak. War ihr Appell vergebens gewesen? Fieberhaft überlegte er, wie er noch einmal die Aufmerksamkeit des Königs erlangen konnte, ohne zu offensichtlich gegen die Etikette zu verstoßen. Plötzlich wandte sich der König um. Jeden Einzelnen der Anwesenden sah er durchdringend an.

„Tun Sie, was Sie für notwendig halten. Ich werde die entsprechenden Befehle unterzeichnen. Was den Generaldirektor der Finanzen angeht, so soll er noch heute das Land verlassen."

Erleichtert blies der Herzog von Blois die Luft aus, die er vor Anspannung angehalten hatte. Noch war nicht alles verloren. War der König doch nicht so schwach, wie alle dachten? Sie mussten sofort handeln. Oder war es bereits zu spät?

Kapitel 64

Paris, 12. Juli 1789

Es war Sonntag. Jean hatte das Gefühl, alle Passanten mussten ihm ansehen, dass er nun Familienvater war. Stolz schritt er neben Mathilde durch den Park. An Mathildes Brust schlief der kleine Bernard. Ein nicht mehr ganz weißes Leinentuch umschlang Mutter und Kind. Auch Pierre hatte sich überraschenderweise bereiterklärt, an diesem Sonntag in den Park zu spazieren. Die Sonne hatte den Höhepunkt bereits überschritten, brannte jedoch noch mit großer Kraft herunter. Jean bedauerte, dass Bernard den Spaziergang verschlief. Zu gerne hätte er ihm die Blumen gezeigt, die hier im Jardin des Tuileries blühten. Dieser Park beim Tuilerien-Schloss gehörte zum Schönsten, was Jean bisher gesehen hatte. Manchmal bedrückten ihn Enge, Gestank und Lärm der Hauptstadt. Doch der sonntägliche Spaziergang hierher mit Mathilde war ihnen zur liebgewonnenen Gewohnheit geworden. Jean spürte die Kraft der Natur, obwohl es vermutlich keinen Fleck in diesem Park gab, der nicht von einem Heer an Gärtnern bearbeitet wurde. Makelloser Rasen bedeckte den Boden. Endlos scheinende Blumenbeete säumten die schnurgeraden Wege. Kleine Teiche und einige exotische Bäume lockerten die starr wirkenden Formen auf. Ging man in einen der Seitenwege, schirmten hohe Hecken die Blicke der übrigen Passanten ab und man konnte der Geliebten einen Kuss stehlen. Obwohl es in Paris in den letzten Tagen zu Unruhen gekommen war, schien hier alles ruhig zu sein. Zahlreiche Spaziergänger schlenderten genussvoll die langen Wege entlang. Jean grüßte eine Arbeiterfamilie, die ihnen entgegenkam.

„Vielleicht finden wir heute sogar ein schönes Mädchen für dich. Halt die Augen offen, kleiner Bruder", neckte er Pierre. Er empfand Dankbarkeit ihm gegenüber. Pierre hatte Mathilde während der Geburt geholfen, als er fort war.

„Da du dir unsere einzige Schwester geschnappt hast, muss ich wohl mit einer Fremden vorliebnehmen", gab Pierre zurück und grinste die beiden schelmisch an.

Mathilde gab ihm einen Knuff gegen die Schulter.

Auf einmal ertönte aufgeregtes Rufen vor ihnen. Jean spähte voraus, konnte aber nichts entdecken. Er tauschte einen fragenden Blick mit seinem Bruder. Sie beschleunigten ihre Schritte. Als die Hecken auf beiden Seiten endeten, traten sie auf eine Wiese mit einem gewaltigen Wasserbecken in der Mitte. Zu ihrer rechten Seite gewahrte Jean eine aufgeregte Menschenschar, die sich um einen Redner drängte. Da es ihnen in diesen Tagen wichtig schien, über Neuigkeiten informiert zu sein, lenkten sie ihre Schritte zu der Gruppe. Jean erkannte einen jungen Mann mit pechschwarzen Haaren, der auf eine Bank gestiegen war und zu den anderen sprach. Bald konnten sie erste Wortfetzen verstehen.

„… verbannt. ... deshalb dürfen wir das nicht hinnehmen … Tyrannei…"

Jean fragte einen in der Nähe stehenden Mann, um was es denn ginge.

„Sie haben Necker verbannt."

„Was?", entgegnete Jean, als hätte er den Mann schlecht verstanden. Das konnte doch nicht sein. Er hielt sich nicht für sehr gebildet im Bereich der Politik, doch wusste er, dass Jacques Necker die letzte Rettung für einen Ausweg aus der Krise war. Nur er allein hätte es vermögen können, die Not der Bevölkerung zu beenden. Und nun war er verbannt worden?

„… dreißigtausend Soldaten marschieren gegen Paris, um uns zu töten", brüllte der Redner auf der Bank. „Anstelle uns vor fremden Feinden zu beschützen, befiehlt der König Deutschen und Schweizern, uns zu töten. Uns, sein Volk!"

„Verräter", hörte Jean jemanden rufen. Dann stimmten einige einen nicht enden wollenden Schlachtruf an: „Necker, Necker, Necker ..."

Auch Jean und Pierre stimmten in den Ruf ein. Wie sollte Jean weiterhin seine Familie ernähren, wenn der einzige Freund des Volkes am Hofe verbannt wurde? Würde es der Nationalversammlung abermals gelingen, die Niederlage in einen Sieg zu verwandeln? Jean hoffte es inständig. Von überallher strömten Menschen zusammen. Männer, Frauen und auch Kinder sah Jean mit erhobenen Fäusten den Namen des Verbannten brüllen. Jean sah seinen Bruder sich umwenden und die Faust gegen das leere Schloss schütteln. Viele taten es ihm gleich. Bald flogen die ersten Steine gegen die Residenz längst verstorbener Herrscher. Und doch galt jeder Stein und jeder Ruf dem jetzigen Despoten, der sich hinter goldenen Toren in Versailles versteckte und Soldaten gegen sein Volk sandte.

Jean erkannte die Gefahr zu spät. Ein panischer Schrei ließ ihn umblicken. Eine ganze Kompanie Dragoner war um die Hecke gebogen und gab den Pferden die Sporen. Im Galopp zogen sie ihre langen, schweren Säbel, die grell in der Sonne blitzten. Panik brach aus, als die ersten Reiter die Ansammlung von mittlerweile mindestens tausend Bürgern erreichten. Ungläubig starrte Jean zu der Stelle, wo die Reiter ungebremst in die Menge fuhren. Eine junge Frau wurde einfach niedergeritten und ein Säbel fuhr in die Schulter eines älteren Mannes. Panisch griff er nach Mathildes Hand und riss sie mit sich.

Kapitel 65

Versailles, 13. Juli 1789

Maximilien besuchte zum ersten Mal eine Sitzung der Nationalversammlung. Eng gedrängt saßen und standen die Abgeordneten um ein erhöhtes Rednerpult herum. Eine lebhafte Diskussion über die Lage der öffentlichen Ordnung in Paris war entbrannt. Die Lage war in der Tat unhaltbar. Kaum einer konnte mehr durch die Straßen gehen, ohne Gefahr zu laufen, einem gewaltbereiten Mob in die Hände zu fallen. Auch in die reicheren Viertel waren die aufgebrachten Bürger bereits eingedrungen. Der Hass entlud sich nicht nur auf Vertreter der Tyrannei, sondern konnte jeden treffen, der wohlhabend aussah. Viele Arbeiter in ihrer Waffenmanufaktur waren nicht mehr zur Arbeit erschienen und Maximilien fürchtete um die Sicherheit der Warenlager. Gemeinsam mit seinem Vater hatte er gestern beraten, wie sie einer möglichen Zerstörung des Familienvermögens entgegenwirken konnten. Sie erinnerten sich noch gut an die Plünderung eines Lagerhauses in Nantes vor vierzehn Jahren. Um Mitternacht hatte Julien die offene Flasche Rotwein geleert und verkündet, er habe einen Plan, wie sie das Familienunternehmen retten konnten. Deshalb war Maximilien hier. Er hatte keine Ahnung, wie dieser Plan aussehen und welche Rolle er dabei spielen sollte.

Eben bestieg ein schmaler Mann von etwa fünfzig Jahren das Rednerpult. Sein längliches Gesicht wurde von einer sehr geraden und etwas zu langen Nase dominiert. Er fing unmittelbar an zu sprechen. Der Anfang seiner Rede ging im lauten Gemurmel der Versammelten unter, was den Redner nicht zu stören schien. Langsam ebbte der Lärm im Saal ab.

„… der König kann sein Volk nicht mehr beschützen. Doch darf das Volk in diesen schweren Zeiten nicht der Gewalt ausländischer Soldaten ausgeliefert sein. Das Volk erhebt sich, der Zorn ist gerecht, doch muss der Zorn des Volkes gelenkt werden, sonst frisst er das Volk selbst auf und das wäre ein Sieg der Tyrannei."

Zustimmendes Gemurmel erhob sich.

„Wer aber kann das Volk schützen und führen, wenn es der König nicht mehr vermag?", fuhr der Redner fort. „Es muss sich selbst schützen. Diese Versammlung vertritt das Volk und diese Versammlung muss dieses Volk schützen, wenn es die Soldaten des Königs nicht vermögen. Ich beantrage die Aushebung einer Bürgermiliz, die die öffentliche Ordnung wieder herstellt und das Volk vor sich selbst, aber auch vor den ausländischen Soldaten beschützt. Jeder der sechzig Stadtbezirke soll noch heute zweihundert Männer zur Verfügung stellen, damit wir größeren Schaden abwenden können."

Viele Abgeordnete jubelten.

„Wie heißt der Redner?", fragte Maximilien seinen Sitznachbarn.

„Joseph-Ignace Guillotin", antwortete dieser.

Julien hatte von ihm erzählt. Er war Arzt und Mitglied in der Konstituante, jenem Gremium, das sich zur Aufgabe gemacht hatte, eine Verfassung für Frankreich zu entwerfen.

Im Folgenden diskutierte die Versammlung Stärke und Organisation einer Bürger-Miliz. Dabei ging es um viele Detailfragen, die Maximilien zu langweilen begannen. Er dachte an die amerikanische Verfassung, und wie immer, wenn er an Amerika dachte, auch an Mary, die er dort kennen und lieben gelernt hatte, die ihn aber kurz vor seiner Abreise zu ihrer Hochzeit eingeladen hatte. Obwohl es nun schon über ein Jahr her war, hatte er sich noch für kein anderes Mädchen begeistern können.

Plötzlich zog ihn der Verlauf der Versammlung wieder in seinen Bann. Julien Pinot erstieg das Rednerpult.

„Liebe Freunde, niemand bezweifelt die Notwendigkeit einer schlagkräftigen Bürgermiliz. Auch wurde deutlich, dass wir sie lieber heute als morgen ausheben müssen. Mehrere Vorredner haben bezweifelt, wie eine schnelle Aushebung einer Truppe organisiert werden könne. Diese Zweifel teile ich nicht. Wir können sie uns schlicht und ergreifend nicht leisten."

Zustimmendes Gemurmel brandete auf, aber auch zweifelnde Rufe. Julien fuhr fort:

„Wir brauchen Männer - ganz Paris ist voll davon."

„Woher nehmen wir Waffen und Ausrüstung?", unterbrach ein junger Mann Maximilians Vater.

„Ja, ganz recht", fuhr dieser fort. „Wir benötigen Waffen und Ausrüstung. Seit über zehn Jahren liefere ich Waffen und Ausrüstung an fast alle Armeen der Welt. Ich kann auch unsere Bürgerwehr bewaffnen. Es ist richtig, dass wir etwas Zeit benötigen, doch werde ich über keine Manufaktur mehr verfügen, wenn das Volk sie niedergebrannt hat. Wir müssen also sofort handeln, alle Waffen beschlagnahmen, die wir in Paris finden. Gleichzeitig wird sich die Waffenmanufaktur Pinot daran machen, diese Truppe mit den besten Musketen auszustatten."

Erneut brandete laute Zustimmung auf. Doch Julien sprach weiter.

„Neben Männern, Waffen und Ausrüstung benötigen wir auch fähige Offiziere. Wir benötigen Offiziere, die die Männer im Kampf befehligen können und die es verstehen, eine solche Truppe mit Nachschub und allem Nötigen zu versorgen. Dazu sollten wir bereit sein, Opfer zu bringen. Ich schlage meinen Sohn Maximilien Pinot als Offizier vor."

Jubel erhob sich. Jetzt dämmerte es ihm, was sein Vater in seinem Plan verfolgte. Es war genial. Er hatte eben ein großes Geschäft abgeschlossen, außerdem bekam er den Schutz des eigenen Vermögens durch eine schlagkräftige Bürger-Miliz kostenlos dazu. Durch seine Einsetzung als Offizier hatte er das Geschäft und den Erhalt des eigenen Besitzes abgesichert.

Weitere Abgeordnete benannten Offiziere und bald brach Maximilien mit einigen jungen Männern nach Paris auf. Joseph-Ignace Guillotin begleitete sie, bei sich den Auftrag, der neu ausgerufenen Stadtregierung von Paris die frohe Botschaft zu verkünden.

Kapitel 66
Paris

Louis Philippe hatte schlecht geschlafen. Er war in Paris, nur wenige Meilen von Versailles entfernt, und doch hatte er noch keine Gelegenheit erhalten, Sophie zur Rede zu stellen. Er war einem Schweizer Regiment zugeteilt worden. Durch die vielerorts aufflammende Meuterei in den französischen Truppenteilen hatte man Recht und Ordnung in die Hände schweizerischer, flämischer, wallonischer und deutscher Soldtruppen gelegt. Das Schweizer Regiment unter dem Kommando von Oberst Pierre Victor, Baron de Besenval de Brünstatt, war in das Zentrum von Paris marschiert, nachdem sich gestern in Versailles die Scharfmacher durchgesetzt hatten. Louis Philippe wusste, dass sein Vater, sein künftiger Schwiegervater, der Herzog von Artois und einige weitere hohe Adelige fast Tag und Nacht auf den König eingeredet hatten, um ihn zum Handeln zu bringen. Nun hatte sich gestern wie ein Lauffeuer die Botschaft verbreitet, dass Jacques Necker entlassen und des Landes verwiesen worden war. Mit ihm musste nahezu die gesamte Regierung ihre Posten räumen. Außerdem waren die ausländischen Soldtruppen nach Paris und Versailles beordert worden. Seit gestern Abend war de Broglie, Louis Philipps vormaliger Kommandant, Kriegsminister. Zahlreiche Informanten berichteten von einer aufgebrachten Stimmung in Paris. Necker hatte zwar kaum etwas bewirkt, doch war er beim Volk sehr beliebt. Es war eine unruhige Nacht gewesen, jeden Moment musste man mit einem Aufstand rechnen. Zahlreiche Menschen hatten sich am Palais Royal versammelt. Ein Spion hatte berichtet, dass dort Camille Desmoulins zur „Bartholomäusnacht der Patrioten“ aufgerufen hatte. Demnach hatte sich ein mit Knüppeln und Piken bewaffneter Mob auf den Weg gemacht. Einige Zollstationen waren bereits geplündert worden und eben war die Meldung eingetroffen, die Menge sei auf dem Weg zum Marsfeld, wo das Schweizer Regiment Aufstellung genommen hatte.

„Wie viele?", fragte Oberst Besenval.

„Schwer zu sagen", zögerte der Bote, „vielleicht fünftausend?"

„Sind sie bewaffnet?"

„Knüppel, Piken und einige Musketen."

„Frauen und Kinder?"

„Ja, einige, aber im Wesentlichen Männer im kampffähigen Alter."

„Was wollen sie?"

„Dass die Soldaten Paris verlassen. Sie wollen die Soldaten aus der Stadt jagen."

„Wir verfügen über ziemlich genau eintausendfünfhundert kampffähige Soldaten und vier Kanonen. Wir sollten sie aufhalten können. De Blois, Sie übernehmen den rechten Flügel. Die Kanoniere sollen Kartätschen laden."

„Jawohl", antwortete Louis Philippe und gab seinem Pferd die Sporen. Er wusste, was für ein Blutbad Kartätschen in einer Menschenmenge anrichten konnten. Anstatt der neun- oder zwölfpfündigen Eisenkugeln bestanden die Kartätschen aus über einhundert Bleikugeln oder Metallsplittern, die eingenäht in einen Leinensack als Ladung verwendet wurden. Beim Abfeuern der Kanonen sahen sich die Feinde einer gewaltigen Salve gegenüber, die eine blutige Bresche in die Gefechtslinie riss. Würde Besenval mit Kartätschen auf Franzosen feuern lassen? Louis Philippe gab die Befehle an den Leutnant der Kanoniere weiter und trabte die lange Reihe der Soldaten entlang zum rechten Flügel.

Nach etwa einer Stunde nervenaufreibenden Wartens konnten die schweißüberströmten Soldaten den Mob hören. Die Sonne hatte ihren Höchststand überschritten und brannte erbarmungslos auf Männer und Pferde nieder. Im Winter fror man erbärmlich in den einfachen Wolluniformen, im Sommer konnte ein Soldat kaum genug Wasser trinken, um den Schweißfluss auszugleichen. So mancher wollte sich heimlich in den Schatten eines Baumes stehlen, doch die Sergeants trieben jeden Ausreißer in die Reihe zurück.

Bald spieen die Straßenmündungen erste Aufständische auf das Marsfeld und kurze Zeit später ergoss sich ein kaum enden wollender Strom aus allen Seitengassen und bewegte sich rasch und laut auf die Schweizer Gardisten zu. Es war nicht das erste Mal, dass Louis Philippe aufsässigen Franzosen gegenüberstand, doch waren es nie so viele gewesen. Angesichts der geschlossenen Gefechtsformation der Schweizer und ihrer Kanonen geriet der Aufmarsch ins Stocken. Langsam formierte sich eine wogende Gefechtslinie. Louis Philippe wischte sich den Schweiß von der Stirn und versicherte sich, dass seine Leutnants bereit waren, seine Befehle zu empfangen. Sollte es zum Kampf kommen, würde es zahlreiche Opfer geben. Mittlerweile waren die Aufständischen den Schweizern mindestens drei zu eins überlegen. Doch Louis Philippe wusste, dass es ein wütender Mob nicht so leicht mit einem ausgebildeten Regiment Infanterie aufnehmen konnte. Mangelnde Ausrüstung und Disziplin wurden dem Mob meist zum Verhängnis. Er war froh, Schweizer Söldner zu befehligen, auf deren Loyalität er sich verlassen konnte.

Aus dem Augenwinkel bemerkte er einen herangaloppierenden Adjutanten. Der junge Offizier brachte sein Pferd ruckartig zum Stehen und rief: „Befehl des Kommandanten: Wenn der Pöbel die dritte Reihe der Ulmen passiert und nicht anhält, feuern wir.“

„Danke“, gab Louis Philippe zurück.

Er sah, wie das Artilleriebataillon die Kanonen in Stellung brachte. Dies sollte der Pöbel durchaus erkennen. Louis Philippe wusste um die abschreckende Wirkung von Kanonen. Es war schwer genug, eine Veteranenkompanie gegen Artilleriefeuer marschieren zu lassen, ohne dass die Soldaten bei der ersten Salve die Flucht ergriffen. Nur eiserne Disziplin vermochte dieses Kunststück. Nur schlachterfahrene Offiziere wussten die Männer so einzusetzen, dass die Artillerie ihre zerstörerische Macht nicht zur Entfaltung brachte. Würde diese mehrfache Übermacht ein bis zwei Salven schlucken und ohne innezuhalten ihre Stellung stürmen, hätten sie ihren Hauptvorteil, die größere Feuerkraft, verspielt.

Louis Philippe sah immer mehr Menschen auf den Platz strömen. Die feindliche Gefechtslinie hielt sich bei der ersten Ulmenreihe, knapp außer der Reichweite der Musketen. Vor der langen Reihe liefen einige Männer auf und ab und schienen der Menge etwas zuzuschreien. Louis Philippe konnte nicht verstehen, was diese Anführer der Menge mitteilten. Als Feldabzeichen trugen sie zwei Wachsfiguren mit sich. Jacques Necker und der Herzog von Orléans. Louis Philippe spuckte vor Abscheu aus.

Plötzlich kam Bewegung in den Mob. Langsam rückten die Aufständischen vor, scheinbar entschlossen, die Soldaten des Königs gewaltsam zu vertreiben. Wie weit würden sie gehen? Die Befehlshaber in Versailles hatten auf die abschreckende Wirkung der Regimenter gesetzt. Wie sollten sie sich verhalten, wenn der Pöbel wirklich angriff? Soweit Louis Philippe wusste, gab es für diesen Fall keine Befehle. Wie viele Salven wären notwendig, bevor sie fliehen würden?

Er wischte sich den Schweiß von der Stirn, der ihm immer wieder in die Augen lief. Die Masse der brüllenden Männer passierte gerade die zweite Ulmenreihe.

Louis Philippe zog seinen Säbel aus der Scheide und reckte ihn in die Höhe. Sofort gaben die Offiziere und Unteroffiziere den Befehl weiter. Wie aus einer gemeinsamen Bewegung ging die erste Reihe in die Knie und beide Gefechtsreihen brachten die Musketen in Anschlag. Louis Philippe beobachtete etwas Sonderbares. In der Mitte bildete sich eine Gasse. Er hörte durch das Geschrei der Menge immer deutlicher das Trommeln einer marschierenden Einheit. Jetzt sah er in der Masse der Aufständischen die Regimentsfahne eines königlichen Garderegiments. War das eine unverhoffte Verstärkung? Louis Philippe entspannte sich etwas. Hilfesuchend blickte er in Richtung seines Befehlshabers. Er sah, wie sich der Oberst mit einigen Adjutanten beriet. Louis Philippe wunderte sich, dass die Gardetruppe unbehelligt mitten durch den Mob marschieren konnte. Jetzt setzte sogar Jubel ein. War es gelungen, die Stimmung in der Menge umzudrehen? Er nahm sich vor, den mutigen Kommandanten der Gardetruppe nach Versailles zu einem Diner einzuladen. Vorsichtig nahm er den Säbel wieder herunter. Sofort entspannten sich die Soldaten und stellten die Musketen schwungvoll senkrecht auf den Boden. Jetzt erkannte er auch die bunten Uniformen eines Garderegiments, als die ersten Soldaten die Front erreichten.

Louis Philippe winkte einem Offizier zu, den er an den goldenen Epauletten erkannte. Immer mehr Soldaten strömten nach vorn und nahmen vor den Aufständischen Aufstellung. Louis Philippe lachte erleichtert auf. Und doch begann er sich über das Verhalten der Soldaten zu wundern. Warum kamen sie nicht herüber? Warum begannen sie nicht, den Pöbel auseinanderzutreiben? Wäre jetzt der richtige Augenblick, vorzurücken und den Gardesoldaten den Rücken zu stärken? Louis Philippe blickte abermals zu Oberst Besenval. Dieser schien ebenfalls verwirrt zu sein. Louis Philippe schätzte die Zahl der Soldaten auf über tausend Mann.

Endlich kam Bewegung in die Truppe. Louis Philippe sah, wie ein Adjutant zu ihm galoppierte. Louis Philippe musste nicht auf den mündlichen Befehl warten, denn bereits blies der Trompeter das Signal zum Vorrücken. Louis Philippe gab den Befehl weiter und eintausendfünfhundert Schweizer kamen den Gardisten zur Hilfe.

Was war das? Die Gardisten legten die Musketen an. Aber sie zielten in die falsche Richtung, Louis Philippe sah in die Mündung von über eintausend Musketen. Die Reihe der Schweizer geriet ins Stocken. Louis Philippe brauchte einen Moment, bis ihn die Erkenntnis wie ein Hammerschlag traf: Die gesamte Gardeeinheit war zu den Aufständischen übergelaufen. Das änderte schlagartig die Ausgangslage. Nun hatten sie es nicht mehr nur mit einem disziplinlosen Haufen zu tun, der noch dazu schlecht bewaffnet war. Sie standen gut ausgebildeten französischen Soldaten gegenüber. Soldaten des Königs würden gegen Soldaten des Königs kämpfen.

„Halt!“, brüllte er.

Ein Seitenblick bestätigte, dass auch der linke Flügel angehalten hatte. Wie würde Besenval entscheiden? Es würde kein Scharmützel mit Aufständischen werden, sondern eine blutige Schlacht. Mitten in Paris. Louis Philippe vermutete, dass die Schweizer auch gegen die französischen Gardisten kämpfen würden, ihre Loyalität galt allein dem König, der sie bezahlte. Doch alle hohen Offiziere waren Franzosen. Würden sie den Befehl geben, auf Soldaten des Königs zu feuern? Louis Philippe empfand eine kurze Erleichterung, dass er diese Entscheidung nicht zu treffen hatte. Nun ertönte auf der Gegenseite ebenfalls die Trompete. Louis Philippe kannte das Signal gut. Vorwärts. Augenblicklich begannen die Gardisten langsam vorzurücken, tausende Aufständische hinter sich, die nur darauf warteten, die Schweizer im Kielwasser der Gardisten anzugreifen.

Abermals ertönte die Trompete. Rückzug. Louis Philippe blickte zu seinem Kommandanten hinüber und sah, wie dieser sein Pferd wendete und die Schweizer auf der linken Seite begannen, sich geordnet zurückzuziehen.

„Rückzug!“, rief er.

Die Gardisten und der jubelnde Pöbel verfolgten sie durch die Stadt. Einige Soldaten waren von einer Kugel oder Steinen verletzt worden. Doch es gelang den Offizieren auf beiden Seiten, es nicht zur Schlacht kommen zu lassen. Sie verließen die Stadt in Richtung Versailles, als die Sonne unterging. Am Morgen hatten die Schweizer noch herablassend über die Aufständischen gelacht, am Abend war die Hauptstadt verloren.

Kapitel 67

Paris, 14. Juli 1789

Pierre war begeistert, als er hörte, dass eine Bürgermiliz aufgestellt werden sollte, um das Volk zu schützen. Nur durch Glück war er gestern dem Angriff der Dragoner entkommen. Ob sein Bruder und dessen Familie die Attacke überlebt hatten, wusste er nicht. In Panik waren die Menschen in alle Richtungen auseinandergelaufen. Die ganze Nacht hindurch war die Situation nicht zur Ruhe gekommen. Sobald er von der Bürgermiliz gehört hatte, war er mit vielen Männern zum Rathaus gelaufen, um sich für den Kampf gegen die Tyrannei ausrüsten zu lassen. Dort hatten sie stundenlang ausharren müssen, bis schließlich die Nachricht nach außen drang, dass der Bürgermeister die Waffenkammern nicht öffnen würde. Einige junge Männer, die aus Versailles geschickt worden waren, hatten den Aufständischen zugerufen, sich auf die Suche nach Waffen zu machen. Die Nacht hatten sie damit verbracht, Waffenläden auszuräumen und Häuser nach Waffen zu durchsuchen. Die Ausbeute war gering gewesen. Im Morgengrauen hatte ein junger Offizier die Führung übernommen. Pierre hatte ihn erkannt, es war der junge Pinot. Er hatte ihn manchmal in der Waffenmanufaktur gesehen, die dessen Vater gehörte. Dieser Vater hatte ihn, Pierre, rausgeschmissen. Pierre verspürte große Lust, den alten, rostigen Säbel, den er erbeutet hatte, dem jungen Pinot in den Bauch zu rammen. Doch zuvor musste er Rache an jenen ausländischen Soldaten nehmen, die eben seinen Bruder, deren Frau und seinen neugeborenen Neffen über den Haufen geritten hatten. Tränen liefen ihm über die Wangen. Pierre hatte Angst, plötzlich am Straßenrand die Leiche seines Bruders zu entdecken. Es war nun an ihm allein, ihren Racheschwur zu erfüllen.

Bald erreichte die wütende Menge das Invalidenhaus. Pierre wusste nur, dass dort Kriegsveteranen untergebracht waren. Die Anführer forderten die wenigen Wachtposten auf, ihnen Einlass zu gewähren. Diese schienen tatsächlich zu versuchen, die tausendfache Übermacht am Betreten des Hofes zu hindern.

„Im Namen des Volkes, gebt den Weg frei", hörte Pierre einen der Offiziere rufen. Dann wurden die Wachen einfach überrannt. Tausende Aufständische strömten in den Hof und brachen die Türen zu den Magazinen auf. Pierre sah den jungen Pinot zufrieden aus der Tür eines aufgebrochenen Lagerhauses kommen. Die Bürgermiliz hatte eben dreißigtausend nagelneue Musketen erbeutet. Pierre erkannte sofort, dass es Musketen waren, die in der Pinotschen Manufaktur gefertigt worden waren. Er steckte den rostigen Säbel in den Gürtel und nahm sich eine der neuen Musketen. Doch fehlte entsprechende Munition. Wo war das Pulver?

„Die Pulvervorräte wurden heute Nacht in die Bastille gebracht", rief einer der Anführer. Wütende Schreie ertönten. Erneut war es den Tyrannen gelungen, das Volk zu betrügen.

„Auf zur Bastille!"
Pierre schnappte diesen Ruf auf. Er kannte dieses Bollwerk, war jahrelang auf dem Weg zur Arbeit daran vorbeigegangen. Die uneinnehmbare Bastion war das rechte Ziel für diesen wunderbaren Moment. Alles schien möglich. Gestern hatten die Schweizer Garden Paris verlassen, sie, die Mittellosen, hatten die Söldner der Despotie gezwungen, sich zurückzuziehen. Immer größer war die Menschenmenge geworden, alle Männer, die sie antrafen, mussten sich anschließen. Wer sich weigerte, war der Unterstützung der Despoten schuldig.

„Zur Bastille", stimmte er in den tausendfach erklingenden Ruf mit ein.

Als sich die Festung vor ihnen erhob, fühlte sich Pierre in seine Kindheit versetzt, wie er, seinem Vater folgend, zum Landgut des Herzogs marschiert war, um den Fürsten zu bewegen, die neuerdings erhobenen Abgaben zurückzunehmen. Damals war sein Vater von der Mauer herab erschossen worden. Der Versuch, mit der Obrigkeit ins Gespräch zu kommen, war mit dem Tod beantwortet worden. Die Festung vor ihnen war uneinnehmbar und doch wusste er, dass sie diesmal nicht zum Reden gekommen waren. Sie würden den Tod in diese Festung bringen. Niemand würde sie aufhalten können.

Kapitel 68

Paris

Louis Philippe war froh darüber, dass ihm der schmachvolle Rückzug nach Versailles erspart geblieben war. Auf halbem Weg dorthin hatte ein Bote sie eingeholt. Der Marquis de Launay, Gouverneur der Bastille, bat um Verstärkung seiner Garnison. Unwillig hatte ihm Oberst Besenval 32 Schweizer Gardisten zugeteilt. Befehligt wurde diese kleine Entsatztruppe von Hauptmann von Flüe. Louis Philippe schätzte ihn etwa zehn Jahre älter als sich. Er schien ein guter Soldat zu sein. Zu seiner Überraschung hatte Besenval ihn selbst auserwählt, die Schweizer zu begleiten. Vielleicht wollte er einen französischen Adeligen vor Ort haben, vielleicht war es ihm aber auch nur unangenehm, ihn, Sohn des stellvertretenden Kriegsministers, als Zeugen seines ruhmlosen Rückzuges in Versailles dabei zu haben. Louis Philippe wusste es nicht. Doch er war froh gewesen, nicht nach Versailles marschieren zu müssen.

Auf großen Umwegen waren sie in die Bastille gelangt. Immer wieder hatten sie randalierenden Banden ausweichen müssen. Als sie über die Zugbrücke der Festung in den zweiten Innenhof marschierten, war es bereits nach Mitternacht gewesen.

Jetzt brannte schon die Sonne auf die Hauptstadt herunter. Louis Philippe stand auf dem Wehrgang der riesigen Mauer. Gemeinsam mit Hauptmann von Flüe und dem Gouverneur der Bastille prüfte er die Verteidigungsanlagen.

„Die Festung ist uneinnehmbar“, sagte er zufrieden. „Außerdem war es klug, das Pulver in die Bastille zu schaffen. Wir sollten so bald wie möglich die restlichen Waffen hierherbringen lassen.“

„Natürlich habe ich dies sofort nach Sonnenaufgang veranlasst. Meine Leute kamen zu spät“, sagte der Gouverneur wie nebenbei.

„Zu spät?“, erwiderte Louis Philippe.

„Die Aufständischen haben die Depots bereits geplündert. Keine einzige Muskete war mehr zu finden.“

Louis Philippe erschrak. Sie hatten es also nicht länger mit einem Haufen mit Knüppeln und Mistgabeln bewaffneten Aufständischen zu tun, denn dieser Haufen hatte eben dreißigtausend Musketen erbeutet. Aber sogleich beruhigte er sich. Auch mit dreißigtausend Musketen würden sie ihn und seine Schweizer nicht aus der Festung bekommen. Erstens konnten die Musketen gegen die mannsdicken Mauern kaum etwas ausrichten und außerdem würden sie wohl kaum genug Pulver finden, um all diese Musketen einzusetzen. Der gesamte Keller der Bastille war voll davon. Auch verfügten sie über genügend Kanonen, um den Pöbel das Fürchten zu lehren. Neben den Schweizern bestand die Garnison aus 82 Invaliden.

„Beliebt es den Herren, mit mir zu speisen?“, fragte de Launay die beiden Offiziere. Beide waren froh über ein ordentliches Essen.

Kaum hatten sie sich an den gedeckten Tisch gesetzt, als es an die Tür klopfte. Ein Garnisonssoldat trat ein und meldete: „Herr Gouverneur, vor den Toren sammelt sich eine Schar Aufständischer. Eine Abordnung möchte mit Ihnen verhandeln.“

„Seit wann schicken Aufständische Unterhändler?“, versuchte der Gouverneur einen Witz zu machen. „Lassen Sie sie herein, wir haben genug Braten für alle.“

Wenig später betraten drei Männer den Salon der Gouverneurswohnung. Louis Philippe betrachtete sie neugierig. Zwei von ihnen waren etwa in seinem Alter, einer war deutlich älter. Sie trugen alle teure Kleidung, was Louis Philippe überraschte.

„Darf ich Sie zu meinem bescheidenen Mahl einladen?“, ergriff der Gouverneur das Wort.

Die drei Abgesandten lehnten dankend ab.

„Wie kann ich Ihnen dann behilflich sein?“, fuhr er fort.

„Das Volk von Paris fühlt sich von Ihren Kanonen bedroht. Die Kanonen sind auf die Stadt gerichtet. Die ganze Stadt ist in Aufruhr. Wir möchten Sie bitten, zu bedenken, ob Sie gegen das Volk Krieg führen wollen.“

„Aber was denken Sie von mir, meine Herren“, antwortete de Launay. „Natürlich will ich das nicht.“

„Dann bitten wir Sie, die Kanonen zu entfernen.“

„So gerne ich es wollte, kann ich Ihren Wunsch nicht erfüllen. Ohne den Befehl des Königs kann ich unmöglich die Kanonen entfernen lassen.“

Es entstand eine Pause. Louis Philippe bemerkte in den Augen des jüngsten Unterhändlers ein zorniges Funkeln.

Der Gouverneur erhob sich von seinem Sitz und fuhr in versöhnlichem Ton fort: „Ich werde die Kanonen aber umdrehen lassen und die Luken mit Holz verschließen.“

Die Aufständischen sahen sich gegenseitig an, bevor der älteste das Wort ergriff: „Dann müssen Sie uns Ihr Ehrenwort als Marquis geben, dass Sie die Kanonen nicht gegen das Volk einsetzen werden.“

„Ich gebe Ihnen mein Ehrenwort als Marquis de Launay. Ich stelle jedoch eine Bedingung: dass Sie meine Tore nicht angreifen. Ich gebe Ihnen mein Ehrenwort, dass wir Sie nicht angreifen werden, so lange Sie nicht die Waffen erheben. Sonst noch etwas?“

„Ja“, entgegnete der jüngste der Unterhändler. Louis Philippe meinte sein Gesicht irgendwoher zu kennen. „Wir sind hier im Namen des Volkes und im Namen der neu ausgehobenen Bürgermiliz. Wir müssen Sie bitten, uns das Pulver auszuhändigen, das im Innern dieser Festung gelagert wird. Ohne Pulver kann die Miliz ihren Auftrag, Paris wieder zu einem sicheren Ort zu machen, nicht erfüllen.“

Der Gouverneur lachte auf.

„Es tut mir sehr leid, dass ich Ihnen diesen Wunsch abschlagen muss. Es handelt sich um das Pulver des Königs. Nur sein Befehl ermöglicht es mir, das Pulver auszuhändigen. Sobald Sie ein entsprechendes Schreiben vorlegen können, werden wir darüber sprechen."

Die Unterhändler schienen zu erkennen, dass sie in diesem Punkt leer ausgehen würden. Sie verabschiedeten sich und verließen die Festung.

Auch Louis Philippe und de Flüe traten aus der Residenz des Gouverneurs ins Freie, um sich ein Bild von der Lage zu machen.

„Er hat dem Pöbel nachgegeben, es ist eine Schande", brummte der Schweizer Hauptmann.

Kapitel 69
Paris

Jean sah besorgt zu Mathilde hinunter. Sie lag auf ihrer Bettstatt und stöhnte. Er hatte versucht, sie vor den Dragonern in Sicherheit zu bringen, doch er war zu langsam gewesen. Ein Reiter hatte sie eingeholt und kurzerhand über den Haufen geritten. Jean und der kleine Bernard waren nahezu unverletzt geblieben, doch Mathilde war hart mit dem Kopf auf den Steinboden geschlagen, da sie mit beiden Händen versucht hatte, Bernard zu schützen. Dann hatte sie ein Huf an der Schulter getroffen. Sofort hatte Jean Mathilde und Bernard in die Sicherheit ihres kleinen Zimmers gebracht. Pierre hatte er aus den Augen verloren. Er machte sich Sorgen um den jüngeren Bruder. Hatte er den Angriff überlebt? War er verletzt und brauchte Hilfe?

Mit Mühe richtete sich Mathilde auf und lächelte ihn tapfer an.

„Das nächste Mal schlägst du aber zurück", scherzte sie.

Jean war es gar nicht zum Lachen. Er wusste, dass es ihm abermals nicht gelungen war, Schaden von denen abzuwenden, die ihm anvertraut waren.

„Ich muss Pierre suchen", flüsterte er.

„Pierre kommt schon zurecht, wir brauchen dich hier", entgegnete Mathilde. „Außerdem habe ich Angst, dass dir etwas zustößt", fügte sie leise hinzu.

„Ich kann hier nicht herumsitzen, wenn ich nicht weiß, ob irgendwo da draußen mein Bruder stirbt", brauste Jean auf.

Mathilde zuckte zurück. Sie begann zu weinen.

„Du hast recht, geh und versuche zurückzukommen. Versprich mir das!", hauchte sie.

Jean stand auf, warf einen Blick auf Bernard, der seelenruhig auf Jeans Bettstatt schlief.

„Kommst du zurecht?“, fragte er Mathilde.

Mathilde wischte sich die Tränen aus den Augen und nickte.

„Ich komme zurück, das verspreche ich“, sagte Jean, drehte sich um und rannte los, um seinen Bruder zu finden.

Kapitel 70
Paris

Ungeduldig wartete Pierre auf den Ausgang der Verhandlungen. Endlich öffnete sich die kleine Pforte neben dem Tor und die Unterhändler traten heraus. Sie schienen sich einen Moment über die nächsten Schritte uneins zu sein. Dann verschwanden sie in einem Haus, erschienen aber kurze Zeit später auf dem Balkon.

„Männer", begann einer von ihnen der Menge zuzurufen. „Der Gouverneur hat uns sein Ehrenwort gegeben, dass er das Volk von Paris nicht angreifen wird."

Im selben Moment erschütterte ein lautes Krachen die Luft. Instinktiv duckten sich die Menschen. Pierre sah sich erschrocken um. Woher war dieser Knall gekommen.

„Die Kanonen des Königs", rief jemand. Waren die Regimenter doch wieder in die Stadt marschiert und fielen ihnen in den Rücken?

„Die Bastille", rief eine andere Stimme. Alle wandten sich um und sahen die Kanonen auf sich gerichtet.

Zornige Rufe erschallten und steigerten sich zu einem ohrenbetäubenden Gebrüll.

Plötzlich kam Bewegung in die Menge. Keiner achtete mehr auf die Unterhändler auf dem Balkon. Sie stürmten gegen das Tor.

Pierre rannte, so schnell er konnte. Nun würde endlich etwas geschehen. Er würde Rache nehmen. Für seinen Vater und für seinen Bruder. Zu seiner Verwunderung bemerkte er, dass das Tor nicht von einem Regiment, sondern nur von einem einzelnen Soldaten bewacht wurde. Noch dazu schien dieser unbewaffnet zu sein. War es eine Falle? Bevor Pierre länger darüber nachdenken konnte, gab ein junger Mann, den Pierre als Maillard kennengelernt hatte, das Zeichen zum Angriff und rannte los. Blankes Entsetzen stand im Gesicht des armen Invaliden, der zur Wache abkommandiert worden war. Wie eine Welle umspülte die bewaffnete Meute den Wehrlosen. Fast schien es, als würde er einfach an Ort und Stelle stehen bleiben, bis ihn ein Knüppel am Kopf traf und er niedersank.

Das Tor war verriegelt. Kurzerhand kletterten einige Männer am Tor empor, sprangen auf der anderen Seite hinunter und öffneten es von innen. Pierre fragte sich abermals, ob es eine Falle war, da es ihm zu leicht erschien. Kaum hatten sie das erste Tor passiert, stürmten sie durch eine Galerie. Dann kam die Menge zum Stehen. Vor Ihnen wuchsen die gewaltigen Mauern in die Höhe. Sie standen vor dem Haupttor. Das konnten sie nicht erreichen, da sich davor ein Graben auftat. Die gewaltige Zugbrücke war hochgezogen und Soldaten bemannten Mauern und Schießscharten.

Pierre blickte sich um. Der vorgelagerte Teil der Festung, den sie eben erstürmt hatten, schien nicht von Verteidigern besetzt zu sein. Diese hatten sich hinter die zweite Mauer zurückgezogen. Pierre erwartete eine Salve von oben, doch die Soldaten starrten nur neugierig auf die Aufständischen hinunter. Offenbar fühlten sie sich hinter den mannsdicken Mauern sicher.

„Brücke runter“, schrie jemand. Sofort wurde der Ruf von vielen hundert Kehlen aufgenommen. „Brücke runter!“

Einige Handwerker kamen mit langen Brettern und versuchten, damit den Graben zu überwinden. Fackeln tauchten auf, die über den Graben gegen das Tor geworfen wurden. Irgendwo krachte ein Schuss gegen die Soldaten auf den Zinnen. Pierre half den Männern mit den Planken. Die Bretter waren zu kurz. Wie sollten Sie jemals über diesen Abgrund gelangen? Pierre hob einen Stein auf und warf ihn über den Graben gegen das mächtige Eichentor. Plötzlich kam Bewegung in die Soldaten auf den Zinnen. Sie legten ihre Musketen an und zielten auf die Angreifer. Aus zahlreichen Schießscharten ragten die dünnen Läufe hervor. Pierre starrte entsetzt nach oben. Direkt über sich begegnete er dem Blick eines Soldaten. Mit einem Schlag fühlte er sich in seine Kindheit versetzt. Es war derselbe Blick. Es waren dieselben Augen. Damals waren sich die Blicke zweier Jungen begegnet, und während sie sich ansahen, hatten die Soldaten auf seinen Vater gefeuert. Panik erfasste ihn.

Kapitel 71

Paris

Louis Philippe blickte über die Mauer auf die Aufständischen hinunter. Eine einzige Salve, und sie würden sterben wie die Fliegen. Plötzlich fühlte er sich auf eine seltsame Art in die Vergangenheit versetzt. Er musste an die Anfänge der Bauernaufstände denken. Er versuchte, diese lästigen Gedanken abzuschütteln, die Lage verbot jede Art von Träumerei. Mit Macht stieg ein nur allzu bekanntes Gefühl in ihm auf, ein Gefühl der Ungerechtigkeit. Er hörte die Stimme seiner Mutter: „… erschießt die Frauen, dann verlieren wir keine Feldarbeiter." Plötzlich sah er sich als kleinen Jungen auf der Mauer des Landgutes stehen. Damals belagerte ein Dutzend Bauern das Tor, heute waren es dreißigtausend. Und dann wusste er auf einen Schlag, warum er an die Vergangenheit dachte. Es war dieser Blick. Er hatte in Augen des Jungen von damals geblickt. Diese leuchtend blauen Augen würde er niemals vergessen. Er hatte mehrmals um ihn geweint, weil der Vater des Jungen an jenem Tag gestorben war. Das durfte sich nicht wiederholen. Es musste einen anderen Weg geben. Seine Mutter war weit weg in Versailles. Er löste den Blick von dem Aufständischen und wollte eben den Gouverneur aufsuchen, als ein lautes Krachen alles übertönte. Mit Entsetzen sah Louis Philippe den weißen Rauch, der aus über hundert Musketen quoll.

KAPITEL 72
Paris

Pierre hatte kaum Zeit gehabt, seine aufkeimende Panik niederzukämpfen, als sich all seine Albträume erfüllten. Bevor das laute Krachen vom Tod kündete, hatte er aus den Augenwinkeln die weißen Rauchpilze gesehen, die mit einem Schlag aus hundert Musketen gewachsen waren. Pierre taumelte zurück. Schmerzensschreie erfüllten die Luft. Ungläubig blickte er sich um. Überall lagen Tote, wanden sich Verletzte. Seine Knie gaben nach, er sackte in sich zusammen. Doch das metallene Geräusch dutzender Ladestöcke, die in die Läufe fuhren, um die nächste Salve über die Brücke zu schicken, riss ihn aus seiner Ohnmacht. Er rappelte sich auf und begann zu laufen. Im Blut einer alten Frau glitt er aus und schlug hin, krabbelte auf allen Vieren weiter, sprang wieder auf und lief. Eine zweite Salve krachte hinter ihm. Einige Sprünge noch, dann hatte er die Sicherheit der Galerie erreicht. Überall duckten sich die Aufständischen, rannten davon, warfen sich auf den Boden. Pierre versuchte, sich zu beruhigen. Schnaufend blickte er zurück. Vor dem Graben lagen unzählige Leichen. Andere waren so schwer getroffen, dass sie sich nicht in Sicherheit bringen konnten, und stöhnten blutend zwischen den Toten. Ein Junge, dem eine Kugel in die Brust eingedrungen war, schrie nach seiner Mutter. Pierres Entsetzen schwang in Wut um. Keiner sprach mehr von Rückzug. Diese Mörder sollten dafür büßen, dass sie das Volk hinterlistig angegriffen hatten.

„Aus dem Weg“, brüllten eine Hand voll Männer, die einen brennenden Wagen vor sich herschoben. Der Qualm sollte den Schützen die Sicht auf ihre Opfer nehmen. Weit kamen sie allerdings nicht, da überall Menschenleiber im Weg lagen.

Pierre liefen Tränen übers Gesicht. Sein Hals schnürte sich zusammen, dass er kaum atmen konnte. Abermals hatte er hilflos zusehen müssen, wie Menschen über den Haufen geschossen wurden. Damals, vor vierzehn Jahren, war sein Vater getötet worden. Auch damals hatten die Mörder hinter einem Wall in Sicherheit gestanden und auf die Wehrlosen vor dem Tor gefeuert. Er ballte seine Faust, dass die Fingerknöchel weiß wurden. Er würde diesen Bastard töten. Hier und heute. Und wenn es das Letzte wäre, was er in seinem Leben versuchte.

Kapitel 73
Paris

Louis Philippe schnaubte vor Wut.

„Wer hat den Befehl zum Feuern gegeben?", brüllte er Hauptmann von Flüe an.

„Der Kommandant dieser Festung, Marquis de Launay."

Die Verachtung in seiner Stimme zeigte Louis Philippe, wie viel von Flüe von dem Befehl des Gouverneurs hielt. Ziel musste es sein, möglichst lange auszuharren, bis Verstärkung gesandt wurde oder der Pöbel merkte, dass es sinnlos war, ohne Artillerie solch eine Festung zu belagern. Es war schlimm genug, dass der Gouverneur zwar Pulver für die nächsten Jahre, jedoch Lebensmittel für kaum drei Tage bevorratet hatte. Jetzt den Pöbel durch eine nutzlose Salve zu reizen, war nicht nur unklug, sondern konnte höchst gefährlich werden. Er musste unbedingt mit dem Gouverneur reden, bevor der weitere verhängnisvolle Entscheidungen traf.

Der Gouverneur ging aufgeregt hinter dem geschlossenen Tor auf und ab. Um das Geschehen vor dem Tor besser beobachten zu können, hatte er eine kleine Öffnung in das Tor sägen lassen. Louis Philippe erkannte sofort, dass de Launay mit der Situation vollkommen überfordert war. Der Kommandant eines Stadtgefängnisses konnte eben keine Schlacht befehligen.

„Wir hatten vereinbart, dass wir die Aufständischen nicht angreifen", begann Louis Philippe, der seinen Ärger kaum zurückhalten konnte.

„Das Tor wurde angegriffen", entgegnete der Gouverneur.

„Wir wurden mit Steinen beworfen", korrigierte Louis Philippe.

„Herr Gouverneur, das sollten Sie sich ansehen“, rief ein Soldat, der durch eine Schießscharte neben dem Tor spähte. Sofort sprang de Launay zu seinem Guckloch. Louis Philippe sah, wie dem Gouverneur das Blut aus dem Gesicht wich. Er nahm den Dreispitz ab, presste ihn gegen die Brust und flüsterte:

„Wir sind verloren.“

Louis Philippe trat am Marquis vorbei und lugte durch das Loch. Er sah gerade noch, wie einige Männer den brennenden Wagen, der ihnen die Sicht auf die Aufständischen versperrte, von der Brücke stießen. Sofort lichtete sich der Rauch und Louis Philippe blickte in die Mündung einer Kanone. Augenblicklich erkannte er die Uniformen der Kanoniere, die derselben Garde angehörten, die sich schon gestern den Aufständischen angeschlossen hatte. Nun galt es umso mehr, die richtigen Entscheidungen zu treffen. Louis Philippe wollte eben Befehle erteilen, als er sich erinnerte, dass der Gouverneur das Kommando hatte. Fluchend schluckte er die Worte hinunter und versuchte, dem Gouverneur gut zuzureden. Doch dieser verschwand in seinem Schreibzimmer. Hauptmann von Flüe kam von seinem Posten auf den Zinnen herunter und bat Louis Philippe um weitere Befehle. Louis Philippe machte ihm klar, dass der Gouverneur den Oberbefehl hatte. Gemeinsam traten sie in das Schreibzimmer des Marquis.

Sie trafen den Gouverneur an seinem Schreibtisch sitzend an. Anstelle den Soldaten auf den Zinnen Befehle zu erteilen, schrieb er einen Brief. Louis Philippe trat näher und spähte auf den Inhalt des Schreibens.

„Aber Marquis, Sie wollen doch nicht kapitulieren?“, brachte er erschrocken hervor.

„Wir haben keine andere Wahl“, antwortete dieser. „Wir können doch keinen Krieg gegen das Volk führen. Das sind Franzosen.“

„Wir können die Festung nach wie vor halten“, mischte sich von Flüe ein.

„Aber sie haben Kanonen“, flüsterte der Gouverneur.

„Die haben wir auch“, entgegnete von Flüe.

„Nein, meine Entscheidung ist endgültig“, sagte der Gouverneur und erhob sich.

Louis Philippe trat auf den Marquis zu.

„Wenn der König erfährt, dass Sie kampflos kapituliert haben, wird er Sie vor ein Kriegsgericht stellen.“

„Wir haben keine andere Wahl“, sagte der Gouverneur fest.

„Doch, die haben wir“, widersprach von Flüe.

Es half nichts. Der Marquis de Launay war nicht umzustimmen. Widerwillig spießte von Flüe das Kapitulationsangebot auf seinen Degen und streckte ihn durch das Loch im Tor nach draußen. Louis Philippe schüttelte hilflos den Kopf. Im Falle einer Nichtannahme der Kapitulation drohte de Launay, die zwanzig Zentner Pulver in den Kellern der Bastille zu zünden und das gesamte Viertel in ein Trümmerfeld zu verwandeln.

Kapitel 74
Paris

Pierre drängte sich hinter den Kanonieren dem Graben entgegen. Plötzlich sah er einen Degen durch eine Öffnung ragen, an dessen Ende etwas Weißes hing.

„Seht mal dort“, rief er. „Vielleicht wollen die Tyrannen uns eine Botschaft zukommen lassen.“

Auch andere erblickten den Degen.

„Ja, es ist eine Botschaft“, rief jemand.

Doch so sehr sie sich auch reckten und streckten, der Graben lag vor ihnen und niemand erreichte den Brief des Gouverneurs. Da wurden abermals die Bretter nach vorne gereicht.

„Wer versucht es?“, rief Maillard.

Ein junger Bursche trat auf das Brett, das am hinteren Ende von mehreren Männern gehalten wurde. Er war leicht und konnte gut über das Brett gehen, doch waren seine Arme zu kurz. Als er sich nach vorne beugte, um das Blatt zu erreichen, kam er ins Straucheln, ruderte mit den Armen und stürzte schreiend in den Graben. Kaum hatten sie den Aufprall unten gehört, trat Pierre vor und balancierte auf das Brett. Krampfhaft versuchte er, nicht nach unten zu sehen. Unter seinem Gewicht bog sich das Brett, es knackte leise. Nur noch einige Handbreit. Langsam schob er sich vorwärts, griff mit der Hand weit nach vorn, und tatsächlich, mit den Fingerspitzen erwischte er das Papier. Ebenso langsam rutschte er rückwärts. Bald packten ihn zahlreiche Hände und zogen ihn nach hinten. Er übergab den Brief an Maximilien Pinot, den Offizier, der ihm am nächsten stand. Dieser faltete das Papier auf und überflog die Zeilen. Vor Erstaunen weiteten sich seine Augen. Stumm reichte er den Brief an Leutnant Huile weiter, der die abtrünnigen Gardesoldaten hergeführt hatte. Auch er überflog die Zeilen. Dann wendete er sich um und rief:

„Im Namen des Volkes und der Bürgermiliz nehmen wir die Kapitulation an!"

Jubel brandete auf. Pierre konnte es kaum fassen.

„Brücke runter, Brücke runter", riefen die Aufständischen um ihn herum. Er traute seinen Augen nicht. Begleitet von einem metallischen Knirschen senkte sich langsam die Zugbrücke herab. Kaum war sie in Reichweite, sprangen die Bewaffneten hinauf und liefen zum Tor. Die wütende Menge hatte die vielen Toten nicht vergessen. Pierre spürte ein Gefühl des Triumphes in sich aufsteigen. Als Kind hatte er den Tyrannen weichen müssen, heute triumphierte das Volk über die Tyrannen. Als sie auf den Platz hinter dem Tor stürmten, sahen sie die Invaliden in ihren Uniformen dastehen, die Hände erhoben. Pierre sah diese wehrlosen Soldaten. Hass stieg in ihm auf, sein Augenlid begann zu flattern und sein Blick begann trüb zu werden. Im Laufen zog er den rostigen Säbel aus dem Gürtel. Noch zwei Schritt, ein Schritt. Mit aller Kraft stieß er dem ersten Invaliden den Säbel in den Leib. Mit erschrockenem Gesichtsausdruck sackte der Verwundete in sich zusammen. Die Zeit der Rache war gekommen. Jetzt musste er nur noch diesen Sohn des Herzogs finden.

Kapitel 75

Paris

Jean erreichte die Bastille und traute seinen Augen nicht. Tausende Menschen belagerten die Festung. Im selben Moment schwang das Tor auf. Was hatte das zu bedeuten? War es den Aufständischen tatsächlich gelungen, diese Festung zu stürmen? Augenblicklich rannte er los. Niemals hätte er für möglich gehalten, eines Tages Zeuge einer solchen Niederlage des Adels zu sein. Auf einen Schlag wandelte sich die Sorge um den Bruder in blinde Wut auf alle, die ihm und seiner Familie Schaden zu gefügt hatten, so lange er denken konnte.

Kaum hatte er die schützende Galerie verlassen und rannte inmitten einer dichten Schar dem Haupttor entgegen, mussten sie ihr Tempo verlangsamen. Grauen packte Jean. Der Boden war glitschig von Blut und überall lagen Tote herum. Er bückte sich und nahm einem gefallenen Jüngling die Muskete aus der Hand. Vielleicht würde er eine Waffe benötigen.

Kapitel 76
Paris

Maximilien sah, wie die ersten Aufständischen über die Wachsoldaten herfielen.

„Nein!“, rief er, so laut er konnte. Gemeinsam mit einigen anderen Offizieren versuchte er, den Blutdurst der Eroberer aufzuhalten. Erst, als die Gardisten sich nach vorne drängten, gelang es, dazu überzugehen, Gefangene zu machen. Maximilien erblickte einen hohen Offizier mit prächtiger Uniform, der reglos den Ansturm über sich ergehen ließ. Den Degen, hatte er, wie bei einer Kapitulation üblich, gezogen, um ihn mit dem Heft voran dem Eroberer entgegenzureichen. Er hatte den Offizier, der etwa in seinem Alter sein mochte, hinter dem Gouverneur stehen sehen, als sie als Unterhändler in der Festung gewesen waren. Er konnte nicht genau sagen, warum, doch ihn berührte der stoische Blick, der reglose Stolz dieses Mannes, der einer tobenden Übermacht gegenüber keine Miene verzog. Er schubste sich durch die Männer und trat auf den Offizier zu. Dieser reichte ihm seinen Degen. Maximilien nahm in seinen Augen einen Schimmer von Dankbarkeit wahr. Vielleicht hatte er erwartet, ebenfalls niedergestochen zu werden. Maximilien beschloss, nicht weiter in die Bastille einzudringen, sondern stattdessen seinen Gefangenen zu bewachen. Er bedeutete dem Offizier, der offensichtlich aus dem Hochadel stammte, was seine reich verzierte Uniform verriet, ihm zu folgen. Als er sich umwandte, stand er einem jungen Mann gegenüber, der aus leuchtend blauen Augen an ihm vorbeistarrte. In seiner Hand hielt er einen blutigen Säbel. Langsam kam er auf ihn zu. Maximilien erschrak. Aus diesen Augen sprühte der blanke Hass. Im selben Moment erkannte er den Jungen. Er war einmal Arbeiter in der familieneigenen Manufaktur gewesen. Schon schoss der Junge vor, um seinen vor Blut triefenden Säbel in die makellose Uniform seines Gefangenen zu rammen.

„Pierre", schrie Maximilien, so laut er konnte. „Nein, er ist mein Gefangener!"

Beim Erklingen seines Namens hielt der junge Aufständische kurz inne.

Maximilien nutzte das Zögern und trat zwischen den Todesengel und den Offizier.

„Wir haben gewonnen, das genügt", sagte er streng. Er konnte es selbst nicht fassen, was er da tat. Warum riskierte er sein Leben, um irgendeinen Adeligen zu retten?

Wie eine zum Sprung bereite Wildkatze starrte Pierre sein Opfer an und schien nichts anderes um sich herum wahrzunehmen.

„He, ihr da", rief Maximilien zwei Gardisten an, die eben an ihm vorbeikamen. „Helft mir, den Gefangenen nach draußen zu bringen, er muss ein hoher Offizier sein."

Die beiden Gardisten kamen Maximilien zu Hilfe und nahmen den Gefangenen zwischen sich. Plötzlich schnellte Pierre hoch und schoss auf sein Opfer los. Maximilien sah die Bewegung aus dem Augenwinkel. Instinktiv warf er sich seitlich in Pierres Schwertarm. Beide Männer stürzten zu Boden. Krachend traf der Kolben eines Gardisten auf Pierres Kopf. Maximilien rappelte sich auf, sah zu Pierre hinunter, der sich benommen an den Kopf fasste.

„Pierre", hörte Maximilien einen weiteren Aufständischen schreien. Sofort zielte einer der Gardisten auf den heranstürmenden jungen Mann.

„Nein, lass ihn", befahl Maximilien. Er hatte Pierres Bruder erkannt, der ein zuverlässiger Vorarbeiter in der Manufaktur war.

„Er soll sich ruhig um seinen Bruder kümmern. Bringen wir den Offizier von hier weg", befahl er den Gardisten. Je schneller er diesem Gemetzel entkam, desto besser. Zügig strebten sie dem Haupttor zu. Auf einmal sah er Unmengen an Büchern und Papieren aus den Fenstern in den Graben flattern. Offensichtlich zerlegten die Aufständischen die Inneneinrichtung.

Vor dem Tor wurden Schweizergardisten zusammengetrieben. Ein Gefangener erregte besonderes Aufsehen: der Gouverneur de Launay. Leutnant Huile eskortierte ihn mit einem halben Dutzend seiner Gardisten. Bevor sie zum Rathaus aufbrachen, sollten noch die Häftlinge des Königs befreit werden. Doch anstatt der vielbeschriebenen Folterkeller und vollgestopften Kerkerzellen fanden sie nur sieben Gefangene, die über schön eingerichtete Zimmer verfügten und Zugriff auf eine gut ausgestattete Bibliothek hatten. Auch das Billardzimmer stand den Insassen zur Verfügung. Dennoch wurden sie als Helden verehrt, die man den Klauen der Tyrannei entrissen hatte.

Endlich war genug Zerstörung angerichtet und der Zug konnte in Richtung Rathaus aufbrechen. Maximilien merkte, dass es nicht leicht werden würde, die Gefangenen lebend zum Rathaus zu bringen. Das Volk hatte Blut gerochen. Erste Kämpfer schleuderten den Unglücklichen Flüche und Steine entgegen. Er wusste nicht, warum, doch irgendetwas sagte ihm, dass er diesen Gefangenen nicht einfach dem Tod überlassen durfte.

KAPITEL 77
Paris

Louis Philippe hatte geahnt, dass die Kapitulation eine Katastrophe auslösen würde. Beinahe hatte man ihn ermordet. Allein dem jungen Mann, dem er sich ergeben hatte, verdankte er sein Leben. Dieser schien ein Offizier zu sein, obwohl er nicht einmal eine richtige Uniform trug.

Von vielen Händen war er gepackt worden, und nun schleifte man ihn und die anderen durch Paris. Er war dem jungen Offizier dankbar, der ihm schon als Unterhändler aufgefallen war. Sah er nicht dem Waffenhändler ähnlich, mit dem sein Vater Geschäfte machte? Er konnte nicht länger darüber nachdenken. Plötzlich stürzte sich ein Mann wild kreischend auf den Gouverneur. Erschrocken versuchte dieser den Angriff abzuwehren. Ein Tumult entstand. Einige Hände ließen ihn los, um dem Gouverneur oder dem Angreifer zu Hilfe zu kommen. Ein Bajonett blitzte auf. De Launay war verschwunden. Louis Philippe erstarrte, als kurz darauf der Gouverneur wieder zum Vorschein kam, doch wo vorher noch sein Leib gewesen war, troff nur dunkles Blut hervor. Jemand hatte ihm kurzerhand den Kopf abgeschlagen. Louis Philippe dachte an Sophie und bedauerte, dass es ihm vor seinem Tod nicht gelungen war, ihr noch einmal zu begegnen. Leise begann er ein Vaterunser zu beten.

Kapitel 78

Paris

Jean hatte Pierres Kopfwunde notdürftig mit einem Stück Stoff von seinem Kittel verbunden. Dann waren sie dem Triumphzug zum Rathaus gefolgt. Plötzlich ertönte etwas weiter vorne lauter Jubel. Jean sah, wie eine Pike in die Höhe gereckt wurde, auf deren Spitze etwas steckte. Mit Erschrecken erkannte er, dass es ein Kopf war. Wie ein Feldzeichen trugen gröhlende Männer den Kopf des Gouverneurs voran. Neben dem Ekel empfand Jean eine gewisse Befriedigung. Eigentlich hatten es die Ausbeuter nicht anders verdient.

Bevor sich der Hass auf andere Gefangene entladen konnte, erreichten sie das Rathaus. Soldaten versperrten den Zutritt. Ohne zu zögern ging die Menge zum Angriff über. Pierre rammte einem jungen Rekruten, der sich mit letzter Kraft gegen zwei andere Aufständische zur Wehr setzte, seinen Säbel in die Seite. Jean donnerte ihm den Kolben seiner Muskete ins Gesicht. Vergeblich versuchte Pierre, den Säbel wieder herauszuziehen. Er ließ die Waffe im Leib des Unglücklichen stecken und die Brüder folgten der Menge in die Flure des Rathauses. Lauter Jubel ertönte, als einige Männer den blutenden Kopf des Bürgermeisters auf eine Pike steckten und in die Höhe reckten. Es war ein Tag des Volkes, es war ein Tag des Triumphes, es war ein Tag der Rache.

Kapitel 79

Versailles, 15. Juli 1789

Der Herzog von Blois hatte schlecht geschlafen. Oberst Besenval hatte sich nach Versailles zurückgezogen, um den Palast vor den Aufständischen zu schützen. Der Herzog hatte sich vorgenommen, dafür zu sorgen, dass er angemessen für die Aufgabe der Hauptstadt bestraft wurde. Außerdem hatte er erfahren, dass sein Sohn mit einer winzigen Truppe in der Bastille festsaß. Seitdem überlegte er, wie er Verstärkung organisieren könnte. Gemeinsam mit dem Herzog von Artois betrat er das Schlafgemach des Königs, um dem allmorgendlichen Aufstehritual des Königs beizuwohnen. Ludwig XVI. schien gut geschlafen zu haben. In aller Ruhe erhob er sich und ließ sich von einigen Dienern ankleiden, als plötzlich Unruhe in den Reihen der Anwesenden aufkam. Der Herzog von Rochefoucauld-Liancourt drängte sich nach vorn und flüsterte dem König ins Ohr. Dieser sah verwundert auf und antwortete: „Ist das eine Revolte?"

„Nein Sire, es ist eine Revolution", entgegnete dieser trocken.

Der Herzog von Blois drängte sich nach vorn.

„Die Bastille ist gefallen", rief jemand.

Konnte das wahr sein? Wie sollte ein Haufen kaum bewaffneter Aufständischer jemals diese gewaltigen Mauern überwinden?

„Der Kopf de Launays wird durch Paris getragen", wurde die Botschaft von Rochefoucauld-Liancourt weitergeflüstert.

Dem Herzog brach der Schweiß aus. Zu lange hatten sie gezögert, den aufrührerischen Aktivitäten entschieden entgegenzutreten. Das Königreich war in höchster Gefahr. Vielleicht war es schon zu spät. Gleiches galt für seinen Sohn. Lautes Gemurmel erhob sich. Der Herzog von Blois fühlte sich wie gelähmt. Wie war so etwas möglich? Wie konnte sich das Königreich von solch einer Blamage jemals wieder erholen? Artois drängte sich an ihm vorbei und bedeutete mit einem Kopfnicken, ihm zu folgen. Im Laufschritt eilte er die Gänge entlang. Einige Diener versuchten, mit ihm Schritt zu halten. Immer wieder zischte er Befehle, und ein Diener nach dem anderen verschwand, um die gewünschten Personen zusammenzurufen. Kurze Zeit später saßen der Prinz von Condé, der neue Kriegsminister de Broglie, Artois und der Herzog von Blois in den Gemächern des Herzogs von Artois zusammen.

„Ich habe den König gebeten, in einer Stunde zu uns zu stoßen. Bis dahin sollten wir einen Plan entwickelt haben, wie wir Paris befreien und die Macht in diesem Königreich wieder an uns nehmen können. Auf welche Regimenter können wir zählen?"

Die Frage war an den Kriegsminister gerichtet. De Broglie erhob sich und rückte seinen Uniformrock zurecht, der über und über mit Orden und Abzeichen versehen war.

„Es ist nicht mit Sicherheit zu sagen, welche Regimenter loyal sind. Auf die Deutschen, die Flamen, die Schweizer und die Palastgarde können wir zählen. Die Kommandanten der französischen Regimenter sind bereits instruiert. Die Aufstände sind sofort und mit aller Härte niederzuschlagen und die Disziplin wieder herzustellen."

„Wir müssen sofort und sehr hart zuschlagen. Wenn der Pöbel erst einmal Gefallen daran findet, Festungen zu stürmen, wird er bald in Versailles sein", gab der Prinz von Condé zu bedenken.

„Wir müssen alle verfügbaren Regimenter gleichzeitig nach Paris führen. Der Pöbel wird Widerstand leisten, aber bald aufgeben. Je härter wir zuschlagen, desto früher werden die Menschen sich fügen. So entstehen auch die wenigsten Verluste", brachte sich der Herzog von Blois in das Gespräch ein.

„Entsprechende Befehle sollen sofort aufgesetzt werden", entschied der Herzog von Artois.

Als es an die Tür hämmerte, erhoben sich alle, um den König standesgemäß willkommen zu heißen. Anstatt des Königs schob sich ein kleiner Mann zur Tür herein. An seiner Livree war er als Diener des Königs zu erkennen. Er verbeugte sich tief vor dem Herzog von Artois und überreichte ihm einen Brief. Dieser nahm das Schreiben entgegen, brach er das Siegel und überflog die Zeilen des Königs. Sein Gesicht färbte sich augenblicklich im Rotton der Wandteppiche. Gespannt wartete der Herzog von Blois darauf, zu erfahren, was der König seinen Befehlshabern geschrieben hatte. Dass er in solch einer Krise nicht persönlich zur Besprechung kam, musste zwingende Gründe haben. Dann begann Artois langsam laut zu lesen: „Mein lieber Bruder, ich hatte Ihren dringenden Bitten und den Vorstellungen einiger treuer Untertanen nachgegeben; ich habe es jedoch inzwischen reiflich überdacht. In diesem Augenblick Widerstand leisten, hieße sich der Gefahr aussetzen, die Monarchie zugrunde zu richten. Ich habe die ausgegebenen Befehle zurückgenommen; meine Truppen werden Paris verlassen, ich werde sanftere Mittel anwenden."

„Mit dieser Unterschrift hat er das Urteil über sich gesprochen", stöhnte der Herzog von Artois.

„Und über uns", ergänzte der Prinz von Condé.

„Und über meinen Sohn", dachte der Herzog von Blois. Seine Knie gaben plötzlich nach und er sackte in den nachtblauen Polstersessel mit den vergoldeten Armlehnen.

„Champagner", hauchte er mit letzter Kraft.

Ganz Versailles war in Aufregung. Überall standen Höflinge und Hofdamen beisammen oder hasteten durch die endlosen Flure. Paris war in Aufruhr, die Bastille gefallen, wann würde der Aufstand nach Versailles getragen werden?

Niemand nahm Notiz von der verdreckten Gestalt, die sich durch die Gänge schleppte. Vage erinnerten die Stofffetzen, die er am Leib trug, an eine Uniform, doch fehlten alle Rang- und Ehrenabzeichen. Auch Knöpfe und Tressen waren weggerissen worden und hatten unschöne Löcher hinterlassen. Blut und Dreck klebten ihm im Gesicht. Vor den Gemächern des Herzogs von Blois standen zwei Gardisten, die den Fremden unfreundlich aufhielten. Doch einige Worte von ihm genügten, und die Soldaten traten zur Seite. Die Herzogin von Blois stieß einen spitzen Schrei aus, als sie den zerlumpten Soldaten bemerkte.

„Hilfe! Die Aufständischen sind hier! Hilfe! Wache!"

Sie rauschte zeternd aus dem Zimmer in ihr Schlafgemach.

Louise-Adélaïde de Bourbon-Condé schmunzelte über die Reaktion ihrer künftigen Schwiegermutter. Sie hatte ihren Verlobten sofort erkannt. Besorgt ging sie ihm entgegen.

„Louis Philippe, du lebst! Wir dachten alle, du bist tot."

„Das wäre ich auch beinahe gewesen", antwortete Louis Philippe. „Die Aufständischen waren so sehr damit beschäftigt, anderen die Köpfe abzuschneiden, dass sie gar nicht mehr genau wussten, wen sie eigentlich gefangen genommen hatten und wer sich auf ihre Seite geschlagen hatte. Eben wollten sie uns noch aufhängen und plötzlich feierten sie uns als Helden. Bevor sie es sich wieder anders überlegten, habe ich mich aus dem Staub gemacht."

Louise-Adélaïde sah ihn lange an. Dann sagte sie: „Du solltest dich waschen, du siehst fürchterlich aus. Vielleicht solltest du der Königin bald einen Besuch abstatten."

Louis Philippe starrte seine Verlobte verständnislos an. „Die Königin?"

„Besser gesagt bei einer ihrer Hofdamen. Sophie oder so ähnlich. Heißt sie nicht so?"

Louis Philippe klappte den Mund auf und schloss ihn wieder, ohne dass er ein Wort herausbrachte. Er nickte kurz. „Deine Todesnachricht hat uns alle geschmerzt, aber sie hat es besonders mitgenommen, meine ich. Vielleicht solltest du den Irrtum aufklären."

Louis Philippe starrte sie immer noch an.

„Aber … aber … sie wird heiraten …", stammelte er.

„Glaubst du das wirklich?“, entgegnete Louise-Adélaïde. „Mein und dein Vater haben sie gezwungen, diesen Brief zu schreiben. Seitdem weint sie jeden Tag. Aber nicht so viel wie heute, als sie von deinem Tod erfuhr. Es brach mir fast das Herz.“

Louis Philippe nahm die Hand seiner Verlobten. „Danke“, hauchte er, küsste sie auf die Wange und lief zur Königin. Das Königreich war verloren, aber was bedeutet ein Königreich gegen die Liebe?

KAPITEL 80

Paris

Die beiden Brüder hatten die ganze Nacht mit der Menge gefeiert. Nun fühlte Jean sich müde und ausgelaugt. Die Bastille war gefallen. Er hatte getötet. Das Gefühl des Triumphes war schnell verflogen. Vor vielen Jahren hatten sie feierlich Rache geschworen. Seitdem hatte er sich immer wieder ausgemalt, wie diese Rache aussehen könnte. Diese Vorstellung war ein süßer Genuss gewesen, die Wirklichkeit schmeckte schal. Was war falsch? Lag es daran, dass ihnen dieser junge Herzog, der etwas mit dem Tod ihres Vaters zu tun hatte, entkommen war? Oder genügte das vergossene Blut nicht, um die vielen Jahre der Unterdrückung aufzuwiegen? Mühsam kämpften sie sich die Treppe zu ihrem Zimmer hinauf. Oben angekommen, streckte Jean die Hand zum Türgriff. Im selben Moment schwang die Tür auf. Tränen schossen Pierre in die Augen. Mathilde fiel ihm schluchzend um den Hals.

„Wo warst du?“, fragte sie.

„In der Bastille“, antwortete er. „Die Bastille ist gefallen. Wir haben Rache genommen. Ich glaube, es ist endlich vorbei.“

Mathilde sah ihn liebevoll an. Dann verengten sich ihre Augen und sie flüsterte: „Ich fürchte, das ist erst der Anfang.“

NACHWORT

Bei historischen Romanen stellt sich immer die Frage: Welche Fakten sind belegt und welche Freiheiten hat sich der Autor genommen? „Sturm zur Freiheit" ist kein historisches Sachbuch, und doch bildet die Geschichte eine wichtige Grundlage, auf der sich die „kleine Geschichte" der Protagonisten ereignet. Die Bauernaufstände im Vorfeld der Revolution hat es gegeben, wenn auch der Aufruhr, der Jean und Pierres Vater mit dem Leben bezahlt, nur beispielhaft dafür steht. Ich habe versucht, die Ereignisse ab dem Zusammentreten der Generalstände so authentisch wie möglich zu beschreiben. Immer wieder treten historische Persönlichkeiten auf, die den Lauf der Dinge entscheidend geprägt haben. Zum Teil sprechen sie im Roman wörtlich, was überliefert ist. Meist erlaube ich mir aber, ihnen meine Worte in den Mund zu legen, jedoch niemals, ohne mich mit der Biographie der jeweiligen Figur beschäftigt zu haben. Benjamin Franklin war wirklich ein passionierter Schachspieler und hat eines der ersten Fachbücher über das Schachspiel verfasst. Gegen Ende seines Lebens setzte er sich für ein Verbot der Sklaverei ein. Die Begegnung mit Maximilien ist meiner Phantasie entsprungen.

Die Protagonisten der drei Familien (Adel, Kaufleute und Bauern) sind fiktiv. Nur dann habe ich die nötige Freiheit, sie überall dort sein zu lassen, wo ich sie brauche. Das Herzogtum Blois und die Grafschaft Dunois gibt es wirklich. Beide fielen im 17. Jahrhundert an die Krone zurück. Diesen Schritt habe ich für meine Geschichte rückgängig gemacht. So konnte ich einen Herzog am Hofe haben, der über ein reales Herzogtum verfügt, aber dessen Rolle ich frei gestalten konnte, ohne dabei Biographien tatsächlich in die Revolution verwickelter Herzöge verändern zu müssen.

Das Regiment, in dem Louis Philippe diente, existierte ebenfalls und war in Metz stationiert. Meutereien hat es in zahlreichen Regimentern gegeben. Der Sturm auf die Bastille hat sich im Wesentlichen so abgespielt wie im Buch geschildert, wenn auch ohne meine fiktiven Protagonisten. Mit dem Sturm auf die Bastille endet dieses Buch, aber nicht die Geschichte der Französischen Revolution. Dem Adel stehen Enteignungen und Hinrichtungen bevor, die Bürger werden die Macht übernehmen. Niemand kann den Umsturz aufhalten, der am 14. Juli 1789 ins Rollen gebracht wurde. Die Revolution wird ihre eigenen Kinder vernichten. Sobald ich diese Zeilen beende, schreibe ich am zweiten Band weiter. Die Zukunft hält viele Überraschungen für die Protagonisten bereit.

Freiheit, Gleichheit, Brüderlichkeit – oder der Tod

Manchmal werde ich gefragt, wie ich darauf komme, einen Roman über die Französische Revolution zu schreiben. Mich beschäftigt seit langem die Frage: Warum führte die Revolution unter diesem dreifachen Stern (Freiheit, Gleichheit, Brüderlichkeit) nicht zu einer freien, gleichberechtigten und brüderlichen Gesellschaft, sondern zu einer Terrorherrschaft und einem unvergleichlichen Blutbad? Sind es nicht dieselben Ideale, um die wir uns heute bemühen? Was haben wir aus der Geschichte gelernt, damit wir nicht, ähnlich wie damals, im Namen der größten Ideale Schreckliches anrichten?

Johann Wolfgang von Goethe hat seinem Protagonisten Mephisto im „Faust" folgende Worte in den Mund gelegt: „Ich bin ein Teil von jener Kraft, die stets das Böse will und doch das Gute schafft."

Beim Menschen scheint es manchmal genau andersherum zu sein. Mit bestem Willen tritt er an, aber wie oft entstehen daraus Verletzungen, Gewalt und Übergriffe? In der Politik, aber auch in der Ehe, in der Erziehung, kurz: überall dort, wo Menschen zusammen sind. Ich glaube nicht, dass die Menschen schlecht sind - im Gegenteil. Es ist eine hohe Kunst, Ideale so zu verwirklichen, dass sie auch Gutes bewirken. Das setzt einen intensiven

Läuterungsprozess voraus. Die Protagonisten in meinem Roman sind Menschen wie wir. Sie haben Ideale, Ängste, verschiedenste Erfahrungen und Traumata. All diese beeinflussen ihr Handeln. Damit schreiben sie Geschichte. Wird es ihnen gelingen, im Lauf der Revolution immer mehr zu dem zu finden, was ihnen wirklich wichtig ist? Können sie die innere Größe entwickeln, das Gute größer zu denken als das, was ihnen guttut? Die Revolution endete im Blutvergießen, das können wir nicht mehr ändern. Aber wir haben es in der Hand, wie wir heute Geschichte schreiben. Jeden Tag aufs Neue.

Personenregister

Bauern

Bernard	Bauer
Sophie	seine Frau
Jean	Bauernsohn
Pierre	sein Bruder
Simon	Nachbar, später Stiefvater von Jean und Pierre
Luise	seine Frau
Mathilde	seine Tochter
Abbé Francois	Dorfpfarrer

Paris

Justine	Freundin von Pierre
Abbé Christophe	Stadtpfarrer
Fabienne	Jeans Angebetete
Thomas	ihr Freund und Vorarbeiter in der Gießerei

Kaufleute

Julien	Kaufmann aus Nantes
Christine	seine Frau
Maximilien	sein Sohn
Hélène	seine Tochter

Robert	Anwalt der Familie, Verlobter von Hélène
Clément	Kutscher
Chloé	Köchin

Philadelphia, USA

Andrew Smith	Händler
Laura Smith	seine Frau
Mary Smith	seine Tochter
Antony Smith	sein Sohn

Adel

Philippe de Blois	Herzog von Blois, Graf von Dunois
Josefine de Blois	Herzogin
Louis Philippe	Sohn
Sophie Fontaine	Kammerfrau Marie Antoinettes
Antoine	Verwalter der Landgüter
Louise-Adélaïde de Bourbon-Condé	Verlobte von Louis Philippe

Historische Persönlichkeiten

Marie Antoinette	Königin von Frankreich
König Ludwig XVI.	König von Frankreich
Jaques Necker	Generaldirektor der Finanzen
Herzog von Artois	
Herzog von Orléans	später Karl X.
Graf von Provence	später Ludwig XIII.
Marquis de La Fayette	Abgeordneter der Nationalversammlung
Louis Nicolas Victor de Félix d'Ollières	Kriegsminister
Madame Adélaïde	Tante des Königs
Benjamin Franklin	amerikanischer Politiker
Maximilien Robespierre	Anwalt aus Arras, Abgeordneter der Nationalversammlung
Charles Francois Dumoriez	
Bernard-René Jordan de Launay	Gouverneur der Bastille
Ludwig von Flüe	Kommandant der Schweizer Garde in der Bastille
Pierre Victor, Baron de Besenval de Brünstatt	Kommandant der Schweizer Garde
Isaac René Guy Le Chapelier	Abgeordneter der Nationalversammlung aus der Bretagne
Joseph-Ignace Guillotin	Abgeordneter der Nationalversammlung, Erfinder der Guillotine

Pierre Augustin Hullin	Anführer beim Sturm auf die Bastille
Jacques de Flesseles	Bürgermeister von Paris

Christina Auerswald:

Das Haus in der Katharinenstraße

ISBN 978–3–947141–70–8
Ebook 978–3–947141–79–1

1704/05. Willem van Ruysdael ist Kundschafter für eine private Gesellschaft. Ein unangenehmer Auftrag führt ihn nach Leipzig, und er muss sich der Frage stellen, ob er für Geld alles zu tun bereit ist. Zwar tröstet ihn seine erfrischende Bekanntschaft mit Magdalene Lichtenberg aus Halle – aber wo käme er hin, wenn ihn Gefühle von seiner Arbeit ablenkten? Dann verschwindet sein bester Freund Johann von Schöning spurlos, und Magdalene scheint wegen gefälschter Wechsel in Schwierigkeiten zu stecken. Wie kann er den beiden helfen, ohne seine Arbeit aus den Augen zu verlieren? Oder ist an diesem Auftrag sogar etwas faul?

Rebecca Loebbert:

Die Fischerstochter von Clovelly

ISBN 978–3–947141–60–9

Ebook 978–3–947141–64–7

Clovelly, ein kleines Dorf an der Küste von Devon, im Jahr 1750; Molly hat nie die Welt jenseits des Dorfes gesehen, in dem sie aufgewachsen ist. Als sie dem Schmuggler Alistair, einem verfolgten schottischen Rebellen, begegnet, erwacht das Fernweh in ihr. Heimlich trifft sie sich mit Alistair und lauscht seinen Erzählungen vom Leben zur See. Doch Molly ist nicht die einzige in Clovelly, die ein Geheimnis hütet. Eine Gruppe Strandräuber treibt in der Gegend ihr Unwesen. Als ein Freund ihres Vaters ihnen zum Opfer fällt, bittet Molly Alistair um Hilfe, ihr Dorf vor den Strandräubern zu beschützen. Doch die Gefahr scheint nicht von außerhalb zu kommen, sondern aus dem Herzen von Clovelly selbst ...

Christiane Radimsky:

Erkenbert

ISBN 978-3-947141-51-7

Ebook 978-3-947141-52-4

Februar 1247. Schildknappe Erkenbert hat unverschuldet seinen ritterlichen Herrn verloren. Sein Onkel verlangt von ihm, dass er als Holzförster arbeitet wie sein Vater vor ihm. Erkenbert ist empört. Wie soll er da seine Ausbildung zum Ritter beenden? Die Enttäuschungen reißen nicht ab. Während eines Turniers wird er ehrlos nach Hause geschickt, seine erste große Liebe darf er nicht wiedersehen und soll für eine Zeitlang von der Bildfläche verschwinden. Erkenbert gerät mitten hinein in die Gründungsgeschichte der Landgrafschaft Hessen. Wird sich sein Traum erfüllen und er zum Ritter geschlagen werden?